Secretos bajo el *sol*

SARAH MORGAN

Editado por Harlequin Ibérica.
Una división de HarperCollins Ibérica, S. A.
Avenida de Burgos, 8B - Planta 18
28036 Madrid

© 2022, Sarah Morgan
© 2024 Harlequin Ibérica, una división de HarperCollins Ibérica, S. A.
Secretos bajo el sol, n.º 290 - 21.2.24
Título original: Beach House Summer
Publicada originalmente por HQN™ Books

I.S.B.N.: 978-84-1180-710-4
Depósito legal: M-34636-2023
Impreso en España por: BLACK PRINT
Fecha impresión Argentina: 30.7.24
Distribuidor exclusivo para España: LOGISTA
Distribuidor para México: Distibuidora Intermex, S.A. de C.V.
Distribuidores para Argentina: Interior, DGP, S.A. Alvarado 2118.
Cap. Fed./Buenos Aires y Gran Buenos Aires, VACCARO HNOS.

A Britt, con amor

1

ASHLEY

Subió a su coche, esperando que no fuera un error. No había sido su primer plan, pero los demás habían fracasado. Estaba desesperada.

Él le sonrió. Había tanto encanto en esa sonrisa que ella se olvidó de todo lo que la rodeaba. La forma en que la miraba la hacía sentir como si fuera la única mujer del mundo. Para añadir aún más encanto, estaba el coche, un descapotable de altas prestaciones, bajo, elegante y caro. Parecía gritar: «¡Mírame!», por si los demás símbolos de riqueza y poder no llamaran ya la atención.

Su madre le habría advertido que no se subiera al coche con él, pero su madre ya no estaba. Ahora, Ashley tomaba las mejores decisiones que podía sin nadie cerca que le ofreciera consejo o se preocupara por ella. Recordó la primera vez que montó sola en bicicleta, inestable y sin equilibrio, con las manos sudando en el manillar y su madre alentándola: «¡Sigue pedaleando!».

Recordó también su primera clase de natación. Al sumergirse había tragado tanta agua que pensó que iba a vaciar la piscina. Estaba segura de que se iba a ahogar, pero entonces sintió unas manos que la levantaban hacia la superficie y una voz que sonaba lejana debido a los oídos taponados por el agua: «¡Sigue moviendo las piernas!».

Ahora estaba sola. No había nadie que la sacara a la superficie si se ahogaba. Nadie que le sujetara la bicicleta cuando se tambaleaba. Su madre siempre había sido la red de seguridad de su vida y más aún tras la muerte de su padre. Pero ahora, si se caía, chocaría contra el suelo sin nada ni nadie que amortiguara su caída.

Giró hacia Mulholland Drive y aceleró. El motor emitió un rugido gutural y el viento jugó con su cabello mientras ascendían a toda velocidad por las colinas de Hollywood. Nunca había montado en un coche así. Nunca había conocido a un hombre como él. Subieron más y más alto, pasando por mansiones de lujo, vislumbrando un estilo de vida más allá del alcance de su imaginación. La envidia la invadió.

¿Acaso desaparecían los problemas cuando se tenía tanto? ¿Experimentaban las mismas angustias la gente que vivía allí que las personas normales, o aquellos altos muros y cámaras de seguridad lograban aislarlos de la vida? ¿Podía comprarse la felicidad? No, pero el dinero podía hacer la vida más fácil. Esa era la razón por la que estaba allí.

Bajo ellos se extendían panorámicas del centro de la ciudad, Hollywood y el valle de San Fernando. Debía concentrarse.

—Conozco el mejor sitio para ver la puesta de sol —le aseguró él con su voz cálida y profunda, la misma que le había ayudado a pasar de ser uno más de la televisión a convertirse en una megaestrella—. Nunca lo vas a olvidar.

Estaba segura de ello. Aquel momento era significativo por muchas razones. ¿Cómo reaccionaría cuando ella le diera la noticia? Las náuseas le revolvieron el estómago y se sintió aliviada por no haber podido desayunar ni almorzar.

—Estás muy callada —observó él, conduciendo con una mano en el volante y mirándola la mayor parte del tiempo. Ella quería decirle que mantuviera la atención en la carretera.

—Estoy un poco nerviosa —admitió.

—¿Te sientes intimidada? No lo estés. Solo soy un tipo normal y corriente.

Sí, claro.

Ahora, él conducía rápido, disfrutando del coche, del momento, de su vida. Ella sabía que eso estaba a punto de cambiar. Había ensayado un discurso, practicado cientos de veces frente al espejo.

«Tengo algo que decirte».

—¿Podrías ir más despacio? —pidió ella.

—¿Prefieres ir despacio? —Su mano acarició el volante—. Puedo ir despacio si lo prefieres. ¿Cómo dijiste que te llamabas?

No la reconoció. No tenía ni idea de quién era. ¿Cómo podía no saberlo? Se quedó rígida en su asiento. ¿De verdad era tan fácil de olvidar e insignificante?

En esa parte de la ciudad, donde todo el mundo era alguien, ella no era nadie.

Luchó contra la desilusión y la humillación.

—Soy Mandy. Soy de Connecticut —le mintió.

No se llamaba Mandy. Nunca había estado en Connecticut. Ni siquiera podría situarlo en un mapa. Él debía saberlo. Ella quería que lo supiera. Quería que él dijera: «Sé que no eres Mandy», pero no lo dijo, por supuesto. Las mujeres iban y venían de su vida constantemente y él ya estaba pasando a la siguiente.

—¿Y estás segura de que nos hemos visto antes? No creo que me hubiese olvidado de una mujer tan guapa como tú.

Había soñado con él. Fantaseado. Había pensado en él día y noche durante los dos últimos meses, desde que lo vio por primera vez. Pero él no la conocía. No la reconocía.

Le escocían los ojos. Se dijo a sí misma que era por el viento en su cara..., porque su madre le había inculcado que la vida era demasiado corta como para llorar por un hombre. No estaría allí si no fuera porque se había sentido sola y asustada y necesitaba hacer algo para ayudarse a sí misma. Temía no poder hacerlo sola, y él tenía que asumir alguna responsabilidad, ¿no? No debería permitírsele simplemente marcharse. Eso no estaba bien. Le gustara o no, estaban unidos.

—Ya nos conocemos —dijo ella finalmente, apoyando la mano en su abdomen. Parpadeó para ahuyentar las lágrimas. El momento de desear haber sido más cuidadosa ya había pasado. Tenía que mirar hacia delante. Tenía que hacer lo correcto, pero no era fácil. Su cuerpo le decía que era adulta, pero por dentro seguía sintiéndose como la niña que se había tambaleado en aquella bicicleta con su coleta meciéndose con el aire.

Él volvió a mirarla, curioso.

—Ahora que lo pienso, me resultas familiar. Pero no te reconozco. No te ofendas. —Le mostró de nuevo sus dientes blancos y perfectos—. Conozco a muchas mujeres.

Ella lo sabía. Conocía su reputación, y aun así estaba allí.

¿Qué decía eso de ella? Debería tener más orgullo, pero el orgullo y la desesperación no encajaban bien juntos.

—No estoy ofendida —le aseguró. Bajo el miedo, estaba furiosa. Y ferozmente decidida. No iba a dejar que ese tipo le arruinara la vida. Eso no iba a suceder.

Ahora estaban subiendo. Subiendo, subiendo, la carretera serpenteaba hacia las colinas mientras la ciudad se extendía bajo ellos como una alfombra reluciente. Se sentía como Peter Pan, volando sobre los tejados. ¿Debía decírselo ahora? ¿Era un buen momento? Su corazón empezó a latir rápido, con fuertes latidos que le golpeaban las costillas. No había pensado que la llevaría a un lugar tan remoto. No debería haber subido a su coche. Otra mala decisión que añadir a la lista de todas las que ya había tomado. Cuanto más esperaba para decírselo, más lejos estaban de la civilización y de la gente. Gente que podría ayudarla. Pero ¿quién podría ayudarla? ¿Quién estaba allí?

No tenía a nadie. Solo a sí misma, y por eso estaba allí en ese momento, haciendo lo que había que hacer sin importarle las consecuencias. Y pensar en ellas hizo que se le humedecieran las palmas de las manos. Debería hacerlo ahora mismo, mientras la mitad de su atención estaba en la carretera.

Esperó a que el coche pasara otra curva y llegara a un tramo recto. Ya podía ver la siguiente curva.

—Señor Whitman... ¿Cliff? Hay algo que necesito decirte.

2

JOANNA

Joanna Whitman se enteró de la muerte de su exmarido mientras desayunaba. Estaba tomando su segunda taza de café expreso cuando su rostro apareció en la pantalla del televisor.

Agarró el mando a distancia con la intención de hacer lo que siempre hacía cuando él aparecía: apagarlo. Pero se detuvo al darse cuenta de que detrás de la típica foto de su cabeza y hombros no había un mar de admiradoras ni uno de sus exclusivos restaurantes, sino los restos destrozados de un coche en un barranco.

Vio que en la pantalla aparecían las noticias de última hora y subió el volumen justo a tiempo para oír al presentador del informativo contar al mundo que el famoso chef Cliff Whitman había muerto en un accidente. Darían más información a medida que la tuvieran. Por el momento, todo lo que sabían era que su coche se había salido de la carretera. Fue declarado muerto en el lugar del accidente. Su copiloto, una joven aún sin nombre, había sido trasladada al hospital y se desconocía en qué estado se encontraba.

Una mujer joven.

Joanna apretó los dedos sobre el mando a distancia. Por supuesto que era joven. Cliff tenía un patrón, y ese patrón no había cambiado con la edad. Era la persona más competitiva que había conocido, impulsado por una inseguridad que calaba hasta los huesos. Quería los mejores índices de audiencia en televisión, las mayores multitudes en sus apariciones públicas, las listas de espera más largas en sus restaurantes. En cuanto a las mujeres, las quería jóvenes y delgadas, y las elegía con el mismo cuidado que los ingredientes de su cocina. «Frescos y de temporada».

La mayoría de los días, Joanna se sentía como si su fecha de caducidad ya hubiese pasado. Tenía cuarenta años. ¿Tenía que sentirse así a los cuarenta? Había malgastado media vida con un hombre que la había decepcionado una y otra vez.

Se quedó mirando el televisor, con los ojos fijos en aquel coche siniestrado. ¿No había dicho siempre que su libido acabaría matándolo?

Sonó su teléfono y consultó la pantalla. No era una amiga (¿tenía amigas de verdad? Era algo que se preguntaba a menudo), sino Rita, la asistente personal de Cliff y su amante desde hacía seis meses. Joanna no quería hablar con ella. No quería hablar con nadie. Sabía, por dolorosa experiencia, que cualquier cosa que dijera llegaría a los medios de comunicación y sería utilizada para construir una imagen de ella como una criatura patética, digna de lástima. Hiciera lo que hiciera Cliff, de algún modo se convertía en noticia. Y por mucho que se dijera a sí misma que no importaba, porque ellos no importaban, y que la mujer sobre la que escribían no era realmente ella, seguía sintiéndose angustiada. No solo por la intrusión y las inexactitudes, que eran muchas, sino por el recuerdo constante de su mayor error: no haberlo dejado antes.

Le había sido leal durante dos décadas, y sí, ahora lo lamentaba. Él le había hecho promesas extravagantes

y le había dicho que ella era lo mejor de su vida y que
esta vez las cosas iban a ser diferentes. Y ella, ingenua, le había creído. Y no solo lo había hecho en
una ocasión, sino una y otra vez. Había pensado: «Ahora va en serio y las cosas serán diferentes». Pero las
cosas nunca fueron diferentes y él no lo había dicho
en serio.

Ahora se sentía estúpida por creer que cambiaría
y que las cosas que decía serían algo más que palabras vacías pronunciadas para hacer que se quedara.
Pero había deseado tanto creerle..., porque la alternativa era aceptar que, bajo el encanto y la calidez, Cliff
Whitman era un tramposo y un mentiroso, y que había permanecido con él demasiado tiempo. Al final
lo había dejado, pero las noticias sobre él nunca desa-
parecieron, lo que significaba que, aunque se habían
divorciado, a veces seguía teniendo la sensación de
que estaban juntos. Su error era un ancla que la sujetaba. Hiciera lo que hiciera en el futuro, estaría arrastrando su pasado con Cliff junto con ella.

Rechazó la llamada, silenció el sonido del televisor, pero siguió mirando las palabras que se despla-
zaban por la parte inferior de la pantalla: *El famoso
chef Cliff Whitman muere en un accidente de coche.
Muerto en el lugar del siniestro.*

Maldita sea...

Se había pasado el último año queriendo matarlo
ella misma y no sabía si sentirse eufórica o engañada.
Después de todo lo que había hecho, de todo por lo
que la había hecho pasar, le parecía injusto que el
universo la privara de la oportunidad de desempeñar
al menos un pequeño papel en su muerte.

Soltó una carcajada histérica y se tapó la boca con
la mano, sorprendida. ¿De verdad había pensado
eso? Ella era una persona compasiva. Valoraba la
bondad por encima de casi cualquier otra cualidad,

posiblemente porque pocas veces se la había encontrado. Sin embargo, pensó que, si hubiera visto su coche al borde de un barranco, le habría dado un fuerte empujón. ¿Y qué decía eso de ella?

Le temblaban las piernas. ¿Por qué le temblaban las piernas? Se dejó caer en la silla más cercana. Estaba muerto. Su relación con Cliff había sido accidentada, pero lo conocía desde hacía media vida. Debería estar triste, ¿no? ¿Debería sentir algo? Sí, Cliff Whitman era un mentiroso y un tramposo que casi la había destrozado, pero seguía siendo una persona. Hubo un tiempo en el que se amaron. Y aunque ese amor había sido complicado, también había tenido partes buenas. Al principio de su matrimonio, él le llevaba el desayuno a la cama los domingos por la mañana, cruasanes de mantequilla que él mismo había horneado y zumo recién exprimido de los cítricos que crecían en el huerto de su casa. La había escuchado. La había hecho reír. Y ella había organizado su caótica vida, dejándole libre para que pudiera hacer lo que más le gustaba: ser Cliff. Decía que formaban un equipo perfecto.

Se levantó de forma brusca y agarró un vaso de agua helada. Lo bebió de un trago, tratando de enfriar el ardor de la emoción.

Pasara lo que pasara entre ellos, la muerte siempre era una tragedia. ¿Lo era? ¿Estaba siendo hipócrita? Probablemente debería llorar, si no por él, por la mujer que había tomado la mala decisión de subirse al coche con él.

Joanna se compadeció. Nunca había juzgado las malas elecciones de los demás. Ella había tomado tantas malas elecciones en su vida que ya no podía contarlas.

Pensó en Rita. ¿Se escandalizaría al descubrir que no había sido la única mujer en la vida de Cliff? ¿Por

qué era tan raro que una mujer creyera que un infiel
en serie las engañaría? Todas pensaban que eran diferentes. Que eran especiales. Que ellas serían las que
lo domarían. Cuando él decía: «Tú eres la elegida»,
ellas le creían.

Joanna también lo había creído. Había necesitado
creerlo. Cuando lo conoció, ella era una mujer vulnerable y tenía el corazón roto. Había deseado tanto ser
especial para alguien. Tener a alguien en cuyo amor
pudiera confiar. Creía que el amor significaba seguridad, y había tardado mucho tiempo, demasiado
tiempo, en comprender que eran cosas distintas.

Dejó el vaso vacío, respiró hondo y se obligó a pensar. Cliff y ella ya no estaban casados, pero seguían
compartiendo el negocio. Cliff's era una marca, pero
ahora la figura principal había desaparecido. ¿Qué
significaba eso para la empresa que habían construido juntos? Ella había invertido más de veinte años de
su vida en su crecimiento y éxito, y por eso no la había
abandonado al mismo tiempo que a él. Había repre-
sentado la única coherencia y seguridad que le quedaba. Además, Cliff's la centraba, y ella lo necesitaba.
Los medios de comunicación no lo entendían, por
supuesto. No entendían cómo podía seguir trabajando con un hombre que la había humillado tanto.

Cerró los ojos. «Olvida eso. No pienses en eso».

Ahora mismo, lo peor era que habría un funeral, y
ella odiaba los funerales. No importaba de quién fuera, para ella siempre era el funeral de su padre. Una y
otra vez, como una especie de truco de magia cruel
que la hacía viajar en el tiempo. Y siempre tenía diez
años y temblaba mientras la fría lluvia californiana
se mezclaba con sus lágrimas. Esta vez sería diferente, por supuesto.

Ella había adorado a su padre, y su padre la había
adorado a ella. Era el único hombre de cuyo amor

había estado segura. Pero incluso con él, el amor no había significado seguridad, porque la había abandonado, víctima de un ataque al corazón en medio del salón, con ella como testigo. Aún podía oír el ruido escalofriante de su cuerpo contra el suelo.

Y ahora tendría lugar el funeral de Cliff. ¿Tenía que ir? Solo de pensarlo le entraron ganas de beber, aunque ella no solía hacerlo.

Sí, tenía que ir. Con divorcio o sin divorcio, era lo que había que hacer. La gente estaría mirando. Todo el mundo querría saber cómo se sentía. Y no es que ella fuera a contarlo, nunca había hablado con la prensa.

¿Cómo se sentía?

Oyó ruidos a lo lejos y luego el insistente zumbido del interfono de su portal. Sin pensarlo, se asomó a la ventana y miró a lo largo del camino de entrada hasta las grandes puertas de hierro que la protegían del mundo exterior.

Un disparo de cámara le hizo soltar un grito ahogado y cerrar rápido los postigos.

¡No!

A diferencia de Cliff, ella nunca había buscado la fama o ser una celebridad, pero de todos modos se había visto atrapada en el punto de mira. Era una de las razones por las que se había mudado a otro barrio después del divorcio. Esperaba poder alejarse del deslumbrante foco de atención que siempre se posaba sobre él. Había elegido vivir en una comunidad pequeña y discreta, en lugar de hacerlo entre las lujosas mansiones de Bel Air, donde Cliff se divertía a lo grande en su terraza con vistas a las montañas y al océano. La habían encontrado, por supuesto, porque los medios de comunicación pueden encontrar a cualquiera, pero ella esperaba que, al llevar una vida tranquila, discreta, sin Cliff, dejaría de ser noticia y les resultaría menos interesante. Pero se había equivocado. Siguieron escribiendo sobre ella y desvelando todos sus secretos. Sabían de la muerte de su padre. Sabían que estaba separada de su madrastra, Denise. La habían localizado y, como era de esperar, Denise no había dudado en expresar su opinión.

«No es hija mía. Siempre fue una niña difícil».

Su teléfono sonó, devolviéndola a la realidad tras su descenso en espiral hacia el pasado. Esta vez era Nessa, su asistente.

Joanna contestó, agradecida por la distracción.

—Hola.

—Jefa, ¿puedes dejarme entrar? Estoy fuera, en la terraza que da al jardín. Usé la entrada trasera.

—No tengo una entrada trasera.

—Tomé una ruta secreta —respondió Nessa.

Joanna se dirigió a la parte trasera de la casa, desconcertada y alarmada. Había elegido la casa porque era segura. Cuando la vio por primera vez, en lugar de admirar los electrodomésticos de la cocina y la altura del techo, se había dedicado a comprobar las zonas vulnerables. El denso bosque de la parte trasera la había convencido. Además, no era una zona que estuviese de moda y no había carreteras ni pistas para correr. La propiedad estaba protegida por un muro alto y grandes árboles que ocultaban la parte trasera de la casa.

Había sido una compra muy meditada, pero cuando entró por la puerta no pensó ni una sola vez: «Me encanta esta casa». Ni siquiera se dijo: «Estoy en mi casa». No la consideraba su hogar. El hogar era un lugar donde uno se sentía seguro y podía relajarse. Ninguna de esas cosas podía suceder cuando eras objeto de interés público.

Atravesó el salón y vio a Nessa en la terraza cubierta, de pie, mirando de manera furtiva por encima del hombro. Aunque estaba impecablemente peinada, tenía ramitas en el pelo y los zapatos llenos de barro.

Sobresaltada por el descubrimiento de que su casa no era tan segura como había pensado, Joanna abrió la puerta y su asistente se adentró como un rayo.

—¿Qué le pasa a la gente? Intenté entrar de la forma convencional, por la puerta principal, ya sabes, como alguien normal... Pero hay un millón de personas con cámaras y dos furgonetas de televisión, cosa que no entiendo, porque ¿por qué se supone que eres noticia? Tú no eres el que estaba tratando de tener sexo en un vehículo en movimiento. Estoy a favor de la multitarea, pero depende de la tarea, ¿no? Sexo y conducción..., llámame aburrida, pero esas dos cosas no van juntas.

—Nessa, respira...

—Por cierto, he estropeado mis zapatos. —Se encogió de hombros y se descalzó—. Tal vez podamos cargárselos a Cliff, ya que todo esto ha sido por su culpa. ¿Tienes algún antiséptico? Me arañé al atravesar el bosque. No quiero morir de alguna miserable enfermedad porque me necesitas ahora mismo.

A Joanna le daba vueltas la cabeza.

—¿Viniste a través del bosque por la parte trasera de la casa?

—Sí. Recordé que me dijiste que el bosque era una de las razones por las que elegiste este lugar. No pueden llegar a ti por detrás, solo por delante. Eso es lo que dijiste. Solo tienes que mirar en una dirección. Así que pensé: «Bien, llegaré a ella por detrás». Pero no es peatonal... ¿Tengo barro en la mejilla? Seguro que sí. —Se restregó la cara al azar y luego se ajustó las gafas, que se le habían colocado en un ángulo extraño sobre la nariz—. No estoy hecha para aventuras en la naturaleza. Dame el sol y las playas de California y allí me iré, pero ¿un bosque oscuro lleno de insectos, serpientes, osos y coyotes? Eso no va conmigo. ¿Puedes comprobar si tengo arañas? —Se giró y le enseñó la espalda a Joanna, que la revisó con obediencia.

—Estás libre de arañas. Pero incluso si lograste atravesar el bosque, ¿cómo saltaste el muro?

—Escalé. No me pidas detalles. —Nessa tiró de una ramita que estaba enredada en sus rizos—. Crecí con tres hermanos. Tengo habilidades que te harían saltar los ojos. Y no te preocupes, nadie me ha seguido. Nadie es tan estúpido. Además, no había humanos en ese bosque. Al menos ninguno vivo. Aunque apuesto a que hay algunos muertos. Cuerpos sin descubrir. —Sonrió—. Espeluznante...

—Nessa... —Joanna apartó una hoja de su hombro—. ¿Qué estás haciendo aquí?

—Soy tu asistente, y supuse que necesitarías ayuda.

—No estoy pensando en el trabajo en este momento.

—Por supuesto que no. Estoy aquí para algo más que trabajar. Soy tu mano derecha. El dragón de tu puerta —dijo mientras limpiaba con esmero una mancha de sus gafas—. Cuando me contrataste, dijiste que tenía que estar a tu lado tanto en la calma como en la crisis, así que aquí estoy. Supongo que esta es la parte de la crisis. Estamos juntas en esto.

Juntas.

Joanna sintió una presión en el pecho. Alguien había pensado en ella. Alguien quería ayudarla. Sí, ella pagaba a Nessa, pero iba a ignorar esa parte.

—No querrás exponerte a este circo.

—Tú lo estás haciendo —respondió Nessa ladeando la cabeza.

—Porque yo no tengo elección. Tú sí la tienes.

—Y elijo estar aquí, contigo, así que ya está decidido.

La extraña sensación en su pecho se extendió a su garganta. La gente solía distanciarse de ella por temor a que los asociaran y acabar también en el punto de mira.

—¿Te lo has pensado de verdad?

—¿Qué hay que pensar? Somos un equipo. En mi entrevista dijiste que tendría que ser versátil. Espero que recuerdes lo de trepar por el muro cuando des referencias sobre mí, no es que piense dejarte pronto..., porque este es el trabajo de mis sueños y eres una jefa inspiradora. ¿Qué puedo hacer ahora? Podemos hacer una declaración.

—Nunca hago declaraciones. Nunca digo nada.

—En ese caso, puedo llamar a la Policía y hacer que muevan a esa chusma con cámaras al final de tu camino de entrada —sugirió Nessa.

Joanna miró el rostro serio y sonrosado de su ayudante y, de repente, no se sintió tan sola. No estaba sola. Tenía a Nessa.

Contratarla como asistente hacía dos años había sido una de las mejores decisiones que había tomado en su vida. Su equipo le había preparado una selección de candidatas con experiencia para que las entrevistara, pero entonces Nessa entró en la sala, recién salida de la universidad, rebosante de energía y entusiasmo, y repleta de ideas. Ignorando la desaprobación de sus colegas, Joanna le había dado el puesto y nunca se había arrepentido de su decisión. Nessa había demostrado ser discreta, fiable y afilada como el filo de una navaja de afeitar.

«No todas mis decisiones son malas», pensó Joanna mientras cerraba la puerta trasera.

—Me alegro de que estés aquí, pero no quiero que hagas nada con las cámaras. Déjalas.

—¿Nada? —Nessa la miró boquiabierta y luego pareció sentirse culpable—. Soy tan desconsiderada. Aquí estoy, preocupándome por unas arañas, y tú acabas de perder al hombre con el que estuviste casada durante dos décadas. Sé que os divorciasteis y que él no era exactamente... —Se detuvo unos segundos para estudiar el rostro de Joanna—. Veinte años es mucho tiempo, aunque fuera un... —Se encogió de hombros, impotente—. Dame alguna pista. Quiero decir lo correcto, pero no sé qué lo es. ¿Cómo te sientes? ¿Estás triste o enfadada? ¿Te traigo pañuelos o un saco de boxeo?

—No sé cómo me siento. —Joanna decidió no mencionar sus pensamientos menos caritativos—. Me siento... extraña.

—Sí, bueno, lo de extraño lo abarca todo. ¿Puedo tomar un vaso de agua? Resulta que las operaciones encubiertas en bosques densos dan sed. Luego me cepillaré el pelo, haré magia con el maquillaje para que no parezca que voy disfrazada para Halloween y me pondré a trabajar.

—Pasa a la cocina. Sírvete tú misma. Te acompaño en un minuto.

Joanna recorrió toda la parte delantera de la casa asegurándose de que todas las persianas estaban cerradas antes de volver a la cocina. Podían quedarse allí con sus cámaras, pero ella no les daría nada que fotografiar. Y si alguien se atrevía a entrar por la puerta, no sería recompensado por ello.

Nessa se había sentado a la isla de la cocina. Tenía un vaso de agua en una mano y su teléfono en la otra. Estaba consultando las redes sociales.

—Somos tendencia, no me sorprende. Los *hashtags* son interesantes. Muchas especulaciones sobre lo que estarían haciendo cuando el coche se salió de la carretera... —Miró de reojo a Joanna—. Esto es... incómodo.

—No pasa nada —dijo Joanna.

—Algunos dicen que es una pena, porque fue su receta del salmón con cítricos la que les hizo darse cuenta de que la buena comida no era exclusiva de los restaurantes.

«Creó esa receta para mí», pensó Joanna. «Intentaba enseñarme a cocinar. Arruiné el salmón y él se rio de mí. Y... también me dijo que a algunas personas no se les podía enseñar». Ese fue el día en que dejó de cocinar.

—Otros dicen que era un sinvergüenza, que le vaya bien y blablablá —dijo mientras continuaba arrastrando el dedo por la pantalla—. Se las han arreglado para conseguir un comentario de dos de las mujeres que él... ¿Qué? No puede ser...

—¿¡Qué!?

—No quieres saberlo. Si quieres mi consejo, borra todas tus cuentas personales de las redes sociales.

—No tengo cuentas en las redes sociales.

—Buena decisión. —Nessa siguió leyendo en la pantalla, con una expresión que alternaba entre el disgusto y la sorpresa.

Joanna suspiró.

—¿Tan malo es?

Nessa dudó antes de hablar:

—Hay algunas personas decentes por ahí. Gente que dice que una muerte siempre es triste. Algunos de los comentarios son bastante neutrales, otros se preguntan quién es esa mujer... —Miró furtivamente a Joanna.

—No lo sé —respondió.

—Por supuesto que no. ¿Por qué ibas a saberlo? Estás divorciada de él. Sea quien sea, apuesto a que ahora está deseando haberse subido al coche de otro tío. Quiero decir, todos hemos tenido malas citas, pero... —Nessa se encogió de hombros, tomó un trago de agua y continuó con el teléfono—. También se preguntan si esto significará el fin del negocio. ¿Será así? —Levantó la mirada—. El negocio se llama Cliff's.. Y el chef Cliff está... —Se detuvo.

Joanna se sentó frente a ella.

—Muerto. Puedes decirlo.

Y Nessa tenía razón. Afectaría al negocio. El que habían construido juntos. Ella había renunciado a su matrimonio, pero no a la empresa. Había pasado los últimos veinte años nutriéndola, viéndola crecer. Era su bebé.

Sintió una punzada al pensar en el bebé que había perdido. En un momento estaba embarazada de once semanas, ilusionada con su futuro como madre, y al siguiente estaba sentada en su habitación sollozando. Su hijo. Había enterrado profundamente ese dolor, pero eso no significaba que hubiera desaparecido. A veces se despertaba y pensaba: «Mi hijo cumpliría hoy diez años», e imaginaba el regalo que le habría comprado, las aventuras que habrían vivido juntos y lo mucho que le habría querido. ¿Habrían cambiado sus prioridades si hubiera tenido un hijo? ¿Y su matrimonio?

Su teléfono sonó de nuevo y Nessa la miró.

—¿Quieres que conteste?

—No —respondió Joanna.

—Podría ser un amigo —sugirió su ayudante.

Si decía que no tenía amigos de verdad, Nessa sentiría lástima por ella y Joanna no quería eso ni en broma. Quería proteger el poco orgullo que le quedaba.

—Si es un amigo, ya lo llamaré más tarde.

De todas las cosas malas de estar casada con Cliff, y había muchas, la atención de los medios había sido una de las peores. El propio Cliff había sido a prueba de balas en cuanto a lo emocional. Le acusaran de lo que le acusaran, se reía, guiñaba un ojo y respondía: «Sin comentarios». O bien: «Centrémonos en lo que pasa en mi cocina, no en mi dormitorio». Por alguna razón que Joanna nunca había entendido, su mal comportamiento había aumentado su atractivo. Resultaba impactante, y además era adictivo. Sus índices de audiencia subieron, sin importar lo que hiciera. No pedía disculpas por su pintoresca vida personal, tenía la seguridad de que su encanto acabaría garantizándole el perdón por todas sus fechorías. Era imposible avergonzarle o ponerle en evidencia.

Oh, cómo detestaba que chismorrearan sobre ella. Cliff nunca había entendido su aversión. Él siempre había ansiado ser el centro de atención, y no solo porque fuera esencial para construir su marca. Si la atención fuera un gran pastel, lo habría devorado entero sin ofrecerle ni un trozo. Pero quizá precisamente porque no le interesaba, los medios de comunicación optaron por centrarse en ella. ¿Qué opinaba ella de su última aventura? ¿Por qué no se iba? ¿No tenía amor propio? Se convirtió en un ejemplo de humillación, aunque nunca había entendido por qué la vergüenza debía ser suya cuando era él quien la engañaba. La fotografiaban desde todos los ángulos, comentaban lo que había adelgazado, lo demacrada que estaba. Sus especulaciones eran crueles y profundamente personales. Si él la engañaba, la culpa era de ella. Habían especulado sobre si, al casarse con un hombre catorce años mayor, había intentado de algún modo sustituir a su padre. Esa sugerencia la había ofendido más que ninguna otra cosa. Cliff no se parecía en nada a su padre. Oír hablar de ellos en la misma frase le había dado ganas de liarse a tortazos.

¿Por qué la odiaban tanto? Era una pregunta que se había planteado a menudo, y la única explicación que tenía sentido era que la envidiaban. La envidiaban por acostarse con Cliff, por despertarse junto a él, por llevar su anillo en el dedo. Y la única manera de manejar esa envidia era convencerse a sí mismos de que ella estaba teniendo una vida miserable. Se habrían sentido mejor si hubieran sabido que la mayor parte del tiempo sí lo era.

El timbre volvió a sonar y su ayudante lanzó una mirada furiosa en dirección a la puerta.

—Son como hienas, listas para masticar un cadáver —dijo Nessa.

—Sí —admitió Joanna. Dado que ella era el cadáver, la analogía no le resultaba muy agradable.

—Todo lo que dicen de ti es mentira. ¿Nunca has tenido la tentación de dar tu versión de las cosas?

—¿Qué sentido tendría? «Él dijo, ella dijo...» —respondió Joanna—. No quieren la verdad.

—Me sorprende que no se aburran, ya que nunca les das una respuesta. Necesitan exprimir la historia y supongo que esperan que, si insisten, acabes diciendo algo. Cliff está muerto, así que no va a decir nada, la chica está en el hospital... Solo quedas tú. Querrán saber tu reacción.

—Muerto —volvió a pronunciar la palabra en voz alta, intentando hacerla real. Probándose a sí misma. Presionando, para ver si dolía.

—¿Te sirvo una copa? —preguntó Nessa mientras la miraba—. ¿Una bebida de verdad?

—No, gracias —rechazó Joanna. Sus pensamientos ya eran lo suficientemente complicados sin enturbiarlos con el alcohol. Desenredar sus emociones era complicado. ¿Se sentía humillada? El comportamiento de Cliff la había avergonzado continuamente, incluso después de divorciarse. ¿Estaba abatida por la pena? ¿Enfadada por el impacto que sus acciones podrían tener en el negocio y en sus empleados?

Joanna se terminó el café. Estaba frío, pero no le

importó. Se sentía extrañamente indiferente. Sentía pena, sí, pero ¿era pena por Cliff o pena por la vida que había deseado y que nunca había salido como ella esperaba? No estaba segura de lo que sentía. No podía ser alivio, porque eso la haría dura de corazón. ¿Lo haría? ¿O la haría humana?

El timbre volvió a sonar. De forma molesta. Persistente.

Nessa se bajó del taburete y volvió a llenar su vaso.

—Le diré a los de la oficina que no irás en unos días. Deja que pase el tiempo y la cosa se calme. Pronto se aburrirán e irán a por otra persona. —Añadió hielo al vaso, salpicando gotas de agua sobre las lisas baldosas italianas—. De todos modos, a menos que vayas a disfrazarte y pasar por encima del muro como hice yo, la única forma de salir de aquí es por la entrada principal. Puedes pasar con el coche por encima de los fotógrafos, pero entonces te arrestarían y no tengo suficiente dinero en mi cuenta para pagar la fianza. —Hizo una pequeña pausa—. Supongo que al final se irán.

—No se irán —dijo Joanna, con una mezcla de resignación y determinación.

Ella sabía muy bien cómo funcionaba. Circularían chismes de forma interminable. En el pasado, incluso había sido el tema central de un programa de entrevistas a mujeres: «Mujeres de éxito que se quedan con hombres infieles». Joanna lo había visto, horrorizada, pero también fascinada por el análisis externo de su vida. ¿Era realmente lo que pensaban? ¿Lo era? Aparentemente, era un felpudo, una cobarde, una vergüenza para las mujeres. ¿Dónde estaba su fuerza? ¿Su dignidad?

Para ellos no era una persona, era una historia. Era un chivatazo, una venta, una oportunidad comercial, un tema de conversación. No les interesaba la verdad.

No sabían nada de su relación. No sabían nada de su vida antes de conocer a Cliff. No les interesaba quién era ni qué sentía. No sabían que, aunque Cliff era la cara del negocio, era el duro trabajo de ella lo que le había hecho famoso. Había un popular programa de televisión, una cadena de restaurantes caros, utensilios de cocina de marca, libros de cocina... La franquicia había crecido como un monstruo.

«Por favor, Joanna, no puedo hacer esto sin ti».

Él era la cara de la empresa, pero ella era el motor. Ella lo mantenía todo en marcha, y él lo sabía.

«Él lo sabía», se recordó a sí misma. Ahora todo formaba parte del pasado. Él ya no existía.

«¿Por qué chocaste, Cliff? ¿Conducías demasiado rápido?».

Nessa le puso un vaso de agua delante.

—Sin duda, es una situación de mierda, jefa. Pero, como dice mi madre siempre: «No importa lo mal que se pongan las cosas, siempre habrá alguien que estará peor que tú». Odio cuando dice eso. Me resulta muy molesto, pero tengo que admitir que casi siempre tiene razón. Aunque también es verdad que ahora mismo no me gustaría ser tú...

—Gracias, Nessa —respondió Joanna.

—¿Sabes quién no me gustaría ser? —Se subió las gafas por la nariz y miró a Joanna—. La chica del coche. No sé quién es o qué estaba haciendo, pero no me gustaría estar en su pellejo.

La chica del coche. Joanna tampoco sabía quién era ni qué hacía con él.

Lo único que sabía era que, incluso estando muerto, Cliff Whitman había conseguido arruinarle el día.

3

ASHLEY

Ashley estaba tumbada en la cama del hospital, escuchando el pitido de las máquinas. No había una sola parte de ella que no le doliera. Sentía como si alguien le hubiera clavado un cuchillo en el costado. Tenía la cabeza nublada, pero el cerebro despejado. Se acordaba de todo. Desearía no recordarlo.

—Estás despierta. Eso es bueno. —Una mujer con bata blanca se le acercó—. Soy la doctora Ramírez. ¿Cómo te encuentras?

Como un animal atropellado. Que era casi como había acabado. Lo revivía una y otra vez. Y los recuerdos eran más aterradores que la realidad.

Intentó hablar, pero tenía la boca seca y una enfermera se aproximó y le dio un sorbo de agua.

—Tuviste un accidente —le dijo la doctora—. Ibas de copiloto y el coche se salió de la carretera. ¿Recuerdas lo que pasó?

Un momento de ingravidez horrible. Un grito. ¿De ella? ¿De él? Rodaron, rodaron y rodaron, sin saber si estaban bocarriba o bocabajo. Una explosión de dolor. «Voy a morir aquí. Ambos vamos a morir aquí».

No podían averiguar la verdad, ¿no? No podían saber lo que ella le había dicho a Cliff en los momentos antes de que él se estrellara. Ahora que él estaba muerto, ella solo quería que todo desapareciera. Quería olvidar que había estado allí. Que había subido a su coche.

—¿Ashley? ¿Recuerdas algo? —le preguntó de nuevo la doctora.

—No —mintió. Recordaba haber tomado una mala decisión. Una serie de malas decisiones. Su madre la había educado para no mentir, pero todos sus instintos le decían que esta era una de esas ocasiones en las que era mejor no decir la verdad, al menos hasta que hubiera tenido tiempo de pensar las cosas. Y tal y como se sentía, ese momento podría tardar en llegar—. Me duele el costado.

Ashley se quedó callada mientras la doctora enumeraba sus heridas. Eran muchas, y eso sin contar las que no podían ver.

Sintió un latigazo de ansiedad. ¿Saldría todo bien?

—Me duele todo...

—Podemos aumentar tu dosis para aliviar el dolor. Además de las lesiones graves, tienes una costilla rota y varias contusiones. Te vigilaremos de cerca los próximos días. Tienes suerte de seguir con vida. —La doctora tenía cara de preocupación—. ¿Hay alguien con quien podamos contactar? ¿Familiares? ¿Algún amigo? No encontramos ningún contacto de emergencia cuando te trajeron.

Sin contacto de emergencia. Eso lo decía todo sobre su vida, ¿no? No había nadie a quien pudiera llamar.

Estaba sola en el mundo, aparte del equipo médico al que pagaban por atenderla.

Sintió un vacío y luego un ataque de pánico. «¡Sigue pedaleando, Ashley! ¡Sigue moviendo las piernas!». Tenía que pensar qué hacer a continuación, pero el dolor y los restos de la anestesia le nublaban el cerebro. No quería estar allí, pero ¿qué otra opción tenía? Ni siquiera podía sentarse sin ayuda. Y aunque pudiera, ¿adónde iría? No había previsto un desenlace así. No tenía ningún plan de respaldo, ni siquiera uno malo.

La doctora intercambió miradas con la enfermera.

—El hombre con el que estabas...

—Cliff —interrumpió Ashley. No había razón para fingir que no sabía su nombre—. Está muerto. Lo sé.

Ella sabía que estaba muerto y, sin embargo, el recuerdo más importante en su mente no era el accidente, sino la mirada en sus ojos en esa fracción de segundo antes de que él hubiera perdido el control.

Conmoción. Incredulidad. Ira.

Ashley se estremeció. No había salido como ella esperaba. Nada lo había hecho. Incluso si hubiera vivido, el resultado habría sido malo.

La doctora frunció el ceño.

—¿Sabes que está muerto? Creía que no te acordabas...

Ashley señaló la pantalla de televisión que se veía en la sala de espera más allá de las ventanas de cristal de la sala. No se oía nada, pero las noticias que aparecían en la parte inferior confirmaban que el famoso chef Cliff Whitman había muerto en un accidente en Mulholland Drive. Entre los restos del coche, encontraron a una mujer desconocida que fue trasladada al hospital.

Esa era ella. Una mujer desconocida.

La ironía no le pasó desapercibida. A pesar de su historia juntos, para Cliff también había sido una desconocida.

Ahora mismo se sentía aliviada por mantener el anonimato, y quería que siguiera siendo así. Quería dar cuerda al reloj, volver a su antigua vida y olvidar de algún modo este horrible error.

En la pantalla apareció otra imagen. Una mujer delgada, vestida con vaqueros y una sencilla camisa blanca, levanta la mano para protegerse de los fotógrafos. Sus gafas de sol eran tan grandes que le tapaban casi toda la cara. Parecía atormentada. Perseguida.

Joanna Whitman.

El estómago de Ashley se rebeló.

—Voy a vomitar.

La enfermera le dio un recipiente y ella tuvo una arcada horrible a pesar de que no tenía nada en el estómago.

«Lo siento, lo siento».

¿Era mala persona? No se atrevía a hacerse esa pregunta.

—Cierra las persianas y apaga el televisor —ordenó la doctora a la enfermera y Ashley se quedó tumbada, exhausta.

Podría haberles dicho que no se molestaran porque las imágenes de las noticias no le mostraban nada que no hubiera visto ya de cerca. Cuando el coche dejó de rodar, se dio cuenta de dos cosas. En primer lugar, que de algún modo continuaba viva y que todas sus extremidades parecían seguir unidas a su cuerpo. Y en segundo lugar, que Cliff Whitman no había tenido tanta suerte.

Nunca había visto un cadáver, pero no tenía ninguna duda de que estaba ante uno.

Y todo fue culpa suya.

¿Habría sido todo diferente si hubiera elegido otro momento para decirle lo que le tenía que decir?

Ella aún podía oír su voz diciendo: «Eso es imposible». Y recordó su aguda respuesta: «Si tienes relaciones sexuales, ¡siempre existe la posibilidad!». En ese momento había tenido toda su atención, y por eso se había salido de la carretera. ¿Eso la convertía en asesina?

«Estás en serios problemas, Ashley».

Quería correr, pero ni siquiera podía sentarse, y mucho menos moverse de la cama.

La doctora ajustó el goteo que le corría por el brazo.

—¿Te acuerdas de algo?

—Recuerdo haber subido a su coche —respondió. Podía imaginar lo que pensaban de ella. Lo que pasaba por sus cabezas. Pero, con independencia de lo que estuvieran imaginando, la verdad era, con toda probabilidad, mucho más jugosa.

Sintió calor y luego frío. Pensó en Joanna Whitman y se retorció. Aquella mujer tenía un aspecto horrible.

—Cuando te sientas con fuerzas, la Policía querrá hablar contigo —dijo la doctora—. Quieren saber si tienes idea de qué pudo causar el accidente. No llovía y la visibilidad era buena.

—No lo sé. No recuerdo mucho. Íbamos por la carretera y un segundo después ya estábamos rodando y rodando —dijo Ashley. No quería hablar con la Policía. No quería preguntas. ¿Cuánto podían averiguar? ¿Podrían encerrarte por decirle a alguien algo que no quería oír? Vio que la enfermera se volvía para mirar la máquina y esperó que no tuvieran un detector de mentiras instalado junto al resto del equipo médico.

La doctora esbozó una sonrisa tranquilizadora.

—No te preocupes. La amnesia de corta duración es muy frecuente después de un accidente como el que has sufrido. Has tenido suerte. Pero será mejor que te instales y vayas adaptándote, porque no te daremos el alta hasta dentro de un tiempo. La buena noticia es que el bebé está bien.

Ashley la miró fijamente.

—¿Bebé?

—Sí. Tu bebé. Estás embarazada. De unas diez semanas. —La doctora Ramírez hizo una pausa—. ¿No lo sabías?

Sí, lo sabía. Por supuesto que lo sabía. Por eso había subido en el coche con Cliff.

Pero no quería que nadie más lo supiera. No hasta que tuviese claro qué hacer a continuación.

«Oh, Ashley».

Tenía más problemas de los que pensaba.

4

MELANIE

Melanie Miller mordió una tostada para no enfadarse con su hija. Hubo un tiempo en el que podría haber dejado volar su mal genio, pero eso fue antes de tener a su propia hija y aprender a contenerlo. Aunque no le resultaba nada fácil. No ayudaba el hecho de que no le gustaran nada las mañanas. Si Greg no le hubiera quitado las sábanas, ahora aún seguiría durmiendo.

—¡Nunca me haces caso! —Eden se puso de pie, con los brazos cruzados y una mirada desafiante en su bonita cara—. No voy a ir a la universidad. ¡Jamás! ¿Qué sentido tiene?

«No respondas a eso».

Mel dio otro bocado a la tostada. Ese enfrentamiento le iba a costar una carrera extra por la playa para quemar las calorías, pero mejor eso que una crisis emocional con Eden que tardaría días en enmendarse.

—¡Mamá! ¿Por qué no dices nada? Estoy cansada de estudiar. Es un desperdicio de vida. ¿Y qué te aporta la universidad, aparte de una gran deuda económica? No quiero una carrera. Quiero hacer algo con el arte o la fotografía. Algo creativo que sea divertido y me deje mucho tiempo para surfear. Y tal vez no gané mucho dinero, pero quiero más de la vida que un sueldo. Quiero ser fiel a mi yo auténtico. Quiero seguir mis sueños. No quiero conformarme, como hiciste tú.

Mel se atragantó con la tostada. Ahora mismo su auténtico yo quería darle a su hija una buena tunda.

Se recordó a sí misma que el mundo era diferente cuando se era adolescente. Veías las posibilidades, pero sin estar contaminadas por la realidad. Parecía un camino sencillo, sin obstáculos.

«No quiero conformarme, como hiciste tú».

Las palabras despertaron una parte de ella que casi siempre ignoraba. Intentó dormirla de nuevo, recordándose a sí misma que había muchas razones para desempeñar un trabajo y que todas eran válidas. Algunos buscaban el dinero, y eso no tenía nada de malo. Otros querían hacer algo que valiera la pena y que les diera un sentido a su vida. Mel había seguido la tradición y se había unido al negocio familiar. El Surf Café daba a la playa y había sido fundado por sus abuelos como un lugar donde la comunidad local podía reunirse para comer y beber. A día de hoy, había el doble de turistas que de lugareños, pero seguía siendo un lugar muy frecuentado por los habitantes de Silver Point, a quienes Mel conocía en su práctica totalidad. Cuando era pequeña, sus padres le decían al menos una vez a la semana: «Este sitio será tuyo y de Nate algún día». Y Mel había pensado de vez en cuando: «¿Y si no lo quiero?».

Dejó de lado ese pensamiento. La cafetería formaba parte de su vida. Llevaba ayudando allí desde que había aprendido a andar. Tiempo atrás había hecho de todo, pero ahora se ocupaba de la parte administrativa, que, si era sincera, no le entusiasmaba demasiado, pero el negocio era el orgullo de su familia y ella y su hermano gemelo, Nate, tenían el deber de mantenerlo en funcionamiento.

De vez en cuando, cuando estaban muy ocupados, ayudaba con los clientes, pero solo cuando estaban desesperados. No tenía el encanto de Nate ni sus modales despreocupados. Ella era demasiado impaciente. Si la hubieran dejado al mando, probablemente ya habrían quebrado. Prefería llevar la contabilidad. Al menos los números no se quejaban y te decían que te habías equivocado de comida o que la hamburguesa no estaba hecha como les gustaba, aunque les hubieras dado exactamente lo que habían pedido.

El trabajo le daba flexibilidad, cosa que agradecía como madre trabajadora, y disfrutaba trabajando con su hermano, aunque ni en un millón de años se lo confesaría. Y el trabajo también tenía otras ventajas. Mel no podía pasar sin darse un capricho al menos una vez a la semana con uno de los *brownies* de chocolate con nueces de Nate. Eden era adicta a sus galletas de chocolate blanco y macadamia, e incluso Greg, que intentaba evitar el azúcar, era conocido por perder toda su fuerza de voluntad cuando se enfrentaba a una porción de tarta de manzana y canela. Si no caías en la tentación, siempre estaba la ensalada de gambas de la bahía, y si tenías tiempo para sentarte y disfrutar del momento, podías acomodarte en una de las mesas de la zona al aire libre, al abrigo de los cipreses, y contemplar cómo las olas del Pacífico rompían contra la suave arena blanca.

Eden la miraba con el ceño fruncido.

—¿Mamá?

—Sí, te he oído —respondió Mel. No podía hacer esto ahora. Necesitaba refuerzos—. ¡Greg! El café está listo.

—Ya estoy aquí —dijo Greg mientras entraba en la habitación. Y Eden pasó de inmediato de la actitud combativa a la alegre.

—¡Hola, papá!

—Hola —saludó Greg a su hija con un rápido beso en la parte superior de la cabeza, que Eden seguía tolerando siempre que no hubiera nadie conocido cerca para presenciarlo—. ¿Cómo está mi familia esta mañana?

«Cansada», pensó Mel mientras se levantaba y le entregaba el frasco de café que había preparado. Eden había sido una niña peleona, con opiniones firmes sobre cualquier cosa, desde la ropa hasta la comida. Mel se había dicho a sí misma que las cosas serían más fáciles cuando fuera adolescente. Se había equivocado. Tal vez debería dejar de pelear con ella. Dejar de intentar orientar sus decisiones en una dirección más sensata. ¿En qué momento debes dar un paso atrás y dejarles vivir su vida, con errores y con todo lo que eso conlleva?

La pregunta la atormentaba y se sintió aliviada cuando Eden y Greg se marcharon, una al colegio y el otro al trabajo.

A Mel no la necesitaban en la cafetería hasta dentro de unas horas y decidió aprovechar el tiempo para buscar un libro que sustituyera al que había terminado en el baño la noche anterior.

Agarró el bolso y las llaves y salió de casa. Durante el paseo de cinco minutos hasta Main Street, levantó la cara hacia el sol en un intento por rebajar sus niveles de estrés.

Era temprano, pero las calles ya bullían de visitantes.

Mel empujó la puerta de la librería Beach y el timbre sonó de esa forma tan agradable y familiar que le recordaba por qué había elegido trabajar en el negocio familiar y quedarse en su ciudad natal, Silver Point, California.

Silver Point, con sus calles empedradas y sus gloriosas playas, era un tramo muy fotografiado de la costa californiana, para enfado de la Policía, harta de que la gente corriera el peligro de matarse al posar para el selfi perfecto. La pequeña ciudad costera estaba enclavada entre el océano Pacífico y las montañas de Santa Lucía. En los meses de verano, la gente solía pasar de largo de camino a las zonas turísticas de Carmel y Monterey.

Eso le venía bien a Mel. Amaba su hogar, donde las montañas se encontraban con el océano, y se lo habría quedado para ella sola. Ese era su lugar y ella pertenecía a allí, con esas personas que había conocido toda su vida. Donde había corrido por los numerosos senderos que cruzaban las montañas, a través de los bosques de pinos de Monterrey, los cipreses y los cedros. Y donde había practicado surf y nadado en el océano bajo un cielo tan azul que parecía irreal.

Aun así, las palabras de Eden le dolían. Era como caminar con una piedra en el zapato. «No quiero conformarme, como hiciste tú».

Tuvo una breve visión de los tacones altos y la vida en la ciudad, el ajetreo de las calles abarrotadas y el resplandor del sol sobre los rascacielos de cristal.

No se había conformado. No se había conformado en absoluto y, como amaba tanto esa parte de la costa californiana, podía entender la reticencia de Eden a marcharse, pero divertirse no era un trabajo. Y si lo que ella quería era divertirse, ¿por qué rechazar la universidad? Mel había amado la universidad. Había bebido por primera vez legalmente, había fumado hierba y había hecho un montón de cosas que se suponía que debías hacer cuando eras joven. Había bailado hasta dolerle los pies, había hablado hasta dolerle la mandíbula, había tenido mucho sexo con Greg (aunque, para ser honestos, llevaba haciéndolo desde los dieciséis años, así que era más de lo mismo, aunque «lo mismo» era muy bueno), y luego se había formado como contable y había empezado a trabajar en la cafetería utilizando sus conocimientos empresariales. Y tal vez eso no fuera muy divertido, pero era un trabajo estable y eso era algo por lo que estar agradecida. Divertirse no pagaba el alquiler. Divertirse no garantizaba un futuro seguro, y querer eso para su única hija no la convertía en una mala madre.

Quizá en vez de una novela, debería comprar un libro sobre la paternidad.

—¿Tienes algo sobre cómo tratar a adolescentes difíciles? —preguntó Mel, mirando por encima del mostrador, donde Mary-Lou estaba desempaquetando libros de una caja.

—¡Mel! —exclamó Mary-Lou, alzándose del suelo con la cara roja por el esfuerzo—. ¿Tienes problemas con Eden otra vez?

—Es peor que un terremoto —dijo Mel, con un deje de resignación en su voz—. Tuve que pedir refuerzos.

—¿Tan mal ha ido? —preguntó Mary-Lou, con cara de incredulidad—. ¿Y el oficial involucrado llegó a hacer un arresto?

—Por suerte, Greg es un experto en tácticas de desescalada en situaciones de crisis —respondió Mel, aliviada—. Esa es la razón por la que todos seguimos vivos y ninguno de los rehenes resultó herido. Me casé con él por sus habilidades de negociación. Es el hombre más razonable y paciente que he conocido.

—¿Quién era el rehén? —dijo Mary-Lou intrigada.

—Depende de quién pregunte —contestó Mel, tomando una hoja del mostrador y volviéndola a dejar en su sitio—. Por cierto, terminé el *thriller* que me recomendaste. Era bueno, aunque Greg dice que es imposible que pudieran descubrir todo eso a partir de un cadáver tan viejo.

—¿De eso habláis durante la cena? ¿De cadáveres?

—preguntó Mary-Lou, con una nota de sarcasmo—. Qué romántico. Supongo que te has quedado sin temas de conversación después de todos estos años.

—Seguimos siendo espontáneos —respondió Mel, con una sonrisa—. Y no podemos coquetear ni hablar de forma sexi delante de Eden, aunque ahora que lo pienso, podría ser una forma perfecta de despejar la habitación.

Mel archivó la idea para más tarde y Mary-Lou negó con la cabeza, riendo.

—Es un guardián, eso está claro. La comunidad tiene suerte de tenerlo cuidando de nosotros. Y tú también.

—Lo sé —aceptó Mel, dirigiendo su mirada hacia las estanterías—. Y ahora, ¿qué puedo leer? ¿Qué tienes para mí?

—Algo mejor que la ficción. —Mary-Lou se inclinó hacia ella, una señal inequívoca de que estaba a punto de compartir algún cotilleo jugoso.

Como a Mel aún le quedaba una hora libre por delante, también se inclinó hacia ella, aunque no entendía por qué cuchicheaban. Había solo tres personas paseándose entre las estanterías, y todas ellas eran turistas que muy probablemente no tenían ningún interés en las anécdotas de los lugareños.

—¿Se trata del caniche de la señora Highgate? Porque ya estoy al tanto de eso —dijo Mel. El muy mimado caniche se había escapado el día anterior y había desenterrado todas las begonias recién plantadas de la vecina. Como la vecina era Edna Casey, esa pequeña aventura había provocado una visita de la Policía. Mel se había enterado por Greg, que había atendido la llamada antes del desayuno.

—Esto es mucho más grande que lo del caniche de la señora Highgate. ¿No has visto las noticias? —Mary-Lou levantó la vista y sonrió a la turista que

rondaba detrás de Melanie—: ¿En qué puedo ayudarla?

—Me llevaré estos dos, gracias —dijo la mujer, entregándole dos libros de bolsillo.

—¿Novedades? —preguntó Mel, esperando con impaciencia mientras Mary-Lou atendía a la clienta.
Charlaban sobre el clima y las diversas atracciones que
la mujer debía visitar durante su estancia en la ciudad.
También le habló maravillas de los tres números siguientes de la colección que estaba a punto de llevarse.

Como resultado de esa conversación, la clienta
salió de la tienda con cinco libros en lugar de los dos
que había pensado comprar en un principio.

Mel miró a su amiga con admiración.

—¿Eliges dos y te venden tres más?

—Es una gran estrategia de venta y una forma de
garantizar la continuidad del negocio —respondió
Mary-Lou, volviéndose para mirar a Mel otra vez—.
¿De verdad no has visto las noticias esta mañana?

—Ya te he dicho que estaba tratando de controlar
un incidente doméstico importante —dijo Mel, tomando un *thriller* de la estantería más cercana al escritorio—. ¿Qué tal este? ¿Es bueno?

—Sí. ¿No ves la tele?

—Las noticias crean tensión. He estado escuchando a Mozart. Se supone que es bueno para el estrés.
Soy madre de una adolescente. Mi nivel de estrés está
siempre alto, no hay necesidad de empeorarlo más
aún. Dudo que Mozart me ayude, pero lo voy a intentar. Si eso falla, tal vez recurra al alcohol. —Mel hojeó
el libro y leyó la contraportada. Se tomó su tiempo
porque sabía que Mary-Lou estaba ansiosa por compartir con ella cualquier noticia que se hubiera perdido, y no veía qué había de malo en divertirse un
poco haciendo que se impacientara—. Bueno, ¿qué
ha pasado?

—¿Cliff Whitman? —preguntó Mary-Lou.

El buen humor de Mel se esfumó. Dejó el libro sobre la encimera.

—¿Qué pasa con Cliff Whitman?

Mary-Lou deslizó el dedo índice de un lado a otro por su garganta y Mel frunció el ceño, confusa.

—¿Tuvo un accidente con uno de sus propios cuchillos de cocina? ¿Alguien le ha cortado el cuello? —preguntó Mel. No le habría sorprendido. Si hubiera estado casada con Cliff, lo habría asesinado antes de su primer aniversario. Lo habría lanzado al océano donde, sin duda, su cuerpo se habría hundido sin dejar rastro, arrastrado hasta el fondo por el peso de su ego.

Greg, siempre firme, razonable e imperturbable, habría señalado que cada persona tiene diferentes matices, pero el único matiz de Cliff Whitman que Mel quería ver era su espalda mientras se alejaba.

—No le han hecho nada en el cuello... —Mary-Lou estaba ansiosa por compartir los detalles—, pero está muerto. Supongo que eso es lo que pasa cuando te subes a tu coche deportivo de moda, un cliché para un hombre de su edad, y te pavoneas por Hollywood Hills.

—¿Muerto? —Mel sintió una punzada de culpabilidad. Había estado difamando a un muerto, lo que la incomodaba un poco. Por otro lado, no sabía que él estaba muerto cuando había empezado a criticarlo y, además, se trataba de Cliff Whitman. Era difícil tener pensamientos generosos hacia alguien que había destruido la relación de dos personas a las que quería (en su mente, la mayor parte de la culpa era de Cliff) y había arruinado su perfecto grupo de cuatro. Y sí, estaba emocionalmente implicada porque una de esas personas era su mejor amiga y la otra su hermano, y sí, habían pasado dos décadas, pero Mel no lo había olvidado. Pero aun así...—. ¿Muerto cómo? ¿Se estrelló?

¿Lo sabría Nate? ¿Se habría enterado?

—El coche se salió de la carretera y cayó por un barranco. Y escucha esto... —Mary-Lou bajó la voz—. Había una mujer con él.

A Mel se le encogió el estómago de repente. «Joanna».

—No... —Mel no podía respirar. La sensación de pérdida fue abrumadora, y luego vino la culpa. Culpa por no haberse esforzado más en arreglar las cosas mientras había tenido la oportunidad.

—¿Mel? Estás blanca como un papel. Siéntate. No te desmayes en mi suelo. —Mary-Lou mostró su preocupación por ella y arrastró una silla hacia su amiga—. ¿Estás enferma? ¿Qué te pasa?

—Joanna... —dijo Mel desplomándose en la silla y logrando pronunciar la palabra—. Es solo por el *shock*, eso es todo. No puedo creer que se haya ido.

—¿Que se ha ido? —Mary-Lou la miraba con extrañeza—. No se ha ido a ninguna parte. ¿Estás pensando...? No era Joanna la que iba en el coche.

—¿Qué? —Mel se agarró fuerte a la silla—. ¿Y por qué dijiste que era ella?

—Yo no dije eso. Dije que había una mujer en el coche. Nadie sabe quién es, pero no era Joanna. —Mary-Lou le dio palmaditas en el hombro—. Siento haberte dado un susto. En las noticias han dicho «mujer desconocida». La han llevado al hospital. No han dado más detalles.

«Mujer desconocida».

Aún recuperándose del *shock* por creer que Joanna había muerto, Mel apartó su cabello de la cara e intentó imaginar qué haría si Greg fuera por ahí recogiendo mujeres desconocidas a toda velocidad.

—Joanna no es ninguna niña. Cumplirá cuarenta este año —dijo Mel, reflexionando.

¿Cómo había sucedido todo tan rápido? Parecía que había sido ayer cuando soplaron juntas las catorce velas de su pastel de cumpleaños. Joanna había pedido un deseo. Mel no había necesitado preguntar cuál era. Estaban en esa etapa de amistad en la que parecían conocerse mutuamente al dedillo.

—Todavía recuerdo el día en que incendió la cocina del Surf Café y terminó enviando a tu hermano al hospital. No es fácil olvidar una escena como esa.

—Mel tampoco lo había olvidado. Las luces azules parpadeantes de la ambulancia, su madre llorando... Joanna también lloraba, las lágrimas marcaban surcos en sus mejillas tiznadas de hollín.

—Ella no incendió el local a propósito, Mary-Lou. Fue un accidente. Estaba preparando una cena romántica para Nate. Se le habían quemado las tortitas...

—Y había demasiada grasa en la sartén —interrumpió Mary-Lou, sacudiendo la cabeza—. Tu hermano tuvo suerte de no perder más que las cejas. Esa pareja era inseparable. Me quedé estupefacta cuando terminaron y ella se fue de la ciudad de una forma tan repentina. Lo sentí mucho por él. Siempre pensé que estarían juntos para siempre, ¿sabes?

Mel lo sabía muy bien, porque ella también había imaginado lo mismo. Fue una lección dolorosa de que la vida no siempre resulta como uno espera.

—No podía creer que se fuera con ese chef que acababa de conocer hacía cinco minutos —continuó Mary-Lou—. Aunque, con lo mala cocinera que es, quizás no fue tan mala elección para ella. Esa chica se habría muerto de hambre o habría provocado una explosión si hubiera intentado cocinar por sí misma. Aun así, obtuvo más de lo que esperaba con Cliff Whitman.

Eso era cierto.

¿Cómo había soportado Joanna todo eso? La chica con la que Mel había crecido siempre había sido leal y afectuosa. Sí, los problemas la perseguían, pero no todo era por culpa de Joanna. Ella hacía muchas cosas bien, aparte de las malas. Nunca olvidaba un cumpleaños. Hacía galletas para las personas que tenían un mal día (aunque algunos decían que las galletas de Joanna empeoraban los días malos). Lo que más había deseado de pequeña era estar con Nate, así que, ¿cómo había acabado con Chef Asqueroso?

¿Y qué pensaría Nate cuando se enterara de la nueva noticia?

—Entonces, ¿no has sabido nada de ella? —preguntó Mary-Lou, recogiendo el libro que Mel había estado hojeando y colocándolo de nuevo en el estante—. Pensé que ella podría haberse puesto en contacto contigo.

—No —respondió Mel, con la boca seca—. No me ha contactado. ¿Por qué iba a hacerlo?

Pensaba que ya se le había pasado, pero el *shock* de creer que Joanna había tenido ese accidente había traspasado la coraza que había construido alrededor de su corazón, y ahora se daba cuenta de que el dolor seguía ahí, crudo y real.

Se dijo a sí misma que era porque Joanna había dejado un vacío en el corazón de su hermano y, por supuesto, eso iba a hacer que se sintiera herida y a la defensiva. Pero era algo más que eso.

Justo al principio, cuando ocurrió todo, Mel se había tragado su orgullo e intentado ponerse en contacto con ella, pero Joanna la había dejado plantada. Joanna, a quien había querido como a una hermana. Ambas habían aprendido a nadar juntas, se habían puesto la ropa de la otra, se habían perforado las orejas con una aguja del costurero de su madre (¡qué de

sangre!). Lo habían compartido todo, desde el maquillaje hasta el chocolate. Habían sido inseparables
hasta que Joanna decidió separarlas. Joanna había
abandonado Silver Point sin mirar atrás, y también
había abandonado a Mel y su amistad.

Nate se había negado a hablar sobre ello. Había
ahogado sus penas con Greg, dejando a Mel a su suerte para lidiar con su dolor por su cuenta.

Pasado algún tiempo, la siguiente vez que Mel vio
a Joanna fue en la prensa. Tras su primer éxito, Mel
había visto fotografías de Joanna con aspecto dema-
crado e intentando evitar a los medios con la mano
sobre la cara. Apenas habían pasado unos años, quizá menos, y Mel había agarrado el teléfono y la había
llamado, a pesar de que hacerlo la hacía sentir desleal
a Nate. Pero fue inútil, porque Joanna había cambiado de número.

«Al menos lo he intentado», había pensado Mel y
se había rendido. Y ahora ya había pasado demasiado tiempo como para replantearse esa decisión.

Aunque Mel hubiera encontrado la forma de su-
perar el dolor y contactar con Joanna, ¿de qué podrían hablar? ¿Qué tenían en común? Mel trabajaba
en la cafetería local, pasaba tiempo con su familia y
amigos de la zona. Joanna frecuentaba estrenos, en-
tregas de premios y alfombras rojas.

—Estoy segura de que Joanna tiene mucho apoyo
ahora. —Había visto las pruebas. Fotografías de Joanna de compras con amigas, jugando al tenis, en el
teatro. Le había fascinado verla siempre arreglada,
aunque de niñas la apariencia no fuera una prioridad
para Joanna, tal vez porque era bastante agraciada:
pestañas espesas, ojos verdes y pelo del color del fo-
llaje otoñal, una combinación llamativa. Mel la recordaba dando volteretas en la playa, con arena en el
pelo y las piernas desnudas. Su aspecto formaba

parte de ella, junto con su naturaleza generosa y su incapacidad para cocinar algo sin quemarlo por completo. Había cambiado, pero tal vez se debiera a que el hombre con el que se había casado siempre mirara a otras mujeres.

Si las fotos decían la verdad, Joanna llevaba una vida maravillosa. Pero el precio que había pagado por esa vida había sido Cliff, y ese precio, pensó Mel, era demasiado alto. Era de suponer que Joanna había llegado a la misma conclusión porque finalmente se había divorciado de él hacía un año.

Y ahora Cliff estaba muerto.

Mary-Lou puso una pila de marcapáginas sobre el mostrador.

—Cuando la veo paseando por la alfombra roja de manera elegante en algún evento, tengo que mirar dos veces para asegurarme de que es ella. Y siempre tengo que decirme que es Joanna, la que solía venir aquí a pedir libros prestados cuando mi madre llevaba la tienda.

Mel ladeó la cabeza.

—A Joanna siempre le encantó leer, pero su madrastra pensaba que los libros eran un gasto innecesario.

—No me hables de esa mujer —dijo con desdén—. Te juro que Denise parecía una de esas malvadas madrastras de las películas que solíamos ver cuando éramos niñas. Ella fue la razón por la que mi madre le prestaba libros a Joanna, a pesar de que no había esperanza de recuperarlos. Mi madre solía decir: «Esa pobre chica necesita una vía de escape de su vida con esa mujer». Le resultaba insoportable pensar que la pequeña Joanna estuviera a solas con ella.

El recuerdo le resultaba incómodo. Mel había hecho todo lo posible por evitar pasar tiempo en la casa de Joanna. Normalmente, se encontraban en la playa o Joanna iba a pasar el rato a casa de Mel. Cuando Mel iba a visitarla a su casa, siempre contaba las horas hasta el momento de irse. No es que tuviera miedo de la madrastra de Joanna, pero Denise no era una mujer de trato fácil. Incluso se lo había comentado a su amiga en una ocasión:

—No le caigo bien a tu madrastra.

—A mi madrastra no le cae bien nadie —había respondido Joanna.

Mel guardaba buenos recuerdos del padre de Joanna. Lo recordaba como un hombre cariñoso y divertido, que adoraba a su hija. Al enviudar tras nacer Joanna, se volvió a casar cuando ella tenía ocho años.

—Solía decirle a Joanna que nunca había querido tener hijos —comentó Mel.

—¿Te imaginas a alguien diciendo eso a un niño? —respondió Mary-Lou, con el ceño fruncido—. No me parece mal no querer tener hijos, pero si piensas así, no deberías casarte con un hombre que ya tiene una hija.

—Supongo que nunca pensó que él fallecería y la dejaría a cargo de Joanna. En cualquier caso, eso ya es agua pasada.

Mel recordaba una vez que le había preguntado a Joanna qué era lo que le pasaba a su madrastra. La respuesta aún resonaba en su cabeza: «Su vida no ha resultado como ella esperaba».

—¿Acaso la vida de alguien resultó como esperaba? —cuestionó Mel.

No estaba segura. Si alguien le hubiera preguntado a sus dieciséis años qué estaría haciendo dentro de diez, habría supuesto que Nate se casaría con Joanna, convirtiéndola en su pariente oficial y no solo en su mejor amiga. Habría imaginado que tendrían un par de hijos, primos de los que planeaba tener con Greg. Soñaba con largos veranos felices, intercalados por barbacoas familiares y ajetreados Días de Acción de Gracias.

Todo eso demostraba que planificar era una pérdida de tiempo. Mel y Greg tuvieron a Eden, pero la naturaleza decidió que no tendrían más hijos. Joanna se casó con Cliff Whitman, y su única *descendencia* era Bess, su perra de rescate.

—Tu madre era muy amable con ella. Joanna la adoraba. Por cierto, ¿cómo está?

—Su artritis ha empeorado. Desearía pasar más tiempo con ella, pero encontrar a alguien que pueda ayudarme en esta zona no es fácil —respondió Mary-Lou—. ¿Crees que tu hermano ha visto las noticias? Me pregunto si aún piensa en ella. Le llevó cinco años atreverse a entablar una relación con otra mujer después de que Joanna se fuera.

—Todo eso ya es historia, Mary-Lou. Nate se volvió a enamorar y se casó —replicó Mel, con cierta incomodidad al hablar de su hermano—. No creo que a él le guste que lo tomen por una víctima.

—También se divorció unos años después.

—No puedes culpar a Joanna por eso. —Aunque durante un tiempo sí la culpó de muchas cosas. ¿Por qué no iba a hacerlo? Joanna había dejado a Nate, de quien siempre había dicho que era su alma gemela. Y Nate no era solo el hermano de Mel, era su gemelo. Cuando a él le dolía, a ella también. Él era cuatro minutos mayor, y siempre la había defendido en todo. Ella hacía lo mismo por él. Tenía derecho a estar enfadada por lo de su hermano, pero también porque Joanna había dado la espalda a su amistad con mucha facilidad.

Mary-Lou ladeó la cabeza.

—¿Crees que volverá?

—¿Volver, aquí? No. ¿Por qué iba a hacerlo? No ha vuelto en veinte años.

—Cierto, pero a veces, cuando pasan cosas malas, es como si fuese una llamada de atención. Te das cuenta de lo que es importante. A lo que le diste la espalda. Y quieres volver a tu hogar.

—Silver Point no es su hogar. No ha sido su hogar en dos décadas. —«Y ninguno de nosotros era importante para ella», pensó Mel. «Yo no era importante».

—Ella todavía es dueña de Otter's Nest. —Mary-Lou le lanzó una mirada mezquina, que Mel comprendió. El padre de Joanna, quizá con cierta clarividencia, había dejado Otter's Nest a Joanna y no a su segunda esposa. Tal vez lo sabía, pensó Mel. Quizá en el fondo sabía cómo era Denise y que algún día Joanna podría necesitar algo que fuera suyo.

¿Cómo se sentiría él si supiera que Joanna no vivía allí? Su madrastra odiaba aquel sitio. Odiaba que estuviera aislado, que tuviera que subirse al coche para ir a la ciudad. Mel aún recordaba sus quejas.

—Aun así, ¿que su marido se lo hubiera dejado todo a Joanna? Eso tuvo que dolerle.

Mel sabía cosas de la vida de Joanna que otras personas del pueblo no sabían, pero, aunque llevaban veinte años sin hablarse, eso no significaba que estuviera dispuesta a revelar sus secretos.

—Bueno, ahora esa mujer está viviendo en la costa de Carmel, así que supongo que es feliz.

—Nada haría feliz a esa mujer. Además, ni siquiera reconocería Otter's Nest si lo visitara. Es un lugar tan lujoso y elegante —dijo Mary-Lou mientras colocaba en su sitio otro libro. —Incluso ha ganado algún premio de arquitectura.

—Pero si nunca lo has visto. Ninguno de nosotros lo ha hecho.

—He visto fotos. Todo es ecológico por aquí, sostenible por allá. Tanto revuelo y tanto dinero para reconstruir una casa. ¿Por qué contratar a un arquitecto de renombre de San Francisco para convertir Otter's Nest en un paraíso costero si nunca lo vas a usar?

—¿Inversión inmobiliaria, quizás?

Mel recordaba los largos días de verano que habían pasado en la pequeña curva de arena frente a Otter's Nest. La casa estaba situada justo encima de la cala, con un sendero arenoso que llevaba a la playa. El primer beso que compartió con Greg fue allí, sentados en la arena, viendo la puesta sol. Solo tenían catorce años.

«Voy a casarme contigo, Melanie».

—Tampoco creo que ella necesite más ingresos... Y que conste que no tengo envidia, yo no cambiaría mi vida por la suya. Ni siquiera todo el dinero del mundo me tentaría a estar con un hombre como Cliff Whitman —afirmó Mary-Lou—. ¿Qué mujer que se respete a sí misma permanecería casada con un hombre así durante dos décadas?

Esa era una pregunta a la que Mel no podía responder, y Mary-Lou no era la única que se lo preguntaba.

—Supongo que ninguno de nosotros sabe realmente lo que ocurre en la intimidad de una relación de pareja.

¿Cómo se sentiría Joanna ahora? Se había divorciado de ese hombre, pero Mel sabía que nada en la vida era tan simple. ¿Tenía el corazón roto? ¿Lo estaba celebrando con champán? La Joanna de antes, la Joanna con la que se reía, surfeaba y soñaba con chicos, habría detestado toda esa atención a su alrededor. Aquella Joanna tenía un corazón grande y bondadoso. Pero la persona en la que Joanna se había convertido... Mel ya no la conocía.

—Siento pena por ella —dijo Mary-Lou—. Y aunque no rechazaría su dinero, sí rechazaría su vida. Ni siquiera puede ir a la tienda de la esquina sin que le hagan una foto. ¿Te imaginas? Esta mañana mostraron fotos de su casa en las noticias. Vive en una mansión de lujo, pero tiene a la prensa y a los fotógrafos merodeando por todas partes. ¿De qué sirve una casa así si tienes miedo de salir de ella? Es más bien una prisión. Tendría más intimidad en Otter's Nest, pero seguro que tienes razón. —Hizo un gesto con la mano—. Joanna no ha aparecido por aquí en veinte años. ¿Por qué iba a hacerlo ahora?

5

JOANNA

Joanna estaba tendida boca arriba en medio de la cama, sin ganas de levantarse. Saboreó aquellos segundos de felicidad antes de despertarse por completo, antes de que su cerebro se despejara del sueño y le recordara que estaba viviendo la vida que había elegido, una llena de malas decisiones.

A veces se preguntaba cómo habría sido si hubiera tomado decisiones diferentes. Si se hubiera detenido en lugar de precipitarse, si hubiera tomado un camino en lugar de otro. Era fácil juzgarse con dureza cuando miraba atrás. Las decisiones que parecían claras en aquel momento resultaban más difíciles de comprender con la distancia. Te equivocabas de camino una y otra vez, y antes de darte cuenta estabas irremediablemente perdido y ya no había vuelta atrás, así que seguías avanzando. Te quedabas con lo malo porque al menos te resultaba familiar y, de todos modos, ya no sabías ni qué era lo bueno ni cómo encontrarlo.

Oyó ruidos en la cocina y se quedó helada. Entonces recordó que estaba Nessa. Su leal ayudante había insistido en quedarse e instalarse en la habitación de invitados. «No puedo correr el riesgo de atravesar esas puertas todos los días, y no pienso adentrarme en el bosque otra vez, así que, de momento, seré tu inquilina», le había dicho. Joanna había estado de acuerdo, ya que tenerla cerca le impedía pensar demasiado. Ahora mismo, Nessa era lo más parecido a una amiga que tenía.

¿Y qué decía eso de ella?

Joanna apartó las sábanas y se obligó a empezar el día. Miró con nostalgia la enorme pila de libros de su mesilla de noche y luchó contra el impulso de cerrar la puerta y pasar el día perdida en el mundo de otra persona.

En lugar de eso, se dirigió al baño, se duchó, se lavó los dientes y se vistió con su habitual atuendo de trabajo: vaqueros y camisa blanca. Dedicó menos de cinco minutos a maquillarse, porque era el tiempo máximo que podía soportar contemplando su pálido rostro. Parecía más muerta que Cliff.

«¿Por qué te estrellaste, Cliff? ¿Habías bebido?», se preguntaba, igual que los demás.

No necesitaba mirar por las ventanas para saber que los fotógrafos seguían en la puerta, dentro de sus furgonetas aparcadas, observando la casa a través de largos objetivos.

Dejó pasar dos días y, como no daban muestras de perder el interés, contrató un equipo de seguridad para poder ir en coche a su oficina. Dos hombres fornidos, sin sonrisa, con hombros musculosos y sin sentido del humor. La llamaban señora Whitman, cosa que ella odiaba. No quería ser la señora Whitman. No quería pasar el resto de sus días como un accesorio más de Cliff.

Su oficina central también había sido rodeada, así que dijo algunas palabras tranquilizadoras al equipo, tomó lo que necesitaba e intentó no ver el alivio en sus caras cuando dijo que trabajaría desde casa. No la querían allí, desviando la atención de la empresa, pero al mismo tiempo el trabajo no se detuvo porque Cliff ya no estuviera vivo.

Él siempre había pasado el menor tiempo posible en la oficina. En parte porque solía estar ocupado rodando algún proyecto, visitando los restaurantes, promocionando sus libros y, en general, manteniendo un perfil alto en los medios de comunicación, pero también porque Cliff era disléxico y parte de su estrategia para ocultarlo consistía en no encontrarse nunca en una situación en la que se esperara de él que leyera o firmara algo sin Joanna a su lado. Ella no entendía por qué lo ocultaba. Le había sugerido muchas veces que su éxito podría inspirar a otras personas con dislexia, pero a Cliff no le interesaba inspirar ni ayudar a nadie. Se centraba en mantener la imagen que había creado. Quería creer que era la persona que había creado. Quería que el público también lo creyera.

La realidad era que Cliff tenía poca participación en el trabajo que se hacía entre bastidores. La empresa estaba dirigida por un equipo directivo eficiente, pero era Joanna quien había dirigido a Cliff. Incluso después del divorcio, eso no había cambiado. Manejaba su agenda, su transporte, sus compromisos con los medios y sus inseguridades. Fue Joanna quien recopiló todas las recetas de los libros de Cliff, pesando y midiendo minuciosamente todos los ingredientes que él mezclaba por instinto y anotándolos. Nunca había seguido una receta en su vida, pero sabía qué sabores combinaban bien.

Al principio había sido divertido. Incluso emocionante. Pero eso había cambiado gradualmente. Cuanto más esperaba el público de él, más presión sentía y más crecían sus inseguridades. Se convirtió en víctima de su propia creación.

«¿Por qué te estrellaste, Cliff? ¿Estabas fanfarroneando?», se preguntaba Joanna.

Bajó las escaleras y se encontró a Nessa en la cocina quejándose de la cafetera. Le entregó una taza a Joanna.

—¿Así que el negocio se va a hundir, jefa? —dijo Nessa entregándole una taza a Joanna—. Porque hay rumores circulando.

—El negocio va bien. —Por ahora. Había tenido una breve conversación con Michael, que estaba a cargo de las operaciones. Le aseguró que, a pesar de haber perdido a Cliff, no había razón para que el negocio se resintiera a corto plazo—. Las reservas han aumentado en todos los restaurantes, el último libro está listo para salir y la editorial... —No quería pensar en eso ahora. Por una vez en su vida, quería pensar en sí misma y no en Cliff.

¿Se equivocó al quedarse con el negocio? ¿Debería haberse distanciado completamente de él cuando se divorció? Tal vez, pero en aquel momento estaba tirando a la basura una buena parte de su vida, y hacer lo mismo con el trabajo le había parecido demasiado. Cliff le había suplicado que no se divorciara de él, y luego le había rogado que no dejara el negocio. Había tenido miedo de que sin ella como su mano derecha todo se viniera abajo y él estuviera en el lugar erróneo en el momento equivocado. Ella había aceptado seguir trabajando con él, por lo que aún tenía que pensar en el negocio.

«¿Por qué te estrellaste, Cliff? ¿Quién era esa mujer?», se preguntaba Joanna constantemente.

—La prensa sigue ahí fuera. Te he hecho el desayuno. Espero que te parezca bien —dijo Nessa, volcando unos huevos revueltos sobre una tostada y poniendo el plato delante de Joanna, que lo miró sin ningún entusiasmo.

—No tengo hambre...

—Prueba al menos un bocado. Soy buena

cocinera. No tanto como Cliff, obviamente, pero se me da bien. Mi madre me enseñó —insistió Nessa. Joanna sintió una punzada. Quizá, si hubiera tenido una madre que le enseñara, no sería un desastre en la cocina. Agarró el tenedor, no porque le gustara la idea de comer, sino porque le gustaba Nessa.

—Tal vez deberías ofrecer a esos fotógrafos algo de beber o un sándwich.

—Estás de broma —dijo Nessa con cara de incredulidad.

—Solo hacen su trabajo —respondió Joanna cortando la tostada por la mitad.

—Sí, bueno, tampoco tenemos que ayudarles dándoles de comer y beber. ¿Nunca has visto esos carteles en el zoo? ¿Los que dicen que no alimentes a los animales? Lo mismo se aplica aquí. —Nessa la miró fijamente—. No estás comiendo. Mi madre siempre dice que no se puede manejar una crisis con el estómago vacío.

Para apaciguarla, Joanna comió un bocado.

—Sabe bien. Y tienes razón en que no es buena idea llevarles comida. No quiero alentarlos.

Estaba cansada de intentar evadirlos. Cansada de no poder salir de su casa sin que le pusieran una cámara en la cara. El hecho de que ella y Cliff ya no estuvieran casados no parecía preocuparles. A sus ojos, nadie conocía a Cliff mejor que ella, y estaban decididos a hacer todo lo posible por descubrir la verdad.

«¿Conoce la identidad de la joven?».

«¿Cree que él había estado bebiendo la noche del accidente?».

Mantuvo su actitud habitual y no dijo nada. Michael y ella enviaron un comunicado a todos los empleados para tranquilizarlos. Se habían centrado en el negocio, no en lo personal. Pero era lo personal lo que interesaba a los medios de comunicación.

—He revisado tu bandeja de entrada —dijo Nessa, poniendo la taza de café delante de ella—. En su mayoría es todo lo de siempre. Nada urgente. También llamó la productora de *Cocinando con Cliff*. Han puesto la película en espera, obviamente. Quiere hablar contigo.

—¿Por qué? No puedo hacer nada porque hayan perdido a su presentador estrella. —Una de las aventuras de Cliff cuando aún estaban casados había sido con Cally Martin, la productora. Joanna apartó el plato, se le había quitado el apetito—. Ya la llamaré. —Pero todavía no. Cuando estuviese lista. Seguro que Cally había entrado en pánico al enterarse de que su gallina de los huevos de oro había caído por un precipicio.

«¿Por qué chocaste, Cliff? ¿Estabas distraído? ¿Qué estabas haciendo con esa chica?», se repetía constantemente Joanna.

—Tienes que comer más. Si pierdes peso, les darás algo sobre lo que escribir —insistió Nessa, empujando de nuevo el plato hacia ella—. ¿Sabes lo que necesitas? Un día de *spa* o algo así. Necesitas cambiar de aires. Necesitas relajarte.

—Salir de esta casa significa estar mirando por encima del hombro todo el tiempo. No tiene nada de relajante. Tal vez debería trepar por el muro, como hiciste tú, y desaparecer —bromeó, aunque en el fondo quería huir de allí.

—No es una mala idea, si no tenemos en cuenta las arañas —dijo Nessa, preparándose unas tostadas con mantequilla—. Me siento un poco cohibida cocinando para ti cuando probablemente estés acostumbrada a crear platos dignos de un restaurante.

—Te equivocas. Soy una cocinera *horrible* —respondió Joanna, recordando la palabra exacta que Cliff había utilizado. Y tenía razón.

Nessa la miró fijamente con la tostada a medio camino de su boca.

—No te creo.

—¿Por qué no?

—Porque Cliff ha debido de enseñarte —insistió su ayudante.

Eso demostraba lo poco que Nessa conocía a Cliff. Él necesitaba ser el mejor. No quería competencia. Y no podría manejar la situación si Joanna demostraba tener talento.

—Cliff era el que cocinaba cuando estábamos juntos. Y después del divorcio siempre pedía comida a domicilio o comía algo sencillo. —Fruta, queso, ensaladas... y poco más—. Soy buena abriendo envases.

La comida muy elaborada le recordaba a Cliff, así que sus platos favoritos eran los que él jamás habría preparado.

La comida sencilla se convirtió en un acto de rebelión, una forma de distanciarse de su vida pasada.

No solo se había divorciado de Cliff, se había divorciado de esa parte de su vida que comía raviolis de langosta.

—Quizá deberías quedarte con algún amigo —sugirió Nessa mientras recogía algunas migas con la punta del dedo—. Quiero decir, solo hasta que las cosas se calmen.

¿Amigos?

Desde que se supo la noticia, dos de sus *amigos* le enviaron un mensaje para cancelar la cita que tenían para comer la semana siguiente.

Había tenido un amplio círculo de conocidos cuando estaba casada con Cliff. Gente con la que socializaba, con la que comía, con la que bebía vino y con la que iba de compras, pero de la que se había distanciado, sobre todo cuando puso fin a su matrimonio. Se preguntaba si realmente eran amigos. Un amigo debería ser alguien que se preocupara por ti, en quien confiaras, y ella no tenía a nadie en su vida que se ajustara a esa descripción.

Agarró el teléfono, buscó entre sus contactos y llamó a Heather, probablemente la persona a la que veía con más frecuencia. Ella dirigía la empresa de comunicación a la que Cliff había recurrido en varias ocasiones para diversas campañas, y así era como se habían conocido. Cliff le había proporcionado muchos trabajos. Desde entonces, Heather y ella jugaban al tenis con regularidad. Tres veces a la semana golpeando la pelota contra la red. Tres veces a la semana de conversaciones educadas. Tres veces a la semana pensando si realmente quería pasar el tiempo así.

—¡Joanna! —respondió Heather de inmediato—. He estado tan preocupada por ti. Si necesitas algo... He querido llamarte tantas veces.

Pero no lo había hecho.

—Hola, Heather...

—Lamento lo de Cliff —dijo con voz apagada, como si no estuviera segura de si debía sentirlo o no—. ¿Tienes idea de qué pasó exactamente?

¿Qué pensaba, que era clarividente?

—No tengo ni idea.

—¿Y quién es esa joven? Dicen que está viva, así que seguramente habrá hablado ya con alguien. ¿Crees que fue cosa de una noche? Me pregunto si... —Heather bajó la voz—: ¿Crees que le pagó?

—No sé nada de ella, ni de su relación con Cliff. Nos divorciados, Heather. —¿Por qué necesitaba recordárselo a la gente?

—Pero estuviste casada con él durante dos décadas... Y la verdad es que te mereces una medalla por ello, francamente. Tú lo conocías mejor que nadie. Debe de ser duro para ti.

—Lo más duro ahora mismo es que la prensa ha rodeado mi casa y no parece tener prisa por irse. —Y que tenía amigos que hacían las mismas preguntas que los periodistas. Además de amigos que hablaban con periodistas...

«Una fuente cercana a Joanna nos ha contado...».

—No me sorprende. Es una noticia jugosa —dijo Heather—, y un pequeño alivio entre todas las malas noticias que hay por ahí. La gente prefiere leer sobre la pintoresca vida sexual de Cliff que sobre cosas más desagradables. Yo no, claro —se apresuró a añadir—. Apenas leo nada de eso...

Joanna estaba segura de que ella salivaba con cada palabra.

—No puedo salir de mi casa sin que me sigan.

—Oh, pobre. Ojalá pudiera ayudarte. —Eran palabras vacías, pronunciadas como un tópico.

Joanna lo sabía, pero decidió probar de todos modos:

—La verdad es que sí podrías ayudarme. —Se quedó mirando los huevos revueltos de su plato—. ¿Podría quedarme contigo unos días?

Hubo un silencio.

—¿Quedarte? ¿Te refieres a pasar la noche? ¿Con nosotros?

—Si los medios de comunicación saben que no estoy aquí, podrían perder interés y pasar a otra cosa.

—O podrían seguirte hasta aquí. Lo siento, Joanna, pero Bryan tiene muchas cosas que hacer en el trabajo y no puede correr el riesgo de verse envuelto en un escándalo en este momento. Además, Jilly ha regresado de la universidad, así que no tenemos mucho espacio.

«Siete dormitorios», pensó Joanna. Heather tenía siete dormitorios. ¿Cuánto espacio necesitaban?

—Lo comprendo. —Lo que Joanna comprendió es

que no tenía nada que ver con la habitación y todo que ver con el equipaje que Joanna arrastraba consigo. Podía reunir suficiente gente para un baile benéfico si lo necesitaba, pero no tenía a nadie que la quisiera tanto como para preocuparse por su bienestar.

Sintió una pesadez en el pecho. El resultado de la llamada no era ninguna sorpresa, así que, ¿por qué se sentía tan decepcionada?

—Adiós, Heather. —Terminó la llamada y Nessa hizo una mueca.

—Supongo que eso fue un no.

—Nadie quiere un invitado que venga con su propio dosier de prensa bajo el brazo.

—Sí, bueno, de todos modos, tampoco era una gran idea que te quedaras con ella. Necesitas salir de la ciudad. Ir a algún lugar remoto. Tal vez deberías reservar un hotel.

La idea no le atraía. Había estado sola durante años, dentro y fuera de su matrimonio, pero nunca se había sentido tan sola como en aquel momento. Y vulnerable. Y un entorno desconocido en el que no se sintiese protegida no sería de gran ayuda.

—¿Has mirado las noticias de hoy? —preguntó Joanna.

—No.

—Sé que no es verdad.

Nessa suspiró.

—Nada que quieras saber. Nada nuevo. Nada que no hayas visto antes, estoy segura.

—Pásame mi portátil.

—Lo necesito. Estoy trabajando.

—Nessa... —insistió Joanna.

—Si digo que no, ¿me despedirás? —La ayudante dudó, pero luego lo empujó por la encimera de la isla de la cocina hacia Joanna—. De verdad, creo que no deberías verlo.

Pero sí lo hizo. Y descubrió que Nessa tenía razón. Porque no tenían nada nuevo que decir y habían desenterrado el viejo historial de pecados de Cliff a lo largo de los años. Para añadir impacto visual, habían publicado una vieja foto de Joanna, tomada en torno al quinto año de matrimonio.

Recordaba con claridad aquella noche. Habían tenido una pelea terrible una hora antes de salir de casa. Ella se había negado a asistir al acto, por temor a no ser capaz de estar de pie sobre aquella alfombra y sonreír sin revelar todos sus sucios secretos al público. Pero Cliff había insistido. La había convencido de que no ir atraería aún más atención. Le había dicho que la quería, que todo había sido un error, que todo iba a ser diferente en el futuro. Y lo que la gente no entendía era lo convincente que Cliff podía ser, hasta el punto de que ella realmente creyó que esa vez sería diferente. Qué tonta, Joanna.

La otra cosa que la gente no entendía era que él era un *showman*. Un artista. Cualquiera que lo viera o hablara con él daría por hecho que se trataba de un hombre que controlaba su vida y que estaba en la cima de su carrera. Ella era la única que conocía al verdadero Cliff. Era la única que veía su inseguridad, su necesidad desesperada de validación y su miedo. La primera vez que las aventuras de Cliff se hicieron públicas, ella se encerró en el baño de la enorme casa que compartían. Se había pasado horas sentada en el suelo, con miedo a salir de casa, sintiéndose atrapada por la enorme humillación. Pensar que todo el mundo hablaba de ella la paralizaba. Analizaban hasta el más mínimo detalle de su aspecto y su personalidad para justificar por qué Cliff se había desviado. Al parecer, la culpa no era de él, sino de ella. Incluso empezó a preguntarse si tenían razón. Se había sentido una fracasada. Cuando miraba fotografías de aquella época, apenas se reconocía. Estaba demacrada y muy delgada, con la cara tan pálida que podría haber participado en una audición para una película de vampiros sin necesidad de maquillaje.

Cerró el portátil.

—Tenías razón. No debería haberlo visto.

¿Cuánto tiempo duraría todo esto? ¿Cuántas veces tendría que decir «sin comentarios»? Seguramente hasta que la mujer que había estado con Cliff en el coche recibiera el alta del hospital y pudiera responder ella misma a las preguntas.

—Eeh... Joanna... —Nessa apuntó con el mando a distancia hacia la televisión—. Están retransmitiendo desde el hospital. Quizá haya noticias de verdad para variar.

En la pantalla aparecía la imagen de una mujer joven. Tenía el pelo rubio y una expresión aterrorizada en el rostro. La foto estaba ligeramente borrosa, como si la hubieran tomado deprisa. El presentador de las noticias anunció con voz grave que habían aparecido fotos de la mujer desconocida que había sido rescatada del accidente. Fuentes anónimas habían revelado que estaba embarazada, pero no se sabía nada más. Tampoco se había revelado su nombre aún. El equipo del hospital se negaba a hacer comentarios. Y todos se hacían la misma pregunta. ¿El bebé era de Cliff?

Joanna se sintió como si todo fuera a cámara lenta.

¿Un bebé?

Nessa emitió un sonido de sorpresa.

—¿Embarazada? —se preguntó Joanna en voz alta. Su respiración se agitó, sacó un taburete de debajo de la isla de la cocina y se desplomó en él.

«¿Por qué te estrellaste, Cliff? ¿Te dijo que estaba embarazada?».

—¿Cómo es posible que nadie sepa quién es? ¿Tiene amnesia o algo así? —dijo Nessa dejando el mando sobre la encimera—. Y aunque haya perdido el bolso, seguro que hay alguien que la echa en falta. No pasa un solo día sin que alguien de mi familia compruebe cómo estoy. Si no es mi madre, son mis hermanos. Es una foto borrosa, pero parece muy joven. Alguien debería reconocerla. —Joanna agarró el mando a distancia, detuvo la imagen y se quedó mirando.

Su corazón empezó a latir con fuerza.

No. No podía ser. ¿O sí?

El mando se le escapó de las manos y cayó al suelo haciendo un ruido estrepitoso, aunque ella ni se dio cuenta.

Se levantó y se acercó a la pantalla para verla más de cerca.

Era difícil saberlo. Podría estar equivocada. Tenía que estar equivocada, ¿no? No era posible. No tenía sentido. A menos que...

Volvió a sentarse, con las piernas temblorosas.

Solo había una forma de averiguarlo, y era viendo a la mujer en persona.

Y si estaba en lo cierto, si sus sospechas resultaban ser correctas, entonces, esa mujer no era ninguna desconocida. Joanna sabía exactamente quién era. Lo sabía todo. Incluso sabía por qué Cliff había estrellado el coche.

—Nessa... —dijo con voz temblorosa—. Tengo que ir hasta ese hospital.

6

ASHLEY

¿Cómo habían conseguido hacerle una foto? ¿Y cómo descubrieron que estaba embarazada? Nadie sabía exactamente cómo, pero de algún modo se había filtrado.

Y eso estuvo mal, muy mal.

El hospital había expresado su profunda consternación, le había ofrecido disculpas y le había asegurado que habría una investigación. Sospechaban que el responsable fuera otro paciente, pero cómo había ocurrido era lo de menos. Lo que importaba era que había ocurrido, y la invasión de su intimidad había sido un *shock* para ella.

Ashley siempre había llevado una vida tranquila, corriente y discreta. Su padre había muerto cuando ella tenía doce años y a su madre no le había quedado más remedio que tener dos empleos y trabajar muy duro para mantenerla. A Ashley se le daban muy bien las matemáticas y había querido estudiar Ingeniería Informática, pero entonces su vida había cambiado en un instante y la universidad ya no era una opción. Si su madre no hubiera muerto, probablemente no estaría en la situación en la que se encontraba ahora. Pero así era, y allí estaba, enfadada con el mundo, enfadada con su madre por dejarla cuando la necesitaba más que nunca, y sintiéndose culpable por sentirse enfadada al mismo tiempo. Pero, sobre todo, estaba asustada porque ahora tenía que buscarse la vida sola. Y no sabía cómo. Hasta ahora, sus intentos de resolver sus problemas habían sido espectacularmente infructuosos.

Quería volver de forma tranquila a lo poco que quedaba de su antigua vida, pero la puerta estaba cerrada y de tranquilo no había nada. Todos querían saber quién era y por qué estaba en el coche con Cliff. Nunca nadie se había interesado por ella, pero ahora, de repente, todo el mundo lo hacía. Los médicos, la Policía, los medios de comunicación...

Sintió un principio de pánico y se concentró en su respiración mientras miraba las fotos de Joanna Whitman. ¿Cómo podía soportar que le pusieran cámaras en la cara? ¿Cómo había sobrevivido a eso?

Ashley sabía todo lo que había que saber sobre la exmujer de Cliff. Gracias a Internet, había buscado, leído y archivado la información hasta creer que conocía a Joanna Whitman muy bien. Sabía que había crecido en un pequeño pueblo de la costa californiana, que su madre había muerto cuando Joanna nació y que su padre se había vuelto a casar cuando Joanna tenía ocho años. Había perdido a su padre dos años después y, según las habladurías, su madrastra y ella estaban distanciadas. A Ashley, que había disfrutado de una infancia muy feliz y sin complicaciones hasta la muerte de su padre, todo aquello le parecía terriblemente triste.

¿Cómo lo había afrontado Joanna? Ashley había leído sobre cada una de las infidelidades de Cliff, escudriñado las fotos de las mujeres con las que había tenido aventuras. Sabía lo del aborto de Joanna y lo destrozada que se había quedado. Lo había leído, igual que el resto del mundo, y había visto las fotos en las que aparecía muy delgada y demacrada. En la vida a veces pasaban cosas malas sin que pudieras controlarlo, Ashley lo sabía muy bien ahora. Pero a Joanna Whitman le habían sucedido a la vista de todos, y eso lo convertía en algo mucho peor todavía. Ashley no habría querido que nadie presenciara en qué estado se encontraba cuando murió su madre.

¿Cómo estaría reaccionando Joanna ante la muerte de Cliff? ¿Habría visto las últimas noticias? ¿Sabría ya que ella estaba embarazada?

Ashley sintió que le ardía la cara de vergüenza ante la idea de añadir más porquería a la ya de por sí horrible vida de Joanna. Seguramente estaría deseando que ella también hubiera muerto en ese accidente.

Sintiéndose culpable, se arrastró hasta el baño y luego volvió cojeando a la cama. Le dolía el costado. Le dolía respirar. El hematoma de la cabeza también seguía doliéndole. Agotada por el esfuerzo de cruzar la habitación, se hundió en el borde de la cama, con las piernas temblorosas. Le habían quitado los goteros y los drenajes, pero aún se sentía muy débil. No dejaba de preocuparse por el bebé, aunque los médicos le habían asegurado que todo iba bien.

Quería salir de allí. Quería salir del hospital y volver a tener una vida anónima. Quería dejar atrás ese episodio, pero tenía que preocuparse de algo más que de sí misma.

Un bebé.

Apoyó la mano en el abdomen, aunque aún no sentía nada. Se lo imaginó, acurrucado en su interior, confiando en ella para todo. ¿Qué iba a hacer? ¿Cómo iba a salir del hospital si estaba tan débil que apenas podía cruzar la habitación sin necesitar ayuda? Le era imposible viajar, y la enfermera le había dicho que un grupo de periodistas y fotógrafos llevaba días vigilando la entrada del hospital, esperando a que saliera. Uno de ellos fue sorprendido merodeando por los pasillos y expulsado a la fuerza por los guardias de seguridad.

La Policía volvió a interrogarla y ella les contó lo que pudo. Les dijo que conocía a Cliff de antes, que le había pedido que diera una vuelta en coche con él, que su nombre era Ashley Blake y que acababa de llegar a Los Ángeles en busca de un nuevo comienzo tras la muerte de su madre. Todo era cierto. También había descrito los momentos previos al accidente. La Policía le había pedido que recordara la conversación y ella les había dicho que no podía recordarlo con exactitud. Les dijo que no habían estado hablando de nada en particular, lo que sin duda era falso, pero tampoco veía en qué podía ayudar la verdad a Cliff ahora. Él se había ido, y ella necesitaba protegerse a sí misma y a su bebé. No quería que los medios se entrometieran en su vida. Necesitaba pasar desapercibida mientras elaboraba un nuevo plan. Y de momento se había quedado sin inspiración.

Con cautela, tratando su cuerpo como un objeto frágil que podía romperse en cualquier momento, se volvió a meter en la cama y cerró los ojos.

Los abrió una hora más tarde y se encontró con una enfermera a su lado.

—¿Ashley? Tienes visita.

Su corazón dio un vuelco.

—¿Otra vez la Policía? No hay nada más que pueda decirles.

—No es la Policía. Es una amiga.

¿Una amiga? Sus amigos ni siquiera sabían dónde estaba y desde que había perdido el teléfono en el accidente no había podido ponerse en contacto con ellos.

Ashley estaba a punto de decirle a la enfermera que no quería hablar con nadie cuando una figura femenina apareció en la puerta. Llevaba un gran sombrero para el sol y su pelo rubio le caía sobre los hombros. Parecía lista para ir a la playa.

Ashley se quedó mirando, con la mente en blanco. No conocía a esa persona. ¿Sería una fotógrafa? No, no había ni rastro de una cámara, ni siquiera de un teléfono. ¿Una reportera que se había colado en el hospital haciéndose pasar por su amiga? Se fijó un poco más y se dijo que el rostro de aquella mujer le resultaba familiar.

—Os dejo solas —dijo la enferma—. Estaré fuera si necesitas algo. —Sonrió y cerró la puerta tras de sí.

Ashley sintió que el corazón le latía con fuerza porque ahora comprendía por qué aquella mujer le resultaba familiar.

Era Joanna Whitman, aunque no le sorprendió no haberla reconocido al principio porque todo en ella era diferente.

Su corazón empezó a latir con fuerza como una advertencia. Le entraron sudores. Intentó hablar, pero tenía la boca tan seca que no podía articular palabra.

¿Qué hacía Joanna allí? ¿Qué razones tendría para aparecer en el hospital? ¿Estaba enfadada porque Ashley iba en el coche con Cliff? ¿Era por el bebé?

Aquello iba de mal en peor.

¿Qué se supone que debía decir? «Lo siento mucho. Siento haberme subido al coche de tu marido». Exmarido, se recordó a sí misma. Joanna se había divorciado de Cliff. En teoría no debería importarle quién subía a su coche. Pero no podías estar casada con la misma persona durante veinte años y no sentir algo, ¿no?

La mujer se sentó en la silla junto a la cama.

—Yo...

—Sé quién eres. —Ashley estaba repentinamente desesperada por beber un trago de agua—. Estás diferente.

—Parecer diferente es la única forma de evitar llamar la atención. Hay mucho interés en ti. —Se quitó el sombrero y Ashley pensó que Joanna Whitman estaba tan guapa de rubia como de pelirroja.

Se tapó más con las sábanas, consciente del mal aspecto que debía de tener.

—No es culpa mía. Alguien me hizo una foto. Creen que podría haber sido otro paciente. Ni siquiera sé por qué tanto interés en mí.

—No seas ingenua, Ashley. Claro que lo sabes. Están interesados porque estabas en el coche con Cliff cuando murió —dijo Joanna con voz suave—. Porque eres joven y guapa, y saben que tiene que haber alguna historia entre vosotros. Ellos no dejarán de cavar hasta encontrar lo que buscan.

No quería que la encontraran. No quería nada de lo que estaba pasando, pero no sabía cómo hacerlo desaparecer.

¿Qué debía decir? ¿Debía disculparse? Pero ¿por qué exactamente?

—No entiendo por qué estás aquí. —Se obligó a mirar a Joanna y pensó en lo que sabía. Se había casado con Cliff a los dieciocho años. Todo el mundo conocía la historia porque Cliff la había contado varias veces a lo largo de los años en diversas entrevistas. «Me detuve en un pequeño restaurante de playa y allí estaba ella, mi hermosa Joanna, de dieciocho años, sirviendo mesas. Cuando terminé de comer le pedí dos cosas. La cuenta y su número de teléfono». Hizo que pareciera la historia de amor del siglo, salvo que todo el mundo sabía lo que había pasado después. Cualquiera que esperara una historia de amor al estilo de *La Cenicienta* con un final feliz se sentiría muy decepcionado por la historia entre Cliff y Joanna, que se acercaba más a la tragedia shakespeariana.

—Estoy aquí... porque quería hablar contigo —dijo Joanna.

¿Sobre qué? Desconfiada y asustada, Ashley estudió su rostro en busca de alguna pista, pero no encontró nada. Al haber estado casada con Cliff, seguramente tenía mucha práctica en ocultar sus verdaderas emociones.

—Iba en el coche con tu marido. —Empezó a toser y se agarró la barriga por el intenso dolor.

—Exmarido. —Joanna se levantó y le sirvió un vaso de agua—. ¿Cómo de graves son tus heridas? ¿Te han dicho cuándo podrás salir del hospital?

Ashley tomó el agua.

—Gracias. No podré irme hasta dentro de un tiempo. —Y no estaba segura de lo que sentía al respecto. Estaba aliviada de no estar muerta, obviamente, pero tenía miedo de las facturas médicas. Pero al menos ese hospital era un lugar seguro. Fuera de sus paredes ya no sería así. Joanna lo sabía, y su siguiente pregunta se lo confirmó:

—¿Qué harás cuando salgas de aquí? ¿Tienes planes?

No, no tenía planes. Sus planes estaban tirados en el fondo de un barranco.

—Ya se me ocurrirá algo...

—¿Tienes familia? ¿Vendrá tu madre?

—Mi madre está muerta. —Ashley sintió que su interior se estremecía—. Estoy sola.

Joanna la miró durante un largo rato.

—¿Y es verdad que estás embarazada?

—Sí. —Se estrelló contra un muro de realidad. Ahora mismo no se sentía capaz de cuidar de sí misma, y mucho menos de otra persona.

—¿Tienes a alguien a quien acudir? —insistió Joanna—. ¿Algún sitio donde puedas pasar desapercibida durante un tiempo? ¿Dónde está tu casa?

—¿Por qué te importa? —Suponía que tenía miedo de que Ashley fuera a hablar con alguno de los periodistas que rondaban por el hospital. Joanna estaba intentando proteger sus intereses, pero ella no tenía intención de hablar con nadie—. No voy a decir nada, si es eso lo que te preocupa. Solo quiero que me dejen en paz.

—Buena suerte con eso. —Joanna esbozó una leve sonrisa, pero no era burlona. Había amabilidad y también simpatía.

Ashley le devolvió el vaso y se dejó caer sobre las almohadas.

—No me van a dejar en paz, ¿verdad? Supongo que, si tienes algún consejo, estoy dispuesta a oírlo. —La desesperación se impuso al orgullo. Pocas personas tenían tanta experiencia en lidiar con preguntas entrometidas como Joanna.

—No tengo consejos, pero sí tengo una proposición.

A Ashley se le revolvió el estómago.

¿Qué podría decirle Joanna Whitman?

Fuera lo que fuera, no podía ser bueno.

7

MELANIE

Mel trotó por la playa, pasando junto a los surfistas y las chicas en biquini, así como las familias ocupadas construyendo esculturas de arena. Ella había hecho lo mismo con Eden años atrás, antes de que su relación se complicara.

Esa mañana estaba tomando café en la cocina cuando escuchó ruidos provenientes del piso de arriba. Sabía que no podía ser Greg, ya que se había ido temprano para preparar unos informes sobre una fiesta en una de las propiedades en alquiler en el otro extremo de Silver Point. Así que eso solo podía significar que Eden se había despertado temprano.

Se le hizo un nudo en el estómago y sintió temor, pues sabía que en cualquier momento aparecería su hija. Mel no había dormido bien y no deseaba comenzar el día con un enfrentamiento. Extrañaba cuando Eden era pequeña y solía saltar por la habitación para saludarla con un abrazo.

¿Cuándo había oído por última vez las palabras «te quiero, mamá»?

Hacía mucho tiempo.

Mel tiró el café por el desagüe del fregadero y garabateó una nota que decía: *Me voy a trabajar, que tengas un buen día*, y salió tranquilamente de casa. Sin embargo, luego se sintió como la peor madre del mundo, así que volvió a entrar de puntillas y añadió *Te quiero* a la nota. Era cierto que quería a Eden, aunque ahora mismo no le caía muy bien. ¿Se habrían diluido su ansiedad y su atención si hubiera tenido más de un hijo? ¿Era así como funcionaba?

En cualquier caso, era una situación triste cuando ir a trabajar temprano era más atractivo que quedarse en casa, y cuando correr tenía menos que ver con la forma física y más con reducir el estrés. No obstante, Eden no era totalmente responsable de su sensación de opresión en el estómago y la tensión en los músculos. Mel llevaba estresada desde que Mary-Lou le había contado lo del accidente. Sabía que Joanna no iba en el coche y que no había muerto. Pero pensar en ello la había sacudido y le había hecho reflexionar.

¿Y si hubiera muerto? ¿Y si hubiera sido el cuerpo de Joanna el que hubieran sacado del amasijo de hierros? ¿Qué habría sentido? Arrepentimiento; por no haber intentado establecer el contacto con más ahínco. Por haberse rendido con tanta facilidad. Mel se había sentido ofendida, profundamente herida y más que un poco enfadada. Su temperamento se había interpuesto entre ella y el pensamiento racional.

Dejó de correr, se agachó y trató de recuperar el aliento.

No podía dejar de pensar que podría haber sido Joanna la que iba en ese coche. ¿Era una mala persona? ¿Qué significaba la amistad si no era mantenerse firme cuando alguien intentaba alejarte? Por lo menos debería haberle dejado claro a Joanna que cuando estuviera lista para hablar, ella estaría allí para escucharla. Pero solo había alimentado sus sentimientos heridos mientras esperaba la llamada de

Joanna. Y el tiempo había pasado, haciendo que la brecha que había entre ellas se ensanchara hasta parecer infranqueable.

Saludó a un par de lugareños y se dirigió al Surf Café. Era temprano, pero la terraza ya estaba ocupada, lo que no le sorprendió porque el café era el lugar favorito de todo el mundo. Para empezar, ocupaba posiblemente la mejor posición en ese tramo de costa, justo enfrente de la playa con vistas al océano y los surfistas. Las olas chocaban contra la arena a pocos metros de distancia y, si cerrabas los ojos, casi podías sentir la bruma del mar. A menudo, por las mañanas, la playa se cubría de una neblina marina espesa, pero esa mañana el cielo estaba despejado. Y si las vistas y la ubicación no eran suficientes para tentarte, también estaban la comida y el ambiente.

Sus padres y abuelos se habían centrado en ofrecer comida y bebida, y Nate, sociable y despreocupado por naturaleza, había ampliado la oferta. Dos noches a la semana organizaba actividades de entretenimiento, recurriendo a la comunidad y apoyando a los artistas locales. Daba clases de pintura y de cocina. Ese mismo mes había encontrado a un joyero local dispuesto a hacer una demostración. Pero lo más popular eran las veladas a las que invitaba a músicos, en las que el suave sonido de la música se mezclaba con el del océano y la gente tomaba una copa, contemplaba la puesta de sol sobre el agua y creaba recuerdos que durarían para siempre. Todos estaban de acuerdo en que la razón por la que les encantaba el Surf Café no era la ubicación, aunque era inmejorable, ni la comida, que era deliciosa. Lo mejor del lugar era el ambiente que, de alguna manera, te dejaba la sensación de haber estado dos semanas de vacaciones.

—Hola, Mel —saludó Rhonda desde su mesa en la

parte delantera de la cubierta y luego tomó una foto de su café—. Todo lo que hace tu hermano es una obra de arte.

—Hola. —Mel nunca pudo entender por qué la gente quería hacer fotos de su comida en lugar de limitarse a disfrutarla, pero se detuvo junto a la mesa, encantada de charlar. Rhonda y ella habían ido juntas al colegio, una etiqueta que se aplicaba a la mayoría de la gente de su edad en Silver Point.

Las puertas de la cafetería estaban abiertas y pudo ver a Nate entregando un pedido de desayuno a una chica que iba vestida con unos pantalones cortos de surf. Los dos se reían.

Rhonda los miró y suspiró.

—Se ríe, coquetea, pero nunca tiene citas.

—Tiene muchas citas.

—Pero nada serio, no desde su divorcio. He estado enamorada de él desde el instituto, ¿lo sabías?

Mel lo sabía. Y Nate también.

—Rhonda, has estado casada dos veces.

La mención del instituto hizo que volviera a pensar en Joanna. Había pasado más de una semana desde que se supo la noticia, la muerte de Cliff Whitman seguía apareciendo en todas partes y Nate no lo había mencionado ni una sola vez. Casi la estaba matando que no dijera nada.

—Debería haberme casado con tu hermano —dijo Rhonda tras dar un sorbo a su café—. En eso me equivoqué.

¿Se habría dado cuenta Rhonda de la cara que Mel había puesto? Ella esperaba que no.

—No te gustaría estar casada con mi hermano, Rhonda. No me quieres como cuñada.

—¿No? Míralo. —Rhonda se recostó en su silla y miró hacia Nate, que ahora estaba agachado manteniendo una conversación seria con la hija de cuatro años de Jack Townsend—. Siempre tiene tiempo para la gente. Es el que mejor sabe escuchar, y ese cuerpo que tiene... ¿Sabes que a veces me siento en mi terraza y lo veo surfear?

No, no lo sabía. No quería saberlo, pero Rhonda había decidido que era hora de confesarse.

—Rhonda...

—Esos hombros. La forma en que sus músculos...

—¡Basta! —Mel levantó una mano—. Gracias, pero no quiero pensar en mi hermano de esa manera, si te parece bien. ¿Y pensar en ti mirándolo? Eso roza lo espeluznante.

—Lo que quiero decir es que es lo más cercano a la perfección que un hombre puede ser.

Mel dejó caer la mano.

—¿Has estado bebiendo? No es perfecto, Rhonda. Ni mucho menos. —En realidad sí creía que su hermano estaba bastante cerca de la perfección, pero admitirlo sería darle más alas a Rhonda.

—Dime una cosa mala de él —dijo Rhonda tras tomar otro sorbo de café.

¿Una cosa? Podría haber hecho una lista. Ese era el trabajo de una hermana, ¿no? Lo primero de la lista habría sido que Nate era testarudo. Una vez que tenía una idea en la cabeza, no cambiaba por mucho que le insistieras y discutieras. Y se guardaba sus pensamientos demasiado, para su gusto. Él resolvía las cosas por su cuenta, mientras que a ella le gustaba contar todo lo que le pasaba por la cabeza. Estaban unidos, siempre lo habían estado, y la mayoría de las veces ella sabía lo que él pensaba, aunque no se lo dijera, pero el hecho de que no le contara las cosas la exasperaba. Ni una sola vez había hablado con ella de lo que había pasado con Joanna todos aquellos años. Que ella rompiera con él y se fuera con Cliff fue el mayor golpe emocional que habían sufrido en las dos primeras décadas de sus vidas y, sin embargo, Nate nunca le había hablado de ello. Había pasado mucho tiempo haciendo surf, luego se fue a la universidad y viajó un poco antes de volver a casa para hacerse cargo de la cafetería. Cada vez que Mel había intentado sacar el tema de Joanna, él la había callado. Y luego ella había dejado de preguntar. Pero entonces, Cliff Whitman se había precipitado por un barranco. Y Nate todavía no había hecho ningún comentario.

—¿Lo ves? —Rhonda interpretó su silencio como una victoria—. Lo conoces mejor que nadie y no puedes encontrarle nada malo.

Mel decidió que la conversación tenía que terminar.

—Si empezara a decir todas las cosas malas que tiene, aún seguiría a la hora de comer y estoy muy ocupada. Que tengas un buen día, Rhonda. —Esbozó una sonrisa y se abrió paso entre las demás mesas, lanzando saludos a todo el mundo como si fueran confeti, pero sin detenerse para que nadie entablara conversación.

Nate la vio acercarse y enarcó una ceja.

—Llegas pronto. ¿Quién eres y qué has hecho con mi hermana?

—Se ha ido, ha sido reemplazada por una versión mejor. ¿Crees que debería haber estudiado Psicología?

—¿Tú? —Nate se rio—. ¿Desde cuándo te interesas por el funcionamiento de la mente humana?

—Desde que no entiendo a los humanos. ¿Te vas a apiadar de mí y me vas a invitar a un café? —Mel hizo un gesto con la mano hacia la máquina que parecía más una estación espacial que un dispositivo para producir su bebida favorita—. Necesito un café fuerte antes de encender el ordenador y ver cuánto dinero te has estado gastando.

—Háztelo tú misma.

—¿Quieres pasar el resto del día arreglando lo que yo rompa?

Nate cedió y, suspirando, se acercó a la cafetera.

—¿Por qué necesitas entender a los humanos? ¿El comportamiento de quién te deja perpleja hoy?

Mel pensó en Eden. Pensó en Joanna.

—A veces me cuesta saber qué piensa la gente, eso es todo. —Lo observó mientras preparaba un expreso perfecto—. Prefiero que la gente diga lo que piensa y siente y ahorrarme todo el trabajo. Por ejemplo, Rhonda. Nunca oculta que quiere casarse contigo. Lo dice abiertamente para que todo el mundo lo sepa.

A Nate casi se le cae la taza que sostenía.

—¿¡Qué!?

—Me la llevo, gracias —dijo Mel quitándosela de la mano antes de que pudiera golpear el suelo junto con su mandíbula abierta—. Ella cree que eres perfecto. Yo, por supuesto, estuve tentada de enumerar todos tus defectos, pero al final no lo hice. Aunque quizá te interese saber que eres el único hombre al que ha amado.

Nate se sobresaltó de nuevo.

—¿Y los hombres con los que ha estado casada?

—Yo le dije lo mismo. Te aseguro que no quieres saber cuál fue su respuesta.

—Mejor no pregunto —respondió él—. Entonces, ¿por qué has venido tan temprano? ¿Qué pasa?

—¿Por qué tiene que ir algo mal para que yo venga temprano al negocio familiar que frecuento desde antes de que aprendiera a andar? —replicó Mel, mirando los cruasanes recién horneados, tentada—. Quizá simplemente me apetecía venir a ayudar a mi hermano.

Él interceptó su mirada, puso un cruasán en un plato y se lo acercó.

—¿Las cosas están difíciles con Eden otra vez?

—¿Qué te hace pensar eso?

—El hecho de que prefieras estar aquí que en tu propia casa.

Mel se quedó pensativa. ¿Debería molestarse o alegrarse de que la conociera tan bien como ella a él?

—Tienes razón, las cosas están un poco difíciles. Me siento como la peor madre del mundo y no la entiendo.

Nate parecía comprensivo.

—¿Por eso desearías haber estudiado Psicología?

—No quiere ir a la universidad —dijo Mel, encogiéndose de hombros—. Quiere quedarse aquí y hacer surf, pasar el rato en la playa con sus amigos y tal vez ser voluntaria en el refugio marino, tomar fotografías, hacer joyas, pintar cuadros... No lo sé. Y no sé qué hacer al respecto. Es lo bastante mayor como para responsabilizarse de sus propias decisiones, pero ¿y si veo que sus decisiones son equivocadas? No se pueden deshacer los grandes errores, ¿verdad? ¿Hay algún refugio para madres ansiosas? Porque puede que lo necesite. Espero que tengan abundante alcohol.

Nate rodeó el mostrador y la abrazó.

—Eres una gran madre, Mel. Y todo saldrá bien.

Ella no tenía ni idea de qué hacer, pero le estaba agradecida por tratar de hacerla sentir mejor y también por el abrazo. Su corazón se ablandó. Su hermano era testarudo y molesto, pero también amable y generoso, y probablemente mucho mejor perso... hijo que ella. Además, era su gemelo y le quería mucho. No sabía cómo Joanna había podido elegir a Cliff en vez de a él. Era uno de los muchos misterios de la vida que nunca entendería.

Se lo había tomado como algo personal, esa era la verdad. ¿Rechazar a Nate? Afrentada de nuevo, resopló y se apartó.

—No creo que yo sea una gran madre, pero gracias. Agradezco el voto de confianza. —Arrancó un trozo de cruasán caliente y se lo comió—. Puede que no seas perfecto, pero tu repostería sí lo es, y tu café también. —Miró a su alrededor—. ¿Dónde está Shannon? ¿Por qué estás solo?

—Shannon se fue el viernes. Aceptó un trabajo en Monterrey. Un local de lujo con servilletas de lino y cubiertos de plata. Ella piensa que las propinas allí serán mejores —dijo Nate mientras agarraba su taza vacía—. Te lo dije.

—¿Lo hiciste? —Mel recordaba vagamente la conversación—. Tú te encargas de contratar y despedir y tienes unas dotes de persuasión asombrosas, así que supongo que pensé que la convencerías.

—Pues no. Y no, de momento no he encontrado sustituto. Si conoces a alguien que quiera trabajar aquí en verano, dímelo.

—Todavía tienes a Don y Nicky. Y yo puedo echar una mano si es necesario —se ofreció Mel.

Nate enarcó una ceja.

—¿Harías eso por mí?

—Solo porque me abrazaste cuando más lo necesitaba. No le des demasiada importancia. Sería algo temporal.

—Muy cierto que sería temporal. No sé si el negocio sobrevivirá a tu forma de hablar.

—Creo en llamar hamburguesa a una hamburguesa.

—Crees que el cliente siempre se equivoca.

—Solo cuando no saben lo que quieren, o cambian de opinión sobre lo que han pedido y luego se quejan. —Mel comió otro bocado de cruasán y se encogió de hombros—. Pero, si es por poco tiempo, estoy dispuesta a sonreír y aguantarme.

Nate parecía poco convencido.

—¿Crees que podrás?

—Supongo que pronto lo averiguaremos —dijo apartando el plato—. No serás capaz de arreglártelas sin mí, ¿verdad?

—Todo irá bien. —Como de costumbre, estaba tranquilo y relajado. Ella habría dado cualquier cosa por estar la mitad de relajada que él.

—¿Y si no va bien?

—Entonces, nos ocuparemos de ello. —Nate frunció el ceño—. ¿Hay algo más que te preocupe? Pareces agitada.

—No sé, es que... —Quería preguntarle si había visto las noticias sobre Cliff Whitman, pero ya sabía que sí. Lo habían dicho por todas partes. No podía habérsele pasado por alto y, sin embargo, no lo había mencionado. Ella no quería plantear algo que pudiera abrir viejas heridas.

¿Habría pensado en ello? ¿Habría pensado en Joanna y en lo que estaría haciendo? Maldita sea, era su hermano y debería poder hablar de lo que quisiera con él.

—¿Has visto las noticias?

—¿Las noticias?

¿Lo estaba haciendo a propósito?

—Cliff Whitman. Joanna.

Nate suspiró.

—Me preguntaba cuánto tardarías en decirlo.

—Si sabías que estaba esperando a que dijeras algo, ¿por qué no lo hiciste?

—Porque no hay nada de qué hablar. ¿He visto las noticias sobre Cliff Whitman? Sí. ¿He visto las fotos de Joanna? Otro sí. ¿Me acuesto pensando en ella por la noche? No. ¿Me duele el corazón? Solo si como mucho por la noche, pero eso puede ser una úlcera.

—¿Tienes una úlcera?

—Todavía no, pero con una hermana como tú creo que tengo muchas papeletas.

—¿Cómo sabías que me moría por preguntarte por Joanna?

—Porque te conozco de toda la vida. Te comportas igual que cuando tenías seis años. Querías saber lo que pensaba sobre absolutamente todo.

—No es cierto.

—Sí lo es. Es la razón por la que dejé que Greg se casara contigo, para que le hicieras las preguntas a él en vez de a mí durante los próximos sesenta años.

—¿Sesenta? ¿Por qué solo sesenta? Nos casamos a los veinte años y tenemos buenos genes en ambos lados de la familia, así que, según un modelo matemático muy complejo que acabo de inventar, me esperan al menos setenta años junto a él.

Esperaba que su hermano se burlara de ella, pero no lo hizo.

—Tenéis suerte; tú y Greg.

Mel sintió una punzada de culpabilidad. ¿Había tenido poco tacto? Dijera lo que dijera Nate, ella sabía cuánto había querido a Joanna. Probablemente había imaginado pasar el resto de su vida con esa mujer.

Tal vez tenía que presionarle un poco más.

—Todavía pienso en Joanna. La echo de menos. Cuando me enteré de lo ocurrido creí que era ella la que iba en el coche. Pensé que había muerto junto a él y sentí una enorme conmoción. Y luego tristeza por no haber mantenido el contacto. Estaba muy enfadada con ella por haberte hecho daño. Y también porque había terminado la relación conmigo. Era mi mejor amiga.

Nate se dio la vuelta y se centró en la máquina de café.

—Déjalo ir, Mel.

—Es fácil decirlo. ¿Nunca piensas en ella?

La vacilación de Nate confirmó su sospecha de que sí, que a veces pensaba en Joanna, pero sabía que él no lo admitiría y, efectivamente, su hermano negó con la cabeza.

—Era otra vida. Otro tiempo. Los dos éramos niños. Yo he seguido adelante y ella también. Estuvo casada con otro hombre durante dos décadas.

—Y tengo una pregunta sobre eso. —Era algo que le rondaba por la cabeza—. ¿Por qué una mujer se queda con un hombre veinte años, aguanta toda esa mierda y de repente se divorcia? Quiero decir, si se ha quedado veinte años, ¿por qué no se queda otros diez? ¿Qué la hizo estallar de repente?

—¿Por qué me lo preguntas? —Se acercó a la encimera y limpió la cafetera—. No soy un experto en relaciones.

—Pero se te da bien la gente. Entiendes a la gente. Y siempre dices que hay que buscar la razón por la que la gente hace las cosas. Entonces, ¿por qué se divorció de él después de dos décadas?

—Probablemente fue por una aventura de más —dijo Nate mientras apilaba las tazas.

—Esa fue mi primera suposición, pero luego empecé a darle vueltas. Ya había soportado innumerables aventuras, así que no puede haber sido por eso. Debe de haber sido otra cosa.

Nate suspiró.

—¿Quieres decírmelo ya para que podamos terminar esta conversación?

—No lo sé. Esa es la cuestión —dijo Mel frunciendo el ceño—. No puedo entenderlo. He vuelto a mirar todas las noticias, he intentado averiguar qué pasó hace un año, pero no veo nada.

—Puede que simplemente se hartara.

Nate sonrió por encima de su hombro a un cliente y Mel supo que la conversación había terminado. No se hablaría más de Joanna, al menos no con Nate. Como de costumbre, habían tenido una de esas conversaciones en las que ella era la que hablaba y él escuchaba, pero respondía poco. Aún no estaba cerca de saber lo que él pensaba.

Se dirigió a la oficina, se sentó en el escritorio y se puso a ver las noticias. Había imágenes de la prensa fuera de la casa de Joanna, y se especulaba con que ya ni siquiera se alojaba allí. Nadie parecía saber dónde estaba. Mel suspiró, cambió a la hoja de cálculo en la que había estado trabajando el día anterior y trató de ignorar la sensación de remordimiento que la atenazaba por dentro. Dondequiera que estuviera Joanna, esperaba que le fuera bien.

8

JOANNA

Joanna agarró con fuerza el volante del coche. Iba a volver. Después de haber dicho que nunca lo haría. Después de haber dejado atrás el pasado, regresaba. Era una decisión lógica. Tenía una casa en Silver Point. No había razón para no quedarse allí por un tiempo.

De repente, un terror enfermizo la invadió y tuvo que tratar de razonar consigo misma. ¿Cómo era posible que los recuerdos de su antigua vida fueran peores que la realidad de la actual? Y tampoco es que fuese a volver al pasado. Para empezar, su madrastra no estaba allí. Tampoco estaba la vieja casa de Otter's Nest. Los tablones podridos, las grietas y crujidos de la casa de playa original habían desaparecido. Ahora solo quedaban los recuerdos y no iba a pensar en ellos.

«Nunca me llames "mamá". No soy tu madre».

Joanna solo había cometido ese error una vez, al principio. Denise había dejado claro que, aunque estaba casada con el padre de Joanna, no era ni sería nunca su madre. Nunca había querido la responsabilidad materna. Quería al padre de Joanna, y su hija había sido un extra no deseado. Su último encuentro con Denise había sido uno de los peores momentos de su vida.

Joanna sintió dolor en las manos y se dio cuenta de que estaba agarrando el volante con tanta fuerza que le cortaba el flujo sanguíneo. Soltando el volante con una mano y luego con la otra, flexionó los dedos.

¿Qué pensarían los habitantes de Silver Point de su regreso? Sin duda, habría un poco de inquietud, pero como Joanna no tenía intención de mezclarse con la comunidad local, eso no importaba.

Haría lo que mejor sabía hacer. Pasar desapercibida. Viviría como lo había hecho en Los Ángeles, solo que esta vez tendría las vistas, la playa al pie de su propiedad y más posibilidades de tener intimidad.

Y ella iba a necesitar privacidad debido a su decisión más reciente.

«¿Crees que tomé malas decisiones en el pasado, Denise? Espera a ver lo que he hecho esta vez».

En el asiento del copiloto, junto a ella, la chica se movió.

—Todavía no puedo creer que estés haciendo esto.

Joanna tampoco podía creerlo.

—Bueno, pues lo estoy haciendo.

—Sigo esperando que me dejes en una esquina.

—No te voy a dejar tirada, Ashley. —Era demasiado tarde para eso. Había tomado una decisión y ahora tenía que vivir con ella.

—No sé por qué me estás ayudando. Estaba en el coche con tu marido.

—Exmarido. —«Maldito seas, Cliff». Tratando de contener su ira, Joanna mantuvo la mirada fija en la carretera.

—Pero no tienes ninguna razón para querer ayudarme.

Joanna deseaba cambiar de tema.

—¿Hay alguien más que pueda apoyarte?

Hubo un largo silencio.

—No... —La voz de Ashley sonó apenada—. Solo intentaba valerme por mí misma. Eso es lo que hacen los adultos, ¿no?

—No pasa nada por aceptar ayuda de vez en cuando.

—Entonces, ¿por qué lo haces? ¿Por qué me estás ayudando?

—Me compadezco de tu situación. Sé lo que es sentir que invadan tu privacidad. Y sé lo que es sentirse solo. Quiero que sepas que no estás sola. —Joanna no estaba segura de que solo fuera por eso, pero bastaba por ahora. En cuanto vio a Ashley por la televisión, supo que debían desaparecer durante una temporada para pensar y planear qué hacer, aunque solo fuera para ganar algo de tiempo lejos de los medios.

—No eres como esperaba —dijo Ashley acomodándose en su asiento—. ¿De verdad escalaste el muro trasero de tu casa?

—Sí. —Joanna miró por el retrovisor. El tráfico fuera de la ciudad era denso, incluso siendo de madrugada, pero no parecía que nadie la siguiera. Sintió alivio por un momento. Esta vez les había ganado.

Joanna dio las gracias en silencio a Nessa y a su hermano mecánico por prestarle el coche. Alquilar uno habría supuesto una odisea.

—No te preocupes por devolverlo pronto —le había dicho Nessa—, pero llámame con frecuencia, por favor.

Joanna trabajaría a distancia de momento, pero seguiría en contacto con ella.

—Así que le pediste prestado el coche a un amigo, le dijiste que lo aparcara lejos de las miradas de los periodistas, dejaste las luces de tu casa encendidas para que pensaran que seguías allí, te vestiste de negro, escalaste el muro trasero y huiste por el bosque con una linterna. Parece sacado de una película de acción.

—Pues es la realidad. —La realidad de su vida ahora. ¿Cómo había llegado al punto de tener que trepar muros y esconderse?—. Casi me tuerzo el tobillo dos veces entre los árboles.

—¿No tuviste miedo?

—Un poco. Supongo que el miedo a quedarme era mayor.

—Pero lo hiciste de todos modos. Eso fue valiente, hacer todo eso sola en la oscuridad. Pareces una asesina o algo así.

Joanna casi sonrió.

—¿Siempre eres tan dramática?

—No, pero nunca antes había protagonizado una escapada así. Temía enfrentarme a esos fotógrafos. Hice exactamente lo que me dijiste. Les dije a las enfermeras que un amigo pasaría a buscarme. Tomé el ascensor al primer piso y me cambié en el baño. Mi corazón latía muy deprisa todo el tiempo. Lo de la peluca fue buena idea, aunque estaba esperando todo el rato a que alguien me dijera: «Ashley, ¿por qué tienes el pelo castaño de repente?».

—Pero todo ha salido bien —intentó tranquilizarla Joanna, la chica no paraba de hablar.

—Gracias a ti. ¿Puedo quitarme ya la peluca?

—Sí. —Ashley parecía muy nerviosa. Ella también lo estaba. Por volver a Silver Point, por llevar a esa chica con ella en ese viaje. Otra mala decisión en su vida.

Pero ¿qué otra opción tenía?

Se dio cuenta de que volvía a agarrar el volante con fuerza. Embarazada. La chica apenas parecía capaz de cuidar de sí misma, mucho menos de otra persona, pero no iba a pensar en eso ahora. Su cabeza estaba tan llena de cosas en las que no iba a pensar en ese momento que era un milagro que no hubiese explotado ya.

Miró a Ashley y se fijó en su pelo rubio rizado y sus grandes ojos azules. «Maldita sea, Cliff».

—¿Hay alguien a quien quieras llamar? Olvidé preguntarte si tenías tu teléfono o si lo perdiste en el accidente.

—Lo perdí, pero alguien lo encontró y la Policía me lo devolvió. Y no, no necesito llamar a nadie.

—¿Estás cómoda? Hay una almohada en el asiento trasero por si quieres cerrar los ojos un rato. Deberías dormir. —«Por favor, duerme». Necesitaba pasar un rato en silencio. Era la primera oportunidad que tenía de concentrarse en sí misma sin preocuparse de quién la observaba.

En algún momento, por supuesto, iba a tener que pensar en Ashley. Pensar qué hacer a continuación. Pero esa no era su prioridad.

—No estoy cansada. Además, me duele todo, así que dormir no me resulta fácil. —Ashley se movió en su asiento, tratando de ponerse cómoda.

Dormir tampoco había sido fácil para Joanna. En cuanto se acostaba, el pasado se repetía delante de ella. No podía dejar de pensar en las decisiones que había tomado y reprenderse a sí misma.

Las últimas semanas habían sido las más agotadoras emocionalmente de su vida. Y las más solitarias. Ni una sola persona de su círculo social se había puesto en contacto con ella. Los conocidos (nunca más los llamaría amigos), las personas que habían disfrutado de su compañía en tiempos más felices, no querían acercarse a ella ahora y arriesgarse a encontrarse en el punto de mira o, peor aún, a tener que defenderla ante el juicio de los demás.

Había pensado que alejarse de la ciudad la ayudaría,

pero ahora dudaba de esa decisión. Podía alejarse de la prensa, pero no de sus emociones.

¿Silver Point? «¿En serio, Joanna?».

Le asaltó un momento de duda extrema y sintió un impulso poco habitual de buscar consuelo en alguien. En cualquiera. Abrió la boca, miró a Ashley y volvió a cerrarla. Se había subido al coche de Cliff, lo que no decía mucho en favor de su juicio.

Técnicamente, debería odiar a esa chica. Su presencia era otra bofetada en la cara, un recordatorio de los pecados de Cliff. Había un bebé en medio. «¿En qué estabas pensando, Cliff?».

¿Y en qué estaba pensando ella? Los errores de Cliff no eran los suyos. Aunque siguieran casados (hasta pensar en eso le hacía apretar la mandíbula), su error no habría sido el suyo. Ella no era responsable de sus actos.

Pero un niño no merecía sufrir por culpa de Cliff. Y ella tenía los medios para ofrecer apoyo. Económicamente, ella podía ayudar. ¿Emocionalmente? Sintió que algo se desgarraba en su interior. Pensó en el bebé que había perdido. Había deseado tanto tener un hijo, y pensar que Cliff...

Cerró su mente. No iba a pensar en eso ahora. No necesitaba otro ataque a sus recursos emocionales, sino mantener la calma.

—¿Crees que me están buscando? —preguntó Ashley girando la cabeza hacia Joanna—. Me refiero a esos periodistas.

—Sí. —No vio ningún motivo para mentir o suavizar la verdad.

—Fuiste inteligente al decirme que esperara junto a la entrada de Urgencias. Aquel lugar estaba abarrotado de gente. Nadie me prestaba atención. Y comprobé que no había fotógrafos ni nada. También ayudó que el personal no dejara de moverme de un sitio a otro. Yo no sabía dónde estaba la mitad del tiempo, así que, ¿por qué iba a saberlo alguien más? Aún no sé por qué haces esto por mí. —Ashley la miró de nuevo—. Pero pensé que, aunque me secuestraras, al menos tendría un lugar donde quedarme, ¿no?

La cabeza de Joanna empezó a palpitar de dolor.

—No te estoy secuestrando, Ashley.

—Crees que estoy siendo dramática, pero desde donde estoy sentada, lo que se ve es que estás ayudando a la mujer que iba en el coche con tu hombre. Y eso es algo... inesperado. La gente no hace cosas así.

—No era mi hombre —dijo Joanna agarrando el volante con fuerza y manteniendo la mirada al frente—. Dejó de serlo hace mucho tiempo.

Hacía años que no recorría esa carretera. Años desde que se aventuró hacia el norte.

Había pasado la mayor parte de su vida adulta avanzando, pero ahora volvía atrás.

¿Cómo se sentiría estando allí? No era como volver a casa, porque la costa central de California no había sido su hogar en dos décadas. Ni como ser turista, porque un turista exploraría libremente la zona. Entraría en las tiendas locales, compraría un helado sin mirar por encima del hombro y saludaría alegremente a los lugareños.

Joanna no haría nada de eso, a pesar de que su familia formaba parte de Silver Point desde hacía más de tres generaciones.

Otter's Nest había pertenecido originalmente a su abuelo, Walter Rafferty. Walter, un artista de éxito moderado, había heredado una pequeña cantidad de dinero de una fuente nunca confirmada. Se rumoreaba que había salvado la vida de alguien, pero el padre de Joanna había dicho que, dado que Walter nunca hacía nada por nadie, eso era poco probable. Fuera cual fuera el origen del dinero, había comprado una casa de playa vieja y estropeada por el paso del tiempo, con impresionantes vistas al azul profundo del océano Pacífico. El lugar estaba protegido por un bosque, lo que le había venido muy bien a Walter, que era, según todos los indicios, un individuo antisocial y malhumorado. La había elegido porque estaba lo bastante alejada de la ciudad como para disuadir a los visitantes ocasionales, porque tenía un jardín espectacular en el que proliferaban las rosas y los árboles frutales y porque él prefería las plantas a las personas; además, tenía acceso directo a un tramo de playa inaccesible de otro modo. Él pasaba la mayor parte del tiempo al aire libre y casi no le interesaba la casa en sí, lo que explicaba su paulatino deterioro. El padre de Joanna le había contado una vez que Walter se había casado con su esposa, la abuela de Joanna, no porque se hubiera enamorado, sino porque necesitaba una mujer para cuidar de Otter's Nest antes de que se derrumbara del todo.

Su abuela se había puesto a fregar, limpiar, arreglar y, en general, hacer la casa más habitable, no porque quisiera obedecer a su gruñón esposo, sino porque se negaba a vivir en un sitio que parecía que se iba a desplomar en cualquier momento.

De niña, Joanna no había sido consciente de lo valiosa que era aquella parcela de tierra. Para ella era su hogar, y un hogar nada lujoso. Se la habían dejado cuando murió su padre, un gesto generoso que había extinguido cualquier última esperanza que tuviera de entablar algún día una relación con su madrastra.

Incluso después de marcharse, no había tenido la opción de vender la casa porque Denise seguía viviendo en ella. ¿La habría vendido de inmediato si ese no hubiera sido el caso? Tal vez. La casa estaba llena de recuerdos. Los lejanos eran buenos, pero habían quedado eclipsados por lo que vino después. Había ignorado el problema durante mucho tiempo, hasta que, hacía ya cinco años, su madrastra le había anunciado que ya estaba harta de vivir en un lugar tan alejado de la ciudad. Se había mudado a una casita cerca de Carmel-by-the-Sea, dejando Otter's Nest deshabitado.

Joanna había recibido numerosas ofertas de personas deseosas de aprovechar las ventajas de aquel terreno, pero ella no quería vender. Había pensado en Walter, podando sus árboles frutales, y en su padre empezando cada día con un baño en el océano.

En lugar de vender, contrató a un arquitecto. El proyecto había sido muy caro, tanto en tiempo como en dinero, pero al final se terminó, convirtiéndose en una nueva casa de playa, una obra maestra contemporánea, que se integraba muy bien con el entorno, aprovechando todo lo que tenía de especial el paisaje. El instinto le decía que su padre lo habría aprobado, aunque lo único que quedaba del Otter's Nest original era el nombre.

A pesar de su atractivo, Joanna nunca se había alojado allí. Había contratado a una empresa para gestionarlo y, de vez en cuando, alquilarlo. Fue una decisión comercial.

Pero volver ahora no era un negocio. Era algo personal.

Dormiría en la habitación con la pared de cristal con vistas al océano. Tomaría su café matutino en la terraza, protegida del mundo exterior por los altos árboles. Caminaría descalza por el suelo de piedra calefactado, se relajaría en la bañera con vistas al jardín y seguiría el estrecho sendero de arena que llevaba a la playa. Otter's Nest distaba mucho del bungaló destartalado que había sido su hogar durante su infancia. Ahora era una propiedad de lujo en una zona costera de alta categoría.

Pero seguía siendo una casa de playa, muy solicitada, a pesar de los elevadísimos precios de los alquileres.

Unos días antes había llamado a su agente y le había pedido que cancelara todas las reservas y preparara la casa porque se la iba a prestar a una amiga. Probablemente se darían cuenta de que pretendía utilizarla ella misma, otra razón por la que no confiaba en que su paradero siguiera siendo un secreto durante mucho tiempo.

Cliff se habría reído de sus intentos de recuperar cierto grado de intimidad. La intimidad, el anonimato, habían sido su idea del infierno.

Ella era una de las pocas personas, quizá la única, que había comprendido las profundas inseguridades de Cliff.

Necesitaba cinco raciones de elogios al día para sobrevivir, y más aún para crecerse de verdad. Cuando las cosas iban bien, entraba por la puerta con una sonrisa de oreja a oreja, lleno de energía por la atención positiva. Era su propio sistema meteorológico: en un momento estaba de subidón y al siguiente de bajón. Si los índices de audiencia de su programa bajaban, o los restaurantes no tenían todas las reservas al completo con semanas de antelación, su humor cambiaba de soleado a tormentoso. Ella se había sentido atraída por su lado más caluroso, pero había aprendido a vivir con el otro también. Nadie era perfecto, ¿verdad? Desde luego, ella no lo era, como su madrastra le había señalado con frecuencia.

—El lugar al que vamos... ¿es tuyo? —preguntó Ashley.

—Sí. Crecí allí. —¿Por qué le había dicho eso?

Ahora habría más preguntas, y ella no quería responderlas.

—¿Tienes familia allí?

¿Denise?

—No. —Volvieron a dolerle las manos y aflojó su agarre al volante. —No tengo familia.

—¿Así que estaremos solo nosotras?

—Sí. Solo nosotras. —¿Cómo iba a llevarlo? No iba a estar sola, ¿verdad? Tenía a Ashley. Ashley, que no podía dejar de hablar. Ashley, que había estado en el coche con Cliff. Ashley, que era una complicación que Joanna aún no había resuelto.

«Ashley, que estaba embarazada».

Joanna sintió un profundo dolor en el pecho. Y su copiloto seguía sin parar de hablar.

—¿Está muy apartado?

—Yo no lo describiría como un lugar apartado. Aunque no hay vecinos cerca —respondió Joanna mientras se desviaba de la carretera principal para dirigirse hacia la costa.

La carretera se curvaba junto al océano y, a través de la oscuridad, podía distinguir la sombra de las rocas escarpadas, el azote blanco de las olas y el rocío que salpicaba la orilla.

Se detuvo en Santa Bárbara el tiempo suficiente para respirar el aire salado y estirar sus cansadas extremidades.

Cuando volvió al coche, vio que Ashley estaba dormida, con la cabeza hundida en la almohada.

Aliviada, Joanna abrió la parte trasera del coche y agarró la manta que había metido en la maleta. Con cuidado de no despertarla, la envolvió con ella y, a continuación, sacó también un termo y se sirvió una taza de café que había preparado antes de salir.

No había nadie más alrededor. En ese momento

solo estaba ella, la oscuridad, el azote del viento y el estruendo del océano salvaje.

El sonido le hizo pensar en su padre y eso la reconfortó. A Denise nunca le había gustado nadar. Se quejaba de la sal en el pelo y de la arena en la piel. El mar había sido el único lugar en el que Joanna había tenido a su padre para ella sola. Habían estado los dos juntos, riendo, chapoteando.

Había pasado más tiempo en la pequeña playa bajo Otter's Nest que en la casa. Le encantaba nadar, sentir cómo el frío del océano contraía su piel caliente por el sol y le endurecía el pelo con la sal. Para Joanna, zambullirse en el agua era hacerlo en la felicidad.

Miraba el agua fijamente, recordando.

Una vez tuvo una vida allí. Ese había sido su lugar, y luego lo había tirado a la basura y se había marchado sin mirar atrás. Había salido huyendo. Igual que estaba haciendo ahora, ¿no? Huyendo de la prensa. Huyendo de la memoria de Cliff. Huyendo de su vida.

¿Iba a vivir alguna vez una vida en la que no estuviera escapando de algo?

El cansancio le afectaba a los ojos. A pesar del café, tenía una nube en la cabeza. Habían sido un par de semanas muy largas, y el funeral había tenido lugar hacía tan solo unos días. Más cámaras. Más preguntas. La agotadora e interminable atención de gente que no la conocía ni se preocupaba por ella.

Pero ahora podía dejarlo atrás.

Pronto estaría a salvo tras las puertas de Otter's Nest.

¿Cuántos recuerdos la estarían esperando? Eso era otra cosa en la que no se había permitido pensar.

Mel y Greg.

Nate.

No. No podía, no quería pensar en Nate. Todavía no.

Se tragó el último sorbo de café y guardó el termo en la mochila.

Con una última mirada al océano, se metió de nuevo en el coche y continuó hacia el norte, serpenteando por la costa hasta que el amanecer mostró picos de color a través del cielo oscurecido.

Habían pasado muchos años y, sin embargo, conocía tan bien ese último tramo del viaje. Cada curva de la carretera, las vistas de las imponentes secuoyas y los abruptos acantilados.

Y entonces, allí estaba, el desvío a Otter's Nest, oculto a la vista entre altos árboles. No había ninguna señal, nada que indicara la presencia de una propiedad tan extraordinaria, una medida de seguridad intencionada más que un descuido, y si no sabías ya de antemano dónde estaba te pasabas el desvío.

Pero Joanna lo sabía.

Giró hacia el camino de acceso privado y lo siguió hasta llegar a unas grandes verjas que proporcionaban aún más privacidad. Desde ese ángulo seguía sin verse la casa de la playa. Pulsó el botón y las verjas se abrieron, dejando al descubierto otro tramo de camino salpicado de pequeñas luces solares.

Las puertas se cerraron tras ella y aparcó delante de la casa.

Ashley aún dormía, así que Joanna aprovechó el momento para echar un primer vistazo a Otter's Nest.

Desde allí, el lugar parecía bastante modesto, pero eso no le preocupaba. Sabía que la zona más sorprendente era la de la parte delantera. La casa estaba construida en la ladera y su diseño aprovechaba al máximo el espacio, la luz y las increíbles vistas al océano.

Desbloqueó la puerta, desconectó la alarma y se quitó los zapatos. Se quedó parada, con cierto temor y cautela, esperando a que los recuerdos fueran a por ella, como un intruso al acecho. Aguardando que el pasado se deslizara sigilosamente hacia su presente.

Pero no pasó nada de eso.

Aliviada, sintió que sus músculos se relajaban. Había temido ese momento, pero ahora le quedaba claro que los recuerdos dolorosos habían sido destruidos junto con la casa original. Madera podrida, cristales rotos, recuerdos amargos. Todo había sido eliminado. No había recuerdos. Ni rastro de familiaridad, excepto el propio terreno y la playa, por supuesto. Siempre la playa.

Entró en la sala de estar, vio la luz del sol sobre el océano a través de los cristales y suspiró de placer porque el nuevo edificio era tan espectacular como había imaginado. La habitación tenía una curvatura de ciento ochenta grados y los ventanales desde el suelo hasta el techo permitían ver el amanecer y el atardecer. Unas enormes puertas correderas daban a la terraza y al jardín, y allí, justo delante de ella, estaba el camino que llevaba a la playa. Se encontraba lo bastante lejos como para proteger la casa de los embates de la marea, pero tan cerca como para sentir que se podía llegar a ella y tocarla.

La playa con forma de media luna de Otter's Nest estaba protegida a ambos lados por la curva del terreno y las rocas.

Podría sentarse allí sin que nadie pudiese verla. Podría nadar en el mar. Ver ballenas y delfines. Y sí, allí sí habría recuerdos. Su padre. *Nate.*

—¿Joanna? —La voz de Ashley llegó desde la puerta—. No sabía dónde estabas, así que...

—No quería despertarte. —Basta de recordar el pasado, tenía que pensar en el presente—. Deberíamos ir directamente a la cama y dormir bien. Podemos hablar por la mañana.

—Pero ya es por la mañana. Está saliendo el sol.

Joanna llevaba media noche conduciendo. Estaba emocional y físicamente agotada. Necesitaba cerrar una puerta entre ella y Ashley, ese problema que había elegido traer a su casa de forma voluntaria. Necesitaba espacio.

—Te mostraré tu habitación. En el baño debería haber todo lo que necesitas. Espero que estés cómoda.

Aunque nunca se había alojado allí, conocía la casa y condujo a Ashley por la escalera curva hasta la *suite* de invitados.

—Esto es como un hotel de cinco estrellas —murmuró Ashley mientras la seguía hasta el dormitorio.

Joanna pulsó un botón junto a la cama, cerró las persianas y encendió la luz de la mesilla.

—El baño está por esa puerta, y mi dormitorio está al otro lado del pasillo.

—Bien. Gracias. —Ashley dudó antes de hablar—: Pareces muy estresada. ¿Estás bien?

El hecho de que se hubiera dado cuenta le hizo ver a Joanna que estaba perdiendo el control, que normalmente mantenía firme.

—Estoy bien. Espero que consigas descansar. Llámame si necesitas algo.

—Joanna...

—Estoy bien —insistió Joanna—. Descansa un poco. Ya tendremos tiempo de hablar. —Instó a la chica a entrar en la habitación y cerró la puerta en silencio.

En lugar de ir a la *suite* principal, bajó a la cocina y abrió la nevera. Estaba llena, como había pedido. También abrió los armarios, comprobando que no faltaba de nada. Había comida suficiente como para no tener que salir de allí hasta dentro de una semana, tal vez dos. Después, ya se enfrentaría a ese problema más tarde.

El agotamiento la hacía sentir escalofríos, pero sabía que no podría dormir. Su mente era un torbellino que no paraba de rememorar dos décadas de su vida, incluso alguna más, mostrándole momentos incómodos.

Buscó un jersey y salió a la terraza. La casa podría haber cambiado, pero la vista no. Percibía ciertos aromas. Lavanda y rosa, un toque de pino mezclado con la sal del océano.

Siguió el camino hasta la playa, pero en lugar de avanzar por la arena, se subió a una de las rocas que protegían la bahía. Aún era temprano. Nadie la vería, porque nadie la buscaría allí. Todavía no.

Se abrazó las rodillas contra el pecho y miró el agua. Más allá del nivel de las rocas, el remolino de corrientes hacía que el agua fuera peligrosa. A los huéspedes del lugar se les aconsejaba tomar el sol y utilizar la piscina o la playa principal de Silver Point para nadar y divertirse en el agua, pero Joanna no tenía intención de hacerlo. Había crecido allí. Conocía los riesgos y sabía nadar.

Estiró las piernas, disfrutando del sol de primera hora de la mañana. A esa hora del día no tenía que preocuparse por las quemaduras. En el colegio se habían burlado de ella por sus pecas, pero nunca le importó porque su padre siempre le decía que eran polvo de hadas y que solo las personas especiales las poseían. Él también las tenía y, después de su muerte, ella solía mirarse en el espejo e imaginar que una parte de sus pecas habían aterrizado sobre ella. Eso hacía que se sintiera más cerca de su padre.

Contempló el océano blanco que se arremolinaba y chocaba contra las rocas, lanzando pequeñas gotas a lo alto. A menudo, la niebla marina que cubría la costa californiana en las primeras mañanas de verano empañaba la vista, pero hoy estaba despejado y soleado.

Miró detrás de ella hacia la playa principal que se extendía a lo largo de Silver Point y vio una pequeña figura a lo lejos, corriendo por la playa. «¿Mel?».

El corazón le dio un vuelco y bajó de la roca, raspándose en una pierna. ¿Qué había hecho? ¿Se había delatado? No. No podrían reconocerla a esa distancia, sobre todo si nadie la esperaba allí. Era solo una mujer sentada en una roca. Podría ser cualquiera. Joanna intentó calmar el pánico que se agitaba en su interior. El hecho de que ella y Mel hubieran corrido por la playa juntas casi todas las mañanas no significaba que su vieja amiga aún mantuviera la misma rutina.

Sintió una punzada de nostalgia.

Mel había sido su mejor amiga. La persona en la que más confiaba en el mundo. Pero Mel era la hermana gemela de Nate y su amistad se había convertido en imposible.

Joanna la había buscado la semana anterior, incapaz de resistir la tentación de volver al pasado.

Se había enterado de que Mel seguía viviendo allí, lo que no le había sorprendido. Ahora estaba casada con Greg, lo que tampoco era una sorpresa. Tenían una hija, Eden, y Joanna sintió una punzada al recordar las veces que habían fantaseado con formar una familia juntas. Entrar y salir de casa de la otra, disfrutar de barbacoas en el patio trasero y pícnics en la playa. Mel y Greg. Joanna y Nate.

Nate.

Sintió otra punzada de tristeza y volvió a subir por el sendero hacia la casa de la playa.

No iba a pensar en Nate, y no necesitaba preocuparse por cruzarse con él porque no tenía intención de pasear por la ciudad ni de comer en la terraza del Surf Café.

Mantendría su vida cerrada y tranquila, porque había aprendido que era mejor así.

Habían escrito de todo sobre ella, pero la prensa había pasado una cosa por alto.

Y es que era, posiblemente, la mujer más sola del mundo.

9

ASHLEY

Ashley se despertó con el sonido de las olas rompiendo contra las rocas. Una brisa fresca entraba por la ventana. Se quedó tumbada, aturdida y desorientada, y entonces recordó dónde estaba. En la casa de la playa de Joanna Whitman. La cama era muy cómoda y las almohadas tan suaves que era como dormir en una nube. Después de noches de moverse inquieta en una cama de hospital dura e inflexible, con la piel irritada por las sábanas ásperas, aquella cama parecía sacada de una fantasía. ¿Pero el resto?

Aquello parecía más una película de terror y el gran giro estaba aún por llegar.

Quería posponer el momento. Quería quedarse allí, refugiada en el lujo, y fingir que estaba de vacaciones. No quería tener que despertarse y enfrentarse a sus problemas.

Deseó no haber ido nunca a Los Ángeles. Deseó no haber conocido a Cliff. Deseó no haberse subido a su coche ni haber dicho lo que dijo.

Pero como su madre siempre le había enseñado, no tenía sentido desear cosas que no se podían cambiar. Había que seguir adelante y tomar la mejor decisión posible. La mejor opción actual de Ashley habría sido meter la cabeza bajo la almohada y quedarse allí, pero eso sería muy cobarde, ¿no? Y también grosero.

¿Qué habría dicho su madre si pudiera verla ahora, con Joanna Whitman?

—Estabas durmiendo tan profundamente que no quise despertarte —dijo Joanna mientras ponía una bandeja en la mesa junto a las puertas abiertas.

Ashley comprendía ahora por qué había oído el océano y sentido la brisa. Mientras dormía, Joanna había levantado las persianas y abierto las puertas. Aquellas puertas daban directamente a una terraza bordeada por un montón de plantas y flores de colores.

¿No sería estupendo poder disfrutar sin sentirse culpable y ansiosa por todo?

Tenía que tomar muchas decisiones. Tenía tanta información que procesar...

Su plan de hablar con Cliff no había salido como ella esperaba.

De todos los escenarios que había imaginado en su cabeza, el que nunca había aparecido era el de que ella pudiera matarlo. No es que hubiera tirado del volante haciéndoles caer en aquel barranco ni nada parecido, pero si nunca le hubiera conocido, si hubiese sido más cuidadosa, si no hubiera elegido ese momento exacto para contarle lo del embarazo...

Cliff Whitman estaba muerto por su culpa.

Aquel pensamiento la dejó débil y temblorosa. La Policía la había interrogado y había quedado satisfecha con sus respuestas. Cliff estaba soltero. No era menor de edad. No había ninguna razón por la que no debiera haber estado en su coche. Sus decisiones podían ser cuestionables, pero no ilegales. Se dictaminó que fue un accidente desafortunado.

Ashley se obligó a incorporarse. Su vida había estado llena de accidentes desafortunados.

—Te he preparado algo de comer. —Joanna agarró la bandeja y la puso en la cama junto a Ashley—. Estás pálida. ¿Te sientes muy mal?

Joanna apiló almohadas detrás de ella como si fuera una niña y su inesperada amabilidad le hizo un nudo en la garganta. Se sentía indigna de tanta generosidad por parte de aquella mujer.

—¿Por qué eres tan amable conmigo? Deberías odiarme.

—No te odio —dijo Joanna enderezando las sábanas.

Lo haría, pensó Ashley, si conociera los detalles. Y se sintió mal porque sabía mucho más de Joanna de lo que Joanna sabía de ella.

El sentimiento de culpa la corroía por dentro. No le gustaba guardar todos esos secretos en su interior. ¿Podría sentirlos el bebé? ¿Recibía una dosis de angustia al igual que su madre?

Quería relajarse. Quería estar tranquila. Quería contárselo todo a Joanna, pero ¿cómo iba a hacerlo? Si hubiera sabido que ser adulta era tan difícil, no habría tenido tanta prisa por crecer. Y ahora no tenía elección.

Se llevó la mano a la barriga y prometió mentalmente a su bebé que, aunque hasta entonces no había sido la mejor madre, haría todo lo posible por mejorar.

—Deberías comer algo. Hay melón fresco, bayas y... —Joanna dejó la bandeja sobre las piernas de Ashley—. ¿Qué pasa?

—Nada —respondió Ashley con dificultad.

¿Por qué estaba tan sensible? Tenía que parar. Tenía que pensar en el bebé.

Sintió que la cama se hundía cuando Joanna se sentó.

—¿Te encuentras mal? Puedo llamar a un médico.

—No. —Ashley no quería un médico. Quería empezar su vida de nuevo, sin todas las mentiras y errores. Y como la culpa y la ansiedad eran demasiado grandes para contenerlas, finalmente se desbordó—: Ojalá nunca me hubiera subido a su coche. Ojalá nunca le hubiera conocido.

Joanna extendió la mano y sacó un pañuelo de una caja que había junto a la cama.

—No eres la primera mujer que siente eso por Cliff, te lo aseguro. —Le dio a Ashley el pañuelo y ella lo tomó, mortificada.

—¿Tú también?

—Al menos un millón de veces. —Joanna esbozó una sonrisa irónica—. Intenta olvidarlo por ahora. Sospecho que estás muy cansada, y eso siempre hace que las cosas parezcan peores.

—Mi madre solía decirlo. Me decía que dormir bien es una de las cosas más importantes que una persona puede hacer por sí misma. Siempre me decía que dejara de mirar el móvil, que dejara de enviar mensajes a mis amigos en mitad de la noche. —Pensar en su madre hacía que Ashley se sintiera peor, así que también intentó dejar de hacerlo. Había tantas cosas en las que no podía pensar que le costaba encontrar un tema seguro.

—Siento que la hayas perdido —dijo Joanna tras vacilar unos segundos.

Ashley también lo sentía. Lamentaba muchas cosas.

—Ha sido duro. No es que esté poniendo excusas ni nada, pero he tenido un año horrible.

Joanna no dijo nada y Ashley se sintió mortificada. El año de Joanna también había sido horrible. De hecho, gran parte de su vida lo había sido.

Parecía muy estresada durante el viaje. Ashley la había visto agarrar el volante hasta que los dedos se le pusieron blancos y exhalar lentamente, como si tuviera que esforzarse para mantenerse bajo control.

¿Todavía estaba de luto por Cliff? Todo el asunto del divorcio lo complicaba, ¿no? Y las aventuras. Aun así, veinte años... A Ashley no le cabían en la cabeza todas las emociones que Joanna podía sentir.

—¿Por qué no dejas de pensar un rato, desayunas algo y luego te reúnes conmigo en la terraza? —dijo Joanna levantándose de la cama.

—Sí, claro. —Quería decir lo correcto, pero no sabía qué era. Era imposible saber lo que Joanna estaba pensando.

—¿Lees?

—¿Leer? ¿Te refieres a libros? —preguntó Ashley un poco confusa.

Joanna sonrió.

—Sí, libros. Hay una biblioteca abajo. Es la puerta al lado de la cocina.

—¿Tienes tu propia biblioteca?

—Sí. Me encantan los libros. Leerlos y mirarlos.

¿Estaban tratando temas importantes y ahora hablaban sobre libros?

—Sí leo. O solía leer. Últimamente no tanto. —Su concentración estaba por los suelos. Iba a tener un bebé y Cliff no iba a ayudarla—. Entonces, ¿vamos a hablar?

—En algún momento, pero creo que lo que ambas necesitamos más que nada ahora es un descanso, ¿no? Come algo, y luego únete a mí en la piscina.

—¿Hay piscina? ¿Teniendo el océano ahí al lado?

Joanna sonrió.

—El océano está frío y no a todo el mundo le gusta.

Biblioteca, piscina, terraza, playa... Ashley aún no se había metido en el agua, pero ya sentía que se estaba ahogando.

—No tengo tanta ropa.

—No la necesitas. Mi plan es que nos quedemos aquí un par de semanas para que las dos tengamos tiempo de respirar y decidir qué es lo siguiente que haremos. Ven a buscarme cuando estés lista.

¿Lo siguiente? Lo decía como si fueran un equipo, unidas por su situación, pero Ashley sabía que lo único que las mantenía juntas era Cliff. Y él estaba muerto, así que, ¿dónde la dejaba eso a ella?

Joanna salió de la habitación y Ashley contempló el resto del desayuno sin entusiasmo. No tenía hambre, pero necesitaba comer por el bebé.

Se obligó a tragar un solo bocado, se dio por vencida y se dirigió al cuarto de baño. Había una bañera grande frente a una gran ventana con vistas al jardín, pero Ashley optó por la ducha. Tardó unos minutos en descifrar los mandos y luego se puso bajo el chorro de agua caliente durante varios minutos, borrando los recuerdos de su estancia en el hospital. Los moratones iban desapareciendo y cada día le dolía un poco menos. Se enjabonó el pelo, luego la piel de pies a cabeza y apoyó la mano en el abdomen.

¿Sentía un pequeño bulto o eran imaginaciones suyas?

¿Cuándo empezaría a notarlo? Tenía la cabeza llena de preguntas. Estaba horrorizada y avergonzada por lo ignorante que era.

—Siento no tener ni idea —le habló al bebé, aunque si podía oírla, eso significaría que había oído otras cosas y que probablemente ya estaba marcado por el mundo que le esperaba fuera de la protección de su cuerpo—. Lo haré mejor, lo prometo. —Y lo dijo en serio. Ella era todo lo que el bebé tenía. Sería cariñosa, pero también sincera, por difícil que fuera. No iba a defraudar a ese bebé. Necesitaba un plan, pero eso empezaba por Joanna. No entendía por qué ella la estaba ayudando, pero Cliff se había ido y no tenía a nadie más. Así que ahora aceptaría cualquier ayuda que le ofrecieran.

Por una fracción de segundo volvió a estar en el coche, en esos pocos instantes entre que ella se lo contaba y él reaccionaba a la noticia. Sabía que nunca olvidaría su mirada ni sus palabras.

Ashley cerró el grifo de la ducha y se obligó a alejar ese recuerdo. No era el momento de revivir el trauma del accidente. Tenía que centrarse en el presente, en ese instante y en el futuro.

Se envolvió en una de las grandes y suaves toallas apiladas que había en el estante de cristal y se secó el pelo.

Rebuscó en su bolso para encontrar ropa limpia y vio su teléfono. No lo había tocado desde que se lo entregó la Policía.

Con el corazón latiendo con fuerza, lo encendió.

Diez mensajes de voz.

Tragó saliva y volvió a apagar el teléfono. Aún no estaba preparada para eso. Poco a poco.

Enterró el teléfono bajo una camisa y sacó unos vaqueros y un top limpio. Ambos le quedaban bien, aunque no estaba segura por cuánto tiempo.

Sintiéndose cohibida, salió del dormitorio y bajó las escaleras. Era imposible no mirar a su alrededor, y lo que le llamó la atención no fue el asombroso diseño ni los toques de lujo, sino el hecho de que no hubiera nada personal a la vista. Era como alojarse en un hotel, aunque Ashley no sabía cómo sería en realidad porque nunca habían tenido dinero para hoteles. Una parte de ella quería echar un vistazo a las demás habitaciones, incluido el dormitorio principal y la biblioteca que Joanna había mencionado, pero tenía la sensación de que no le aportarían ninguna información sobre la propietaria. Como la mayoría de la gente que lee la prensa rosa, popular, creía conocer a Joanna Whitman, pero en realidad le resultaba un gran misterio. Era la dueña de esa casa increíble y, sin embargo, nunca se había quedado allí. En su lugar, Ashley nunca se habría ido. Habría pasado todas las noches en aquella deliciosa cama y todas las horas del día devorando las vistas con voracidad. Pasó por el salón y vio unos sofás con pinta de ser muy cómodos y una gran chimenea. Una mesa baja estaba repleta de libros de arte y una bonita escultura. Todo resultaba elegante y sofisticado.

Ashley pensó en el sofá de su casa, con la tela desgastada que su madre había remendado una y otra vez. Pensó en lo mucho que su madre había luchado por mantener todo en orden tras la muerte de su padre. Las horas de pie. Las comidas improvisadas. El ceño siempre fruncido. Dormirse en el sofá.

—¿Podemos ir a jugar, mami?

—Ahora no, tengo que trabajar.

A los dieciséis años, Ashley también se había puesto a trabajar. Había conseguido un empleo en la pizzería local, sirviendo mesas. Había aprendido a ignorar a los quejicas, a los comensales que pedían y luego cambiaban de opinión y le echaban la culpa a ella, a los que dejaban malas propinas y a los hombres que querían ligar con ella. Ignoraba las largas horas de trabajo, el dolor de piernas después de un día duro estando de pie, el dolor de mejillas por sonreír cuando no quería hacerlo. Trabajaba por un objetivo, y ese objetivo era el dinero. Daba la mayor parte de lo que ganaba a su madre y el resto lo invertía en su fondo para la universidad. Era deprimentemente pequeño, pero era suyo y era algo. Cuando no trabajaba, estudiaba. No tenía ni un solo dólar que no se hubiera ganado trabajando.

Pensó en Cliff, pero pensar en él la hizo sentir como si alguien tuviera su corazón aprisionado, así que se detuvo.

Decidió que algún día quería vivir en un lugar así, en una casa de la que realmente fuera dueña, un lugar que no le mostrara constantemente sus defectos. Sobre todo, quería tener suficiente dinero para no tener que trabajar cada hora del día. Para no tener que decirle constantemente a su hijo que estaba demasiado ocupada.

Las puertas de cristal daban a la terraza y Ashley pudo ver a Joanna sentada en una de las tumbonas junto a la piscina. Llevaba pantalones cortos y gafas de sol extragrandes, y el pelo le caía suelto sobre los hombros en cascada. Parecía un ave rara y exótica y Ashley deseó tener la mitad de su elegancia. Joanna tenía un libro en el regazo, pero no estaba leyendo, parecía estar contemplando el océano. Y Ashley no podía culparla, porque ella nunca había contemplado una vista así de bonita. Si fuera la dueña de ese lugar, nunca lo habría abandonado. Aunque tal vez cuando uno es rico y tiene propiedades lujosas con vistas increíbles ni siquiera lo valora.

O quizá había otras razones por las que Joanna no leía.

¿Era por estar de vuelta allí? ¿O era porque Ashley estaba con ella?

Se decidió a salir a la terraza.

—Esto es impresionante. —Sus palabras sonaron seguras, para nada como si su interior temblara por los nervios—. Gracias por el desayuno. ¿Cocinaste tú los pasteles?

—No, yo no cocino. Pero sí me encargué de que la casa estuviera abastecida con comida antes de nuestra llegada.

—Bueno, igualmente estaban deliciosos.

¿Por qué no cocinaba Joanna? Probablemente porque Cliff había cocinado por ella siempre.

—¿Encontraste todo lo que necesitabas? ¿Estás cómoda en tu habitación?

—Es perfecta. La ducha es genial, el agua sale con mucha presión. No como en mi casa, que caen cuatro gotas.

Aquello le parecía surrealista, estaba de pie junto a una piscina idílica, rodeada de los aromas del verano, con el azul intenso del océano Pacífico a unos pasos, y con Joanna Whitman como compañía. ¿Qué debía hacer? ¿Seguir de pie? ¿Sentarse? Al final se sentó en la tumbona contigua a la de Joanna. Se había colocado en el borde, lo que le daba la opción de ponerse de pie de repente si lo necesitaba. No tenía ni idea de cómo iba a ir esa conversación.

Cuando le dijera la verdad a Joanna, probablemente tomaría el siguiente autobús de vuelta a la ciudad. O puede que incluso tuviese que ir caminando.

Miró la piscina. Sería estupendo poder nadar un poco, pero quizá la gente que se alojaba en esa casa no se bañaba. Quizá la piscina era solo un accesorio, algo que admirar mientras tomaban el sol californiano, bebían margaritas y se secaban el pelo.

La luz del sol brillaba en el agua y la brisa hacía ondular la superficie.

Parecía tranquila y acogedora. Tenía que recordarse a sí misma que no estaba de vacaciones.

—Puedes darte un baño si te apetece —le ofreció Joanna bajando su libro.

—Gracias... Pero estoy bien —respondió con timidez.

—Seguro que puedo encontrarte un bañador. Hay un armario en el primer piso lleno de ropa nueva. Si hay algo que te quede bien, úsalo.

Ashley miró el agua con nostalgia y luego negó con la cabeza.

—Quizá más tarde. Gracias.

¿Joanna no pensó en que eso era raro? Estaba tratando a Ashley como a una invitada, cuando debería tratarla como al enemigo.

Joanna la observaba a través de esas grandes gafas de sol que ocultaban la mayor parte de su rostro.

—Dijiste que habías tenido un mal año. Debes echar de menos a tu madre. ¿Estabais muy unidas?

—Sí. —¿Era verdad? Hacía un año Ashley habría dicho que sí, que estaban unidas, pero eso era antes. ¿Podrías considerarte cercana a alguien que te oculta cosas? ¿Qué otras cosas habrían salido a la luz si su madre siguiera viva? Ashley tenía un montón de preguntas y ninguna forma de obtener las respuestas—. Mi padre murió cuando yo tenía doce años, así que desde entonces éramos solo nosotras dos. —No había razón para no decirle eso a Joanna.

—Háblame de tu padre. ¿A qué se dedicaba?

A Ashley siempre le pareció una pregunta extraña, como si lo que uno hiciera para ganarse la vida definiera quién era como persona. Si uno era lo que hacía, entonces ahora mismo ella no era nadie.

—Se llamaba David. Era mecánico. Podía arreglar casi cualquier cosa. —Pero él no era eso para Ashley. Para ella era el hombre que le enseñó a cambiar una rueda y a cultivar tomates en el jardín. Estaba obsesionado con la naturaleza y la llevaba de excursión todos los fines de semana. Habían recorrido largas distancias y ella a veces se esforzaba por seguirle el ritmo. Cada vez que pensaba que no podía hacer algo, él la empujaba con más fuerza. «¡No te rindas, Ashley Blake!», le gritaba cuando ella se sentaba al borde del sendero, demasiado cansada para continuar. «No te rindas nunca. Aunque tengas los pies cansados y te duelan las piernas, sigue adelante. Paso a paso». Ahora se preguntaba si realmente estaba hablando de senderismo o si le estaba mostrando el camino a seguir en los momentos difíciles de la vida.

Paso a paso.

También le había enseñado a decir siempre la verdad y a no pedir nunca dinero prestado.

Lo que no le había enseñado era qué hacer cuando estaba entre la espada y la pared. ¿Qué pasaba con la moral cuando se estaba desesperado? ¿Qué diría él si pudiera verla ahora? ¿Y si la hubiera visto subir al coche con Cliff?

«Lo siento, papá».

—¿Tienes más familia?

—No. —Así que eso era todo. Joanna quería deshacerse de ella—. No te preocupes. Tan pronto como pueda, me iré.

—No tengas prisa por irte a ningún sitio. Deja que se calme el interés por ti.

¿Sucedería eso?

—Todavía no sé cómo se enteraron esos fotógrafos de que estaba embarazada. ¿Crees que vendrán aquí?

Joanna introdujo un marcapáginas en el libro y lo cerró con cuidado.

—Casi seguro. Pero espero que tarden un poco en averiguar dónde estás.

Porque el último lugar donde alguien la buscaría sería con Joanna Whitman.

—¿Así que creciste aquí y luego construiste este lugar tan increíble, pero nunca volviste hasta ahora?

—Así es.

—Si fuera mía, nunca me iría. —Inclinó la cabeza y sintió el sol caliente en la cara—. Solo se oye el mar y los pájaros. Y es privado. Desde la carretera, ni te imaginas que hay una casa en la playa.

Nunca había estado en un lugar así. Era como si estuvieran alejadas del mundo exterior, lo cual, teniendo en cuenta todo lo que había pasado, era algo bueno.

Debería haberse sentido relajada, pero no lo estaba. Había demasiados asuntos sin resolver, demasiados problemas y ninguna solución. Y el mayor misterio de todos era la propia Joanna.

No era como la describían los medios. En la televisión rara vez hablaba, lo que la hacía parecer un felpudo, pero Ashley sabía ahora que no lo era. Joanna Whitman no era débil, era reservada. Era fuerte y tenía el control, pero lo hacía de forma discreta para que nadie se diera cuenta. Como ahora, por ejemplo.

—Les has ganado. —Ashley observó cómo un pajarillo descendía en picado y rozaba la superficie de la piscina—. A todos esos fotógrafos. A los reporteros y toda esa gente que no para de hacer preguntas. Les has ganado.

—Tengo experiencia.

Resultaba aleccionador pensar que eso que le estaba ocurriendo a ella, ese interés en su vida, le había estado ocurriendo a Joanna durante décadas.

—Escriben cosas que ni siquiera son verdad. Cosas sobre ti. No sé cómo lo soportas.

—Fue duro, sobre todo al principio. —Joanna agarró un tubo de crema solar y se puso un poco en la palma de la mano—. Yo tenía más o menos tu edad. Había crecido aquí, en una pequeña ciudad, entre gente que conocía de toda la vida. Curiosamente, creía que estaba acostumbrada a los cotilleos, pero resultó que ni siquiera había metido el dedo en el agua. Supongo que la diferencia era que aquí la gente me conocía de verdad, mientras que la mayoría de la gente solo sabe lo que ha leído en Internet.

Ashley no esperaba que fuera tan sincera. Se

sintió un poco incómoda, porque no era como si se conocieran. Aun así, estaba demasiado fascinada como para no indagar más. Quizá, si tuviera más información, entendería por qué Joanna la había llevado allí.

—¿Te gustaba al principio? Quiero decir, la fama y todo eso. Algunas personas lo buscan, ¿no? Quieren ser famosos. —Había visto fotos en Internet. Las había estudiado. Cliff y Joanna. Siempre eran Cliff y Joanna, nunca Joanna y Cliff, como si ella fuera la segunda en una jerarquía.

—Lo odiaba —soltó Joanna tras dudar unos segundos. Y la forma en que lo dijo hizo pensar a Ashley que nunca lo habría admitido en voz alta.

—¿Porque eres una persona reservada?

—Sí. Quería vivir mi vida en privado, cometer mis errores en privado.

¿Consideraba que Cliff era un error?

Ashley intentó imaginárselo con Joanna. Ella no acababa de verlos como pareja, pero ¿qué sabía ella?

Por otro lado, Joanna se había divorciado de él, así que tal vez sabía más de lo que ella pensaba.

—Siempre que veía a Cliff en la tele parecía ser alguien a quien le gustaba llamar la atención.

—¿Viste sus programas? —Joanna la miró a los ojos y Ashley sintió que su corazón latía más rápido. ¿Se acercaba la hora de confesar?

—A veces... —Los había visto todos. Lo había estudiado. Hasta pausaba los vídeos—. Tenía esa forma tan suya de atraer a la gente...

—Sí. —Joanna no dejaba de mirarla, como si estuviera tratando de averiguar algo.

Ashley se revolvió incómoda.

—Entonces, si creciste aquí, supongo que conoces a gente que querrás ver.

—No. —Joanna apartó la mirada—. No hay nadie a quien quiera ver.

—¿Por qué? ¿Nos estamos escondiendo?

—Puedes entrar y salir cuando quieras. No eres una prisionera, Ashley, pero supuse que preferirías algo de privacidad mientras descansas, te recuperas y elaboras un plan.

Sonaba bien, pero no tenía un plan. No tenía ni idea de qué hacer a continuación.

Joanna se sirvió un vaso de agua de una jarra que tenía a su lado.

—¿Tienes trabajo? ¿Estás en la universidad?

—Trabajo desde los dieciséis años. —Pensó en Luigi, el dueño de la pizzería. Siempre había sido amable con ella—. El plan era ir a la universidad, pero las facturas médicas de mi madre eran enormes. Aunque no importa —añadió rápidamente—, porque ella era la prioridad, obviamente. Trabajaba todo lo que podía y una vecina se quedaba con ella.

—¿Su enfermedad fue repentina?

—Sí. Tuvo neumonía y luego se convirtió en septicemia. —Todavía no le parecía real. ¿Cómo podía alguien estar bien un minuto y muerto al siguiente?—. Al principio pensaron que se recuperaría. Hablamos de cosas que nunca antes habíamos hablado... —Y sabía que nunca olvidaría esa conversación. Tenía tantas preguntas. Tantas cosas sin resolver—. Pero empeoró. Estuvo en cuidados intensivos durante unas semanas y luego murió. —Fue un alivio hablar de ello con alguien. Hay cosas que una persona no puede aguantar mucho tiempo en su interior y ella ya estaba aguantando demasiado.

—Qué duro —dijo Joanna en tono suave.

—Dijeron que debería haberse recuperado, pero no fue así. La infección era muy grave y su cuerpo no pudo soportarlo. —Era lo que peor llevaba. El azar de la vida. El hecho de que pudieras estar bien un minuto y muerto al siguiente. El *shock* había sido desorientador—. Me hizo preguntarme qué sentido tiene planificar nada. Mi madre tenía muchos planes. Había cosas que iba a hacer cuando me fuera a la universidad. Teníamos nuestra vida planeada, y no era nada del otro mundo, tan solo pequeñas cosas, ¿sabes?, pero yo estaba emocionada y ella también.

Probablemente no debería contarle nada de eso a Joanna, pero necesitaba decírselo a alguien. Llevaba demasiado tiempo sola con sus pensamientos y Joanna sabía escuchar. O tal vez era porque entendía lo que se sentía cuando la vida te da un vuelco.

—¿Qué pensabas estudiar?

—¿Cómo? —La cabeza de Ashley seguía atrapada en el pasado. Podía oler la habitación del hospital, oír el ruido de las máquinas y ver el rostro pálido de su madre.

—¿Qué carrera habrías elegido?

—Oh, sí, perdón. —Se obligó a volver al presente—. Informática. Siempre se me ha dado bien. Mi padre siempre bromeaba diciendo que era demasiado viejo para entenderlo, así que yo tenía que aprenderlo todo para poder enseñarle. Él me arreglaba el coche, yo le arreglaba el portátil, ese tipo de cosas. Después de su muerte fui a un curso de verano. Pensé que él estaría orgulloso de que lo hiciera.

—Seguro que sí. ¿Y lo disfrutaste?

—Sí. Me enseñaron algo de HTML, CSS, algo de JavaScript. Fue estupendo. Hubo charlas de gente que había hecho cosas muy interesantes. Y estuvo bien porque de ahí surgió mi primera opción de universidad... —Se encogió de hombros, avergonzada por lo mucho que le había contado a Joanna, que era una desconocida—. Pero puede que solo fuera porque soy una chica.

—¿Por qué dices eso?

Ashley se miró las uñas con nerviosismo.

—Porque no hay suficientes chicas haciendo asignaturas de ciencias.

—Estoy segura de que no es por eso por lo que has conseguido una plaza. Estoy segura de que es porque eres inteligente y ellos fueron capaces de verlo. Vieron tu potencial. —Joanna hizo una pausa—. Hay mucha gente ahí fuera que te hará pensar que no eres lo suficientemente buena. Que deberías pensar en pequeño. Ir a lo seguro. Ser menos de lo que eres capaz de ser. Lo importante es no creerles. Si hay algo que quieres hacer, si tienes un sueño, te debes a ti misma intentarlo. —Algo en la forma en que lo dijo hizo que Ashley se preguntara si alguien, en algún momento, había hecho sentir a Joanna que no era lo suficientemente buena.

—¿Y tú has tenido algún sueño?

—¿A tu edad? —Joanna esbozó una sonrisa suave—. Sí. Quería trabajar en una librería. Quería pasarme el día ayudando a la gente a elegir el libro adecuado para su estado de ánimo. Cuando era pequeña, los libros me reconfortaban, y quería ayudar a otras personas a encontrar lo mismo yo.

Ashley pensó en las estanterías con libros que había visto.

—¿Y nunca trabajaste en una librería?

—No. Y me arrepiento de eso. Debería haber trabajado en una librería en vez de servir mesas.

¿Porque entonces nunca habría conocido a Cliff? ¿Era eso lo que estaba diciendo?

Pensó en la vida de Joanna. Había estado casada con un famoso, y sus días y sus noches parecían una interminable ronda de eventos de alfombra roja. Para muchas personas, eso sería un sueño. Pero no para Joanna. Ella quería trabajar en una librería, lo que demostraba que el sueño de una persona era la pesadilla de otra.

Ashley se movió incómoda de nuevo. Se sentía como si se hubiera asomado al mundo real de Joanna a través de un hueco en las cortinas.

—Supongo que la vida pasa y acabamos tomando un camino diferente. Eso es lo que me ha pasado a mí. Mi madre murió, no me cabía en la cabeza ir a la universidad, ni aunque me la hubiera podido permitir, y entonces me...

—Te quedaste embarazada.

Ashley sintió que se le calentaba la cara. Era el momento que tanto temía. Joanna iba a preguntarle por el bebé. Y si le decía la verdad, la pura verdad, Joanna la echaría.

Sintió una sensación de desolación, seguida de pánico. No quería que Joanna la echara. Quería quedarse allí, con la piscina, la intimidad y su compañía tranquila y relajante, hasta que se le ocurriera qué hacer.

Pero eso no era propio de adultos, ¿verdad? Nadie iba a solucionarle las cosas. Iba a tener que arreglarlas por sí misma.

Sintiéndose enferma, con las manos temblorosas, respiró hondo y dijo:

—Joanna, hay algo que necesito...

—Ahora no. —Joanna se recostó en la tumbona y volvió a agarrar su libro—. Hablaremos de ello en otro momento.

—Pero...

—Sé que tenemos que hablar, pero puede esperar.

¿Podía?

Se había preparado, por fin, para decirle la verdad a Joanna.

¿Aquello era un indulto o una prolongación de la tortura?

No estaba segura.

10

MELANIE

Mel esperó a que el coche de Greg saliera del garaje y sacó una cesta del armario de la cocina. Sabía que si Greg supiera lo que ella planeaba hacer, habría intentado pararla. «Si hubiera querido verte, te habría llamado», le diría. Él también había querido a Joanna, por supuesto. Habían crecido juntos. Pero Greg aceptaba mejor el hecho de que la vida era complicada y la gente cambiaba. Él no necesitaba una explicación para todo y tampoco entendía lo que se sentía al perder una amistad que ella había pensado que duraría para siempre.

Mel sí quería una explicación.

Incluso después de tantos años, quería una, y por eso iba a ver a Joanna. Y sí, pensar en ello la hacía sentir enferma y mareada, pero necesitaba saberlo.

Llevaba toda la semana planeándolo, desde que vio por primera vez aquella diminuta figura sentada en la roca a lo lejos. Sabía, incluso sin poder distinguir sus rasgos, que era Joanna. Lo había sentido.

Y había esperado. Esperó a que Joanna la llamara o se presentara en su puerta, o algo así. No había podido pensar en otra cosa. Se había perdido la mayor parte de la conversación en la cena, había estado

demasiado distraída para pensar siquiera en pelear-
se con Eden y se había quedado despierta hasta altas
horas de la madrugada cada noche, imaginando cada
situación en su cabeza, pensando qué diría, qué haría
si abría la puerta y se encontraba a Joanna allí de pie,
o si se topaba con ella en la librería de la playa. Al final todo había sido en vano porque Joanna no se
puso en contacto con ella. No aparecía en ningún sitio de la ciudad. Era invisible. Ni siquiera había dejado una nota manuscrita en su buzón.

Joanna no quería hablar con Mel y eso le dolía
más de lo que podía imaginar.

Sentía como si la hubiera rechazado dos veces.

Llevaba allí una semana entera y no le había tendido la mano (¡como si fueran extrañas! Como si no
hubieran compartido cada minuto de sus vidas hasta
los dieciocho años), así que Mel decidió que iría a ver
a Joanna. Enfrentarse a ella cara a cara no podía hacerla sentir peor. Necesitaba respuestas. Quería saber
qué había pasado. Quería saber qué había hecho. Porque seguro que había hecho algo. Ya no podía seguir
fingiendo que Joanna simplemente había estado demasiado ocupada o sumergida por completo en su
nueva y excitante vida, o distraída por su amor por
Cliff (aunque esa parte nunca había tenido ningún
sentido), o preocupada por un amplio círculo de nuevos amigos. La dolorosa verdad era que había apartado a Mel de su vida sin una explicación, como si
fuera una avispa en una manzana. No le había dado
a Mel la oportunidad de opinar.

Pero ahora iba a dar su opinión y, si resultaba ser
un error, pues era un error. Mejor hacer algo y equivocarse que no hacer nada.

Y pasara lo que pasara, al menos tendría una especie de cierre. Mel metió la cesta en el coche y se
dirigió al mercado ecológico que había una vez a la

semana en la parte más alejada de Main Street. Se sentía nerviosa y no quería conversar con nadie, así que fue directa y formal mientras compraba los tomates, un pan fresco de masa madre, queso, un tarro de miel local y algunos melocotones maduros. En un impulso, entró en el Surf Café y compró unas galletas de macadamia y chocolate blanco de Nate, que estaba ocupado atendiendo a un cliente.

Fue un trayecto corto por la carretera de la costa hasta Otter's Nest, pero lo suficientemente largo como para que casi cambiara de opinión.

¿Por qué lo hacía? Habían pasado veinte años. Debería haberlo dejado atrás. ¿Cuál creía que sería el resultado? ¿Qué podría arreglarse ahora, después de veinte años?

Lo más probable era que Joanna ni siquiera le abriera la puerta.

Y eso haría que Mel se sintiera fatal, pero al menos sabría que lo había intentado.

Era fácil pasarse el desvío si no se sabía con certeza dónde estaba, pero Mel había tomado ese camino tantas veces que podría haberlo encontrado con los ojos cerrados. De hecho, una vez lo había encontrado de esa forma, como parte de una apuesta con Nate. Cuando recordaba algunas de las cosas que habían hecho de adolescentes, se preguntaba cómo era posible que siguieran vivos.

Tomó el desvío y se dio cuenta de que no había ninguna señal. Nada que indicara al visitante que había una propiedad al final del camino. La carretera serpenteaba por el bosque lleno de pinos de Monterrey y robles de la costa. De vez en cuando vislumbraba el destello del océano a través de los árboles. Mel aminoró la marcha para tomar la primera curva, y luego la segunda. Después de la tercera ya pudo ver las puertas.

Se detuvo y contempló la nueva barrera. Cuando eran pequeñas, Otter's Nest no tenía puertas. De hecho, pensándolo bien, aquel lugar no tenía casi nada, excepto una de las mejores vistas de ese tramo de costa. Y a su mejor amiga.

Mel se acercó a las puertas y dudó. Desde allí no se veía la casa, y todo parecía tan escondido que por un momento dudó si estaría en el lugar correcto. Si se equivocaba y la casa estaba alquilada a algún magnate rico que intentaba escapar de Silicon Valley, iba a parecer bastante estúpida.

Se encogió de hombros y pulsó el timbre. Ya había hecho el ridículo antes y había sobrevivido.

Esperó. Y esperó. No hubo respuesta.

Estaba a punto de darse por vencida y regresar a su coche cuando se oyó una voz por el interfono.

—¿Hola?

A Mel le dio un vuelco el corazón.

—¿Joanna? Soy yo, Mel. Mel Monroe. —Hubo una larga pausa. Silencio. Mel pensó: «Esto ha sido un error. No debí haber venido. Me estoy preparando para que me vuelvan a hacer daño». Y no podía creer que estuviera de pie a las puertas de la casa de Joanna, rogando que la dejara entrar, cuando habían estado tan unidas como hermanas.

Lo habían hecho todo juntos, Mel y Joanna, Nate y Greg, los cuatro amigos inseparables. Y luego, en algún momento, el equilibrio había cambiado y los cuatro se habían convertido en Mel y Greg y Nate y Joanna.

Había ocurrido en el decimosexto cumpleaños de Mel y Nate. Habían celebrado una fiesta en la playa y Joanna la había encontrado a mitad de la velada, con los ojos brillantes y expresión soñadora.

—Besé a tu hermano.

Mel se había escandalizado, lo cual era hipócrita,

porque llevaba meses besándose con Greg. Pero eso era diferente.

¿Joanna y Nate? Estaba llena de dudas y preguntas. ¿Había sido solo un beso? ¿Más que un beso? ¿Era el principio de algo? ¿Qué pasaría cuando rompieran? ¿Y si la cosa se complicaba? Sobre todo, si era sincera, había estado pensando en sí misma. En lo que significaría para ella. No quería perder a su mejor amiga por su hermano. No quería tener que elegir entre su mejor amiga y su hermano. Ella y Joanna compartían todo, pero eso terminaría si ella estaba con Nate. Había sido una época complicada, cerca de la edad adulta, pero aún aferrados a su amistad de la infancia.

Resultó que sus temores tenían fundamento. Ellos rompieron y todo se había vuelto complicado. Tal vez había sido inevitable desde el momento en que los cuatro habían dejado de ser los cuatro y habían empezado a ser dos más dos. Mel y Greg. Joanna y Nate.

«¿Qué pasó, Joanna? ¿Por qué te fuiste así?».

Mel se alejó de la puerta. No debería haber ido.

Estaba a punto de meterse en el coche y salir rápidamente cuando se abrieron las puertas.

¿Era una invitación? Parecía que sí.

Dejó el coche donde lo había aparcado y atravesó las puertas, a punto de saber si su plan había sido un error o no. El camino se curvaba, tal como ella recordaba, y luego se abría hasta mostrar la casa al completo. Y allí estaba Otter's Nest, aunque esa nueva versión no se parecía en nada a la original.

Se quedó boquiabierta ante las líneas suaves y contemporáneas de la estructura y, entonces, la puerta se abrió y Joanna apareció.

Mel sintió una fuerte emoción y estuvo a punto de ir corriendo hacia ella, pero entonces vio que Joanna hacía una pausa, como si estuviera decidiendo si era una buena idea o no, y esa pausa volvió a herir los sentimientos de Mel.

Una pequeña parte optimista de ella las había imaginado corriendo una hacia la otra como en una escena de película. Veinte años de silencio olvidados en su alegría por volver a verse. Todo había sido un error. Había una explicación sencilla...

Su lado práctico la hizo volver a la tierra.

Se dijo a sí misma que si ella hubiera pasado por lo mismo que Joanna, también sería precavida.

Se detuvo a una distancia prudencial y ambas se miraron, inseguras. Hubo un tiempo en el que habían estado juntas casi cada minuto que estaban despiertas, pero de eso hacía más de dos décadas. Nunca hubo una despedida. Ni abrazos ni promesas. Un día Joanna estaba a su lado y al siguiente se había ido.

Había tantas cosas que Mel había querido decir, pero nunca tuvo la oportunidad de hacerlo.

«Te fuiste sin decirme que te ibas».

«Le rompiste el corazón a mi hermano».

La había llamado y dejado mensajes. Nunca obtuvo respuesta, lo que le disgustó aún más. ¿Por qué Joanna no le había dado al menos una razón para que Mel pudiera tratar de entenderla?

Técnicamente, Joanna la había dejado igual que hizo con Nate.

Mel se había quedado traumatizada. Su mejor amiga la había dejado plantada. Después de casi dos décadas de amistad, con todos sus altibajos, lo único que le quedaba eran preguntas.

Joanna se había casado con Cliff (una mala decisión en opinión de Mel) y, cinco años después Nate se había casado con Phoebe (una decisión igual de mala). Cuatro años más tarde, Nate y Phoebe se habían divorciado y, esa vez, Mel no se había molestado en preguntar qué había pasado porque ya lo sabía. No podías casarte con una persona mientras seguías enamorada de otra y ella estaba segura de que Nate nunca había dejado de querer a Joanna. No tenía ni idea de lo que sentía por ella ahora, porque era más propenso a compartir su cerveza con ella que sus pensamientos.

Joanna habló primero:

—¿Cómo supiste que estaba aquí?

Habían pasado veinte años, pensó Mel, ¿y eso era lo primero que le decía?

—Te vi en la roca. Eres la única persona que se sienta en esa roca.

—¿En dos décadas?

—Sí. Sabía que eras tú. —Ni siquiera se preguntó por qué.

—Si tú sabes que estoy aquí, entonces supongo que todo el mundo lo sabe.

—No. Y estoy segura de que nadie más habría sido capaz de reconocerte. A no ser que tuvieran unos prismáticos.

Joanna no sonrió.

—A menudo los utilizan. Y teleobjetivos largos. De vez en cuando incluso drones, aunque afortunadamente ya no lo hacen sobre la casa.

Mel no podía imaginarlo, pero lo creyó porque vio el cambio en el rostro de su vieja amiga. La cautela. La suspicacia. Incluso la manera en que ella se mantenía en pie sugería que estaba preparada para retirarse en cualquier instante si se daba la necesidad.

—Debe de ser un infierno.

—Así es la vida.

La vida de Joanna. No la de Mel.

—Créeme, nadie sabe que estás aquí. Si lo

supieran, habría oído los cotilleos. Ya sabes cómo es este lugar. —Hizo una pausa—. Cuando te vi en esa roca pensé que te pondrías en contacto conmigo.

—No he estado en contacto con nadie.

¿Con nadie? ¿Desde cuándo Mel se había convertido en «nadie»?

—Así que, ¿a qué has venido? ¿A esconderte?

Joanna sacudió rápidamente la cabeza.

—¿Qué estás haciendo aquí, Mel?

Mel se hacía la misma pregunta. ¿Por qué estaba allí?

¿Qué creía exactamente que iba a pasar? ¿Qué quería que pasara? Estaba a punto de ser rechazada por segunda vez, así que tal vez era el momento de decir lo que tenía que decir:

—Pensé que era hora de pedir disculpas.

—No tienes nada por lo que disculparte —dijo Joanna poniéndose firme.

—Yo no. Tú. —¿Fue demasiado directa? No—. Es hora de que me pidas disculpas.

—¿Por qué?

—¿Estás de broma? Te fuiste sin decir nada. Sin darme ninguna explicación.

—Han pasado más de veinte años, Mel... —dijo Joanna con la respiración entrecortada.

—Sí, admito que la disculpa hace tiempo que debería haberse producido, pero eso no la hace menos necesaria. —Se dio cuenta de que toda la emoción que había sentido no se había ido a ninguna parte. Seguía ahí, guardada para un momento como ese—. Éramos las mejores amigas, Joanna. Lo hacíamos todo juntas. Eras como una hermana para mí. No había pensamiento que no compartiéramos. Y entonces te enamoraste de mi hermano, y sí, eso complicó un poco las cosas y no salió como ninguna de las dos hubiéramos querido, pero no entiendo por qué eso tenía que acabar también con nuestra amistad. No veo por qué tuve que ser un daño colateral. ¿Fue porque pensaste que no te daría la razón por abandonar a mi hermano?

Se hizo un largo silencio, hasta que Joanna habló por fin:

—¿Para eso has venido? ¿Para regañarme? ¿Para desenterrar el pasado?

—No he venido a regañarte, pero fue demasiado para mí. Pensé que también lo había sido para ti. —Estaba avergonzada por su propia falta de control y el contraste entre su respuesta emocional y la compostura de Joanna—. Te esfumaste sin más. ¿Quién demonios hace algo así? —Se atragantó con las palabras, ahogándose bajo la marea de emociones—. ¿Cómo pudiste simplemente marcharte? ¿No me echabas de menos? Yo sí te eché de menos. Me dolió. Mucho. Y ese dolor nunca se ha ido, Joanna. No para mí. Y tal vez sea porque no entiendo lo que pasó. Y sí, ha pasado mucho tiempo, pero si hice o dije algo que te hizo querer sacarme de tu vida, entonces quiero saberlo. Incluso después de todo este tiempo, quiero saberlo. Me ayudaría. —¿De verdad la ayudaría? No lo sabía.

—No se trataba de ti.

—Si eso es cierto, entonces, ¿por qué no seguimos en contacto?

Joanna enderezó los hombros.

—Porque no podía.

—¿Qué quieres decir con que no podías? —Mel había esperado demasiado tiempo esa conversación como para dejarlo así—. ¿Físicamente no pudiste? ¿Alguien te robó el teléfono? ¿Perdiste mi número? ¿Cliff no te dejó? ¿Qué? —Estaba gritando. ¿Qué le pasaba? Estaba de pie en un camino de entrada, gritando a alguien que no había visto en años. Era inapropiado.

Desproporcionado. Pero no podía evitarlo. Era lo que sentía. Su lado emocional estaba desbocado y no podía evitarlo.

Empeoró el hecho de que Joanna mantuviera todas sus emociones encerradas en sí misma.

Solía mostrar sus sentimientos. Amor, risa, dolor, pena. Joanna los había expresado todos libremente. El día del funeral de su padre había aullado. Había gritado. Se había arrodillado y tratado de meterse en la tumba con él. No había notado cómo su madrastra, horrorizada, le había pedido que se calmara. Joanna no había podido reponerse. El daño era demasiado grande. Era como un jarrón que se hubiera caído sobre el cemento. Estaba destrozada. Ya no estaba entera y no le importaba quién la viera romperse en pedazos. Su padre estaba muerto y ella lo quería de vuelta, y si no podía tenerlo de vuelta, entonces, quería morir también. Ese era su objetivo. Su madrastra no le había ofrecido consuelo. Fue Mel quien se abrió paso a través de los adultos que estaban de pie. Mel la había abrazado. Mel la había acunado, había llorado con ella, la había sostenido mientras ella sollozaba e intentaba arrancarse el pelo. Fue Mel quien la había apartado del féretro. Mel había comprendido que no solo había perdido a su padre, sino que había perdido a la única persona en el mundo para la que estaba por encima de todo. Había perdido el regalo más preciado. El amor incondicional. Y se había ido para siempre.

Pero no era así, porque había tenido a Mel, y habían jurado cuando tenían cuatro años que nada se interpondría entre ellas. Mel había cumplido esa promesa. Creía en ella. Pero de alguna manera Joanna la había olvidado. ¿Dónde estaba esa chica ahora? ¿Dónde estaban esas emociones?

Joanna la miraba.

—No podía mantener el contacto contigo. Habría sido demasiado duro.

—¿Lo dices por Nate? Éramos amigas antes de que mi hermano y tú fuerais novios.

—Eso fue hace mucho tiempo... —dijo Joanna, ahora sonrojada.

¿Iba a preguntarle por Nate? ¿Alguna vez se habría preguntado que había sido de él? ¿Se arrepentía de haber roto la relación?

Mel decidió centrarse en el presente:

—Lo has pasado mal. Estás muy delgada. —Recordó sus años de adolescencia, las dos a dieta y de pie delante de los espejos y terriblemente acomplejadas por su apariencia cada verano cuando todo era trajes de baño y barbacoas en la playa y nadar a medianoche entre los chicos. Se preocupaban por los muslos, las tetas, el estómago y... «Dios, qué jóvenes éramos», pensó Mel. Todas las cosas que les habían importado entonces no importaban nada comparadas con las cosas de verdad. Ojalá hubiera podido decirle a su yo adolescente que un día estaría agradecida por tener un cuerpo que simplemente funcionaba y le permitía correr por la playa y nadar en el mar, hacer el amor con Greg y dar a luz a su hija. Sus ansiedades no habían sido nada, pero por aquel entonces lo habían parecido todo.

—No estoy en mi mejor momento.

Era un eufemismo tan ridículo que Mel se echó a reír. Para su alivio, Joanna también se rio, y esas risas caldearon el ambiente.

Siempre habían tenido la habilidad de hacerse reír mutuamente. A menudo bastaba con una mirada. Un pensamiento compartido. Leer la mente de la otra. Algunas veces hasta se habían atragantado estando a la mesa, y en otras incluso las habían echado de clase. Mel extrañaba eso. Tenía muchas amigas con las que se reía, pero nada que se acercara a aquella risa agónica y desgarradora que le había provocado estar con Joanna.

—¿Quieres entrar? —Finalmente, Joanna sonrió, y en ese momento Mel vislumbró a la chica que una vez había sido su mejor amiga.

—¿Quieres que entre?

—Sí.

—¿Por qué?

—¿Porque sería mejor que gritarme estando aquí afuera?

—No más gritos, lo prometo. —Mel se encogió de hombros—. Creo que he estado reprimiéndolo.

Los ojos de Joanna brillaron.

—Eso parece.

—Pero, oye, si gritando consigo un *tour* por la nueva casa, entonces no me importa tener que gritar un poco más.

—¿Quieres un *tour*? Espero que estés preparada. No se parece en nada a la vieja casa.

¿Esperaba que la juzgaran?

—No necesitaría un *tour* si la casa todavía siguiera como estaba, ¿verdad? —Mel recordó la cesta que tenía en el coche—. Espera un momento. —Corrió hasta el coche. Ahora deseaba haber añadido también uno de los pasteles de pollo de Rhonda, Joanna parecía necesitar las calorías.

—Recogí algunas cosas del mercado ecológico —dijo entregándole la cesta—. No sabía qué necesitarías. O si llegaría a hablar contigo. Probablemente ya tengas comida de sobra en casa. O tal vez esto no sea lo suficientemente *gourmet* para ti. Seguro que tú lo cocinas todo desde cero.

—Has sido muy amable por traerlo. —Joanna miró dentro de la cesta—. ¡Galletas!

—Nate las hizo. Ahora dirige el Surf Café. Nosotros

tomamos el relevo de nuestros padres. —Esperó la reacción de Joanna ante la mención de su hermano, pero no vio nada.

Ella volvió a recuperar la compostura cuando Mel le dio la cesta.

—Claro, el negocio familiar. Estoy segura de que tiene éxito. ¿Así que al final no te fuiste a trabajar a la Gran Manzana? Te imaginaba sentada en un despacho de cristal ladrando órdenes.

Así que Joanna había pensado en ella.

—No. Elegí quedarme aquí. Y tú no conseguiste trabajo en una librería.

—No. Eran sueños infantiles... —Joanna la miró y compartieron una sonrisa de comprensión—. Supongo que la vida no siempre sale como uno la planea.

—Eso es verdad.

—¿Cómo están tus padres?

—Están bien, gracias. Han decidido aprovechar su jubilación, han alquilado una furgoneta y están de gira por Sudamérica. —Había algo más que eso, por supuesto, pero no era el momento de compartirlo—. Papá se ha aficionado a la fotografía, así que nos envía un montón de fotos casi todos los días.

—¿Y tu madre?

—Quería intentar escribir un libro, aunque no estoy segura de que vaya a terminarlo nunca.

¿Joanna iba a preguntar por Nate? ¿Ninguna pregunta personal sobre él? ¿Ni siquiera iba a preguntar si estaba casado?

¿Por qué no decírselo directamente?

—Nate divide su tiempo entre el restaurante y el programa de surf adaptado. Los niños le adoran.

«¿Ves lo buena persona que es? ¿Por qué lo dejaste, Joanna?».

—¿Y tú? —Joanna parecía decidida a hablar de todo menos de Nate—. ¿También trabajas en la cafetería?

—Sí. Llevo toda la administración. Los pedidos, las cuentas. Todo lo que no sea cocinar o los clientes, básicamente. —Sonaba aburrido, incluso para ella—. Me quedé embarazada de Eden bastante rápido y nuestros padres necesitaban ayuda en la cafetería, así que ahí es donde terminé. —¿Se había rendido? Desde que Eden la había acusado, no había podido quitarse las palabras de la cabeza. Pero Nate la necesitaba, la cafetería la había necesitado, y ella y Greg necesitaban su sueldo—. Pero sigo corriendo. Y hago yoga en la playa todos los martes y jueves. Si estás por aquí un tiempo, podrías unirte.

—Tal vez. Hasta ahora no he salido de la casa de la playa. —Joanna cambió de brazo la cesta—. Entra. No vas a reconocer Otter's Nest.

—No tienes ni idea de cuántas veces he querido echar un vistazo. —Mel entró. La curiosidad abrumaba todas las demás emociones—. El diseño está bien pensado. No hay cristal junto a la entrada, así ningún fotógrafo puede hacer fotos furtivas.

—Hemos tenido alojada a gente de alto nivel. La situación y la seguridad siempre son un atractivo. —Joanna le enseñó la cocina, el estudio, un dormitorio en la planta baja con puertas que daban al jardín, y lo único que Mel podía pensar mientras miraba y miraba era que Joanna había borrado todo el pasado. Allí no había nada del viejo Otter's Nest. Ningún recuerdo. El viejo edificio con las paredes agrietadas, la pintura desconchada y las contraventanas rotas que no cerraban bien, los feos cojines hechos por la madrastra de Joanna..., todo había desaparecido, para ser sustituido por esa sofisticada y elegante casa de playa.

Mel pensó en su propia casa, repleta de recuerdos de su vida en familia. Fotos, premios, *souvenirs* de varias vacaciones a lo largo de los años. Los primeros intentos de Eden con la alfarería que no se atrevía a tirar o incluso a guardar. Todo allí contaba una historia del pasado.

La casa de ahora no tenía pasado. Joanna básicamente había borrado su historia.

La siguió por el amplio salón y salieron a la terraza.

El entorno era más sofisticado, el jardín bien cuidado y repleto de plantas de colores, pero la vista no había cambiado.

Mel contempló el océano, a pocos metros de distancia.

—La vista es la misma, obviamente, pero nada más. No queda nada del antiguo Otter's Nest.

Joanna se puso rígida.

—No espero que entiendas...

—Te entiendo. Que no hayamos hablado en años no significa que no lo entienda. No sé quién eres ahora, pero sabía quién eras entonces. Y el viejo Otter's Nest formaba parte de entonces. —Mel caminó hasta el borde de la terraza y miró hacia atrás, hacia la casa, enclavada entre exuberantes jardines y enmarcada por altos árboles—. Es impresionante.

—Mi madrastra cree que lo he destrozado todo. Vino a verla cuando la construcción estaba terminada. Me escribió y me dijo que mi padre estaría revolviéndose en su tumba.

«Qué mujer tan horrible», pensó Mel.

—Si te sirve de algo, creo que se equivoca. A tu padre le habría encantado.

—¿Tú crees?

—Sí. Era un entusiasta y siempre perseguía la siguiente aventura. Puedo oír su voz ahora. Habría dicho: «Qué idea tan brillante y emocionante. Hazlo».

—Eso es exactamente lo que él habría dicho. Gracias. —La voz de Joanna sonó afectada y Mel la miró.

—Estaría encantado de que hayas vuelto.

—Sí, creo que sí.

—¿Estás bien? —preguntó Mel con el ceño fruncido.

—Hace años que no hablo de mi padre —respondió Joanna tras un breve silencio—. Me resulta extraño.

¿Por qué no habría hablado de él?

—¿Has visto a tu madrastra?

—No. —Joanna enderezó los hombros—. Y aunque estoy segura de que los rumores dicen lo contrario, fue su decisión mudarse. Quería algo pequeño, fácil de mantener y cerca de la ciudad. No Silver Point, obviamente, porque, al parecer, mis *travesuras* le impedían ir por la ciudad. La avergonzaba. Dijo que los lugareños eran hostiles y desconfiaban de ella.

—Debería estar avergonzada, sí, pero no por nada que hayas hecho tú. Y si alguno de nosotros era hostil, cosa que dudo, porque somos una comunidad muy amistosa, como sabes, habría sido por la forma en que te trató. ¿Vas a verla mientras estés aquí?

—No lo sé. —Joanna se giró—. Venir aquí fue una decisión improvisada. Por ahora no tengo pensado irme de esta casa.

—¿Cómo saliste de Los Ángeles sin que nadie te siguiera?

—Me fui en mitad de la noche. Necesitaba irme. —Su mirada se desvió hacia la playa y Mel tuvo la sensación de que había algo que Joanna no le estaba contando.

—Bueno, si buscas intimidad y espacio para pensar, has elegido bien.

—Espacio para pensar. Eso es. —Joanna volvió a mirarla—. No he decidido qué haré después.

Mel frunció el ceño.

—Pero si no vas a salir de casa, lo único que has hecho es cambiar una jaula por otra. Aunque hay que reconocer que esta tiene unas vistas estupendas. Deberías venir a la ciudad, Joanna. Aunque la prensa descubriera que estás aquí, la gente de la ciudad te protegería.

Joanna se agachó para arrancar una flor marchita de su tallo.

—Eso es una fantasía romántica. Las dos sabemos que no es verdad.

Esa falta de confianza dolía, pero tal vez ese era el fruto de estar dos décadas con Cliff Whitman.

—¿Cuánto tiempo te quedarás?

—No lo sé. Hasta que la prensa descubra que estoy aquí. Entonces supongo que tendré que seguir adelante.

Mel intentaba imaginar que sus movimientos estuvieran dictados por otra cosa que no fueran sus propios deseos.

—No deberías tener que irte a menos que quieras. No es justo.

Joanna se quedó mirando el océano.

—La vida no siempre es justa.

—Lo sé. Lo descubrí aquella vez que me castigaron por hacerte los deberes. Aunque supongo que no te acuerdas...

—Me acuerdo. —Joanna se rio y Mel lo hizo también, conectándose a través de esa memoria compartida.

Y así es como se disolvió el enfado de Mel.

—Este sigue siendo tu hogar, Joanna. Sigues siendo una de nosotros. Mucha gente tuvo problemas con Denise, pero contigo nunca. No hay periodistas o fotógrafos husmeando en la ciudad. Si los hubiera, yo lo sabría. Y yo no voy a decirle a nadie que estás aquí. Obviamente. —¿Era obvio?—. Deberías ir a la ciudad y echar un vistazo. Así verás que no ha cambiado mucho. Tu librería favorita de la playa sigue ahí, dirigida por Mary-Lou, aunque siempre está dividida entre la tienda y el cuidado de su madre.

—¿Cuidarla? ¿Qué le pasa a Vivian?

—Artritis. No puede moverse muy bien. Mary-Lou va a casa un par de veces al día y cierra la tienda.

—Siento oír eso.

—La vida apesta a veces. —Mel comenzó a recordar momentos del pasado—. ¿Recuerdas cada viernes que parábamos en Frozen Flavor a por helado? Tú siempre elegías doble chocolate, y yo...

—... chispas de chocolate con menta —terminó Joanna su frase—. ¿Todavía sigue abierto?

—Y está exactamente igual. Tuvo algunos cambios de imagen, y han añadido algunos lavabos de lujo extra, pero básicamente es lo mismo. Jane tomó el relevo a su madre. Ha subido todos los precios. Eden y sus amigas van allí después de clase, igual que hacíamos nosotras. —Sintió una pequeña punzada—. Echo de menos esa época en la que pensábamos que un helado lo solucionaba todo.

—Yo también.

—Tal vez podríamos... —Mel se interrumpió cuando Joanna negó con la cabeza.

—No puedo hacer cosas así sin llamar la atención. Se convertiría en un circo.

—Pero no puedes quedarte encerrada aquí para siempre.

—Hay peores sitios para estar encerrada. —Joanna se dirigió a la cocina—. ¿Quieres tomar algo? ¿Algo de comer?

—¿Te ofreces a cocinar para mí?

—Yo no cocino. —Joanna empujó la cesta hacia Mel—. Elige algo.

Ella eligió una galleta. Joanna llevaba dos décadas

casada con un gran chef. ¿Cómo era posible que no cocinara?

—Nate hace las mejores galletas. No está casado. Quiero decir... Estuvo casado, por un tiempo, pero no funcionó.

Joanna sirvió limonada en vasos altos.

—Suele pasar.

¿Eso era todo? ¿Eso era todo lo que iba a decir?

—¿No te importa?

—Fue hace mucho tiempo. En otra vida. Probablemente él apenas se acuerda de mí. —Joanna bebió un sorbo de limonada y Mel vio el ligero temblor de su mano y supo que, dijera lo que dijera, a ella sí le importaba.

—Por supuesto que se acuerda. Se quedó hecho un desastre después de que te fueras.

Joanna dejó el vaso con lentitud.

—¿Un desastre?

—Sí. Durante un tiempo quise matarte, por irte así sin avisar. Le rompiste el corazón. —Vio cambiar la expresión de Joanna—. Lo siento. No debería haber dicho eso, pero soy su gemela y soy sobreprotectora, ya lo sabes. No intento hacerte sentir culpable. Fue hace mucho tiempo.

Joanna la miró fijamente durante un largo rato y luego agarró una rodaja de limón de su bebida.

—¿Qué te dijo exactamente?

—Nada. Ya conoces a Nate. No habla de sus sentimientos, y menos conmigo. Pero se quedó con el corazón roto. Durante mucho tiempo.

¿Cómo era posible que ella no lo supiera?

Joanna hizo rodar el vaso en su mano, deslizando el pulgar sobre la superficie esmerilada.

—Ahora entiendo por qué crees que te debo una disculpa.

—¿Qué se supone que significa eso? —Confundida,

Mel estuvo a punto de empujarla con fuerza para que se agachara cuando vio movimiento en la playa. Pero la agarró del brazo y tiró de ella hacia el interior de la casa—. Hay alguien ahí abajo. Han debido de venir en barco o algo así. Nunca pensé que fuera posible. ¡Vamos, vamos, vamos! Yo me encargo de esto. Me desharé de ellos.

Joanna dejó el vaso.

—¿Deshacerte de ellos?

—Sí. Estoy casada con un oficial de la ley, ¿recuerdas? Solo necesito una llamada y Greg estará aquí para defenderte. —¿Por qué Joanna la miraba así?—. ¡Vete! Yo me encargo.

—No llames a Greg. —Joanna pareció despertarse—. No pasa nada. Es solo Ashley. Está haciendo yoga. Le ayuda a relajarse —dijo soltándose del agarre de Mel y mirándola con sorpresa—. ¿Ibas a protegerme de un intruso?

—Por supuesto. Te mereces tener privacidad. Iba a usar mi tono de voz fuerte, como lo llama Eden. Te aseguro que es aterrador. Espera... —Mel hizo una pausa—. Dijiste «Ashley». ¿Ashley, la chica que estaba en el coche con Cliff?

—Sí.

Eso no podía ser verdad.

—Me estás tomando el pelo, Joanna.

—No te estoy tomando el pelo.

—¿La chica que va a tener el bebé de Cliff? Tienes que estar bromeando.

Joanna se tensó.

—¿Puedes dejar de decir eso?

Cómo podría, cuando todo era tan increíble... ¿Ashley, aquí? ¿Por qué alguien en la posición de Joanna haría algo así?

¿Qué pasaría cuando la prensa se enterara de esa historia?

No le extrañaba que Joanna no pensara dejar Otter's Nest.

Mel daba vueltas en su mente, buscando las palabras adecuadas. Había cuestionado muchas decisiones de Joanna, pero esta era demasiado.

—¿Le vas a dar alojamiento a la chica que Cliff dejó embarazada?

La cara de Joanna era inexpresiva.

—Es complicado.

—Me tomas el pelo. —Mel levantó las manos en señal de disculpa—. ¡Lo siento! No quería decirlo otra vez. De verdad. Es la última vez que esas palabras van a salir de mis labios. Pero ¿qué está pasando, Joanna?

—No tenía a dónde ir.

Mel estaba a punto de decir: «¿Y qué?». Pero entonces vio por fin algo familiar en los ojos de Joanna, un latigazo de determinación, y se dio cuenta de que, aunque parecía que su vieja amiga había cambiado, en el fondo no lo había hecho en absoluto. A Joanna Rafferty siempre le había resultado imposible pasar de largo ante cualquier causa perdida o vulnerable, quizá porque ella misma se había sentido así. Animales abandonados, niños en la escuela que ella había acogido bajo su protección. A veces le había salido bien, otras no tanto.

Y ahora había acogido a Ashley. Y eso solo podía acabar de una manera.

—¿Qué va a pasar cuando se entere la prensa?

—No lo sé —dijo Joanna—. ¿Se lo vas a decir?

—Ay... —Mel se sintió ofendida—. No, claro que no se lo voy a decir. Pero al final se van a enterar. Todos se preguntan adónde has ido. No tardarán mucho en rastrearte hasta aquí.

—Probablemente tengas razón. Y deberías irte ya. Seguro que estás muy ocupada. —Joanna caminó de nuevo a través de la casa hacia la puerta principal, dejando a Mel sin más remedio que seguirla.

Prácticamente la estaba echando, y seguía sin tener respuestas a por qué Joanna había puesto fin a su amistad de forma tan abrupta.

—Joanna, no tengo prisa por irme. No voy a...

—Gracias por la visita y por traer la cesta.

Y sin saber exactamente cómo había sucedido, Mel se encontró frente a una puerta cerrada. ¿Qué esperaba? ¿Que dejaran atrás el pasado y continuaran donde lo habían dejado? ¿Que Joanna correspondiera a la honestidad emocional de Mel confesándose con ella?

Nada de eso había sucedido. No le había dado explicaciones ni se había disculpado.

Pensó que ver a Joanna la haría sentir mejor, pero no fue así en absoluto.

Le habían dado ganas de llorar a moco tendido.

11

JOANNA

Joanna se paseó por la cocina y se sirvió un vaso de agua.

¿En qué había estado pensando?

¿Qué sentido tenía haberse tomado tantas molestias para desaparecer durante un tiempo, si luego le abría la puerta a la persona que era el alma de Silver Point? Sin duda, los lugareños tardarían cinco minutos en descubrir que Joanna estaba dando alojamiento a la «mujer desconocida» que había estado en el coche de Cliff. Bien podría haber llamado ella misma a la prensa y haber declarado a puertas abiertas.

Pero la había pillado por sorpresa.

Ni por un momento había pensado que Mel fuera a aparecer en su puerta. Se había quedado boquiabierta al verla allí de pie, y los recuerdos del pasado, de su amistad y de Nate, se habían abalanzado sobre ella. La había perturbado hasta el punto de que no podía pensar.

Y ahora había expuesto potencialmente a Ashley a una atención no deseada.

¿Diría Mel algo?

Había aprendido a no confiar en nadie y, sin embargo, por alguna razón, seguía confiando en Mel.

Bebió el agua y dejó el vaso.

Mel se había sorprendido de que Joanna hubiera llevado a Ashley allí. Probablemente pensó que era un error, pero Joanna sabía ahora que no lo era. Sí, había tenido sus propias dudas al principio, pero cada segundo que pasaba con Ashley la hacía estar más convencida de que había hecho lo correcto.

La chica estaba sola y asustada, y Joanna sabía muy bien cómo era sentirse así.

Llevarla allí podría ser la mejor decisión que había tomado en mucho tiempo, no solo por Ashley, sino también por sí misma.

A pesar de su inquietud inicial, volver a Otter's Nest había sido tranquilizador. Por la noche se tumbó en la enorme cama del dormitorio principal, escuchando el sonido de las olas en la playa y respirando el aire fresco del océano. No había cerrado las puertas ni una sola vez y se sentía como si estuviera durmiendo sobre la arena. Sus sueños eran vívidos. Su padre le enseñaba a nadar y a hacer surf. Le leía sentados sobre las rocas. No soñaba con Cliff, quizá porque no había dejado huella en esa parte de su vida. Nunca había visitado Otter's Nest. Era como si los últimos veinte años hubieran desaparecido.

Pero en cuanto a los años anteriores...

Joanna se quedó mirando la cesta que había llevado Mel. Ver a su vieja amiga le había traído tantos recuerdos, algunos dulces, otros amargos, y también algo de confusión porque Mel se había enfadado. Lo que significaba que Nate no le había contado lo que había pasado.

Metió la mano en la cesta.

«Nate hace las mejores galletas».

Sacó la bolsa con el alegre logotipo del Surf Café.

Era extraño pensar en él dirigiendo el café como sus padres lo habían hecho antes. Y que Mel trabajara allí también. Abrió otra bolsa y encontró tomates, de un color rojo muy vivo y todavía con la rama. Sacó uno y lo olió. Era imposible vivir con un chef durante veinte años y no apreciar la buena comida, aunque no fuera capaz de producirla ella misma.

«Lo fresco siempre es lo mejor, Joanna. Aspira. ¿Qué hueles?».

Joanna dejó los tomates. Ahora podía oler el mar y las flores del jardín. El verano. Olía a verano.

Tenía cuarenta años y no sabía qué quería hacer con su vida, solo que quería dejar de huir. Todas las decisiones que había tomado (abandonar Silver Point, casarse con Cliff) habían sido impulsadas por el deseo de escapar de la situación en la que se encontraba.

Estaba a punto de llamar a Ashley cuando ella apareció, sin aliento, ante la puerta. Vestía un biquini de lunares y un chal de los que Joanna le había ofrecido, y sus pies estaban descalzos y cubiertos de arena de la playa. Llevaba el pelo suelto sobre los hombros y tenía las mejillas sonrosadas por el sol californiano. Parecía mil veces más sana y relajada que la chica que Joanna había rescatado del hospital.

—¡He visto a alguien! ¿Cómo nos han encontrado? ¿Cómo han entrado?

«Yo la dejé entrar», pensó Joanna.

Sintió la misma inquietud que Ashley, pero no lo demostró.

—Era Mel. Una amiga de cuando era pequeña —dijo mientras agarraba unos platos del armario—. Deberías comer algo. No estás comiendo lo suficiente.

—No tengo hambre. —Ashley se calzó las sandalias

y agarró la toalla que había dejado a un lado—. Si era una amiga, no le dirá a la gente que estamos aquí, ¿verdad?

No veía razón para no ser sincera.

—No creo que lo hiciera a propósito, pero este es un pueblo pequeño. Es imposible guardar secretos en un pueblo pequeño.

Ashley se frotó los bordes del pelo con la toalla.

—Entonces, ¿tenemos que irnos? Nosotras.

La palabra las acercó. Estaban juntas en esto.

Joanna puso una galleta delante de Ashley. Mejor algo de comida basura que ninguna.

—¿Quieres irte?

—No. Este lugar es el paraíso. Además, a ti te gusta. Me doy cuenta. Estás más relajada, y eso es bueno.

—Entonces, no nos iremos.

—¿Y si aparece la prensa?

La pregunta es cuándo, pensó Joanna. No si aparecerá.

—No es fácil acceder. Aquí estaremos a salvo.

—Quizá no les interese. Tal vez ya estén aburridos de toda esta historia. —Ashley parecía mucho más relajada al respecto de lo que Joanna se sentía, pero eso podría ser porque no tenía ni idea de lo que se avecinaba.

—Esperemos que sí. —Estaba segura, absolutamente segura, de que una vez que saliera a la luz la verdadera historia iban a estar de todo menos aburridos. Ashley colocó la toalla sobre el respaldo de la silla—. ¿Erais muy amigas?

«Era la mejor».

—Éramos íntimas amigas.

—¿Pero no mantuvisteis el contacto?

—No. —Si Mel no hubiera sido la gemela de Nate, ¿habría sido diferente?—. Hasta hoy, no la había visto en dos décadas.

—Así que no has hablado con ella durante más tiempo del que yo he estado viva.

—Sí. Supongo que sí.

¿Por qué había ido Mel a verla ahora? ¿Por curiosidad? Seguro que no había dado un paso tan grande solo porque quisiera una disculpa.

—¿Por qué perdiste el contacto? —Ashley se sirvió zumo de naranja de la jarra que Joanna había puesto sobre la mesa.

—Es complicado... —dijo Joanna pensando en Nate.

Ashley, a quien claramente no le costaba escarbar en busca de verdades, abrió la boca para seguir presionando y Joanna se sintió aliviada cuando sonó su teléfono.

—Tengo que contestar. Es Nessa, mi asistente. Deberías comer algo. Las galletas están buenas. —Las galletas de Nate. Pero no iba a pensar en Nate...

Salió a la terraza y sintió cómo la brisa le agitaba el pelo.

Había estado nerviosa por volver allí, pero ahora ya no quería irse.

—Nessa. ¿Va todo bien? —respondió a la llamada.

—Depende de cómo se defina «bien», jefa. Bien es subjetivo, ¿no? Quiero decir, una persona puede... —Se interrumpió—. Olvídalo. Las cosas no están bien. He recibido una llamada de una periodista.

Joanna agarró un trozo de geranio mustio.

—No tienes que atender sus llamadas.

—Lo sé, pero me dejó un mensaje diciéndome que tenía la mayor primicia del siglo y que, si no contestaba, probablemente me despedirías.

—Nunca te despediré, Nessa, lo sabes. —Joanna arrancó otro trozo del geranio, esta vez uno perfectamente sano.

¿Mel había llamado a la prensa? No, ella no haría eso. ¿Lo haría?

—¿Qué se supone que sabe? —Se quedó callada mientras Nessa se lo contaba y sus piernas flaquearon hasta que se desplomó sentándose en la tumbona.

Así que sabían la verdad. ¿Cómo se habían enterado?

No pudo haber sido Mel. Mel no tenía acceso a la información que la periodista tenía.

Y eso fue un alivio, pero no cambió el hecho de que tenían un problema.

Era inevitable, por supuesto. Ella lo sabía. Y había hecho lo que siempre hacía. Había elegido huir de ello. Su estrategia había sido la evasión. Se había escondido, porque así era como vivía su vida.

—¿Jefa? ¿Joanna? ¿Estás ahí?

—Sí.

—Le dije que era un montón de mentiras, y...

—No son mentiras.

Se hizo el silencio.

—¿No? ¿Tú... lo sabías?

—Sí, lo sabía. —Joanna respiró lenta y profundamente, tratando de pensar—. ¿Tienes su número?

—Sí. —Nessa sonaba insegura ahora—. Dice que la historia saldrá en directo a medianoche y que si quieres hacer algún comentario tienes que llamarla antes de esta tarde. No puedo creer... ¿Qué puedo hacer?

—Nada. Envíame los detalles y me pondré en contacto contigo más tarde. Gracias, Nessa.

—Por supuesto. Y, Joanna... —Nessa hizo una pausa—, si sirve de algo, creo que eres una persona increíble. Hacer lo que hiciste, sabiendo...

¿Una persona increíble? Lo ponía en duda.

Joanna terminó la llamada y se quedó sentada un

momento. ¿Y ahora qué? La prensa estaba ansiosa por publicar un artículo desde el momento en que descubrieron que había una mujer en el coche de Cliff. Iban a conseguir más de lo que esperaban.

—¿Va todo bien? —Ashley estaba en la puerta, con el ceño fruncido y ansiedad en los ojos.

Joanna sintió el peso de la responsabilidad.

—Ven y siéntate. Hay algo que necesito decirte.

—Yo también tengo que decirte algo. —Ashley se sentó en la tumbona junto a ella—. Se está muy bien aquí. Y sé que te encanta. Te he visto nadar por las mañanas en el mar y leer en la tumbona. No creo que debamos irnos.

—Las cosas han cambiado. Era mi asistente. La ha llamado una periodista que está trabajando en una exclusiva. —El sol era abrasador y Joanna se preguntaba cómo la vida podía ser tan difícil en un día tan glorioso—. Van a publicar la historia mañana, lo que significa que todo el mundo lo sabrá.

—¿Una periodista? ¿Así que tu amiga ha hablado?

—No, no ha sido ella.

—¿Cómo lo sabes?

—Porque sé que ella no lo haría. —Era cierto, ella lo sabía con certeza. No importaba lo enfadada o molesta que estuviera Mel, ella no traicionaría su amistad—. Y porque la periodista tiene información que Mel no sabe. Ha estado escarbando en el pasado, investigando. —Y eso no era nada bueno. Ella ya había pasado por esto muchas veces como para saberlo de sobra.

Pero Ashley seguía en un estado de feliz ignorancia.

—¿Historia? ¿Qué historia?

Joanna se frotó las piernas con las palmas de las manos.

¿Por qué las dos partes inocentes en todo esto, las dos personas que tenían menos motivos para sentirse incómodas o avergonzadas, eran las que mantenían esta conversación?

—Las dos sabemos cuál es la historia. Sé la verdad, Ashley. He sabido quién eras desde el momento en que mostraron tu foto en la televisión. Te reconocí.

—No sé a qué te refieres. No nos conocemos. Es imposible que me hayas reconocido. —Ella parecía tan joven y asustada, y Joanna se sentía tan vieja y cansada.

—Te reconocí porque eres igualita a tu madre, aunque no tenía ni idea de qué hacías en el coche de Cliff. Esa parte me confundió al principio.

Los labios de Ashley se entreabrieron mientras tomaba aire.

—¿Conocías a mi madre? ¿La conociste?

—No. He visto fotografías. —¿Qué habría hecho si la hubiera conocido? ¿La habría abofeteado? No, Joanna nunca había pegado a nadie. ¿Le habría gritado? «¿Sabes lo que hiciste?». No tenía sentido preguntárselo, porque su madre estaba muerta y Joanna no iba a conocerla nunca. Y era raro no haber conocido nunca a la persona que había cambiado tanto su vida.

Ashley se humedeció los labios.

—No lo entiendo.

Joanna tampoco lo entendía, nunca lo había entendido, pero conocía los hechos.

—No sé qué te dijo tu madre, pero fue la primera aventura de Cliff.

Ashley la miró fijamente y tragó saliva.

—Joanna...

—Y ahora una periodista, un poco más aguda que los demás, se ha dado cuenta. Probablemente fue por esa vieja fotografía, por su aventura, o tal vez porque notó el parecido igual que lo hice yo. No conozco los detalles, pero, sea como sea, ella sabe la verdad.

—¿La verdad?

Joanna se quedó mirando los reflejos de luz en el agua de la piscina.

—Ella sabe que no eras la amante de Cliff. Sabe que eres su hija. Y mañana todo el mundo lo sabrá.

12

ASHLEY

¿Cómo se había convertido su vida en la historia de otra persona?

Se sentía temblorosa y también asustada, porque todo esto se le estaba yendo de las manos.

Desde que descubrió la verdad sobre quién era su verdadero padre, una parte de ella había estado gritando por dentro: «No, no, no». Era horrible. Él era horrible. Había coqueteado con ella. Pensar en eso la ponía enferma. Y ahora Joanna le decía que el mundo entero estaba a punto de enterarse. Su humillación privada estaba a punto de hacerse pública.

Y Joanna había sabido quién era ella todo el tiempo.

Desde aquel día en el hospital había estado dándole vueltas en la cabeza, intentando averiguar cuándo sería apropiado decirle la verdad a Joanna. Nunca le había parecido el momento, pero ahora se daba cuenta de que el adecuado habría sido en cuanto Joanna se había sentado a su lado.

«Hola, soy Ashley y soy la hija de tu exmarido. Probablemente deberías irte ahora».

Estaba tan enfadada con su madre por no ser sincera, pero ¿no acababa de hacer ella lo mismo? Había estado planeando decir la verdad en el momento que más le conviniera a ella, pero Joanna lo había sabido todo el tiempo.

Lo sabía, y la había llevado allí de todos modos. Había cuidado de ella, a pesar de que Ashley era la encarnación viviente de los pecados cometidos por Cliff.

—¿Cómo lo averiguaste? Dijiste que habías notado el parecido... —Le castañeteaban los dientes. Tenía que serenarse. No importaba lo mal que la hiciera sentir la verdad, tenía que aceptarla. Tenía que asumir que era hija de Cliff Whitman, que había muchas cosas que su madre no le había contado, que ahora estaba sentada delante de su exmujer y que estaba embarazada. Fue suficiente para que quisiera meterse bajo las sábanas y no volver a salir.

Si Joanna sentía una fracción de lo que ella sentía, no era de extrañar que prefiriera llevar una vida discreta.

—Ashley, respira. —La voz de Joanna era amable.

¿Cómo podía ser amable sabiendo quién era ella?

—Siento... —Su respiración se entrecortó y sintió la mano de Joanna cerrarse sobre la suya.

—Puedo imaginar cómo te sientes, pero necesitas respirar. Tienes que mantener la calma. Piensa en el bebé. Todo va a salir bien. Vamos a resolver esto juntas.

Juntas.

Ashley sintió la presión de la mano de Joanna sobre la suya y sus ojos se iluminaron. Si antes había admirado a Joanna, en aquel momento la amaba un poco. La amaba no solo por su amabilidad, sino también por su calma y generosidad. Se estaba asfixiando y la firme presión de la mano de Joanna sobre la suya era lo único que impedía que se ahogara.

Pero Joanna tenía razón. Tenía que mantener la calma por el bebé.

—Estoy bien. —Respiró otra vez y se aferró a su mano—. Gracias.

—Es un *shock*, lo sé. La primera vez que leí una historia así sobre mí en la prensa sentí como si un montón de gente se agolpara en mi cuarto de baño para verme en la ducha.

—No se trata solo de lo que van a escribir. Se trata de todo. Toda la historia. ¿Desde cuándo sabes lo de mi madre y Cliff?

—Tenía mis sospechas cuando ocurrió. Cliff y yo llevábamos casados dos años. Él estaba rodando en San Diego. Normalmente me habría ido con él, pero aquella vez no lo hice porque estaba embarazada y no me encontraba bien. —Hizo una pausa—. Ni siquiera me importó no ir. Estaba tan emocionada y encantada de estar embarazada, y si encontrarme mal todas las mañanas era el precio que tenía que pagar por tener a nuestro bebé, estaba dispuesta a pagarlo. Le dije a Cliff que fuera sin mí. No quería ponerle trabas. Después, por supuesto, me pregunté qué habría pasado si yo hubiera ido.

Ashley no sabía qué decir. Ella también se sentía mal, pero esta vez no tenía nada que ver con su embarazo.

—Lo siento.

—La verdad es que Cliff probablemente se habría acostado con tu madre de todos modos. Pero eso no viene al caso. —Joanna volvió a hacer una pausa, como si contar la historia fuera un reto para el que no estaba del todo preparada—. Un periodista avispado los vio salir juntos, cenando en un lugar que probablemente pensaron que estaba lo bastante apartado y pasado de moda como para que no se fijaran en ellos ni los reconocieran. Pero alguien, en algún lugar, siempre reconocía a Cliff. Era algo que le gustaba. Le encantaba. Creía que el reconocimiento era una señal de éxito. Pero tenía sus desventajas, una de las cuales era su incapacidad para pasar desapercibido. Le resultaba casi imposible.

Cliff. Su padre. Estaban hablando de su verdadero padre y ella no podía entenderlo.

—La revista que publicó la historia me llamó para que yo hiciese algún comentario —continuó hablando Joanna—. Cliff lo negó todo. Dijo que era trabajo. Una reunión de negocios. La mujer, tu madre, trabajaba en un local que estaban usando como locación para filmar. Yo no me lo creí.

Ashley se hacía una idea de cómo podría haberse desarrollado ese encuentro.

—Mi madre me contó que por aquel entonces a veces trabajaba como autónoma para una empresa de eventos. De camarera, ese tipo de cosas. Era un dinero extra.

Joanna apenas reaccionó a su comentario y continuó con lo que le estaba contando:

—Unos días después, perdí el bebé. —Sin pensarlo, Ashley se llevó la palma de la mano a la barriga. No había pensado que esa historia pudiera hacerla sentir peor. Se había equivocado.

—Lo siento. —Ya sentía el instinto de querer proteger al bebé que llevaba en su vientre—. Leí algo sobre tu aborto espontáneo. —Pero hasta ahora no había comprendido lo horrible que debe de ser que se hagan públicos los detalles más personales de tu vida.

Joanna se quedó mirando el agua tranquila de la piscina.

—Fue el momento más bajo y oscuro de mi vida. Cliff era maravilloso y dejó de importarme si ese rumor era cierto o no porque lo necesitaba con desesperación. Nada me importaba excepto el bebé. No podía salir de la cama. No podía dejar de llorar. La gente me decía que los abortos espontáneos eran frecuentes, pero yo había perdido un hijo. Estaba desolada. Cliff estaba a mi lado. No se separó de mí. —Joanna esbozó una débil sonrisa—. Y ahora, mirando hacia atrás, me pregunto hasta qué punto fue su culpa, pero en aquel momento le necesitaba demasiado como para cuestionar sus motivos. Ignoré los rumores. Ignoré las historias sobre tu madre y las fotos. Incluso si era verdad, se había acabado, eso es lo que me dije a mí misma. Pero no había terminado. Porque ella también estaba embarazada, solo que yo no lo sabía en ese momento.

—Estaba embarazada de mí. —Ashley sintió como si le estrujaran el corazón—. Me siento culpable por existir.

—No lo hagas —dijo Joanna frotándole una mano—. Por muy emotivo y difícil que sea, no perdamos de vista la verdad. Fue un desastre, pero la persona que menos culpa tuvo fuiste tú.

—Y tú. —Ashley sintió un nudo en la garganta—. Tú también estabas libre de culpa. Debí decirte la verdad desde el principio, decirte que yo soy su hija en cuanto nos vimos. Quería hacerlo. No decirlo me ha hecho sentir muy mal. Y me odio por no haberlo hecho antes.

—Yo también he evitado la conversación. No te sientas mal. Veo que ha sido muy difícil para ti decírmelo. ¿Por eso no has comido? —Joanna frunció el ceño—. ¿Puedo traerte algo ahora?

—No podría comer. Solo quiero que hablemos. Quiero que me cuentes todo. No quiero que tengamos secretos. No me ocultes nada, por malo que sea. No me has dicho cómo descubriste que yo existía.

—Fue hace un año. Escuché una llamada telefónica.

Cliff estaba en su estudio y dejó la puerta abierta, algo que nunca hacía. Estaba hablando con alguien. —Joanna hizo una pausa, recordando—. Gritando, no hablando. Gritó: «¡Te dije que no me llamaras nunca!». No pude oír de qué hablaban, pero supuse que hablaba con una mujer y, fuera lo que fuese lo que ella le contó, lo enfureció mucho. Yo seguía pegada a la puerta, pero con esos gritos le habría oído desde casi cualquier lugar de la casa. Dijo: «No puedo ayudarte y no sirve de nada que me supliques. No es mi responsabilidad. No puedes hacerme esto ahora». Estaba furioso y asustado. Le observé a través de la rendija de la puerta, su cara estaba roja y sudaba, y supe con certeza que, fuera lo que fuese lo que estuvieran hablando, era su responsabilidad y él lo sabía.

El corazón de Ashley latía con fuerza.

—¿Hace un año? —Después de que su madre enfermara. Justo antes de que la llevaran al hospital. Y recordaba esa llamada, porque recordaba las palabras. Había oído la otra parte de la conversación. Las palabras que Joanna no había oído. Las palabras a las que Cliff había respondido. Recordó tanto el tono como el contenido de la conversación. Su madre no era una persona emocional. Nunca perdía el control, y sin embargo lo había perdido ese día. «Tienes que ayudarme. Te lo suplico». Ashley se había quedado helada, presenciando una faceta de su madre que nunca había visto. Se había preguntado con quién estaría hablando y cómo alguien podía negarse a ayudar a una persona que estaba tan desesperada.

Ahora lo sabía.

Su madre había llamado a Cliff Whitman. Eso era algo que no le había mencionado nunca, junto con muchas otras cosas. Ashley se sentía traicionada y le dolía aún más porque tenía muchas preguntas y nadie a quien preguntar. Su madre había muerto. Cliff también estaba muerto.

Pero tenía a Joanna, quien seguía dándole la mano y le estaba diciendo la verdad. Y Ashley se dio cuenta de que para Joanna era tan difícil decirlo como para ella escucharlo.

—Sí, hace un año. Fue cuando decidí divorciarme de él. Estás pálida. Voy a traerte zumo. —Joanna se levantó y volvió unos instantes después con zumo recién exprimido, fresco de la nevera.

Ashley bebió un trago y luego otro. No se había dado cuenta de que tenía la boca tan seca.

—¿Así que decidiste divorciarte de él porque descubriste que te había engañado con mi madre? —La conversación era un tanto incómoda.

—No —dijo Joanna—. Me divorcié de él porque descubrí que tenía una hija de la que había tenido conocimiento desde el principio y que se negaba a reconocer. Le había perdonado muchas cosas, pero no podía perdonarle eso. —Se levantó y empezó a moverse de un lado a otro de la terraza—. Tendrás que disculparme. No estoy acostumbrada a hablar de esto con nadie. Nunca lo he hecho. Es... difícil.

Ashley casi deseaba no estar hablándolo en ese momento, pero ya había habido suficientes mentiras y engaños. Quería la verdad. Aunque tal vez eso no era lo más justo para Joanna.

—Si es... demasiado duro para ti.

—Es duro, pero mereces saberlo todo. —Joanna se frotó la frente con los dedos, visiblemente estresada—. Cuando tu madre hizo aquella llamada, le entró el pánico al pensar que todo saldría a la luz y lo que eso supondría. Ni una sola vez pensó en lo que podrías necesitar tú. Solo pensaba en sí mismo. Entonces le dije: «Tuviste un bebé, Cliff. Tienes un hijo que nunca has conocido. Un niño que te necesita, ¿y tú te preocupas por ti mismo?». También le dije que me daba asco.

Quien creyera que Joanna era débil debería verla ahora, pensó Ashley.

—¿Y él qué dijo?

—Intentó negarlo, pero como yo lo había oído todo no tuvo más remedio que confesar toda la historia. Y no fue muy agradable escucharlo. Resulta que tu madre le dijo que estaba embarazada en cuanto lo supo. Él se asustó y le ofreció dinero, pero ella le dijo que no le interesaba su dinero si no estaba dispuesto a ser parte activa de tu vida.

Ashley se enfadó, pero luego se calmó.

—No lo sabía. —¿Por qué no lo sabía? ¿Por qué tenía que descubrir todas esas cosas cuando ya era demasiado tarde? No había oportunidad de hablar de ello ahora. Ninguna oportunidad de hacerle a su madre las preguntas que se agolpaban en su interior. Ni de preguntarle a Cliff, su padre, por qué no había pensado en lo que ella podría necesitar—. La imagino diciendo algo así. Era orgullosa. Siempre me enseñó la importancia de ser autosuficiente. De ser capaz de mantenerme por mí misma. —Y sin embargo, en aquella conversación que Ashley había oído por casualidad, su madre había estado gritando desesperada—. ¿Te enteraste de lo de la aventura y de mí al mismo tiempo?

—Sí. Me dijo que tu madre le había llamado unas once semanas después de su aventura. Yo acababa de tener un aborto. —Joanna volvió a sentarse—. Era el peor momento posible para confesar que había dejado embarazada a otra mujer.

—Me crio sola. Y entonces conoció a mi padre. O al menos yo siempre pensé en él como mi padre. —Su visión de todo había cambiado en los últimos meses. Su infancia había sido feliz, nunca supo nada de lo ocurrido. Su madre no le contó la verdad hasta que estuvo al borde de la muerte. Y solo porque se dio cuenta de que no iba a recuperarse—. No sé ni si mi padre sabía que Cliff era mi verdadero padre.

—Estoy segura de que Cliff pensó que todo había quedado atrás. Y se habría sentido aliviado, porque a Cliff no le gustaba que nada empañara su vida cuidadosamente construida. Y entonces recibió esa llamada. Tu madre estaba enferma, y preocupada por cómo te las arreglarías cuando ella no estuviera. Por eso se acercó. Quería que él aceptara apoyarte económicamente para que pudieras ir a la universidad, pero también quería que él tomara parte activa en tu vida si algo le sucedía a ella. —Ashley estaba temblando.

—¿Por qué querría mi madre eso para mí? Él fingía que yo no existía. No sabía nada de lealtad o responsabilidad. ¿Qué me iba a aportar relacionarme con él?

—Supongo que tu madre estaba muy preocupada por ti. ¿No tienes otra familia?

—No. Mis abuelos murieron cuando yo era pequeña y mi madre era hija única.

—Ella estaba tratando de facilitarte las cosas. Haciendo lo que creía que era mejor para ti. Esa fue la llamada que escuché. Quería que él diera un paso al frente y asumiera su responsabilidad. —Joanna la miró—. Yo sí quería que te conociera y tratara de entablar algún tipo de relación contigo. Él se negaba y me ponía excusas, que no sabía dónde estabas. —Hizo una mueca de disgusto—. Tuvimos la mayor pelea de nuestro matrimonio.

Joanna había luchado por ella. Joanna Whitman, que no le debía nada, cuyo marido la había engañado y humillado, había luchado por lo que creía justo.

Las últimas defensas de Ashley se derrumbaron.

—Siempre supe que mi padre no era mi padre biológico. Ella me dijo que era un tipo que había conocido una noche y que no importaba. Que ella era muy joven y que había sido un error, eso es lo que dijo. Conoció a David y se casó con él cuando yo era un bebé. Para mí era mi padre. Yo lo llamaba así. Sentía que él lo era. —Y lo echaba de menos. Echaba de menos su paciencia, su amabilidad y un sinfín de pequeñas cosas, como el hecho de que tuviera siete camisas exactamente iguales para no tener que decidir qué ponerse por las mañanas—. No me dijo quién era mi verdadero padre hasta justo al final, y yo me quedé de piedra y tenía un montón de preguntas, pero ella estaba tan enferma que sentía que no podía hacerlas, que nada importaba más que su estado de salud. Y después de su muerte, yo no estaba nada bien. Aguanté durante mucho tiempo. Para ser sincera, llevaba mi día a día como si fuera un robot, hasta que me desmoroné. Fue entonces cuando me quedé embarazada. ¿Estoy hablando demasiado?

—No. —Joanna le agarró el vaso vacío—. Hablar está bien. ¿Quieres hablarme de eso?

Joanna era una persona reservada y, sin embargo, le había confiado sus secretos a Ashley, así que, ¿por qué no iba a hacer Ashley lo mismo, aunque le costara?

—Conozco a Jon desde siempre. Es mi mejor amigo. Nada romántico, pero salimos juntos. —Tal vez Joanna no entendiera eso—. No sé cuándo me di cuenta de que sentía por él algo más que amistad, pero no dije nada. Era raro, para ser honesta. Sentí que estaba rompiendo las reglas. Cruzando un límite. Intenté ignorar mis sentimientos, fingir que nada había cambiado y seguir adelante.

—Debe de haber sido duro.

—Valoraba demasiado nuestra amistad como para

arriesgarme a perderla. Todo eso fue antes de que muriera mi madre. Hablábamos de todo, desde tonterías como cuál era el mejor sabor de helado hasta teorías para salvar el planeta. En la escuela nos mandábamos mensajes todo el tiempo. «¿Has visto esto?». «Adivina lo que acaba de pasar». Y después de la muerte de mi madre hubo una noche en la que me asusté tanto de mis propios pensamientos que no quise estar sola en casa con ellos. Le llamé y él vino enseguida, porque es una buena persona. Entonces se quedó y una cosa llevó a la otra. Supongo que mi madre lo habría llamado un error. —No le estaba resultando nada difícil contarlo, tal vez porque Joanna era una de esas pocas personas que saben escuchar, que realmente prestan atención a lo que dices en lugar de esperar a que haya un hueco para expresar su opinión.

—¿Y a ti te pareció un error?

—No. —La peor noche de su vida había acabado pareciéndole la mejor. ¿Cómo podía estar mal algo que le había parecido tan bien? Ella había tocado fondo, y él había estado allí para ella—. Esa fue la noche en que supe con certeza que lo amaba. Pero no le dije nada. No tenía ni idea de cómo se sentiría él. Aún no lo sé. Sí, pasamos la noche juntos, pero yo estaba hecha un lío emocional y él no me dijo que me quería ni nada de eso. Yo no quería arriesgarme a perderlo como amigo, así que fingí que nada había cambiado. —Habían sido los mejores amigos hasta esa noche, y ahora ella no estaba segura de lo que eran—. No quería quedarme embarazada. —Cuando se enteró, su primera reacción había sido de alegría y luego de pánico. Pero la alegría había estado ahí, aunque solo hubiera sido por un momento. Pensó: «Ya no estoy sola». Pero también sintió la presión de la responsabilidad y la aterradora conciencia de que ya era adulta, aunque no hubiera recibido formación y no se sintiera capacitada.

—¿Jon no sabe que estás embarazada?

—No. —Ashley sintió una punzada de culpabilidad cuando pensó en los mensajes de su teléfono. Necesitaba escuchar esos mensajes. Tenía que llamarlo. Pero no sabía qué decirle—. Se lo diré, pero tengo que encontrar el momento adecuado. Supongo que tengo miedo. No quiero perder a mi mejor amigo. Crecí con él. —Vio que la expresión de Joanna cambiaba—. ¿Qué? ¿Qué he dicho?

—Nada. Continúa.

—Bueno, eso es todo en realidad. Era casi como un hermano. —¿Un hermano? ¿A quién quería engañar?

—¿Como un hermano? —preguntó Joanna extrañada.

—No... —No se había permitido pensar en él hasta ahora. Sus manos, sus brazos acercándola a su cuerpo, su boca explorando la suya, la forma en que se había sentido. Le había murmurado cosas al oído que ella sabía que él probablemente no quería decir. Cosas que habían formado parte solo de aquella noche. Había sido la única noche felizmente perfecta tras una serie de noches horribles, y le dolía demasiado recordarla. ¿Cómo habían llegado a hablar de Jon? Ya tenía demasiadas cosas en las que pensar—. No quiero nada de él. —Se miró las uñas, nerviosa—. Supongo que yo también soy orgullosa. No quiero que se sienta obligado. Aunque el hecho de que Cliff, sabiendo que era mi padre, no quisiera tener nada que ver conmigo, me molestó mucho.

—Sí. —La voz de Joanna era suave—. Me imagino que sí.

—No sienta nada bien saber que eres tan poco importante para alguien. Y el hecho de que no hubiera ayudado a mi madre cuando estaba desesperada...

—¿Cómo acabaste en su coche?

—Quería hablar con él. Quería respuestas que no había conseguido obtener de mi madre. Quería verle cara a cara, solo una vez. No era por el dinero. —Para ella era importante que Joanna lo supiera—. Pero supongo que una parte de mí pensó: «Bueno, es mi padre, se ha portado mal y quiero entender por qué hizo lo que hizo». Quería desafiarlo y escuchar su versión. —Tragó saliva—. Pero no contestaba a mis llamadas.

Vio cómo Joanna apretaba la boca.

—¿Le llamaste?

—Sí. No tenía su número, así que llamé al estudio y a la central. Y usé mi nombre real. Probablemente eso fue un error, porque él sabía mi nombre. Cliff no respondía nunca a mis llamadas. Supongo que le dijo a su personal que yo era una acosadora o algo así. No había forma de hablar por teléfono. No encontraba la manera de hablar con él.

Joanna suspiró.

—Deberías haberme llamado a mí. Te habría puesto en contacto directamente si eso era lo que realmente querías. Aunque te habría dicho que, si buscabas consuelo emocional o lealtad, era poco probable que lo obtuvieras de Cliff. Cuando se trataba de relaciones, él siempre era una gran decepción. —Esa confesión eliminó la última de las barreras entre ellas.

—Te creo. —Era de suponer que nadie lo sabía mejor que Joanna, pero a Ashley no se le habría ocurrido ponerse en contacto con la sufrida esposa de Cliff—. No pude comunicarme por teléfono, así que esperé fuera del estudio cuando estaba grabando el programa y cuando salió le pedí un autógrafo. No le dije quién era. Sabía que si lo hacía ni siquiera mantendría una conversación conmigo y había tantas cosas que quería preguntarle... Cosas que merecía saber. Le dije que había visto todos sus programas, lo cual era cierto. Eso pareció gustarle.

—Sí, seguro. Le masajeaste el ego. —Joanna se levantó—. Espera, se nota que tienes la boca seca. Te traeré agua. —No tardó en aparecer de nuevo con vasos para las dos—. Nada le gustaba más que ser el centro de atención.

Ashley dio un sorbo al agua que Joanna le había tendido.

—Charlamos un rato sobre nada en particular.

—¿Cómo conseguiste que te invitara a dar una vuelta?

—No fue difícil. Llevaba una falda corta y un top ajustado. Ya sabes cómo era... —Ashley se sonrojó de repente—. Lo siento. No quería ofenderte.

—Nada podría ofenderme después de tantos años. Y sí, sé cómo era.

—Funcionó. Me ofreció ir a dar un paseo nocturno. Le dije que sí. Pensé que, si le tenía atrapado en un coche, no podría alejarse ni ignorarme cuando le dijera quién era yo.

—Fue un plan audaz y creativo. ¿No te reconoció?

—No. No me conocía, por supuesto. —Entonces recordó algo y frunció el ceño—. Pero dijo que le resultaba familiar. Sospecho que pensaba que yo era alguien que... —Se interrumpió y Joanna asintió.

—Alguien con quien se había acostado. Él estaba pensando en que eras una de sus amantes. No pensaba en una hija.

Le ponía enferma pensar en ello. Su padre... Le hacía sudar y temblar las manos.

—Condujo rápido hacia las colinas, y yo quería que me reconociera y supiera quién era, pero no lo hizo. Y me di cuenta de que subir a ese coche había sido un error. Quise acabar de una vez, así que se lo solté. Le dije: «Soy tu hija». Él apartó la vista de la carretera y se quedó mirándome un momento. Fueron solo unos segundos, eso es todo, pero estábamos cerca de una curva y... —El recuerdo le vino de golpe—. Grité. Intentó controlar el coche, pero ya era demasiado tarde. Yo sabía que íbamos a caer al precipicio, cerré los ojos y me preparé para morir. Fue culpa mía. Todo fue culpa mía. Si no le hubiera dicho eso...

—No fue culpa tuya. —Joanna le quitó el vaso antes de que pudiera derramar el contenido—. No le dijiste nada que no supiera ya.

—Pero él no sabía que era yo. Había hecho todo lo posible para evitar verme, o incluso hablar conmigo. —Y no tenía palabras para describir cómo la había hecho sentir por eso—. Le obligué a enfrentarse a ello. Y ni siquiera tuvimos la oportunidad de hablar, porque ocurrió el accidente y después ya estaba muerto. Me siento como si yo le hubiera matado. —La culpa que había estado conteniendo se derramó sobre ella, junto con todo el trauma de las últimas semanas. Sintió el ardor de las lágrimas y no pudo reprimirlas. Se cubrió la cara con las manos—. Está muerto por mi culpa. Y para ser sincera, le odiaba cuando me subí al coche. Le odiaba por cómo había tratado a mi madre, por cómo me trataba a mí, y si te hubiera conocido entonces también le habría odiado por cómo te trataba a ti..., pero no quería que muriera.

—Por supuesto que no.

—Me siento tan mal. —Joanna la rodeó en un cálido abrazo como no le habían dado en meses, desde antes de que su madre muriera.

—No es culpa tuya. —Sin dejar de abrazarla, Joanna le acarició el pelo y repitió esas palabras una y otra vez. Ashley sollozó contra su hombro y lloró hasta que no le quedó nada dentro.

Finalmente se apartó, avergonzada.

—Lo siento...

—No lo lamentes. Sé exactamente lo que se siente al ser defraudado por Cliff, y eso es lo que te ha pasado. Y sé lo que se siente al cargar con la culpa, al asumir que eres tú, que debe de ser algo que hiciste o dejaste de hacer, pero no es así. —A Joanna le tembló la voz—. Te sientes de esa forma porque eres una persona que asume la responsabilidad de sus actos, pero en este caso no es tuya.

Era la primera vez que Ashley oía a Joanna expresar tanta emoción.

—Hablas por experiencia.

—Sí, y por eso te digo que le eches la culpa a él. Si te vas a enfadar, que sea por las decisiones que él tomó, no por las tuyas.

Ashley se restregó la cara con la palma de la mano.

—¿Crees que estoy enfadando al bebé?

—Creo que los bebés son más duros que eso. —Joanna le tendió un pañuelo—. Lo cual es bueno, porque la vida requiere que seamos resistentes. Y tú sin duda lo eres. Resistente y valiente.

—No me siento valiente. —Ashley se sonó la nariz con fuerza—. No me siento valiente en absoluto.

—Ashley, subiste al coche de Cliff para obligarle a enfrentarse a su mal comportamiento. Eso es ser valiente. Y la forma en que te has comportado desde entonces, en el hospital y conmigo, creo que eres increíble. El accidente en sí habría sido suficiente para traumatizar a la mayoría de la gente. Has debido de sentirte aterrorizada.

—No recuerdo mucho. Solo la sensación de dar vueltas. No sabía qué dirección tomar. Mi cuerpo estaba agitado y golpeado. Tenía mucho dolor, luego paró y me quedé tumbada, y me di cuenta de que seguía viva. Me daba miedo que el coche se incendiara o algo así, porque eso es lo que pasa en las películas. Entonces miré a Cliff... —Era algo que había intentado borrar de su mente, su mirada—. Y supe que estaba muerto. —Sintió la mano de Joanna cerrarse sobre la suya y se preguntó si no debería dejar de hablar. Sabía que tal vez debería apartar la mano porque se trataba de la mujer de Cliff y, si era duro para Ashley pensar en ello, más duro debía de ser para ella oírlo. Pero necesitaba el consuelo que ella le ofrecía...

—Y luego te llevaron al hospital.

—Y me hicieron un montón de preguntas, por supuesto. No quise decirles por qué estaba en el coche con Cliff. No quería que se supiera que era su hija porque ya era demasiado tarde para que eso sirviera de algo, así que no dije nada y dieron por hecho que era... —Se encogió de hombros—. Todo pasó porque me metí en su coche. Fue una estupidez.

—No. Desafiaste a Cliff. Eso fue algo increíblemente valiente. No te merecías lo que pasó. Merecías respuestas. Más adelante, cuando tengamos controlado lo que cuenten los periodistas y estemos más tranquilas, puedo tratar de darte algunas. Es probable que no tenga todas las que necesitas, pero tal vez pueda rellenar algunas lagunas.

La periodista y la historia que pretenden publicar. Por un momento se había olvidado.

—¿Qué dirán? ¿Cuánto saben? Supongo que será todo sobre Cliff, mi madre y yo.

Cuando subió al coche con Cliff, se sintió inútil e insignificante. Había querido su atención, que reconocieran su existencia, pero eso nunca había ocurrido. Hasta ahora. Su existencia estaba a punto de ser reconocida públicamente.

No le pasó desapercibida la ironía. No era lo que ella había ido buscando.

—Por lo que me ha contado Nessa, la periodista lo ha reconstruido todo. El momento de la aventura con tu madre, el hecho de que yo estuviera embarazada en ese tiempo... Va a ser un artículo difícil de leer para nosotras.

—¿Crees que también hablará sobre ti? —La desesperación de Ashley se vio interrumpida por un arrebato de ira. Resopló, se sonó la nariz y se sentó un poco más derecha. Ya era bastante malo que escribieran sobre ella, pero ¿escribir también sobre Joanna, cuando nada de eso era culpa suya? Había sido muy amable. La única persona que lo había sido con ella. La había salvado de todas las preguntas intrusivas y del escrutinio de la prensa, la había llevado allí y la había protegido. Y ahora la persecución iba a empezar de nuevo, y todo por su culpa—. ¿Por qué escribir sobre ti? —Se aferró a una última esperanza desesperada de que ella pudiera estar equivocada.

Joanna esbozó una leve sonrisa.

—Porque nuestras historias están relacionadas.

—Supongo que esa periodista dirá que solo hace su trabajo, pero ¿por qué debería la gente ganarse el pan sacando a la luz los peores momentos de la vida de alguien? ¿Qué le he hecho yo a esa reportera? ¿Qué le has hecho tú?

—No le hemos hecho nada. Nunca nos hemos visto, pero eso no es relevante. No es personal, aunque entiendo que se sienta como algo personal cuando tus secretos más íntimos se revelan a todo el mundo. —Joanna suspiró—. Siempre se siente como algo personal.

—Me gustaría hacer lo mismo con ella. Me gustaría encontrar lo que esconde y dejarlo a la vista de todos. —Ashley frunció el ceño—. A ver si le gusta.

—Sin duda es una mujer tenaz. Ha tenido que

escarbar mucho para descubrirlo —dijo Joanna y luego se quedó mirando la piscina, ensimismada.

—¿Y no podemos impedir que lo escriba?

—No. —Joanna se volvió hacia ella—. Lo intenté
en alguna ocasión, justo al principio. Pero nunca funciona. Es mejor no dejarse ver, pasar desapercibido y
esperar a que las cosas se calmen.

Ashley no quería pasar desapercibida. La rabia no
paraba de crecer en su interior. Quería gruñir y con-
traatacar.

—No deberían condicionar nuestras vidas de esa
manera. Y no puedo creer que sea una mujer. ¿Qué ha
pasado con eso de la hermandad entre mujeres?

—Sigue viva y coleando, por eso estamos aquí,
para ayudarnos mutuamente. —Joanna le dio un
apretón tranquilizador en la pierna—. Supongo que
la periodista no captó el mensaje.

—Bien. —¿De verdad no podían hacer nada?—. ¿No
deberíamos darles una entrevista con nuestra versión de las cosas? Decir la verdad. Tal vez así se vayan.

—No se irán. Y no quieren la verdad. Quieren una
historia, que no es lo mismo.

—¿Así que les dejamos decir lo que quieran y no
hacemos nada?

—Pueden decir lo que quieran con o sin nuestro
permiso. Podemos hablar con los abogados, pero si
lo que publican es un hecho, poco podemos hacer y,
además, una vez que el artículo sale a la luz, el daño
ya está hecho. Contratar abogados solo mantiene aún
más viva la noticia.

—¿Así que eso es todo? —Ashley estaba frustrada—. ¿No hay nada que podamos hacer?

—Podemos hacer muchas cosas. Nos hacemos in-
visibles. No les damos fotos ni ninguna oportunidad
de describir nuestro aspecto. Si no la alimentamos, la
historia acabará muriendo.

—¿Estás diciendo que tenemos que permanecer escondidas en la casa?

—¿Por qué no? —Joanna miró a su alrededor y sonrió—. No se está tan mal aquí, después de todo.

Era idílico, sí. Pero se esconderían como si fueran culpables de algo. No le gustaba la idea de que otra persona la obligara a esconderse y dictara sus decisiones. Era una forma de intimidación, ¿no?

Pero no se trataba solo de ella y, del mismo modo que no quería que los periodistas dictaran sus decisiones, tampoco quería dictar las de Joanna. Sobre todo porque era Ashley quien la había puesto en esa situación.

Tenía que respetar lo que ella quería. Era lo menos que podía hacer.

Poco a poco fue comprendiendo el verdadero impacto que todo eso tenía en Joanna.

—Viniste aquí para evitar llamar la atención. Querías escapar de ellos, y ahora vendrán aquí. Y todo por mi culpa. —Y Ashley estaba lista y dispuesta a irrumpir por la puerta para decirles exactamente lo que pensaba de ellos, pero Joanna no quería eso. Ella la había protegido, y ahora Ashley sentía que tenía que protegerla a ella.

—Nada de esto es culpa tuya, Ashley.

Pero eso no era cierto, ¿verdad? Era fácil culpar a los demás, pero ella había tenido algo que ver en todo lo ocurrido. Ella fue quien decidió hablar con Cliff cara a cara. Ella había subido a su coche y había aceptado la ayuda de Joanna. Si no hubiera ido allí, probablemente la habrían localizado y habrían dejado en paz a Joanna. Pero lo había hecho, y ahora habría preguntas. Querrían saber por qué Joanna la había llevado a esa casa y si sabía quién era ella desde el principio. Tanto si Joanna había creído que Ashley era la amante de Cliff o su hija, había una historia jugosa. Y Joanna pagaría el precio. Otra vez.

Y eso estaba mal. Muy mal.

—¿Por qué tenemos que escondernos? ¿Por qué no podemos plantarnos y decirles que se metan en sus asuntos? —¿Podría hacer que Joanna considerara actuar de una forma diferente?—. Podríamos hacer algún tipo de declaración. Esta vez no estarías sola. Yo estaría contigo. Podríamos hacerlo juntas.

Joanna se levantó y recogió los vasos vacíos.

—Es mejor no hacer ningún tipo de comentario. Digas lo que digas, saben cómo tergiversarlo. Son capaces de inventar una historia de la nada. Si tu pelo no está perfecto, entonces es que no te estás cuidado. Si llevas gafas oscuras, es porque has estado llorando. Y así continuamente. —Hizo una pausa para tomar aliento—. No te preocupes. Si pasamos desapercibidas y nos negamos a aparecer o a responder a sus preguntas, al final se aburrirán.

Ashley sintió compasión por Joanna, pero también desesperación y frustración.

No quería esconderse. Quería luchar. No sabía cómo iba a reconstruir su vida ni cómo iba a ser su futuro, pero sabía que no quería que un puñado de periodistas entrometidos y ávidos de noticias tuvieran nada que decir al respecto.

Respiró lentamente y repasó sus opciones.

Estaban limitadas. Joanna no quería exponerse al escrutinio, ni siquiera con Ashley a su lado para ofrecerle algo de protección. Y las dos juntas harían que la historia fuera aún más jugosa.

Todos querrían saber por qué Joanna cuidaba a la hija de su exmarido.

—No pongas esa cara. Todo va a salir bien. He lidiado con esto tantas veces que ya soy una experta. —Joanna le dedicó una rápida sonrisa—. Te prometo que, pase lo que pase, estaré aquí. No estás sola. Yo te protegeré.

Ashley sintió que se le hacía un nudo en la garganta. Ella también iba a proteger a Joanna.

Y solo había una forma de hacerlo.

13

JOANNA

Joanna nadaba sintiendo el frío del océano y el aire fresco de primera hora de la mañana. Era su meditación, el único momento del día en el que el mundo exterior dejaba de existir, pero esa mañana no podía relajarse. Movía los brazos y las piernas, sintiendo que se hundía en el agua, y su mente seguía dándole vueltas a los acontecimientos del día anterior. La llamada de Nessa. La conversación que había tenido con Ashley.

Joanna se dio la vuelta y se quedó de espaldas al agua.

Pobre Ashley. Se había enfadado tanto por todo, y era comprensible. Entendía su indignación. Comprendía el deseo de levantarse y hacer oír su voz. ¿No había sentido ella lo mismo al principio? La experiencia le había enseñado que esa no era la solución y había hecho todo lo posible porque Ashley también lo viera así.

La chica había estado callada y pensativa durante el resto de la velada, hablando de cualquier cosa menos del artículo de la periodista, distrayéndolas a ambas con divertidas anécdotas sobre sus terribles habilidades con el balón y la vez que había pirateado el ordenador del colegio y cambiado la fotografía de su profesor. Había sido cariñosa y solícita con Joanna, comprobando constantemente sí estaba bien. Ashley había preparado comida para las dos, aunque ella había comido muy poco.

Joanna miró al cielo y dejó que el agua fría le acariciara las extremidades.

Era su hora favorita para nadar, cuando la mayor parte del mundo aún dormía. No había socorristas en esa curva de arena privada junto a la casa de la playa. Nadie la vería si se encontraba en apuros, y eso le parecía bien. No quería que la vieran, y ese no era el tipo de problema que la asustaba.

Había aprendido a nadar antes de andar, enseñada por su padre, que también le había enseñado a comprender el agua. «¿Ves eso, Jo? ¿La forma en que el agua parece más oscura justo ahí? ¿La que parece más tranquila? Eso es una corriente de resaca. No te acerques». Él le había enseñado qué hacer si se encontraba atrapada en la corriente, le había enseñado a no dejarse llevar por el pánico, a amar y nadar a través de la poderosa atracción del agua en lugar de luchar contra ella. «No puedes nadar contra la corriente, Jo». Ahora nadaba, sintiendo el sol en la cara, disfrutando de los pocos momentos de paz antes de un día agitado. Luego, a regañadientes, nadó de vuelta a la orilla, encontró la arena con los pies y salió del agua. Agarró la toalla que había dejado en la arena y se secó el pelo. La mayor parte de su vida se había sentido como atrapada en una fuerte corriente, arrastrada y tironeada en una dirección que no quería tomar. Se había visto atrapada por su fuerza, zarandeada por Cliff y los medios de comunicación, golpeada contra las rocas de la vida. Pero había sobrevivido, y sobreviviría a la siguiente crisis, pasara lo que pasara.

Aún no había leído el artículo. Hacía tiempo que

había aprendido que no podía controlar lo que escribían, pero sí lo que leía, y había decidido no leerlo. Normalmente se protegía a sí misma, pero ahora estaba protegiendo a Ashley. Era Cliff quien debería haberlo hecho, por supuesto, pero aunque no se hubiera despeñado por un barranco, él no habría dado el paso. La responsabilidad no era un ingrediente que hubiera seleccionado del menú de la vida.

Se perdió algo muy valioso por negar la existencia de su hija. Dejando aparte el tema de la responsabilidad, Ashley era una chica encantadora. Inteligente, divertida y cariñosa. Y tenía un espíritu luchador que Joanna nunca había tenido a su misma edad. Ella cuestionaba lo que Joanna había aceptado sin más.

Miró hacia la casa, pero no había señales de vida. Probablemente Ashley seguía durmiendo, sin duda agotada tras las emotivas confesiones del día anterior. Con suerte, aún no había leído lo que habían escrito sobre ella.

Joanna caminó descalza de vuelta a la casa, formulando un plan.

Ashley y ella se quedarían en casa y, por muchos periodistas que se reunieran a las puertas, no harían ninguna declaración. Ya se había enfrentado tantas veces a las consecuencias de las indiscreciones públicas de Cliff que apenas tuvo que pensárselo. Se tomó su tiempo en la ducha, limpiándose la sal del mar con su jabón cítrico favorito. Luego se secó el pelo y se untó crema en la cara y el cuerpo. A pesar de la crema solar, se había quemado un poco y había visto algunas pecas de más cuando se miró en el espejo.

Se vistió con unos vaqueros y una camisa blanca y se dirigió a la cocina. Ignorando su portátil, metió unos pastelitos en el horno y esperó a que se calentaran.

Se sentía mejor de lo que había esperado.

Hablar con Ashley había sido catártico. Los hechos seguían siendo los mismos, pero las emociones dolorosas habían disminuido.

También exprimió unas naranjas y luego lo puso todo en una bandeja. Iba a convencer a Ashley para que comiera. Iba a ser un día duro y afrontarlo con el estómago vacío no ayudaría.

Llevó la bandeja a la *suite* de invitados y llamó a la puerta. No hubo respuesta, así que abrió tratando de no hacer ruido. Si Ashley dormía hasta tarde, la dejaría, pero no estaría de más comprobar si estaba bien.

La habitación estaba a oscuras, pero incluso antes de pulsar el botón para subir las persianas, Joanna pudo ver que la cama estaba vacía.

Dejó la bandeja sobre la mesa y sintió un escalofrío de alarma. No solo estaba vacía, sino que también estaba hecha, como si nadie hubiera dormido en ella. Y la pequeña bolsa con las cosas de Ashley no estaba por ninguna parte. Comprobó el cuarto de baño y vio las toallas perfectamente dobladas.

No había rastro de ella.

Ashley se había ido. Pero ¿a dónde? ¿A qué hora? ¿Por qué?

Estaba a punto de salir corriendo de la habitación y empezar a buscar en los jardines cuando vio la nota apoyada junto a la lámpara. La abrió y se sentó en la cama.

Joanna, siento no haberte dicho quién era. Siento que mi madre tuviera una aventura con Cliff. Ahora mismo siento existir, aunque sé que no es culpa mía. Sobre todo lamento haber dejado que me trajeras aquí. Por mi culpa, la prensa estará en tu puerta otra vez. Sé cuánto odias eso. Sé que no quieres verlos ni hablar con ellos y entiendo por qué te sientes así.

Si no estoy aquí, tendrán menos que contar, así que me

voy, pero quería darte las gracias por todo. Tienes menos razones que nadie para ser amable conmigo, y sin embargo eres la persona más amable que he conocido. Nunca lo entenderé. No te preocupes por mí. Estaré bien. Quizá nos volvamos a ver algún día. Eso me gustaría.

Con amor,
Ash

Joanna dejó caer la nota. ¿Adónde se había ido? La agarró de nuevo y volvió a leerla. «La prensa estará en tu puerta otra vez. Sé cuánto odias eso».

Ashley se había ido por su culpa. Porque no quería atraer a la prensa donde ella estuviera.

La culpa se mezclaba con el pánico y la ansiedad. Si no hubiera insistido en que se escondieran, esto no habría ocurrido. Si no hubiera sido tan sincera sobre lo mucho que odiaba enfrentarse a la prensa, la intrusión y las cosas que escribían sobre ella, quizá Ashley seguiría allí.

¿Por qué no se había dado cuenta de que estaba pensando en irse?

Porque se había centrado en sí misma y en evitar la publicidad.

Porque estaba segura de que su camino era el correcto.

Joanna se metió la nota en el bolsillo.

Tenía que encontrarla.

La posibilidad de toparse con un montón de periodistas parecía mucho menos importante que encontrar a Ashley. No se trataba solo de protegerla, sino de apoyar a una amiga, porque en eso se había convertido Ashley en los últimos días: en una amiga. Corrió hacia la puerta principal y la abrió, su coche seguía allí. Ashley debió de haberse ido caminando. ¿O había llamado a un taxi?

Sudando, Joanna volvió a entrar y analizó sus

opciones. Podía buscar a Ashley, pero no tenía ni idea de por dónde empezar. ¿Tal vez conduciendo hasta la ciudad? ¿Por la carretera de la costa?

Agarró las llaves y el bolso con la peluca, la gorra de béisbol y las gafas oscuras, y justo cuando se dirigía a la puerta sonó su teléfono.

Número desconocido.

Casi se le cae el aparato, pero pudo contestar:

—¿Ashley?

—No, soy Mel.

—Oh. —Joanna ya se dirigía hacia el coche. Puso el teléfono en altavoz, lo tiró en el asiento y se metió su pelo bajo la peluca. Luego se puso el sombrero y después las gafas—. Ahora no puedo hablar.

«Siento existir».

¿Qué significaba eso exactamente? ¿Lo mucho que lo sentía?

Joanna pensó en el peor escenario posible. ¿Y si le pasaba algo? Se trataba de Ashley, que ya había pasado por mucho. Ashley, que había sido una extraña para ella, pero que ahora ya no la veía como tal. Ashley, que se sentía de alguna manera responsable de la situación de Joanna.

Dieciocho años, embarazada y sola.

—¿Joanna? —La voz de Mel era insistente—. ¿Sigues ahí? Llamo por Ashley...

Agarró el teléfono con la mano de inmediato.

—¿Qué pasa con Ashley?

—Greg la recogió en la ciudad. La tiene a salvo.

Las piernas de Joanna empezaron a temblar. «Gracias, gracias».

—¿Dónde?

—La llevó al Surf Café. Nate está con ella. Están en la oficina de atrás, lejos de miradas indiscretas. Ella no quería llamarte, pero pensé que querrías saberlo.

—Iré ahora mismo. Y gracias, Mel. —Terminó la

llamada y se dirigió hacia allí atravesando las puertas de entrada.

Nate. ¿Por qué tenía que estar con Nate? Joanna no quería ver a Nate. Joanna no quería ir a la ciudad, donde habría gente que la conocía. Joanna no quería arriesgarse a enfrentarse a los periodistas. Si aún no estaban en Silver Point, pronto lo estarían. Y todos los habitantes de Silver Point conocían la ubicación de Otter's Nest.

«Todo va bien. Todo irá bien».

No abandonaría a Ashley. No haría lo mismo que Cliff. Y si el precio era enfrentarse a un montón de periodistas, entonces lo haría. Es más, dejaría claro que la atención de la prensa no le molestaba.

Pisó el freno en el cruce de su carretera y se detuvo. El corazón le latía con fuerza.

¡Basta ya!

Se quitó el sombrero y la peluca y los volvió a meter en el bolso. Se sacudió el pelo y se miró en el espejo.

«Hola, Joanna».

Se acabó el esconderse. Se acabaron las pelucas, los sombreros y las gafas oscuras. Si Ashley era capaz de mostrar tanto coraje, ella también podía.

Nunca compensaría las deficiencias de Cliff, pero podía asegurarse de que Ashley supiera que no estaba sola. Y si eso significaba tener que adentrarse en el infierno, entonces lo haría. Vería a Nate y lidiaría con sus sentimientos, fueran cuales fueran. Se ocuparía de los lugareños, de la prensa y de cualquiera que mostrara interés por ella.

Giró hacia la carretera y se dirigió al pueblo.

Muchos de los recuerdos de su infancia estaban envueltos en el Surf Café. Ella y Nate solían asaltar la cocina y consumir su botín en la playa. Rollitos de marisco, patatas fritas, galletas. Los padres de Nate y

Mel habían heredado el local de sus padres y siempre había sido un negocio familiar. Durante su infancia, Joanna había servido y limpiado mesas de forma ocasional. Lo único que nunca había hecho era cocinar, no desde el día en que preparó una comida romántica para Nate y casi quemó el local.

«Nate».

Los nervios se deslizaron por su estómago. Su relación había terminado hacía dos décadas. Parecía que había pasado toda una vida. La conexión especial que una vez compartieron había desaparecido. Probablemente, encontrarse con él ni siquiera le resultaría incómodo. Ella sería educada y amable, y sin duda él se comportaría del mismo modo. Aquel último desencuentro había quedado tan atrás que ni siquiera tenía sentido hablar de él.

Y de todas maneras, esto no se trataba de ella. Toda su atención iba a estar en Ashley.

Era extraño pensar que no hacía tanto le preocupaba estar cometiendo otro error al ayudar a Ashley, y ahora lo que le preocupaba era que quisiera apartarse de su lado. No quería que se fuera, y no solo porque estuviera preocupada por ella.

Disfrutaba de su compañía. Le gustaba su sentido del humor, su franqueza y su forma de ver el mundo.

Condujo hasta la ciudad y vio a turistas con helados y cámaras colgando de sus cuellos paseando por las bonitas calles.

Nadie le prestó atención. El interés de la gente estaba en Silver Point, no en ella. Y no había ninguna señal de que hubiera periodistas.

Mantuvo la mirada fija hacia delante y condujo por Main Street, que le resultaba dolorosamente familiar, incluso después de tanto tiempo. Allí estaba la librería Beach y la *boutique* Ocean, donde una vez había gastado casi todo su dinero en un biquini blanco con lunares verdes. En aquel momento le había parecido un gasto excesivo para tan poca tela, pero había surtido el efecto deseado. Nate y ella habían hecho el amor por primera vez el día que se lo puso.

La mayoría de la gente recuerda el momento en que conoció a su primer amor. Joanna no. No porque no hubiera sido memorable, sino porque no había habido ningún momento de sus primeros años de vida en el que no hubiera estado Nate. Recordaba cuando tenía cuatro años y cavaba en la arena con él, codo con codo. Le había ayudado a meter arena en un cubo. Recordaba haber ido con él a hacer surf. A los dieciséis, le había sujetado la cabeza mientras vomitaba el vodka que se había bebido. No podía precisar el momento en que Nate había entrado en su vida, porque él siempre había estado presente. Y había dado por sentado que siempre lo estaría, pero se había equivocado. Se había equivocado en tantas cosas.

Se detuvo en una plaza de aparcamiento, resistió el impulso de volver a colocarse el sombrero en la cabeza y se dirigió al Surf Café. La ubicación no había cambiado, pero sí todo lo demás. Las mesas exteriores que antes se extendían sobre la arena ahora estaban en una terraza a la sombra de las palmeras. Era temprano, pero el lugar ya bullía de vida. Pequeños grupos de jóvenes tomando cafés espumosos y compartiendo dulces antes de zambullirse en las olas. Turistas que querían empezar el día con las mejores vistas de ese tramo de costa. Era rústico pero refinado. Una playa chic.

Ignorando las miradas curiosas, Joanna cruzó la terraza y entró por la puerta principal.

Primero vio a Mel.

—Está atrás —le dijo haciendo un gesto con la

cabeza, consciente de que Joanna sabría dónde ir—. Greg quería mantenerla fuera de la vista por si aparecían fotógrafos.

Joanna se dirigió hacia la puerta que daba a la cocina y al pequeño despacho. Entonces se detuvo y se volvió para mirar a Mel, la chica con la que una vez había compartido todos sus pensamientos. Su mejor amiga.

—Gracias.

—No hay de qué —respondió Mel, asintiendo con la cabeza.

Joanna sintió un ramalazo de culpabilidad. —Tenemos que hablar.

Mel sonrió.

—Eso puede esperar.

Joanna le devolvió la sonrisa, agradecida.

Quizá su amistad no había muerto. Tal vez una amistad tan fuerte como la suya nunca lo hizo.

Abrió la puerta de un empujón y entró en la cocina. Había mucho jaleo dentro, pues el personal se ocupaba de los desayunos y de la preparación del almuerzo. Se oía el ruido de los platos, el chisporroteo del beicon al freírse, un cocinero gritándole algo a una chica que balanceaba los platos sobre su brazo. Nadie la miró. Allí, ella no era una persona de interés, más bien estaba estorbando.

Y entonces se fijó en Greg, que montaba guardia en la puerta del despacho, cruzado de brazos.

Una sonrisa se dibujó en su rostro.

—Vaya, pero si es Joanna Rafferty. —«Rafferty». Hacía mucho tiempo que no era Joanna Rafferty.

Era agradable no ser Whitman, que no la vincularan con Cliff por una vez. Debería cambiarse el nombre. ¿Por qué no se le había ocurrido antes?

—Greg. —Se quitó las gafas—. Estás igual. —Él había sido como un hermano para ella, pero no sabía cómo actuar después de tanto tiempo, y se sorprendió cuando tiró de ella para darle un sentido abrazo. Y quedó aún más sorprendida por lo bien que le sentó—. ¿Te permiten dar abrazos así cuando estás de servicio?

Él se rio con ganas.

—Yo soy el que manda. Puedo abrazar a quien quiera.

¿Cuándo la habían abrazado por última vez? No se acordaba. Lo había echado de menos. Echaba de menos el calor y el afecto. Echaba de menos estar con gente en la que confiaba y que se preocupaba por ella. También echaba de menos otras cosas, como el sexo y la excitación, pero intentaba no pensar en ello. Esos días asociaba el sexo con la ansiedad. Cuando estaba con Cliff no era capaz de olvidar la imagen de él con otra persona. Incluso en aquellos primeros días, cuando aún había esperanzas para ellos, cuando ambos se esforzaban por hacer que funcionara, las imágenes no habían parado de aparecer en su cabeza. Había sido incapaz de superarlo. Y no había salido con nadie desde el divorcio.

Eran muchas cosas que no había hecho.

Greg la soltó.

—¿Has vuelto y no nos has llamado? Debería arrestarte por eso.

—Esperaba pasar desapercibida. No quería causar problemas a nadie.

—A mí los problemas no me molestan. Sin ellos me quedaría sin trabajo. —Su sonrisa se desvaneció—. Pareces cansada. Como si tuvieras demasiados problemas y no te quedara energía para resolverlos. Quizá yo pueda ayudarte. —Llevaba tanto tiempo rodeada de superficialidad y egoísmo que había olvidado lo que era estar rodeada de gente buena que se preocupaba de verdad.

—Ya me has ayudado. Gracias por hacerte cargo de ella. Estaba muy preocupada.

—Está en el despacho. —Señaló con la cabeza—. Habla con ella y luego ya pensaremos qué hacemos con vosotras.

—¿Con nosotras?

Greg levantó los hombros.

—Esta es tu ciudad, Joanna. Somos tu gente. Si tienes problemas, te ayudamos. Es tan sencillo como eso. Dinos lo que necesitas y lo haremos realidad.

Sintió que se le saltaban las lágrimas. Iba a hacer el ridículo delante de un hombre al que no veía desde hacía veinte años. Había herido a su mujer, aunque sabía que había habido un malentendido.

Pero, aun así, él no dudaba en ofrecer su apoyo.

—No necesito que nadie más se involucre. Puedo manejarlo sola, Greg.

—No lo dudo. Pero ¿por qué querrías privar a la gente de esa buena sensación que produce ayudar a los demás?

Según su experiencia, la gente solo ayudaba cuando no se veían perjudicados haciéndolo.

—Greg...

—Has estado fuera mucho tiempo, así que quizá lo hayas olvidado. —Su mirada era firme—. Ahora estás de vuelta en Silver Point, y tienes a un montón de gente vigilándote las espaldas. Habla con ella y luego dime qué quieres hacer después.

—¿Después? Que ella vuelve a casa conmigo, eso es lo que pasa después. —Se dijo a sí misma que su trabajo era hacerla sentir bien y animarla a abrirse. Si se avecinaban problemas, él tenía que saberlo. Pero eso no significaba que el resto de Silver Point también tuviera que estar al tanto.

Greg seguía observándola.

—Ella cree que solo te traerá problemas. De los

que vienen acompañados de cámaras y equipos de televisión.

El tipo de problema que haría que los lugareños desearan que nunca hubiera vuelto a casa. El tipo de problema que les haría querer protegerse.

Pero ella estaba preparada, todo iría bien.

—No es nada nuevo para mí. Y no es culpa suya.

Él asintió con la cabeza.

—¿Has leído lo que han publicado hoy en Internet?

Se encogió al pensar en lo que su viejo amigo podría haber leído sobre ella. ¿Qué estaría pensando? Ya debería estar acostumbrada a la humillación, pero no a mirar a los ojos a sus antiguos amigos y hablar de ello.

—No lo he leído. Pero puedo imaginar lo que dice, y nada va a cambiar el resultado. Ashley volverá a casa conmigo. —Puso la mano en el pomo de la puerta—. Y tienes razón, vendrán. Al final lo descubrirán y me seguirán hasta Otter's Nest. —Y ella temía ese momento. Después de dos semanas en Silver Point, se sentía más relajada y en casa que en décadas. No quería que lo estropearan.

¿Y por qué se sentía así? ¿Qué ha cambiado?

La respuesta apareció en su cabeza con una claridad que la sorprendió.

Quería quedarse. Quería formar un hogar allí. Una vida.

—Es mi trabajo preocuparme por eso, no el tuyo —dijo Greg con tono tranquilo—. Tal y como yo lo veo, Otter's Nest es una propiedad privada y nadie puede poner un pie en ese camino de entrada sin tener permiso. Y eso si consiguen encontrarlo. He perdido la cuenta de las veces que me equivoqué de desvío cuando éramos pequeños. Estoy seguro de que no soy el único en la ciudad que ha olvidado dónde está. El aire marino afecta a la memoria... —dijo guiñándole un ojo.

Había olvidado lo buen hombre que era. Y como lo conocía de toda la vida y una vez la había rescatado de un grupo de matones que habían intentado robarle el almuerzo en la escuela, o tal vez porque él había rescatado a Ashley, se puso de puntillas y le besó la mejilla.

—Gracias, Greg. Siempre serás mi héroe.

—Cualquier cosa que necesites, Joanna, házmelo saber. —Hizo una pausa—. Nate está ahí dentro con ella.

La estaba avisando. ¿Se avecinaban más problemas?

—Gracias. —Respiró hondo, entró en la habitación y se topó con Nate, que estaba plantado en la puerta.

Tropezó al entrar y casi se cae, pero las manos de él la sujetaron hasta estabilizarla y sus miradas se cruzaron. «Nate». Luchó contra el instinto de hundir su cara en su pecho, de envolverle con un abrazo y fingir que las últimas dos décadas nunca habían ocurrido. Le miró a la cara, sintiéndose un poco mareada. Había imaginado ese momento muchas veces, por supuesto, pero en su mente se había mantenido fría, tranquila e impasible. No esperaba sentir nada después de veinte años. Pero lo sintió. Pensaba que su corazón estaba demasiado magullado, cansado y receloso como para dar un brinco, pero sí lo hizo.

Todo en él le resultaba demasiado familiar, desde los mechones de pelo que caían hacia sus ojos hasta la forma en que se curvaba su boca cuando sonreía. Sentimientos que había encerrado y olvidado empezaron a recorrerla. Su imaginación se adentró en territorio prohibido, regresando a una época que intentaba no volver a visitar. Él lo había sido todo para ella. Había creído que siempre sería así, que lo que compartían era inquebrantable. Le avergonzaba recordar la intensidad y profundidad de sus sentimientos y lo infantil y poco realista que había sido entonces. Cómo había pensado que aquella persona que tenía delante era todo lo que necesitaba.

—Nate.

Le sostuvo la mirada durante un largo rato, como si él tampoco pudiera apartarla. Había algo en sus ojos. Un profundo reconocimiento. Una conexión que el tiempo no había logrado borrar. Fue inesperado y tan inoportuno como las sensaciones que se arremolinaban sin control en su interior. Sintió algo parecido a la desesperación.

No le necesitaba. Necesitaba que no le importara. No sentir nada. Ese era el secreto de la supervivencia.

—Joanna. —Él se apartó de la puerta y ella pudo ver a Ashley observándola desde una silla, con una taza de café sobre la mesa que seguramente no había tocado.

Tenía la cara hinchada y manchada de llorar, los ojos enrojecidos. Joanna se olvidó de Nate. Corrió hacia Ashley y la abrazó.

—¡Me has asustado! No vuelvas a hacerme eso. Si algo te preocupa, dímelo. —Abrazó a la chica con fuerza, y entonces se dio cuenta de que estaba teniendo un comportamiento inapropiado. No eran parientes. Hacía poco que se conocían y la mayor parte del tiempo habían sido educadas, amistosas pero con cierta distancia. Avergonzada, trató de soltarla, pero Ashley se aferró a ella y le devolvió el abrazo. Se le hizo un nudo en la garganta al sentir que la rodeaban con fuerza.

Durante su abrazo, ninguna de las dos habló.

—Me estás haciendo llorar. —La voz de Ashley se amortiguó contra el hombro de Joanna, que le dio otro abrazo y luego se apartó.

—Me estás haciendo llorar a mí también.

En lugar de ocupar la silla de enfrente, se agachó. Era consciente de que Nate seguía presente en el fondo de la habitación, pero ya no era su centro de atención. Él era su pasado y ahora solo le interesaba el presente y el futuro.

Y Ashley aparecía en ambos.

—Así que te fuiste por mi comida.

Ashley se restregó las lágrimas de la cara con la palma de la mano.

—¿Qué?

—La razón por la que te fuiste. Por lo mal que cocino.

Ashley casi sonrió, pero fue un esfuerzo pobre.

—¿Lo has leído? ¿Lo que escribió esa mujer? Es malo. Escribieron cosas horribles sobre mi madre, y dieron a entender que yo estaba en el coche porque intentaba chantajearle, y que el accidente podría haber sido culpa mía. Es horrible. No quise asustarte al irme, pero cuando se enteren de que estoy contigo, las cosas van a empeorar mil veces más. Van a ir a por ti también, y sé que odias eso. —Nuevas lágrimas brotaron en sus ojos—. No puedo creer que esté llorando. No puedo creer que esté tan sensible, me siento patética.

—Estás embarazada...

—Sí, finjamos que es por eso. —Ashley resopló—. Es muy amable por tu parte venir a por mí, pero será más fácil para ti si me voy. Quizá podamos seguir en contacto. Si quieres. Podría conseguir un teléfono desechable o algo así para que no puedan rastrearme. ¿Pueden hacerlo? ¿Eso pasa en la vida real? ¿Qué es un teléfono desechable? Ni siquiera lo sé. ¿Se puede pedir uno por Internet?

Joanna sintió presión en el pecho mientras las emociones la abrumaban.

Había pasado de estar entumecida a sentirlo todo de repente. ¿Por qué? ¿Quién era responsable de eso? ¿Ashley? ¿Nate?

—No vas a necesitar un teléfono desechable. —Joanna agarró su mano y la apretó—. ¿Recuerdas lo que te dije ayer? No importa lo que hayan escrito o lo que escriban en el futuro. No cambia la verdad. Lo que pasó fue un accidente, Ashley. No fuiste responsable. Y si hay culpa, entonces es de Cliff, por ponerte en una posición en la que esa era la única forma en la que podías hablar con él.

—Pero la gente piensa...

—Son solo extraños —dijo Joanna.

Ashley la miró.

—También dijeron cosas de ti.

—Seguro que sí.

Y estaba harta. Ella y Cliff llevaban divorciados un año antes de que él muriera, y aun así la convertían en parte de la historia. Ellos seguían cazando y ella seguía escondiéndose.

¿Cuándo iba a terminar?

Se balanceó sobre sus talones.

Terminaba ahora. Ahora mismo.

¿Qué le había dicho Ashley el día anterior?

«¿Por qué tenemos que escondernos?».

Era una buena pregunta. Había culpado a Cliff por ello. Culpaba a la prensa y al público. Pero era ella quien había elegido vivir así. Y podía elegir no hacerlo.

La idea la estremeció.

¿Era realmente tan sencillo?

No, pero ¿cuánto daño podían hacerle? ¿Qué podían decir que no hubieran dicho ya? Durante las dos últimas décadas la habían expuesto al escrutinio y humillado públicamente de todas las formas imaginables. Joanna lo había manejado encerrándose en sí misma, y encerrando sus emociones, exactamente como había manejado la situación con Denise. No se había defendido, se había encogido. Había permitido que Denise, y luego la prensa, minaran su confianza en sí misma. Les había permitido decidir quién era, aunque no reconociera a la persona que habían creado.

Pero ya bastaba.

Tal vez fue volver a Otter's Nest lo que le hizo ver las cosas de otra manera. O tal vez fuera Ashley, que era audaz y valiente y cuestionaba cosas que ella misma no había tenido el valor de cuestionarse. Cuando descubrió que los detalles íntimos de su vida estaban a punto de hacerse públicos, su primer instinto no había sido esconderse, como habría hecho ella, sino ignorarlo y seguir adelante con su vida.

Y eso, pensó Joanna, era lo que ambas iban a hacer.

—Solo importa si dejamos que importe. Durante décadas yo dejé que importara. No quiero que cometas el mismo error que yo cometí. Pero entiendo que estés molesta, eso es natural.

—¿Molesta? —Ashley resopló—. Sí, lo estoy, pero sobre todo estoy muy cabreada.

—Yo también.

—Yo no soy como tú. Eres tan moderada y nunca... —Ashley se detuvo—. Espera, ¿qué has dicho?

—Que yo también estoy cabreada. Furiosa.

—¿Lo estás?

—Sí. Hirviendo de rabia. —Pero también se sentía mucho más serena que en su vida anterior. No podía cambiar lo que los periodistas hacían, pero sí lo que ella hacía.

—¡Vale! Te creo. —Esta vez Ashley sí sonrió con ganas—. Me sorprende. Nunca parecías afectada al respecto. Siempre has estado tan tranquila, como si nada. Pensé que estabas... resignada.

—Yo también, pero resulta que no. —Se levantó y se frotó las piernas, que se le estaban entumeciendo poco a poco después de tanto tiempo en la misma posición—. Tengo una sugerencia de lo que podemos hacer hoy.

—No me esconderé. —Ashley se sentó más erguida—. Si algún periodista hubiera aparecido antes de que ese amable jefe de policía...

—Se llama Greg. Está casado con Mel.

—¿La mujer que te llamó? Ella fue la que me vio en la ciudad. Ella le llamó, o eso creo. Es bueno tener contactos. Me cayó bien. Se detuvo a ver cómo estaba y nos pusimos a hablar. Le dije que no me iba a esconder.

—Yo tampoco voy a esconderme. Y no quiero perder ni un momento más de tiempo, energía o emoción en pensar en ellos. Hace un día precioso ahí fuera. Vamos a... —buscó en su cerebro la actividad más pública que se le ocurrió—, vamos a desayunar aquí mismo, en el Surf Café. ¿Ya has comido? No, claro que no. Te fuiste antes de desayunar y anoche apenas comiste nada. No estás comiendo lo suficiente, Ashley. Necesitamos que te mantengas saludable.

Ashley esbozó una sonrisa divertida.

—Nadie me ha regañado por comer desde que murió mi madre.

—Estoy feliz de asumir ese papel. Y no como seudomadre, sino como amiga.

—Creo que serías una gran madre. —Ashley resopló—. También eres una gran amiga. Quiero alejarte y protegerte de los buitres, pero estoy tan feliz de que estés aquí. Quiero ser egoísta y decir que sí a ese desayuno.

—Entonces, di que sí. —Joanna volvió a abrazarla. Había olvidado lo bien que sentaba saber que alguien te necesita, estar conectada y ser importante para otra persona—. Y no eres egoísta. También lo hago por mí. Debería haberlo hecho hace mucho tiempo. Quizá lo habría hecho si hubiera tenido a alguien como tú a mi lado. ¿Cuál es tu comida favorita? —Miró a Nate y lo encontró observándola con una expresión que no supo interpretar. Ahora que habían pasado esos primeros momentos de nervios, podía ser un poco más objetiva en su evaluación.

Dos décadas y apenas había cambiado. Sus hombros se habían rellenado, pero seguía teniendo el pelo oscuro, los ojos del mismo azul marino y un cuerpo delgado y en forma. El mundo, su relación, todo parecía tan diferente que ella lo miraba con cierta perspectiva. Y ahora sabía que no era algo que pudieran ignorar. Había cosas que tenían que decirse. Cosas que ella tenía que decirle a él.

«Se acabó el esconderse».

Le miró directamente e ignoró el salto que dio su corazón.

—Nate, ¿sigues haciendo esas tortitas increíbles?

Él sonrió.

—¿Con beicon y sirope de arce? Sí, aún las hacemos.

—Genial. Pues nos comeremos un buen montón de tortitas y cualquier otra cosa que creas que vaya a gustarnos. Tal vez algo de fruta fresca. Nos vendrá bien algo de vitamina C. —Extendió una mano y tiró de Ashley para que se pusiera en pie—. Espero que tengas hambre, porque a diferencia de mí, Nate sí es un buen cocinero.

Ashley la miró.

—Si vamos a comer aquí, tal vez deberíamos elegir una mesa tranquila.

—No queremos una mesa tranquila. Queremos la mejor mesa, con la mejor vista. ¿Hay sitio en la terraza? —Fue como zambullirse en lo más profundo de una piscina.

—¿En la terraza? —Ashley abrió mucho los ojos—. Allí nos verá todo el mundo.

El corazón de Joanna latía con tanta fuerza que se preguntó si no estaría tratando de enviarle el mensaje de que entrara en razón.

—Pues que nos vean. Nada de esconderse más. —No era suficiente decirle a Ashley que no iba a esconderse más. Tenía que demostrárselo, aunque fuera una prueba de sus dotes interpretativas.

—¿En la terraza? —Nate la miraba—. ¿Estás segura de que eso es lo que quieres? Puedo traeros la comida aquí o buscar una mesa dentro.

Él lo sabía. Aunque hacía veinte años que no se veían, aunque no podía saber cómo se sentía ella ahora, de alguna manera lo sabía.

—En la terraza sería perfecto.

Él asintió y se apartó de la pared.

—Bien, esperad aquí un minuto.

Ashley agarró el bolso y la mochila que había llevado consigo al hospital.

—Me dijiste que no leyera lo que habían escrito y ojalá no lo hubiera hecho. Dicen que me parezco a Cliff. Que soy igual que él. Y ahora tengo miedo de ser una madre terrible, como lo fue él.

Joanna trató de imaginar lo que se debe sentir al descubrir que eres la hija de Cliff Whitman. Probablemente no era algo para celebrar o presumir con tus amigos.

—Te decepcionó, eso no se puede negar. Pero Cliff no era un monstruo, Ashley. Solo conoces una parte de él, la que os trató mal a ti y a tu madre. El lado sobre el que escriben los medios. Pero había otro lado...

—Hizo una pausa. Era un lado en el que no había pensado durante mucho tiempo. Un lado que quedó eclipsado por todo lo malo que había sucedido—. También tenía... cualidades.

—Estás bromeando, ¿verdad? —dijo Ashley con cara de incredulidad.

—No. Y puedo hablar más sobre él si eso te ayuda. Contarte más sobre el verdadero Cliff. —Se alegró de que Nate no estuviera en la habitación. Hablar de Cliff delante de él habría sido demasiado incómodo—. No es el momento adecuado para entrar en más detalles, pero lo haré. Por ahora, créeme cuando te digo que no te pareces en nada a él. Y no vas a ser una madre terrible, Ashley.

—Tengo sus ojos.

—Son tus ojos. Igual que tus decisiones y elecciones son tuyas.

—No hice una gran elección cuando me subí a su coche. —Ashley se sonó la nariz—. Tal vez he heredado todos sus peores rasgos.

—Intentabas hacer lo mejor para tu hijo. Eso ya demuestra que no te pareces en nada a él. Y creo que tomas buenas decisiones. Aparte de escabullirte de madrugada y dejarme una nota aterradora. —Sonrió—. Esa no fue una gran elección. Prométeme que no lo volverás a repetir. Si algo te preocupa, habla conmigo.

—Lo prometo. Debería haberlo hecho, lo sé. Pero me preocupaba que, si te lo decía, te sintieras obligada a disuadirme. Intentaba protegerte.

Joanna sintió una cálida sensación. Nessa, Ashley, Mel, Greg, tal vez no estaba tan sola como había pensado.

—Te lo agradezco, de verdad, pero no tienes que hacer eso. Soy buena protegiéndome.

—Lo sé. Eres tan... capaz. Me gustaría ser como tú. Yo voy y vengo entre el pánico y la impotencia.

—No estás indefensa. Has pasado por mucho y

tienes que aceptar muchas cosas. Tienes que tomar decisiones, y entiendo que te sientas abrumada y estresada. Pero no tienes que tomar todas esas decisiones a la vez. Ve paso a paso.

Ashley se sentó un poco más recta.

—No voy a hacer lo que él hizo. Voy a cuidar de este bebé, pase lo que pase.

—Sé que lo harás.

—Nunca lo abandonaría.

—Eso también lo sé

Ashley tomó aire.

—No tengo ni idea de lo que estoy haciendo. Ni idea de lo que voy a hacer. Nunca he estado tan asustada en mi vida.

—No pasa nada por tener miedo. Yo también lo tengo. ¿Tienes idea de cuánto tiempo hace que no paseo en público sin mirar por encima del hombro? Lo haremos juntas.

—Vigilarán la casa de la playa.

A Joanna se le revolvió el estómago.

—Es muy probable que sí. Y tienes razón, me incomoda, pero en parte es ya por costumbre. Una reacción automática. Llevo tanto tiempo haciéndolo que ya ni siquiera me lo cuestiono. Pero ahora sí lo hago.

—Por mi culpa.

—*Gracias* a ti. Me has hecho replantearme mi forma de vivir la vida. Me has hecho hacerme preguntas difíciles. Y eso es bueno.

—¿Lo es?

—Sí. Estoy cansada de vivir así. —Decir las palabras en voz alta le hizo darse cuenta de que era verdad—. Estoy cansada de tener que restringir mi vida por culpa de Cliff. Estoy cansada de que me sigan relacionando con él, aunque nos divorciamos antes de que muriera. Estoy cansada de que me importe lo que la gente piense de mí. Ayer dijiste muchas cosas sensatas. Dijiste que no deberían decidir cómo vivimos. Estoy de acuerdo contigo. A partir de ahora, vamos a hacer lo que queramos y cuando queramos.

Levantó la vista cuando Nate volvió a entrar en la habitación.

—Os he conseguido la mejor mesa —dijo sonriente—. Y vuestro pedido ya está en camino.

—Gracias. —¿A quién había movido para conseguirle esa mesa? Quienquiera que fuese, sin duda habría sucumbido a la sonrisa y encanto de Nate sin protestar.

—De nada. —Hizo una pausa—. Me alegro de verte, Jo.

El uso que hizo de su nombre la transportó directamente al pasado. Era el único, aparte de su padre, que la había llamado así, y era un nombre que ella asociaba con la intimidad. «Te quiero, Jo».

¿Era bueno volver a verle? No lo sabía. Pero sí que se sentía bien al haber superado ese primer e incómodo encuentro. La idea de toparse con él se había cernido sobre ella como una nube de terror, un obstáculo tan grande para pasear por la ciudad o a lo largo de la playa como la preocupación de ser vista por la prensa. Pero ahora, gracias a Ashley, ya estaba hecho. Ese primer momento incómodo había quedado atrás y había sobrevivido a ello.

Y se dio cuenta de que se había equivocado en dos cosas. En primer lugar, que aunque habían pasado dos décadas, seguía existiendo una conexión entre ellos. Y en segundo, que no lo sintió como si él fuera un extraño.

Ya pensaría en eso más tarde. Le echó coraje y le dijo con una sonrisa:

—Yo también me alegro de verte, Nate.

Había pensado que verlo significaría el fin de una

historia, pero no fue así. En realidad, lo sentía como un comienzo.

Y sin inmutarse por lo que estaba haciendo, agarró la mano de Ashley y caminó junto a ella hasta la terraza cubierta.

14

ASHLEY

—Las mejores tortitas que he comido nunca. —Ashley miró con cierta sorpresa su plato vacío. Era la primera vez desde el accidente que comía y disfrutaba haciéndolo.

—Es bueno verte comer. Empezaba a preocuparme.

Sin embargo, Joanna apenas había tocado su comida. ¿Estaba estresada? Ashley lo sabía todo sobre el estrés.

—Pensaba que no había sitio dentro de mí para la comida, la ansiedad y el bebé. —El nudo en el estómago que había tenido desde que había subido al coche con Cliff, o quizá incluso antes, por fin había desaparecido. ¿Se sentía segura? No, era más que eso. Se sentía como si importara. Como si a la gente le importara. Greg, Nate y Mel se habían preocupado, aunque eran desconocidos. Pero lo más importante de todo era que Joanna se preocupaba por ella. Había ido a buscarla. Y se había preocupado mucho. ¿Cuándo había sido la última vez que alguien se había preocupado por ella?—. No podía creerlo cuando entraste en esa habitación. No imaginé que volvería a verte. Pensé que te sentirías aliviada al ver que me había ido.

—¿Aliviada? Tu nota me dio un susto de muerte. No dejaba de imaginar que te podían haber pasado cosas terribles.

Ashley la miró y comenzó a reír.

—Joanna, mi madre murió, me quedé embarazada, descubrí que Cliff Whitman era mi padre y, digas lo que digas, estoy segura de que tuve algo que ver en su muerte, tuve un accidente de coche, los medios de comunicación creen que soy una chantajista y, encima, te metí en mi triste vida, así que ahora tengo eso sobre mi conciencia. ¿Tú crees que las cosas podrían irme peor? —Vio la mirada de Joanna mirando a un lado y a otro de la terraza con nerviosismo—. Lo siento. Tal vez haya gritado demasiado.

—¿Por qué? No nos estamos escondiendo. —Joanna soltó una carcajada incómoda—. Y tienes razón. Pero si te sirve de algo, aunque sé que no me necesitas, me alegro de que el destino nos haya unido.

—¿En serio?

—Sí, en serio. ¿Y a dónde pretendías ir?

Ashley se encogió de hombros. Le daba vergüenza admitir que ni siquiera lo había pensado.

—Iba a volver a casa y quizás quedarme con una amiga un tiempo hasta que se me ocurriera qué hacer. Voy a tener que buscar un trabajo. Encontrar un lugar donde vivir, intentar pagar las facturas del hospital. —La ansiedad volvió a apretarle las entrañas. Tenía por delante una montaña de problemas y desafíos, y no estaba segura de cómo iba a afrontarlos.

—De verdad quiero ayudarte. Por ahora vivirás aquí conmigo, así que problema resuelto. —Joanna hizo una pausa—. Si eso es lo que quieres. Tal vez no. Tal vez prefieras irte a otro sitio, en cuyo caso te ayudaré a encontrar un lugar seguro y cómodo. Y tus facturas del hospital deberían pagarse con la herencia de Cliff. Pero déjame eso a mí. Hablaré con mis abogados.

—¿Tienes abogados?

—Estuve casada con Cliff durante dos décadas. —El tono de Joanna era seco—. Claro que tengo abogados. Y muy buenos. Que me cobran una fortuna, por cierto. Pero olvídate de eso por ahora. ¿Te parece bien vivir conmigo en Otter's Nest? ¿Al menos mientras averiguamos cuáles serán tus próximos pasos?

¿Que si le parecía bien? Ashley pensó con nostalgia en la casa de la playa. Esa cama grande y cómoda. La brisa a través de las puertas y ventanas abiertas. El hecho de que se podía oír el océano desde todas las habitaciones de la casa. Su propio baño. Era el paraíso. Pero el verdadero atractivo del lugar, se daba cuenta ahora, era la propia Joanna. Ella, que había estado a su lado desde el momento en que entró en la habitación del hospital. Que le proporcionó un lugar donde recuperarse tras su accidente. Que había dejado de lado su impulso natural de pasar desapercibida para ir tras Ashley. Que la había tratado con compasión y amabilidad desde el principio.

—Estar contigo es lo más seguro y cómodo que he sentido en mucho tiempo. Me has salvado. No sé qué habría hecho sin ti. —Ashley tropezó con las palabras, tratando de expresar lo que sentía—. Estoy agradecida. En parte por eso me fui. No quería complicarte más la vida.

—Soy yo la que te está agradecida. —Joanna se acomodó en su silla y cerró los ojos—. Escucha eso.

—¿Qué? —Ashley miró a su alrededor. ¿Qué se le estaba escapando? Había una pareja riéndose en una mesa cercana, un ruido de vajilla en el interior de la cafetería, más risas, el estruendo de las olas en la playa a pocos pasos de distancia—. ¿Qué estoy escuchando?

—La vida. —Joanna abrió los ojos. Parecía un poco aturdida—. La vida normal. ¿Tienes idea de cuánto tiempo hace que no me siento normal? He vivido en un pequeño mundo protegido desde que tengo memoria. Fue mi elección, pero tampoco sentía que tuviera opciones. No quería llamar la atención y, gracias a Cliff, me resultaba casi imposible vivir sin la atención a mi alrededor. Eso se convirtió en mi normalidad. Nunca me planteé cambiarlo. Y entonces llegaste tú y te metí en mi mundo para protegerte.

—Y me siento culpable por...

—No te sientas culpable. Me has obligado a salir de mi zona de confort. Estoy aquí por ti.

—¿Y eso es... bueno?

Joanna observó cómo una niña pequeña levantaba los brazos hacia su madre y la abrazaba.

—Es bueno.

—Espero que sigas pensando eso cuando aparezcan los periodistas. Van a seguir escribiendo sobre ti. Cosas malas, igual que han hecho conmigo.

—Ya nos encargaremos de eso si ocurre.

Ashley todavía ardía de indignación por dentro. Había leído el artículo con incredulidad, abrumada por la sensación de impotencia.

—¿Cómo puedes estar tan tranquila? A mí me pone furiosa. No es asunto suyo si mi madre se acostó con Cliff o con todo un equipo de baloncesto, o con el emperador de Suecia...

Joanna parpadeó.

—No creo que Suecia tenga un emperador...

—Da igual... —Ashley se encogió de hombros—. No tienen derecho a meterse en mi vida. Que se jodan. —Se tapó la boca con la mano y abrió mucho los ojos—. No quise decir eso. ¿Crees que el bebé lo habrá oído?

Joanna soltó una carcajada ahogada.

—Si es así, seguro que le impresiona y tranquiliza saber que su madre no va a dejarse mangonear por nadie.

Ashley se sintió avergonzada por haber perdido el control delante de Joanna, que nunca lo perdía.

—Nunca diré palabrotas delante del bebé. Quiero dar un buen ejemplo. Ser un buen modelo a seguir.

—No lo había sido hasta ahora, ¿verdad? Tenía que madurar y asumir responsabilidades, que era una de las razones por las que se había ido, aunque solo la idea la había asustado hasta la locura.

—Creo que defenderte a ti misma, y tener amor propio, ya es un buen ejemplo. Y es un ejemplo que voy a seguir. Quizá la próxima vez que se me acerque un periodista debería decirle que... —Comenzó a respirar con dificultad—. Que...

—Nunca lo dirás. Eres demasiado educada. —Ashley sonrió al pensarlo—. Pero lo principal es que estamos juntas y no vamos a dejar que un grupo de gente que ni siquiera conocemos nos obligue a escondernos.

—No. —La voz de Joanna era más fuerte—. No lo haremos.

—Y sí, escribieron cosas horribles, pero si nos quedamos en casa, entonces ellos ganan.

—Sí.

Ashley la miró.

—Y no queremos que ganen.

—No queremos —afirmó Joanna.

Resistiendo la tentación de dar un puñetazo al aire, Ashley mordió en su lugar una fresa. Joanna y ella formaban un equipo. Del mismo lado.

—Entonces, ¿estamos de acuerdo? Me quedaré en tu increíble casa y a cambio te obligaré a salir a tomar café, a ir de compras, a correr por la playa y a hacer todas las cosas que has evitado hacer hasta ahora. Y si alguien te mira de una forma que no me guste, le diré lo que pienso. Le ajustaré las cuentas.

—¿Y tienes intención de decirles algo más que insultos?

—Eso depende de cómo se comporten.

Joanna sonrió.

—Hace años que debería haberte contratado para que te ocuparas de los medios de comunicación. O quizá como mi guardaespaldas. —Estaba más relajada. Parecía haber olvidado que estaba sentada en una terraza, a la vista de cualquiera que pasara por allí. Ashley esperaba que una furgoneta llena de periodistas no llegara a toda velocidad a la ciudad y lo estropeara todo. No quería que Joanna volviera a recluirse. Era agradable verla sentada al sol, con un café espumoso sobre la mesa. Le hacía sentirse bien saber que había contribuido a que eso estuviese sucediendo.

La había protegido y ayudado, y ahora ella quería hacer lo mismo por Joanna.

—Yo me encargaré de los medios. No necesitas guardaespaldas. Tienes a Greg, Nate y Mel luchando por ti. Deberías haberlos visto. Llamaron a un montón de gente, corriendo la voz por la ciudad de que, si alguien veía a algún sospechoso, debían llamar de inmediato y avisar. —La expresión de Joanna cambió al oír eso.

—¿Hicieron eso?

—Sí, los he oído. No tenía ni idea de que aún tuvieras tantos contactos aquí. Dijiste que no habías vuelto en años.

—Y no lo he hecho.

¿Por qué no? Ashley no se lo explicaba.

—Siempre he querido formar parte de una comunidad. Donde yo crecí, cada uno se ocupaba de sus propios asuntos. Apuesto a que conocías a todo el mundo cuando vivías aquí.

—Sí. —Joanna jugueteó con su taza—. A todo el mundo.

—Debía de ser genial. Ahora que ya no te escondes,

debe de haber un montón de gente por aquí con la que puedes volver a conectar.

—La verdad es que no. Veinte años es mucho tiempo. Todos hemos seguido adelante.

Y, sin embargo, estaba claro que esas personas se preocupaban por Joanna. ¿Ella no se daba cuenta?

—Yo estaba un poco nerviosa cuando Greg se detuvo a mi lado. Sabía mi nombre y quién era. Mel me había visto y le había llamado. Apuesto a que es un buen policía. —Vio cómo Joanna tomaba aliento.

—Es el mejor, estoy segura. Greg es amable. Equilibrado y paciente. Mel puede ser como una explosión andante y Greg ha estado siempre a su lado, para desactivarla cuando era necesario, desde que éramos niños.

Los conocía bien. Y, sin embargo, no tenía intención de retomar el contacto.

—Luego me trajo aquí. —Si ella hablaba, tal vez Joanna también lo haría—. Le dijo a Nate que necesitaba usar la oficina. Es evidente que ellos dos también se conocen bien.

—Sí. Crecieron juntos.

—Eso encaja —dijo Ashley asintiendo con la cabeza—. Nos sentamos y Greg me preguntó si quería contarle lo que había pasado y qué estaba haciendo yo sola en la calle. Yo no tenía intención de decir nada, pero él me miraba con ojos amables y sabía escuchar, así que se lo conté todo. No era mi intención, pero estaba enfadada, disgustada y asustada, y se me escaparon las palabras. Le hablé de Cliff. Sobre mi madre. Sobre cómo engañaste a todos esos reporteros fuera de tu casa en medio de la noche. —Vio que Joanna se ponía rígida—. Esa fue la única vez que lo vi reaccionar. Cuando le dije que te habías disfrazado y escapado por el bosque en la oscuridad y que habías usado un coche que no estaba a tu nombre.

—¿Le dijiste eso?

—Sí. Y su boca se apretó un poco. Creo que fue cuando le conté lo del bosque oscuro por la noche. Estaba preocupado por ti. Le dejé claro que la verdadera amenaza estaba esperando en frente de tu casa a la vista de todos y, en comparación, caminar por el bosque de noche era pan comido. Creo que no lo había pensado así.

—Estoy segura de que no. —Joanna apartó su taza—. ¿Qué más dijo?

—Que estaba mal que sintieras que tenías que vivir así, y luego le hablé del artículo y lo leyó, lo que fue bastante incómodo. Esperaba que me preguntara si era una chantajista, pero no lo hizo. No prestó mucha atención al artículo, solo hizo algunas preguntas más sobre mí, en realidad. Le dije que me había ido sin decirte adónde porque no quería empeorarte las cosas, y me dijo que conociéndote como te conocía estarías muy preocupada. Me preguntó si podía llamarte y si me parecía bien. Me pareció un detalle por su parte.

—Muy considerado.

—Mel dijo que te llamaría, y Greg dijo que no me preocupara si venían periodistas, porque él se encargaría de todo. Y luego Nate vino con chocolate caliente. Pero yo estaba demasiado estresada para bebérmelo. Greg le contó lo que había pasado y le pidió que se quedara conmigo mientras él iba a hablar con alguien de su equipo y comprobaba que no hubiera aparecido por la ciudad nadie con pinta de periodista.

—¿Te dejó con Nate? —Joanna hizo la pregunta de forma casual.

¿Demasiado casual?

—Sí. Le dije que podía volver al trabajo, pero me dijo que estaba todo bajo control y que, de todos modos, siempre se tomaba un descanso a esa hora. Lo cual supongo que no era cierto, pero fue amable por su parte. —Observó la cara de Joanna—. Él también fue muy amable conmigo.

—Me... me alegro.

—Hablamos. —Ashley agarró otra fresa del cuenco frente a Joanna—. Mucho.

—¿En serio? ¿Sobre qué?

—De ti sobre todo. —Vio que la cara de Joanna cambiaba.

—¿De mí?

—Bueno, primero hablé de mí porque estaba disgustada por ese artículo y necesitaba a alguien con quien desahogarme. Mi vida solía ser muy normal, pero últimamente ha sido un drama continuo. No estoy segura de estar hecha para el drama...

—¿Hay alguien que lo esté?

—No lo sé, pero yo desde luego que no. No tengo ni idea de por qué alguien querría ser famoso y que su vida privada fuese de dominio público. Has vivido con eso durante dos décadas, me sorprende que no hayas acabado mal de la cabeza, francamente. —Hizo una pausa y puso los ojos en blanco—. Nate quería saberlo todo sobre ti. Al principio me callé por miedo a que luego llamase a la prensa para contarlo o algo así. Ahora mismo no me fío mucho de la gente. Pero entonces empezó a hablarme del pasado, de cómo crecisteis juntos, y me di cuenta de que os conocíais muy bien y que él había pensado en ti estos años. Me dijo que había estado muy preocupado por ti. —Ashley miró a Joanna, preguntándose si debería hablar con más cuidado sobre ese tema—. Parecía muy interesado en ti. Me hizo muchas preguntas sobre cómo estabas y qué habías estado haciendo.

—¿En serio?

—Sí. También preguntó por Cliff, y dijo que debió de ser duro para ti.

—¿Y qué le dijiste? —Lo preguntó como si no

estuviera muy interesada en la respuesta, pero Ashley sabía que estaba ansiosa por saber.

—No le dije nada. Solo que, si quería saber algo, tendría que preguntártelo a ti, entonces se rio y dijo que tenía intención de hacerlo. —Se quedó mirando la cara de Joanna—. Está buenísimo. Quiero decir, para alguien mayor, obviamente. Me hizo pensar... La forma en que habló de ti... —Podría decirlo sin rodeos, ¿no? Ya habían hablado de muchas cosas personales, ¿por qué no sobre eso también?—. Estuvisteis juntos, ¿verdad? Cuando vivías aquí...

Joanna se puso tensa.

—No sé qué te hace pensar que...

—¿Que entre vosotros dos hay una conexión? Tengo ojos en la cara. El momento en que os visteis... Soy buena percibiendo ese tipo de cosas. A mí no me engañas.

—En este caso te equivocas. No hay ninguna conexión.

—Pero anoche, cuando te hablaba de Jon, tenías esa misma mirada en tu cara. Pasó lo mismo entre Nate y tú, ¿verdad? Erais amigos y...

Vio cómo un suave rubor rosado se dibujaba lentamente en las mejillas de Joanna y supo que tenía razón. ¿Debía dejar el tema? Tal vez, pero el deseo de hablar con alguien que pudiera entender la complejidad de pasar de la amistad al romance era demasiado grande para ella.

—Si tienes algunas palabras sabias sobre una situación así, me encantaría oírlas. Necesito toda la ayuda posible. —Joanna se echó a reír y Ashley la miró—. ¿Qué? ¿Por qué te ríes?

—Es que me da la risa que alguien me pida a mí consejo sobre el amor.

Ashley también se rio.

—Dicen que se aprende de los errores.

—¿Y tú quieres aprender de los míos? —Joanna negó con la cabeza—. No estoy segura de qué puedo enseñarte, excepto decirte que no hagas lo que yo hice.

—Pero Nate... Háblame de Nate.

—No hay nada que contar. —Joanna se mostró evasiva—. Hace veinte años que no le veo.

Consciente de que había gente a su alrededor, Ashley se inclinó hacia delante.

—Cuando entraste en esa habitación fue como ver algo sacado de una película. Casi te caes, él te agarró y os mirasteis fijamente. Nunca había visto a dos personas mirarse como vosotros. Estabais pegados. Fue como, no sé, una descarga eléctrica o algo así. Esperaba oír violines. Me entraron ganas de decir: «Hola, estoy aquí», pero no lo hice porque sabía que ninguno de los dos se iba a fijar en mí.

—Yo... —Joanna se movió en su silla, nerviosa— estaba preocupada por ti. Pensando en ti.

—Lo sé, y te lo agradezco, pero justo en ese momento no estabas pensando en mí, Joanna. No pensabas en nada más que en él, y no te culpo. —Ashley le sonrió—. Esos ojos azules que tiene matarían a cualquiera. Y menudos hombros. Entre él y Greg se apañarían muy bien para que ningún periodista entrara por la puerta.

—¿Podrías parar? —Joanna miró nerviosa detrás de ella—. Nate y yo nos conocíamos, sí. Pero fue hace veinte años. Crecimos en esta pequeña ciudad y apenas habíamos salido de ella. Yo era amiga de Greg, Nate y Mel. Éramos amigos íntimos.

Ashley sabía que había sido testigo de algo mucho más profundo que la amistad.

—Greg estaba con Mel. Y tú estabas con Nate.

A Joanna se le cayó la cuchara al suelo y se agachó para recuperarla.

—Ashley...

—Eso explicaría muchas cosas. Cuando entraste por esa puerta era la primera vez que lo veías en décadas.

—Ashley...

—Debías de estar muy nerviosa por verle, pero lo hiciste de todas formas. —Las piezas encajaron y se dio cuenta de lo estresante que debió de ser para Joanna aquel encuentro—. Tú... pasaste por eso por mí. Lo hiciste por mí. —Sintió una punzada de compasión y culpabilidad—. ¿Temías el momento de volver a verle?

—No había pensado mucho en ello. —Joanna jugueteó con la cuchara en la mano y luego la dejó sobre la mesa—. Solo desde que llegué aquí. Otter's Nest, todo este lugar, está lleno de recuerdos para mí. Es como retroceder en el tiempo.

—¿Era Nate una de las razones por las que no salías de casa? —le dijo en voz baja y miró por encima del hombro de Joanna, pero no había rastro de Nate.

—Tal vez. Principalmente estaba evitando a la prensa, pero desde luego tampoco tenía prisa por encontrarme con alguien de mi antigua vida aquí. Pero entonces apareció Mel. No me lo esperaba para nada.

—Estabais muy unidas. Era tu mejor amiga. Os lo contabais todo. Os trenzabais el pelo, os maquillabais mutuamente. Y tú salías con su hermano. —Ashley se recolocó en su silla—. Cuando viste a Nate, tuviste que pensar en el pasado. Tuvo que ser un momento incómodo. Yo sigo dándole vueltas a qué voy a decir y hacer cuando vuelva a ver a Jon, porque supongo que eso tendrá que pasar en algún momento. Y espero estar lo mejor posible, tener algo de tiempo para prepararme, y luego no pasar el resto de mi vida arrepintiéndome por haber metido la pata. Pero aun así, la idea me pone de los nervios. Jon me ha dejado un montón de mensajes de voz en el teléfono.

—¿Y qué te ha dicho?

—No lo sé. No les he hecho caso porque tengo miedo y soy una cobarde. Ahora mismo aún puedo soñar con que las cosas estén bien.

—Estará preocupado por ti.

—No. Le envié un mensaje diciendo que estaba bien y que le llamaría pronto. No quería que se preocupara. Pero tengo miedo de volver a verle. No creo que vaya a ser tan guay como tú con Nate. ¿Estabas nerviosa? No se notaba. —Se dio cuenta de que, por muy estresantes que hubieran sido para ella las últimas veinticuatro horas, para Joanna lo habían sido tanto o más—. ¿Qué sentiste al verlo de nuevo?

—No sé. ¿Quieres más comida? Has comido tan rápido...

—No, gracias. —Ashley no estaba pensando en comida en ese momento—. ¿Ha cambiado mucho?

—Veinte años es mucho tiempo. Todos hemos cambiado.

—Pero los dos seguís sintiendo algo. Eso es obvio.

Joanna cambió de posición en su silla.

—¿Tenemos que hablar de esto?

—No, si no quieres, pero cuanto más sepa, menos probable será que diga algo equivocado.

Joanna esbozó una leve sonrisa.

—¿Y no sería mejor que no dijeras nada y ya está?

—En realidad no soy de las que no dicen nada.

—Eso me parecía... —Joanna suspiró—. No he visto a Nate desde el día que terminó nuestra relación. La última vez que lo vi, él estaba en la playa, besando a Whitney.

—¿Whitney?

—Tenía el pelo rubio y era muy guapa.

Joanna también era muy guapa, pensó Ashley.

—Creo que hoy has manejado muy bien la situación. Y, por cierto, estabas estupenda con el pelo suelto. Deberías llevarlo así siempre. Te sienta muy bien.

Nate tenía cara de pensar lo mismo. Y estoy segura de que no estaba pensando en Whitney cuando entraste en la habitación.

—No puedes saber lo que estaba pensando.

—Vi la forma en que te miró. Era la misma forma en que tú le mirabas a él.

—¡No! —Joanna se alarmó—. ¿En serio? Qué horror. No era mi intención. ¿Crees que él se dio cuenta?

—No estoy segura. Es posible. ¿Acaso importa?

—Sí, importa. No quiero que piense...

—... que estás interesada. ¿Y lo estás?

—Claro que no.

—¿Por qué no? Después de dos décadas con Cliff, te mereces un poco de diversión y amor. ¿Por qué no con Nate? No está casado. Escuché a Mel bromeando sobre que él seguirá siendo soltero para siempre, así que lo que pasó con Whitney no duró. Oh, vaya... Has derramado tu café. —Ashley se inclinó y limpió los charcos de café con su servilleta—. No muevas las manos. Por cierto, tienes buen gusto para los hombres.

—Me casé con Cliff.

Ashley hizo una bola con la servilleta y se encogió de hombros.

—Todos metemos la pata de vez en cuando. Lo superaremos.

—¿Lo dices en plural?

—Sí. Dijiste que agradecías que te hubiese hecho recapacitar sobre la forma en que estabas viviendo. Y aquí estamos, comiendo tortitas en una mesa con vistas al océano. Ahora voy a ayudarte con tu vida amorosa.

—De verdad, no necesito que...

—Sí lo necesitas, Joanna. De verdad. Necesitas mi ayuda. Soy buena ayudando a la gente. Tengo instinto para estas cosas.

—Ashley, eres muy amable, pero...

—¿Has probado alguna vez las citas *online*?

Joanna la miró como si acabara de sugerirle bailar desnuda por Main Street.

—No. Nunca he intentado tener ninguna cita, ni *online* ni en persona. ¿Por qué me miras así?

Ashley se inclinó hacia delante.

—¿Ninguna cita en absoluto?

—No. ¿Por qué tanta sorpresa? ¿Cuándo iba a hacerlo? Estaba casada con Cliff. Me tomé en serio mis votos matrimoniales, aunque él no lo hiciera.

—Pero te divorciaste de él hace un año... ¿Estás diciendo que no has salido con nadie desde tu divorcio?

—Así es.

—¿No has tenido ni una sola cita? ¿Ni siquiera una mala?

—Fue el miedo a tener una mala cita lo que me impidió volver a salir con alguien. Y después de estar casada con Cliff, lo último que quería era otra relación. Hubo momentos en que mi matrimonio parecía una larga mala cita.

Entonces, ¿por qué no había dejado a Cliff antes?

No, no iba a preguntar eso. Era una pregunta demasiado personal para un lugar tan público. Cualquiera podía estar escuchando.

—Lo has pasado fatal con Cliff —dijo Ashley—. Es hora de que te diviertas. Te lo mereces. No hablo de malas citas, hablo de citas divertidas. —Alargó la mano y robó otra de las fresas que yacían intactas en un cuenco frente a Joanna.

—¡Ashley, detente! —Joanna sonaba desesperada—. Lo último que quiero en este momento es una relación con un hombre. No me interesa.

—Eso es porque estuviste casada con Cliff tanto tiempo que has olvidado cómo es tener una vida amorosa normal. —Ashley empujó las fresas hacia Joanna—. Están deliciosas. Deberías probar una.

—No tengo hambre.

—¿Porque ver a Nate te ha revuelto el estómago?

Tal vez deberían posponer lo de las citas por Internet. Quizá la primera cita de Joanna podía ser allí mismo, en esa cafetería...

—Sentiste algo cuando lo viste. Eso es interesante, ¿no crees?

—No lo encuentro interesante. Lo encuentro... —Joanna respiró profundo—. Aprecio lo que estás tratando de hacer, pero no quiero salir con nadie. Estoy feliz de haber sido capaz de salir de Otter's Nest, de dejar de esconderme, pero no quiero tener citas. Ahora no podría soportarlo.

—No lo entiendo. Tienes cuarenta años. Tienes media vida por delante y te comportas como si ya se hubiera acabado.

—No ha terminado. —Joanna frunció el ceño—. Pero no veo que las citas jueguen un papel importante en mi futuro. Soy un fracaso en ese sentido.

Ashley la miró fijamente.

—¿Un fracaso? ¿Estás de broma? Eres una inspiración.

—Tomé muchas malas decisiones. Y he pasado la mitad de mi vida hasta ahora siendo infeliz por un hombre. Planeo pasar los próximos años siendo feliz sin ninguno. Eres joven. No espero que lo entiendas. Sigues creyendo en un «felices para siempre». Crees que el amor es como en las películas.

Ashley la miró.

—Joanna, estoy embarazada de un hombre con el que ni siquiera estoy saliendo oficialmente. Mi padre era un infiel en serie y mi madre tuvo una aventura con él mientras estaba casado contigo. Pasan cosas malas, lo sé. Pero eso no significa que las cosas buenas no puedan pasar también. Y las citas no tienen por qué ser algo serio. Las citas pueden ser divertidas y superficiales.

—No he tenido una cita así desde que tenía dieciséis años.

Veía las citas como algo traumático. Como algo que daría más problemas de los que valía la pena.

Justo en ese momento, Ashley se sintió mayor y más sabia que Joanna.

—En ese caso, voy a compartir mis reglas contigo. Con el tiempo, probablemente querrás crear las tuyas propias, pero por ahora puedes tomar prestadas las mías. Me gusta pensar que son infalibles.

—¿Tienes reglas?

—Claro. Aunque la mayoría de las veces ni siquiera pienso en ellas. Es instintivo.

—Tienes reglas instintivas para salir con chicos.

—Sí. Regla número uno —comenzó Ashley levantando un dedo—: ¿Te hace reír? Eso es lo más importante. No te vas a divertir si tu cita no te hace reír.

Hacía siglos que Joanna no pensaba en tener citas amorosas. Las únicas que tenía eran para salir con sus amigas a comer por ahí y hablar de moda y música.

—Tú ríete. Claro... —dijo Ashley al ver que Joanna no la tomaba en serio.

—Perdona. ¿Y la regla número dos?

—Saber escuchar. No voy a pasar cinco minutos con uno que está más interesado en mirar su teléfono o por encima del hombro a la chica que está detrás de mí cuando yo estoy allí delante de él. O soy lo más interesante de su vida en ese momento o me voy.

—¿Y consigues que algún chico quiera tener una cita contigo o están demasiado asustados?

Ashley sonrió.

—Exijo respeto, eso es cierto. Mi madre me enseñó eso, lo que hace aún más extraño que ella tuviera una aventura con Cliff.

—Cliff podía hacer esas cosas —dijo Joanna—.

Cliff podía hacer reír a una mujer. Podía escuchar y hacerla sentir como si fuera la única mujer del mundo.

—¿Pero? Tiene que haber un pero.

—Pero no lo hacía en serio. Todo era parte de su juego. Todo falso. Y yo no sé cómo detectar a una persona falsa. Si hubiera salido más cuando era joven tal vez habría aprendido.

—¿Con cuántos hombres saliste antes de Cliff?

—Con uno.

—¿Uno? ¿Estamos hablando de Nate? —Debió de ser incluso más serio de lo que ella había pensado—. ¿Y fue divertido?

—Fue divertido hasta que dejó de serlo.

—¿Por qué rompisteis?

Joanna se inclinó hacia delante.

—Ashley, estamos sentados en la terraza de su restaurante. —Su voz era apenas audible—. Las cosas ya son bastante incómodas. Si escucha nuestra conversación tendré que volver a disfrazarme para salir a la calle. Me gustaría hablar de otra cosa.

—De acuerdo. Hablaremos de tus planes de citas. Vamos a elaborar un perfil para ti.

—Nada de citas. Para mí las relaciones no son divertidas, son estresantes. —Ashley pensó en Jon, en sus salidas al cine donde compartían palomitas y reían. No estaban saliendo como tal, pero se habían divertido juntos. Eso era lo que Joanna necesitaba. Alguien con quien divertirse y compartir amistad. A Ashley le parecía que eso era lo que más le faltaba a Joanna en su vida. Buenos amigos.

—Vale. No diré nada más. —Por ahora. Ashley extendió la mano bajo la mesa y le dio un apretón—. Deberías comer algo. Si no comes lo que hay en el plato, él te preguntará qué es lo que te ha quitado el hambre. ¿De verdad quieres tener esa conversación?

Joanna suspiró y agarró el tenedor.

—Bueno. Comeré. —Ashley decidió que era necesario cambiar de tema.

—¿Hablabas en serio con lo de no esconderte? Porque me encantaría echar un vistazo a este lugar. Es bonito, y he visto un vestido muy mono en una de las tiendas. —Quería hacer algo con respecto al *uniforme* de Joanna, siempre iba con vaqueros y camisa blanca. Pero tendría que ir poco a poco con ella.

—Podemos ir de compras.

Ashley estaba a punto de responder cuando Mel apareció en la mesa.

—¿Cómo estáis? ¿Queréis algo más de beber o cualquier cosa?

—Estamos bien, gracias, Mel —dijo Joanna, negando con la cabeza.

¿Eso era todo lo que iba a decir? ¿A la mujer que había sido su mejor amiga?

Ashley se dio cuenta de que estaba asustada. Tenía miedo de exponerse. Miedo a ser herida de nuevo. A las citas. Incluso a la amistad. Ambas exigían lo mismo: abrirse y mostrarse vulnerable, y eso requería confianza. Joanna había perdido la confianza en la gente.

Ashley tomó el relevo:

—¿Nos acompañas un minuto? —Vio a Joanna ponerse tensa, pero la ignoró—. Queremos ir de compras. ¿Cuál es el mejor sitio?

—¿Para la ropa? —Mel se sentó—. Ocean Boutique. La dirige Rosa, iba al colegio con nosotras. Ella tiene buen ojo y vende cosas geniales. Deberíais empezar por su tienda. Y si no encontráis lo que necesitáis, podéis ir a Rags to Riches, que también está bien, aunque su ropa es algo más formal. Me alegro de que queráis ir por la ciudad. ¿Qué más tenéis planeado?

—Nada —respondió Joanna, agitando la cabeza de nuevo.

—En ese caso, creo que deberías venir a casa. Greg y yo vivimos en una de las casas que hay en Ocean. Haremos una barbacoa mañana. Nos daría la oportunidad de ponernos al día, Joanna. Me encantaría que viniérais. —Hizo una pausa, insegura, y Ashley se dio cuenta de que Joanna no era la única que estaba nerviosa.

—¿Una barbacoa? —dijo Joanna frunciendo el ceño.

—Sí. Así podrás conocer a nuestra hija Eden. —Mel sonrió a Ashley—. Será una noche en familia, y ella estaría encantada de poder pasar el rato con alguien casi de su edad, en lugar de con sus padres y su tío.

Una noche en familia. Ashley sintió una punzada. Le sonaba de maravilla, pero Joanna seguía con el ceño fruncido.

—¿Nate también estaría allí? —preguntó Joanna.

—Sí.

—No creo que...

—Suena genial —intervino Ashley antes de que Joanna pudiera arruinar lo que parecía una velada perfecta—. Allí estaremos. ¿A qué hora? ¿Qué debemos llevar?

—¿A las siete os parece bien? —propuso Mel mientras se levantaba—. Con que vengáis es suficiente. ¡Oh! Quizá bañadores, por si queremos bañarnos.

—A las siete. Bañadores. Entendido. —Ashley sonrió—. Gracias, Mel.

Cuando desapareció entre las otras mesas de la cafetería, Joanna la miró horrorizada.

—¿Por qué dijiste que sí?

—Porque soy una adolescente y mi vida ha sido demasiado dura últimamente. Necesito un poco de alivio. Necesito entretenimiento, y lo de la noche en familia sonaba divertido. También porque sabía que

tú no querías ir, y es la oportunidad perfecta para que pases un momento agradable y te relajes con...
—Estuvo a punto de decir Nate, pero pensó que si decía su nombre tal vez Joanna se negara a ir— tus amigos.

—No creo que sea relajante. Será estresante.

—¿Una barbacoa con vistas al océano? ¿Cómo puede ser eso estresante?

—No es la comida lo que es estresante, es la gente. Y las circunstancias. Se comportan como si fuéramos viejos amigos, pero no hemos hablado en veinte años.

—Vamos, es solo una barbacoa. Podría ser divertido, y si luego resulta que no lo es, siempre podemos irnos.

—¿De verdad te irías?

—Sí. Podemos tener una señal, como hacemos mis amigos y yo cuando salimos. Podemos pulsar el botón de emergencia. —Ella no tenía ninguna intención de pulsar ese botón—. Pero como esto no es una cita, y va a haber poca gente, no creo que necesitemos hacer eso. Será divertido. Pero necesito algo que ponerme. —«Y tú también», pensó Ashley—. Probemos en esa *boutique* que sugirió Mel. Podríamos ir ahora mismo, antes de que aparezcan un montón de periodistas.

—Debería ahorrar el poco dinero que tenía para el bebé, pero ya se preocuparía de eso más tarde. La pequeña cantidad que gastaría en ropa tampoco resolvería su problema. El pánico que la había perseguido desde que había subido al coche con Cliff rondaba cerca. Pero se obligó a respirar profundo y a ignorarlo.

Nate apareció en su mesa.

—¿Qué tal las tortitas?

—Increíbles, deliciosas, las mejores que he comido nunca. —Ashley estaba agradecida por la distracción—. Gracias por todo.

—No hay de qué. —Nate recogió sus platos—. ¿Qué planes tenéis ahora?

—Iremos de compras —contestó Ashley rápidamente, antes de que Joanna pudiera decir algo diferente—. Necesito ropa.

—Y sin duda Joanna necesita libros. —Nate la miró y Ashley pensó: «La conoce bien».

—Sí, libros...

—Greg ha preguntado por ahí y no hay rastro de reporteros o fotógrafos en la ciudad. Así que podéis pasear tranquilas si os apetece. Volved aquí para comer si tenéis hambre. La ensalada de gambas está muy buena. —Hizo una pausa—. Nadie va a molestarte, Jo. No con Greg alrededor, listo para hacer cumplir la ley, y Mel con ese temperamento que tiene.

«La ha llamado Jo», pensó Ashley. «No Joanna. Jo».

Joanna le miró a los ojos.

—¿Y qué hay de ti? ¿Qué aportas tú a este destacamento de protección?

—No lo sé. —Nate sonrió—. ¿Galletas de macadamia?

Qué sonrisa...

Ashley pensó que, si Nate fuera un poco más joven y no estuviera secretamente enamorada de Jon, ella misma habría intentado salir con él.

A Joanna tampoco se le escapó la sonrisa, a juzgar por el rubor de sus mejillas. Normalmente se mostraba muy serena, pero ahora parecía una adolescente borracha.

Así que o bien era porque se trataba de Nate y le resultaba incómodo, o bien porque se trataba de Nate y le resultaba atractivo.

Tenía que ser raro volver a ver a alguien de quien una vez estuviste enamorada. Y no parecía que se odiaran.

Pero Joanna había sido leal a Cliff durante dos décadas. Ella pensaba que las relaciones eran demasiado problemáticas y no quería tener citas.

—Puede que estemos demasiado ocupadas comprando para llegar a tiempo para la hora de la comida —dijo Ashley—, pero nos veremos mañana por la noche en la barbacoa. Mel acaba de invitarnos. —Y tal vez, la mejor manera de persuadir a Joanna de ampliar su vida social era facilitándole las cosas. Una barbacoa no era una cita. Pero quizás podría acabar convirtiéndose en una.

¿Qué sentido tenía crearse un perfil en una página de citas cuando se tenía delante de las narices a un candidato estupendo?

—¿Es eso cierto? —La mirada de Nate se desvió hacia Joanna—. Entonces, ya estoy deseando que llegue para que podamos ponernos al día. —Joanna sacó su tarjeta, pero él la rechazó—. El desayuno va por cuenta de la casa. Nos vemos mañana. ¿La hamburguesa de queso azul sigue siendo tu favorita?

—No —dijo Joanna—. Ahora soy vegetariana.

Joanna no era vegetariana. Ashley la había visto comer carne. Y pescado.

—No hay problema. Hago la mejor hamburguesa vegetariana que jamás hayas probado nunca. Hasta mañana. —Se dirigió a tomar un pedido de otra mesa y Ashley le lanzó una mirada acusadora a Joanna.

—Tú no eres vegetariana...

—Pero podría serlo. He pensado en ello alguna vez.

—Bueno, eso está bien, porque parece que vas a comer una hamburguesa vegetariana mañana.

—Estupendo. —Joanna miró exasperada a Ashley—. ¿Por qué sonríes?

—Porque por primera vez en meses no me siento

mal. Mi barriga está llena de tortitas, el sol brilla y me gustan tus amigos.

—Genial. Porque estarás tú sola con ellos mañana. Yo no iré.

—¿Por la hamburguesa vegetariana?

—¡No! No por la hamburguesa vegetariana. Porque... porque...

—Porque tienes miedo. Lo entiendo. Pero va a ser genial, Joanna. Una vez que superes esa incomodidad, será divertido.

—Eso no lo sabes.

—Sí lo sé. Son buena gente. Pasara lo que pasara en el pasado, solías disfrutar estando con ellos. Y creo que puedes disfrutar estando con ellos de nuevo. Si me equivoco, si no disfrutas, entonces tú eliges a dónde vamos después.

Joanna suspiró.

—Está bien.

Ashley sonrió y se terminó las fresas.

Todo lo que tenía que hacer ahora era asegurarse de que Joanna se divirtiera.

15

JOANNA

Resultaba extraño estar de vuelta en Silver Point, paseando por las bonitas calles adoquinadas, mirando los escaparates de las tiendas, algunas ya familiares y otras nuevas. La vieja tienda de golosinas que Joanna había visitado tantas veces con su padre había sido sustituida por una galería, y en la esquina de Ocean Drive había una nueva cafetería que no estaba allí cuando ella se marchó. Pero casi todo seguía igual. La tienda de regalos, con sus extravagantes escaparates. Frozen Flavor, la heladería a la que Mel y ella acudían todas las semanas, con una cola que se extendía hasta la calle. Martinello's, el restaurante italiano que había estado siempre en el mismo lugar, regentado por la misma familia durante tres generaciones. La gente llegaba, se enamoraba de la zona y se quedaba, y no era difícil entender por qué. La niebla de primera hora de la mañana se había disipado, el sol brillaba y las macetas y jardineras se llenaban de flores de colores. Era como un cuento de hadas, pero a Joanna le resultaba casi imposible relajarse. Cuando Ashley hizo una pausa para admirar un par de pendientes en un escaparate, Joanna miró por encima del hombro. Era un hábito difícil de abandonar, sobre todo conociendo la historia que se estaba gestando. Aparecerían. Sabía que aparecerían en cualquier momento. Pero ese no era el pensamiento más importante que había en su mente en ese momento.

—¿Te parecen bonitos los azules? —Ashley señaló un par de delicados pendientes y Joanna trató de concentrarse.

—Muy bonitos. Deberías comprarlos.

¿Nate también se había puesto nervioso? ¿Había sentido lo mismo que ella? Era inquietante sentir algo después de veinte años. ¿Por qué? ¿Era nostalgia? ¿Recuerdos?

Le había sorprendido verle allí, dirigiendo el local. Tenía planes. Ambiciones. Ganas de viajar. Ella nunca había pensado que Nate terminaría dirigiendo el restaurante familiar. Que el Surf Café y Silver Point serían suficientes para él. Y se había quedado más sorprendida aún al descubrir que Mel trabajaba allí también. Cuando era joven, ella tenía otros planes. En realidad, todos los tenían.

Ahora estaba claro que Nate no le había dicho nada a su hermana gemela sobre el fin de su relación. Tampoco le sorprendía, porque él siempre había protegido su relación. «Solo quiero que sepas», le había dicho una vez, «que lo que pase entre nosotros queda entre nosotros». Nunca hablaría de ello con nadie. Y eso también incluía a Mel, su hermana gemela, y a Joanna le había gustado que le dijera eso, porque hacía que lo que tenían fuera especial. Significaba que había una parte de Nate que era suya y de nadie más. Pero ahora se daba cuenta de que, al no ser sincero sobre la ruptura, había causado dolor a Mel.

—Voy a seguir echando un vistazo, por si veo algo que me guste más. Tengo un presupuesto ajustado, así voy a asegurarme de gastarlo bien. —Ashley la miró—. ¿Estás bien?

—Estoy bien.

—Pareces un poco asustada. ¿Estás estresada por si alguien nos ve y llama a la prensa?

—No estoy estresada. —No añadió que, tras varias horas sentada en la terraza a la vista de todo el mundo, era casi inevitable que alguien llamara a la prensa—. ¿Qué te parece si te lo compro yo? Te invito.

—No, pero gracias. —Ashley esbozó una sonrisa decidida—. Ya me estás dando apoyo y un lugar donde quedarme. Es suficiente.

—Considéralo un préstamo si así te parece mejor. Cuando puedas, me lo devuelves y asunto arreglado. —No tenía ninguna intención de pedirle que le devolviera el dinero, solo quería que Ashley se sintiera mejor.

—Muy amable, pero aun así, quiero asegurarme de que no haya algo que me guste más. —Fiel a su palabra, se dedicó a explorar todas las tiendas de la ciudad, deteniéndose en las que tenían pendientes brillantes, probándose ropa y salivando ante un par de zapatos.

Joanna se quedaba cerca, mirando por la ventana y pensando en Nate.

Recordó el momento en que había entrado en el despacho y se había estampado contra él.

El *shock* de aquel inesperado contacto físico casi la había hecho salir corriendo por la puerta. Solo la certeza de que Ashley la necesitaba impidió que se marchara.

Intentó no dejarse llevar por el pánico. Se había dicho a sí misma que lo que había sentido había sido por el *shock* del reencuentro. Que era ansiedad, que era porque no había comido nada. Pero sabía perfectamente que no era ninguna de esas cosas.

Era atracción sexual.

Hacía tanto tiempo que no la sentía que se sorprendió de haberla reconocido. Pero resultó ser una sensación de las que no se olvidan. Afortunadamente, era una sensación que también se podía ocultar, y estaba segura de haber superado su primer encuentro con Nate sin haber hecho el ridículo. Era normal que pensara en el pasado y en lo que habían compartido juntos. No significaba nada, ni tampoco la calidez de su sonrisa...

Nate siempre había sido un tipo amable y simpático. Sonreía a todo el mundo. Hacía que todos a su alrededor se sintieran cómodos e importantes. Sí, había sentido algo al verle de nuevo, pero no haría nada para alentar esos sentimientos. No exploraría para ver a dónde podrían llevarla.

Por mucho que Ashley intentara convencerla, no tendría citas. No iba a crearse ningún perfil en Internet para ligar, ni a pensar en dar largos paseos o ir al cine con hombres desconocidos. No iba a soñar con tener un nuevo romance. No quería tener pareja. Se contentaría tan solo con tener paz y tranquilidad, y una vida que no implicara ser perseguida por periodistas con cámaras.

—Ahí está... —Ashley la agarró del brazo y señaló la *boutique* que había mencionado Mel—. ¿Podemos ir allí?

—Por supuesto. —Tal vez el entusiasmo de Ashley la distraería. Y dentro de una tienda era menos probable que alguien las descubriera. Joanna empujó la puerta y Ashley emitió un murmullo de agradecimiento al ver las estanterías y los estantes llenos de ropa colocada a la perfección.

—¡Bienvenidas! —Una mujer apareció desde la parte trasera de la tienda. Era el estilo personificado. Llevaba tacones altos, un vestido azul entallado y el pelo le caía por encima de los hombros en unas ondas cuidadosamente peinadas—. Si necesitáis ayuda o no encontráis vuestra talla, decídmelo y... ¿Joanna?

—Se acercó, observó detenidamente el rostro de Joanna y sonrió—. ¡Joanna! Eres tú.

Ella se quedó helada. Era inevitable que alguien la reconociera, pero no esperaba que ocurriera tan pronto.

—Rosa. ¿Cómo estás?

—¡Estoy bien! No tenía ni idea de que estabas en la ciudad.

—No lo he publicitado mucho...

—Por supuesto que no. ¿Por qué ibas a hacerlo? Bueno, me alegro de que estés en casa.

¿En casa? ¿Se sentía como en casa en Silver Point?

—Gracias, Rosa. Ella es Ashley, está viviendo conmigo. —Observó a Rosa con detenimiento, esperando su reacción, pero su cara no cambió.

—Encantada de conocerte, Ashley. Espero que encuentres algo perfecto para ti. ¿Buscas ropa de playa? ¿Algo más formal? Tengo unas prendas preciosas que han llegado esta mañana. El probador está detrás, por si quieres probarte algo. —Se volvió hacia Joanna—. ¿Has vuelto para quedarte? Lo que has hecho con Otter's Nest es asombroso. Esa zona de estar con los ventanales...

—¿Has estado allí?

—Sí. Unas cuantas veces. Un par de personas que lo alquilaron me pidieron que les llevara una selección de ropa.

—Madre mía —dijo Ashley—. ¿Y no podían ir andando a la tienda?

La sonrisa de Rosa se ensanchó.

—Parece que no. Querían que la tienda fuera a ellos. De todos modos, podéis echar un vistazo y... —Se interrumpió, con la mirada fija en la calle—. Métete en el probador. ¡Ya!

—Pero yo no... —dijo Joanna confundida y con el ceño fruncido.

—Vamos. —Rosa le puso dos vestidos en la mano a Joanna y la empujó dentro—. Tú también, Ashley. Entrad y no salgáis hasta que yo os diga que es seguro.

¿Seguro?

Joanna abrió la boca para interrogarla, pero entonces vio lo mismo que Rosa había visto. Un hombre con una cámara paseando por la calle. Había desarrollado un sexto sentido para ese tipo de cosas y sabía que no era un turista, así que siguió las instrucciones de Rosa y se dirigió a la parte trasera de la tienda para entrar en el probador. Ashley la siguió.

—¿Qué está pasando? —preguntó la joven sin entender nada.

Joanna se llevó los dedos a los labios justo cuando oyeron el ruido de la puerta al abrirse.

—¡Bienvenido! —La voz de Rosa era clara y fuerte—. ¿Puedo ayudarle en algo?

—Tal vez. Bonita tienda, por cierto. —La voz del hombre era profunda. El corazón de Joanna latío con más fuerza al reconocer esa voz. Mick Jennings. Trabajaba como fotógrafo independiente y vendía su trabajo a todos los grandes periódicos y páginas web. Había sido Mick quien le había hecho aquella foto en el funeral de Cliff. Y quien una vez la había seguido con su coche tan de cerca que ella había acabado chocando contra una farola.

Le odiaba.

¿La había visto? ¿La había seguido hasta la tienda o solo había sido mala suerte? ¿Podría ser una coincidencia?

—Quiero comprar algo especial para mi mujer.

Joanna frunció el ceño. Mick Jennings no estaba casado.

—¡Vaya! Qué detallista. —Rosa trataba de ser amable—. ¿Por algún motivo especial?

—Nuestro aniversario.

—Oh, me encantan los aniversarios —dijo Rosa sin perder la sonrisa—. Así que está buscando un regalo que exprese su devoción por ella. Un gesto de amor. Hábleme un poco de ella y así podré ayudarle mejor.

Mick se aclaró la garganta.

—¿Qué puedo decir? Tiene gustos caros. Pero supongo que ya está acostumbrada a eso por aquí. Hay algunos residentes bastante notables en Silver Point.

Joanna cerró los ojos. «Residentes notables». Su presencia no era una coincidencia. Estaba allí por ella.

¿Por qué había pensado que ir de compras era una buena idea?

No había puerta trasera en esa *boutique*, lo que significaba que estaba atrapada.

—Sí, cierto, tenemos residentes notables en nuestra ciudad. ¿Ha pensado tal vez en comprarle un bolso nuevo? Le mostrare algunos...

—Gracias. Pero estoy interesado en la residente más notable de todos. Supongo que sabe a quién me refiero...

—Por supuesto. Es famosa por aquí. Una celebridad local. —Hizo una pausa—. Mire, este bolso es una joya, perfecto para salir de noche. No es barato, pero se trata de su aniversario, así que es de suponer que desee darle el mensaje a su mujer de que la quiere con su regalo.

—La amo más que a mi vida. Me llevaré el bolso. Pero cuénteme más sobre esa residente, por favor.

—Ella nació aquí. Todo el mundo la conoce.

Joanna contuvo la respiración. Era lo que se temía. Ya se había encontrado antes con esa misma situación. Las publicaciones sobre ella citaban a menudo: «Una fuente cercana a Joanna».

—¿Sabe dónde vive?

—Sí. A mitad de camino por Ocean, en la casita con la puerta azul. Hubo un gran alboroto cuando pintó esa puerta de azul, pero Elsa se negó a ceder. Fue directa a casa del alcalde y le pinchó las ruedas del coche. La comunidad está dividida sobre ese incidente.

—¿Elsa?

¿Elsa? Joanna abrió los ojos.

—Sí. Elsa Martin. Ciento un años de edad. La residente más vieja de Silver Point. Todavía asiste a su clase de yoga en la playa la mayoría de las mañanas. ¿Sabe que está escribiendo una novela? ¿Por eso está interesado en ella? ¿Trabaja en publicidad? Sé que le gusta la tarta de queso, por si necesita seducirla con algo.

—No estaba pensando en Elsa, la verdad. Aunque parece una persona interesante. Estaba pensando en Joanna Whitman.

—¿Joanna? Oh, *Joanna*. Sí, claro. Entonces, ¿se lleva el bolso?

—Sí...

—Buena elección. Estoy segura de que a su mujer le va a encantar. Serían novecientos cincuenta dólares.

—¿¡Cuánto!?

—Es una ganga, ¿no cree? Le he hecho un descuento porque tiene usted cara de buena persona y me gustan los hombres que saben mimar a una mujer. Sin duda, su esposa sabrá que la ama con este regalo. ¿Se lo envuelvo?

—Sí, supongo que sí... ¿La ha visto por la ciudad?

—¿A su esposa? No la conozco, pero seguro que es una mujer con mucho gusto.

—A Joanna Whitman...

—¿Joanna? ¿Aquí? Dios mío, no. Ella se mudó hace dos décadas. A ella le va más estar en Hollywood ahora, pero estoy segura de que eso ya lo sabe. Alfombras rojas. *Paparazzi*. La veo en la televisión. ¿A su mujer le gustan los pendientes? He recibido unos muy bonitos esta mañana y nunca es demasiado pronto para empezar a pensar en la Navidad.

—No estoy pensando en la Navidad aún, gracias. Creo que tienen más o menos la misma edad. ¿La conoció de cerca? ¿Cómo era ella de joven?

—¿Qué si la conocía? Depende de qué entienda usted por «conocer». La veía por ahí. Era un año mayor que yo, así que no nos juntábamos con la misma gente. Silver Point no es tan pequeño como cree.

Joanna sonrió. En realidad, era tan pequeño como él probablemente pensaba.

—Aquí tiene su bolso —dijo Rosa—. Espero que le guste a su mujer.

—Creo que su madrastra vive en la costa. ¿Sabe dónde exactamente? Podría hablar con ella.

—Bueno, buena suerte con eso. Me han dicho que ha perdido la memoria. Debe de ser horrible, ¿no cree? Olvidarse de las cosas, confundir los hechos... ¿Seguro que no le interesan unos pendientes? Cuando llegue diciembre se alegrará de no tener que buscar algo.

—Me preocuparé de eso en diciembre. ¿Puede darme indicaciones para llegar a Otter's Nest?

—¿Otter's Nest? Hace décadas que no voy allí. Diríjase al sur. Tome la tercera curva a la izquierda. ¿O es la cuarta? Nunca me acuerdo. Pero si va por la costa no tiene pérdida.

Joanna sonrió. Si seguía las indicaciones de Rosa, se iba a perder.

—Un placer haberle conocido —dijo Rosa—. Vuelva pronto.

—Le dejo mi tarjeta. Si ve a Joanna por la ciudad, ¿me llamará?

Hubo un pequeño silencio mientras Rosa leía la tarjeta.

—Mick. Es usted fotógrafo. Pues claro que lo es. Lo pensé en cuanto vi esa cámara de lujo colgando de su cuello. Hoy en día todo el mundo usa el móvil, ¿no? Odio que me hagan fotos. No sé si tengo un lado bueno. ¿Algún consejo?

—Si ve a Joanna Whitman y me llama, le haré una sesión de fotos gratis.

—Gracias, Mick. —Se oyó un susurro y luego unos pasos mientras Rosa guiaba a su cliente hacia la puerta—. Tenía un tío que se llamaba Mick. Murió a los cincuenta y dos años de un ataque al corazón. Su mujer le echó la culpa a las hamburguesas con queso. Conduzca con cuidado. Hay mucho tráfico en verano.

Joanna oyó la puerta abrirse y cerrarse y volvió a respirar. Había olvidado lo lista que era Rosa. Acababa de sacarle casi mil dólares del bolsillo como si nada.

Se sintió avergonzada por haber dudado de ella. Avergonzada por haberse permitido perder la fe en la gente.

Llamaron a la puerta y, cuando Joanna la abrió, Rosa estaba de pie y sonreía ampliamente.

—Un respiro temporal, pero eso es mejor que nada. Y una vez que te diriges hacia el sur por la carretera, no hay ningún sitio en el que poder torcer durante un largo camino. Esperemos que acabe perdiendo el interés.

Joanna quería abrazarla. El indulto podría ser breve, pero estaba igualmente agradecida.

—Nunca podré agradecértelo lo suficiente.

—Te lo debía por cubrirme aquella vez. —Rosa se volvió hacia Ashley—. Tenía dieciséis años. Bebí mis primeros chupitos de vodka y estaba tan enferma y mareada que no podía andar derecha. Joanna me arrastró hasta un lugar seguro en la playa, llamó a mis padres para decirles que me quedaba a dormir con ella y se ocupó de mí hasta la mañana siguiente. Le dijo a todo el mundo que yo había comido marisco en mal estado. Nadie se enteró de lo que pasó en realidad.

Joanna lo recordaba. Recordaba haber sentido envidia al ver la preocupación en la voz del padre de Rosa, su gratitud porque estuviera a salvo con Joanna. A su madrastra nunca le había importado dónde estaba ni con quién. Ni siquiera se había dado cuenta de que Joanna no había vuelto a casa y había dormido en la playa.

—Eso fue hace mucho tiempo.

—Cuando alguien te ayuda, lo recuerdas siempre. Todavía formas parte de esta comunidad, Joanna. No lo olvides.

Lo había olvidado. O tal vez nunca había sido realmente consciente de ello.

—Gracias.

Rosa sonrió.

—Soy yo quien debería darte las gracias. Ese hombre acaba de desembolsar cerca de mil dólares en un regalo para una mujer que no existe.

—¿Sabías que era mentira?

—¿Quién se casaría con un hombre tan asqueroso como él? —dijo Rosa poniendo los ojos en blanco.

—Yo me casé con Cliff... —dijo Joanna.

Rosa se encogió de hombros.

—Oye, no seas tan dura contigo misma. Cliff era agradable a la vista y sabía cocinar. Son dos buenas razones para salir con un chico. —Dio un paso atrás y miró a Joanna de arriba abajo—. Ya que estás aquí, ¿puedo traerte algunas cosas para que te pruebes? No es que quiera presionarte para conseguir otra venta, pero verte vestida de blanco y negro todo el tiempo me parece un desperdicio. Con ese pelo que tienes, deberías llevar colores atrevidos.

—Estoy de acuerdo —dijo Ashley—. Yo sugiero algo rojo. O verde.

Joanna negó con la cabeza.

—Prefiero no llamar la atención.

—Eres un icono de la fuerza y la decencia, lo que debemos es poner un cartel luminoso sobre tu cabeza. —Rosa se alejó y volvió a aparecer unos instantes después cargada de prendas en perchas—. Pruébate esto.

Tras una hora probándose ropa, acabaron cargadas de bolsas llenas de compras.

—Gracias de nuevo, Rosa. —Joanna se detuvo mientras Rosa se asomaba a la puerta de entrada y comprobaba la calle.

—La costa está despejada. Espero volver a verte pronto, Joanna. ¿Has visto a Mel y Nate?

—Sí.

—Cuídate —dijo Rosa mirándola a los ojos—. Y vuelve pronto.

—Me gusta —dijo Ashley mientras salían de la tienda—. Y ese vestido verde que ha elegido para ti es precioso.

—El pobre va a tener una vida muy aburrida, porque no pienso ponérmelo para ir a ningún sitio.

—Puedes llevarlo a la barbacoa mañana. No puedo creer que dejaras este lugar. La gente es tan amable.

Joanna pensó en Nate. Luego en Cliff.

—No era un buen lugar para mí cuando me fui. —Había compartido muchas cosas con Ashley, pero no los detalles del día que se fue. No lo había compartido con nadie.

—Porque habías roto con Nate, y porque no tenías una buena relación con tu madrastra. Eso es duro.

Los tres peores días de su vida habían sido perder a su bebé, perder a su padre y la última vez que vio a su madrastra.

¿Iba a visitar a Denise?

La pregunta le rondaba la cabeza desde que llegó allí. Para olvidarse de Denise, trató de imaginarse a Cliff en Otter's Nest tal y como era entonces. Era un hombre al que le gustaban las comodidades. Si hubiese visto la casa de playa destartalada, habría reservado una habitación en el hotel de cinco estrellas más cercano en cuestión de minutos.

—No tenía ningún motivo para volver.

—Bueno, todo el mundo parece contento de que lo hayas hecho. ¡Oh, mira! La librería de la playa. ¿Es ese el lugar donde querías trabajar? —Ashley la agarró del brazo—. Es tan bonita. Como sacada de una película.

—Sí. —Joanna sintió una oleada de nostalgia—. Era mi lugar favorito de pequeña. Era un santuario para mí. Solía ir después de la escuela y quedarme hasta que cerraban las puertas. —Cualquier cosa antes que volver a casa—. Cruzaba esas puertas y todo mi estrés desaparecía. Me gustaba el aspecto de los libros en las estanterías, filas y filas de colores y posibilidades. Todas esas historias. Todos esos mundos tan distintos al mío. Me encantaba cómo olía el lugar. Me encantaba la tranquilidad y el aspecto de la gente cuando hojeaba los libros. Me gustaba el modo en que Vivian, la propietaria, ponía un libro en la mano de otra persona y le decía: «Prueba con este». Solía observarla y me preguntaba cómo podía saber lo que le iba a gustar a alguien. Era un don. —Hacía tiempo que no pensaba en aquellos días, pero ahora lo recordaba con claridad—. Me dejaba leer lo que quisiera. Me dejaba llevármelos a casa. Se lo agradecía, pero en aquel momento no le di mucha importancia. Solo más tarde me di cuenta del dinero que debía de estar perdiendo conmigo.

—Parece que era una buena persona.

—Lo era. Lo sigue siendo. —Y Mel había mencionado que luchaba contra la artritis—. Solía decirle que algún día le pediría trabajo para estar a su lado en la tienda. Era mi sueño.

—¿Y ella qué dijo?

—Que me daría un trabajo cuando quisiera. —Joanna sintió un nudo en la garganta—. Ella creyó en mí, en un momento en que yo no creía en mí misma.

—Entonces, si era tu sueño, ¿por qué no lo hiciste?

—Dejé Silver Point.

—Podrías haber conseguido un trabajo en otra librería.

—Ya tenía un trabajo a tiempo completo. Se llamaba Cliff. —Ella había caído en ese puesto por accidente, sin siquiera cuestionarlo. Él necesitaba su ayuda y ella se la proporcionó—. Yo era su asistente personal, su entrenadora, su psicóloga y su animadora. Tenía que probar todas sus nuevas creaciones.

—Al menos esa parte debió de ser divertida.

—No lo era. Yo tomaba un bocado y él observaba mi expresión. Había momentos en los que solo quería comer y no tener que pensar en hacer una crítica completa. —Nunca se lo había confesado a nadie—. Con Cliff, todo era una actuación. Teatro.

—¿Él es la razón por la que no cocinas?

Joanna frunció el ceño.

—No cocino porque no se me da bien. Quemo cosas.

—Lo que significa que pones el fuego demasiado alto. Cualquiera puede cocinar algo básico —dijo Ashley—. Todo lo que se necesita es práctica y confianza.

—No tengo confianza.

—Probablemente porque estabas casada con un chef de primera. Seguro que yo no sería capaz de cocer un huevo delante de un chef famoso.

Joanna pensó en Denise.

—Yo tampoco tenía confianza antes de eso.

Ashley la miró pensativa.

—Compremos algo de comida y cocinemos juntas esta noche.

—¿Quieres que cocine contigo? ¿Tienes ganas de morir?

—No. Voy a enseñarte que cocinar puede ser sencillo y divertido.

—Cocinar no es divertido. Cocinar es una tortura y una forma de hacerme sentir muy mal conmigo misma. —Pensar en ello hizo que su ritmo cardíaco se acelerara. Lo que era ridículo—. No todos podemos ser buenos en todo. He aceptado que nunca sabré cocinar.

—Querrás decir que otras personas te convencieron de que nunca podrás hacerlo. Eso me pone de muy mala leche. —Ashley la miró con ojos suplicantes—. ¿Podrías intentarlo conmigo?

—Ashley...

—Sé que siempre has odiado cocinar, pero nunca has probado a cocinar conmigo.

—No importa con quién lo haga. Lo que odio es cocinar.

Ashley se tocó la barbilla de forma pensativa.

—Verás, no creo que sea así. Creo que es la forma en que la gente te hace sentir cuando cocinas. Y va a ser divertido. Te lo prometo.

¿Divertido?

—En serio, Ashley, no creo que...

—Solo una vez —insistió Ashley—. Si no sonríes ni una sola vez, te prometo que no volveré a pedirte que cocines.

Parecía tan esperanzada que Joanna no se atrevió a negarse.

—Está bien. Pero no me culpes cuando arruine una bonita amistad.

Ashley sonrió.

—Tienes razón. Tenemos una hermosa amistad y nada va a arruinarla. Me alegro mucho. Estoy emocionada. No es que yo sepa cocinar gran cosa... Mi madre me enseñó a hacer las cosas básicas, pero he ido aprendiendo algunas más por mi cuenta. Supongo que tu madrastra nunca te enseñó.

—No. Dijo que yo era un desastre en la cocina.

—Y entonces llegó Cliff. No me extraña que no tengas confianza en ti misma. —Ashley la estudió—. ¿Cuál es tu comida favorita?

—No sé. Asocio la comida con el estrés y la tensión.

—Por eso estás tan delgada. Vale, déjame pensar... —Ashley arrugó la nariz—. Vamos a hacer una salsa básica para pasta. Empezaremos por ahí. Luego, mañana, haremos algo diferente.

—Si cocino yo, no habrá un mañana.

Ashley se rio.

—Correré el riesgo. Ahora vamos a entrar en la librería.

Joanna estuvo a punto de resistirse, pero luego pensó: «¿Por qué no?».

Si iba a volver a visitar su pasado, más le valía volver a visitarlo todo.

16

ASHLEY

Ashley colocó la cebolla y el ajo en la tabla de cortar y le pasó el cuchillo a Joanna.

—No, no. Cliff siempre me decía que mis habilidades con el cuchillo son terribles —dijo Joanna negando con la cabeza—. Soy lenta, y lo corto todo desigual.

—Es una cebolla, Joanna. Solo tienes que picarla. No importa si eres lenta, y no importa si los trozos son desiguales. Nadie va a medirlos. Lo único que importa es que no te cortes un dedo.

Joanna agarró el cuchillo con expresión cabizbaja.

—Está bien... —Peló la cebolla con torpeza y luego la cortó por la mitad—. Cliff podía cortar una cebolla tan rápido que ni siquiera veías moverse el cuchillo.

Si Cliff no hubiera muerto, Ashley le habría dicho unas cuantas palabras.

—Eso es un truco de fiesta. Cuando estás viendo una película, ¿te importa cuántas tomas tuvo una escena? No. Solo te importa el producto final. La comida es igual. Cuando estemos comiendo esta salsa, no nos va a importar lo rápido que hayas picado la cebolla. Mientras tú haces eso, yo iré a recoger un poco de orégano de las macetas de fuera.

¿Era seguro dejar a Joanna sola? ¿Cómo de mala era con el cuchillo?

Ashley se quedó en la cocina el tiempo suficiente

para cerciorarse de que Joanna no iba a cortarse un dedo y luego salió a la terraza a recolectar las hierbas que quería.

Se detuvo un momento. Respiró el aroma del aire salado. Oyó el estruendo de las olas en las rocas más allá del jardín. ¿Había un lugar más idílico que ese en todo el mundo? Consciente de que no debía dejar a Joanna demasiado tiempo sola, agarró un manojo de orégano y otro de tomillo y se dirigió de nuevo a la cocina.

Joanna miraba dubitativa el pequeño montón que había sobre la tabla de cortar.

—He terminado con la cebolla, pero los trozos son demasiado grandes.

—Están bien, pero si los quieres más pequeños solo tienes que hacer unos cuantos cortes más con el cuchillo. —Ashley resistió la tentación de hacerlo por ella—. Tal vez con un cuchillo más grande.

Joanna agarró un cuchillo de mayor tamaño y comenzó a cortar con cuidado.

—¿Y ahora qué?

—Calienta el aceite de oliva en la sartén y sofríe suavemente esas cebollas hasta que empiecen a ablandarse y a dorarse un poco por los bordes. Mientras lo haces, puedes picar el ajo.

—¿No pongo el ajo al mismo tiempo?

—Puedes hacerlo si quieres, pero no lo quemes. Tienes un buen jardín de hierbas. —Enjuagó el manojo y se lo pasó a Joanna—. Saca las hojas, luego las añadiremos a nuestra salsa.

—Si no vigilo la cebolla se quemará. Créeme.

—Tienes el fuego demasiado alto. Bájalo.

Paso a paso, codo con codo, prepararon la salsa, añadiendo hierbas y ajo, cortando tomates frescos, dejando que todo se cocinara a fuego lento.

—¿Hacías esto con tu madre? —preguntó Joanna mientras removía la salsa.

—Sí. Ella pensó que era importante que aprendiera a cocinar, y una vez que dominé lo básico y algunas recetas, nos turnábamos para cocinar.

—Parece que era una mujer sabia. Tienes suerte.

—Es generoso por tu parte que digas eso, teniendo en cuenta todo lo que pasó. Eso me ayuda a quedarme con lo bueno. —Ashley pensó en todas las veces que había cocinado codo con codo con su madre y agradeció el recuerdo positivo. Últimamente, todos los recuerdos que tenía de su madre estaban relacionados con Cliff—. Me he sentido muy enfadada con ella, y bastante confundida. Y eso me hace sentir culpable.

—No creo que debas sentirte culpable. Te ha ocultado un gran secreto. Es natural que te sientas herida y molesta por ello. Eso no significa que no la quisieras. No significa que no tuviera muchas cualidades maravillosas.

—Dijiste que me hablarías de Cliff...

Joanna dejó de remover.

—Lo haré, pero ¿te importa si lo hacemos en otro momento? Si pienso en Cliff ahora, no podré cocinar.

—Puede esperar —dijo Ashley de inmediato—. Ahora tenemos que poner agua a hervir para la pasta.

—Nunca he sido capaz de saber cuándo está lista.

—Eso es fácil, te lo enseñaré. Usa una cacerola grande con mucha agua. —Ashley no podía creer que nadie le hubiera enseñado nada de eso a Joanna. ¡Llevaba dos décadas casada con un chef de primera!—. ¿Cliff cocinaba para ti todo el tiempo?

—No siempre. —Joanna midió la pasta con cuidado—. Cuando teníamos invitados a cenar, porque por supuesto todos querían que él cocinara. Cuando experimentaba con nuevas recetas. El resto del tiempo comíamos en restaurantes.

—¿Nunca has comido un sándwich de queso a la plancha?

—No. Pero suena muy bien. ¿Es difícil de hacer?

—No. Esa será nuestra próxima lección. Vamos a hacer una ensalada para acompañar nuestra pasta. —Vio la tensión de Joanna y decidió cambiar de tema—. Me ha caído bien Mary-Lou. ¿De verdad puso una rana en el bolso de tu madrastra?

—Sí. —Joanna no apartó los ojos de la salsa—. Pero Denise pensó que había sido yo quien lo había hecho, así que a mí no me pareció tan divertido como a los demás.

—Debió de ser duro para ti —dijo Ashley sintiéndose mal por ella—. Ahora estoy muy enfadada con mi madre, pero al menos me sentí querida.

—En parte fue culpa mía. —Joanna echó la pasta en el agua hirviendo—. Crecí con un solo padre hasta los ocho años. Éramos los dos contra el mundo. Nunca conocí a mi madre. Mi padre me hablaba de ella todo el tiempo, y yo me sentía como si la conociera, pero nunca la había tenido en mi vida. Echaba de menos pensar en ella, más que a la persona real. Y entonces él conoció a Denise. Yo era joven. Insegura. Nunca había tenido que compartir a mi padre con nadie. Supongo que ella sentía lo mismo. Lo quería solo para ella. —Era una confesión difícil y emotiva, y Ashley se sintió halagada por poder escucharla. Joanna se ocultaba de todo el mundo y, sin embargo, se estaba revelando ante Ashley. Compartiendo sus secretos más profundos, exponiendo las capas de su vida que nadie más veía.

Deseaba con desesperación ser capaz de decir algo sabio y convincente, pero no tenía ni idea de qué.

—Denise era la adulta. —Al final se limitó a decir solo lo que pensaba—. Eras una niña, y enfrentarte a un cambio así debió de ser muy complicado para ti. Debería haber sido más comprensiva.

—Tal vez. Iba a divorciarse de ella. Mi padre era un hombre muy apacible y tranquilo, pero a ella le gritaba. Le decía que él no podía estar con alguien que no amaba a su hija. Que había cometido un error. Que se había acabado. ¿Está demasiado alto el fuego? —Joanna se quedó mirando la sartén mientras Ashley luchaba por digerir lo que acababa de oír. ¿Se lo habría contado a alguien antes?

—Así está bien. —Ashley tragó saliva—. ¿Y ella qué dijo?

—Que no era culpa suya. Que yo era una niña difícil.

Ashley se olvidó de la comida y envolvió a Joanna con sus brazos.

—Eso es horrible. Imperdonable.

—Mi padre también lo pensaba. Vi que se le ponía un poco roja la cara y se llevaba una mano al pecho. Hizo un ruido raro... y luego se desplomó. Se cayó al suelo. —Joanna se quedó mirando la sartén—. Una vez vi cómo derribaban un árbol en el bosque y fue exactamente igual. Estoy estropeando la pasta, lo siento. Te dije que no sabía cocinar.

—Sabes cocinar. Has cocinado. —Ashley la soltó, apagó el fuego de la salsa y bajó el de la pasta. Le temblaban las manos—. ¿Qué pasó entonces?

—Se rompió una silla. —Joanna hizo una pausa para tomar aliento—. Entré corriendo en la habitación gritando «¡papá, papá!» y Denise me empujó. Me empujó fuerte.

—La odio. —Ashley cerró las manos—. Ni siquiera la conozco, pero ya la odio. —Y pensó que nunca más se quejaría de su vida de nuevo. Lo que ella estaba viviendo no era nada comparado con lo que Joanna había tenido que soportar.

—Ella dijo que era mi culpa. Que se había puesto así por mí.

—Pero tú sabías que eso no era cierto, ¿verdad? Dime que sabías que no era verdad.

—Durante años pensé que lo era. Llevaba la culpa sobre mi espalda.

—Es como si ella... te hubiera apuñalado con palabras. Y esa herida se quedó contigo.

—Sí, pero en ese momento lo único que me importaba era que mi padre se había derrumbado. La única persona a la que amaba, en cuerpo y alma. La única persona que me amaba, con corazón y alma.

Ashley sintió que las lágrimas casi la ahogaban, pero se las tragó y parpadeó con fuerza. Si lloraba, como deseaba hacer, Joanna sentiría que tenía que consolarla, cuando debería ser al revés.

—No fue por tu culpa, Joanna. Nada lo fue.

—Busqué el teléfono y pedí ayuda, pero cuando llegaron ya era demasiado tarde. Se había ido.

«Se había ido». Tanta emoción en solo tres palabras.

Ashley sintió un dolor en el pecho.

—Lo siento. Lo siento mucho.

—No quería soltarlo. Tuvieron que separarme. ¿Deberíamos escurrir la pasta ahora?

Ashley tenía en mente la imagen de una Joanna joven aferrada al cuerpo de su padre muerto. No podía pensar en la pasta.

¡Pero tenía que pensar en la pasta! Era importante que esa comida fuera perfecta.

—Claro —respondió casi sin voz—. Hagámoslo.

Escurrieron la pasta, la mezclaron con la salsa y la sirvieron en unos cuencos.

—Puedes añadir albahaca fresca si quieres. —Era surrealista hablar de albahaca y de perder a un ser querido al mismo tiempo. Pero quizás eran esas pequeñas cosas las que ayudaban a soportar las grandes. Cocinar otra comida. Saludar otra mañana. Añadir albahaca fresca a la pasta. «Paso a paso»—. Arranca unas hojas.

Joanna agarró la olla. Le temblaron un poco los dedos mientras desmenuzaba las hojas y las esparcía por encima.

—Huele bien. Pero eso es porque lo has hecho tú.

—Lo lograste tú, Joanna. Yo no hice nada.

—Me dijiste lo que tenía que hacer. —Joanna extendió la mano y le tocó el brazo—. No me abandonaste ni siquiera cuando te dije cosas que harían que la mayoría de la gente de tu edad saliera corriendo.

—No voy a salir corriendo. Igual que tú no lo hiciste cuando yo estaba desesperada. —Mierda, si conseguía terminar esa comida sin ponerse a llorar sería un milagro—. Sabes cocinar, Joanna, no dejes que nadie te diga lo contrario.

—Porque estabas a mi lado.

—Y estaré a tu lado cuando hagas un sándwich de queso a la plancha. Y cuando te enseñe a hacer mi *risotto* al limón. No sabes lo rico que está. ¿Llevamos esto a la terraza? —Agarró el bol de la ensalada y un cuenco de parmesano recién rallado, y respiró profundamente. Se había sentido culpable porque Joanna estuviera haciendo tanto por ella, sacrificándose tanto, y ahora sentía una cálida sensación al darse cuenta de que ella también le estaba ayudando.

Joanna había confiado en Ashley lo suficiente como para sincerarse. La había tratado como a una amiga.

Vio cómo Joanna le ponía delante un cuenco de pasta muy bien preparada.

—¡Vaya! —dijo Ashley—. Tiene una pinta increíble.

—Sí, ¿verdad? —Joanna miró la comida que tenía

delante con sorpresa y algo parecido al asombro—. Creo que es la primera cosa que hago sin que quede con los bordes chamuscados.

—Lo lograste.

Ashley se sintió muy bien de repente.

Iba a enseñar a Joanna a cocinar. Iba a hacer que recuperase la confianza.

Joanna se sentó a la mesa, pero no tocó su comida.

—Ni siquiera lloró. Mi madrastra. No lloró. Ni una lágrima. Eso lo empeoró todo de alguna manera.

—Sí. Lo creo.

—Deberíamos dejar de hablar de esto.

—¿Por qué? No pasa nada por hablar de lo que nos pide el cuerpo. ¿Crees que ella estaba en *shock* o algo así? Cuando murió mi madre me sentí muy rara. Un poco desconectada del mundo. No fue como pensé que sería.

—Puede ser. Tienes razón en que el dolor no siempre se comporta como pensamos, pero en aquel momento lo tomé como una confirmación de que ella no le quería. Y aún me pregunto si lo amaba. No lo sé. —Joanna hurgó en la pasta con el tenedor—. Le dije que la odiaba. Fui bastante cruel con ella.

Ashley bajó el tenedor. ¿Cómo iba a comer?

—Acababas de perder a tu padre y ella se comportaba como una bruja malvada. No te estaba ayudando. Es comprensible que le dijeras algo así.

—Pensé que las cosas no podían empeorar, pero lo hicieron. Mi padre cambió su testamento unas semanas antes, supongo que porque ya estaba pensando en pedir el divorcio. Me dejó Otter's Nest a mí y a Denise una pequeña cantidad de dinero, pero era la casa lo que ella quería. Me echó la culpa de que no la heredara.

—Otro motivo más para que no le gustaras. Pero aun así, vivíais allí las dos juntas.

—Todavía estaba casada con mi padre cuando murió. Éramos familia, aunque ninguna de las dos lo quería. —Joanna la miró fijamente—. No estás comiendo. ¿Es por mi comida?

—No. Es por la historia que me estás contando. Me está haciendo sentir un poco mal.

—A mí también. —Joanna esbozó una débil sonrisa—. No debería habértelo contado.

—¿No se lo habías contado a nadie?

—Solo a Mel y a Nate. Estábamos muy unidos.

Pero también los había perdido a ellos. Joanna los había perdido a todos. No era de extrañar que se hubiera ido con Cliff.

—Puedes hablar de ello conmigo cuando quieras. Aunque supongo que preferirías olvidarlo.

—Eso es lo que pensaba, pero hablarlo contigo me ha ayudado. Y tengo que tomar decisiones —dijo Joanna—. Tengo que decidir si voy a ir a visitar a Denise, mi madrastra.

Ashley estaba a punto de expresar su opinión, pero se detuvo. La gente debería tomar sus propias decisiones, ¿no?

—¿Y quieres hacerlo?

—No. Pero siento que podría darme un cierre.

—Si te decides a ir, te acompañaré. Si tú quieres, claro.

—¿Harías eso?

—Por supuesto.

—Gracias.

Joanna comió un poco de pasta y Ashley también.

—No tenías su apoyo ni su amor, pero tenías el amor de tus vecinos.

—Sí. Supongo que sí. —Joanna dejó los cubiertos tras terminar de comer su pasta—. Ya está bien de hablar de mí. Hablemos de ti para variar.

—Hagámoslo en otra ocasión. Por ahora, te propongo que nos tomemos un helado. El helado siempre ayuda, y luego tenemos que pensar qué te vas a poner mañana. —Necesitaban distracción. Esa era la clave—. Estaba pensando que el vestido verde con los pendientes plateados sería una opción estupenda.

—Hace tanto tiempo que no voy a una barbacoa informal que no tengo ni idea de qué atuendo sería el apropiado.

—El vestido verde es apropiado.

Joanna suspiró.

—Quieres que me lo ponga por Nate.

—No. —Ashley negó con la cabeza—. Quiero que te lo pongas por ti. Porque te hizo sonreír cuando viste tu reflejo en el espejo. Porque te gusta...

—Es verdad.

—Y porque hace tiempo que no te pones en primer lugar y haces lo que quieres.

Hubo una larga pausa.

—También es verdad.

—Entonces, ¿te lo pondrás?

—Sí. Me lo pondré.

Joanna se puso el vestido, aunque no dejaba de juguetear nerviosa con la tela mientras salían de la casa hacia el coche la noche siguiente.

—Siento que voy llamando demasiado la atención. No sé por qué lo compré. Estábamos comprando ropa para ti, no para mí. No necesitaba un vestido.

«Sí, claro que lo necesitabas», pensó Ashley.

—Bueno, cuando ves uno tan bonito como ese, ¿por qué no? Esa *boutique* tenía cosas preciosas. Y Rosa me ha caído genial. —Se había comprado unos *shorts* para ella, un par de vestidos de playa y un bañador. Pero lo que más ilusión le había hecho había sido unir fuerzas con Rosa para convencer a Joanna de que cambiase su estilo vistiendo. Además del vestido verde, consiguieron que se comprara otros dos vestidos más, un par de pantalones cortos, dos camisetas y un traje de baño.

—Dijiste que hacía años que no ibas de tiendas, ¿cómo comprabas la ropa entonces? —preguntó Ashley mientras se adentraba en el coche junto a Joanna.

—Por Internet. O hago que me envíen una selección de prendas a casa.

—¿Y dónde queda la parte divertida de ir de compras?

—Ir de compras no me parece divertido. Es solo una necesidad. La ropa se lleva con un propósito, para enviar un mensaje.

¿Y qué decía su ropa de ella?

—Nunca lo había pensado así. Elijo ropa cómoda y que me haga sentir bien. A veces solo porque me hace sentir bien. ¿Y si no te gusta lo que te llevan a casa?

—Les doy una lista con indicaciones.

Y Ashley no tenía ninguna duda de qué pediría en ella. Ropa sin colores y sin gracia.

—Pero entonces te pierdes la sorpresa. Algo distinto que te llame la atención. Algo que podría ser divertido llevar.

Joanna condujo hacia el pueblo, salió de Main Street y siguió la carretera hacia la playa.

—La ropa no me parece divertida.

—Sé sincera: cuando Rosa nos trajo toda esa ropa para probarnos, te lo pasaste bien.

—Me resultó... refrescante salir de casa y hacer cosas normales. —Joanna aparcó delante de una bonita casa de campo llena de flores de colores y árboles frutales—. Es aquí.

—Es muy bonito. —Ashley esperó a que Joanna se

moviera—. Eh..., ¿por qué estamos todavía sentadas en el coche?

—Me resulta extraño. Esta era la casa de los sueños de Mel. Solíamos pasar por delante de camino al colegio y ella decía: «Algún día viviré allí con Greg».

—Está claro que es una mujer que sabe lo que quiere.

—No como yo. —Joanna todavía sostenía el volante con fuerza—. No sé qué hago aquí.

—Has venido a pasar una velada agradable con tus viejos amigos.

El siguiente paso fue sacar a Joanna de la seguridad del coche.

—Tengo el vino —dijo abriendo la puerta del copiloto—. ¿Te encargas tú de llevar la bolsa con los bañadores?

Joanna abría la puerta del coche justo cuando una bola de pelo dorado saltó desde el jardín de la parte trasera de la casa. Se detuvo derrapando, moviendo la cola sin parar de un lado a otro. Ashley sonrió al instante.

—Supongo que eres sociable —dijo sonriendo mientras se agachaba para acariciarlo. Y se rio cuando el perro saltó encima de ella con alegría y la derribó.

—¡Bess! —Nate apareció a los pocos segundos detrás del perro—. ¿Recuerdas algo de tu entrenamiento? ¿La parte de sentarte y quedarte quieta? Lo siento. Es muy sociable. Lo malo es que es un poco efusiva saludando.

—Ya lo veo —dijo Ashley, aún de espaldas al suelo con la perra encima y sin poder parar de reír. No se había reído tanto desde antes de la muerte de su madre.

—También es joven. La familia que la tenía no podía con sus niveles de energía, así que me la quedé yo.

El adiestramiento todavía está en proceso. Me digo a mí mismo que es porque no la tuve desde cachorra, y no porque no sea adiestrable. —Nate dio un tirón a la perra y la miró con severidad—. Siéntate.

Bess le dirigió una mirada lastimera, como preguntándose por qué querría hacer algo tan aburrido.

Ashley se puso en pie mientras Nate intentaba persuadir a la perra para que obedeciera.

—Siéntate. Te lo ruego. —Ashley sonrió—. No estoy segura de quién está al mando aquí, pero no creo que seas tú.

—Te ha manchado la ropa con las patas.

—No me importa, estoy acostumbrada. Solía trabajar como voluntaria en el refugio de animales. Volvía a casa con más pelo que los perros. —Se inclinó y acarició a la perra de nuevo. Tenía muchas ganas de tener su propio perro. Quizá algún día. ¿Se llevaban bien los perros y los bebés? No lo sabía. Había tantas cosas que no sabía. Tanto en lo que pensar—. Eres una perra muy guapa.

—No le digas eso. No necesita más estímulos.

—¿Es un labrador?

—Sí, hay algo de labrador en ella. Cuando salta, a veces me pregunto si no será medio canguro. Quizá incluso un poco cabra, pero es una perra muy dulce e inteligente. En su último hogar se salía con la suya, pero espero que aprenda a seguir las normas conmigo. —Abrazó a la perra con fuerza y giró la cabeza cuando vio a Joanna salir del coche.

Ashley se sintió aliviada al verla. Empezaba a preguntarse si Joanna no acabaría arrancando el coche para huir de la barbacoa.

—Hola —saludó Nate. Se levantó y le dedicó una sonrisa amable, sin dejar de sujetar a Bess por el collar—. Tuvimos algunos problemas con la intensidad del saludo, pero ya está todo bajo control, lo cual es bueno, porque no quiero que piense que está bien tirar al suelo a las visitas. Greg ya tiene comida en la parrilla. Espero que tengáis hambre. Son cosas sencillas, nada *gourmet* —dijo mirando a Joanna.

—Suena perfecto —respondió ella.

Caminaron hasta la parte trasera de la casa, donde unas bonitas luces iluminaban el césped y una puerta de acceso a un camino que seguramente llevaba a la playa. Podía oír el ruido de las olas a lo lejos y el chillido de niños jugando.

Ashley sintió una punzada de dolor en el pecho.

«Quiero esto», pensó. «Algún día. Quiero tener un hogar propio, junto al mar».

Nunca iba a tener algo tan impresionante como Otter's Nest, pero un lugar así, o una versión más pequeña, sería un sueño alcanzable.

Mel no tardó en aparecer.

—¡Joanna! Estás guapísima. —Vaciló brevemente antes de abrazar a Joanna y luego a Ashley.

—Gracias por invitarme —dijo Ashley. Podría haber sido una situación incómoda, pero parecía que Mel estaba dispuesta a dejar atrás el pasado.

—Me alegro de que hayáis venido las dos. Ya conoces a Greg. Eden debería estar aquí ya, pero ha ido a hacer surf y aún no ha vuelto. —Miró por encima del hombro, frustrada, y Ashley sintió compasión por Eden. ¿Cuántas veces la habría mirado así su madre? Los adultos olvidaban lo que era ser adolescente. Te decían que maduraras, pero luego a menudo te trataban como a un niño, queriendo controlar todos tus movimientos.

Ahora daría cualquier cosa porque su madre la volviese a regañar aunque solo fuese por un día.

—¡Ya estoy aquí! —Una chica se abrió paso a través de la verja y trotó por la hierba. Llevaba un traje de neopreno y el pelo húmedo—. Lo siento. He perdido la noción del tiempo.

—Tienes que ducharte, cambiarte y... —dijo Mel tras un suspiro.

—¡Ya sé que tengo que ducharme y cambiarme! No tengo seis años. Incluso sé vestirme sola, mamá. —Ocultó su irritación y se dio la vuelta hacia Joanna. Le dedicó una sonrisa amistosa y luego miró a Ashley—. Te reconozco de la foto de la tele. Además, hoy han publicado un montón de cosas sobre ti en Internet, y...

—¡Eden! —Mel parecía avergonzada—. Discúlpate.

—¿Por qué? —Eden puso los ojos en blanco, pero también parecía avergonzada—. Lo siento. No sabía que no debía mencionarlo. Está por todas partes, así que pensé... Lo siento.

—Está bien, no pasa nada —dijo Ashley un poco incómoda—. Quiero decir, no está bien, obviamente, es una mierda —le envió a Joanna una mirada de disculpa—, pero es lo que es.

—¿Qué queréis beber? —dijo Nate, que acababa de aparecer junto a Bess.

Ashley se dio cuenta de que las asperezas entre Eden y Mel no iban a facilitar las cosas esa noche y ella estaba desesperada porque todo fuera bien. Joanna necesitaba pasar tiempo con Mel y Nate, ¿no?

Vio las tablas de surf apoyadas contra la pared y miró a Eden.

—¿Surfeas?

—Desde que tenía cinco años. Mi padre me enseñó.

—Qué bien. ¿Puedes llegar a la playa desde aquí?

—A través de esa puerta. —Eden dudó. Se encontró con su mirada—. ¿Quieres echar un vistazo? Puedo enseñártelo.

—Me encantaría, si te parece bien.

—Claro. —La tensión de Eden se relajó—. Dame cinco minutos para ducharme y cambiarme.

Salió exactamente cinco minutos después. Llevaba pantalones cortos y una camiseta azul brillante, y aún tenía el pelo mojado de la ducha.

Con la petición de Mel de que volvieran a tiempo para comer resonando en sus oídos, se dirigieron a la puerta de acceso a la playa.

—Siento lo de mi madre —dijo Eden empujando la puerta—. Ella puede ser un poco intensa. Como si todo tuviera que ser exactamente como ella quiere. A nadie se le permite el libre albedrío. O al menos a mí no.

—Lo entiendo. Es una cosa de madre e hija. —Ashley miró a Eden—. Tu madre fue amable conmigo ayer. Ella fue la que me ayudó. ¿Te lo dijo?

—No me ha dicho nada, aunque ayer no nos vimos. —Eden cerró la puerta tras ella—. ¿Te ayudó cómo?

—Viste las fotos. Supongo que leíste lo que escribieron sobre mí. Yo estaba tratando de salir de Silver Point. No quería empeorarle las cosas a Joanna, así que pensé que era lo mejor. Me sentía muy mal. —Todavía no podía creer cómo había cambiado tanto la situación—. Yo estaba en la calle principal tratando de averiguar qué hacer cuando Mel me vio. Llamó a tu padre y él me recogió y me llevó al Surf Café. Luego llamaron a Joanna.

—No lo sabía. Mi madre y yo no hablamos mucho últimamente.

—Tu madre y Joanna fueron muy amigas hace años, ¿lo sabías?

Eden se encogió de hombros.

—Lo mencionaba cada vez que salía alguna historia sobre ella publicada. Joanna salió con mi tío Nate cuando eran jóvenes. La verdad es que se me hace raro. Pero eso fue hace mucho tiempo. Luego rompieron, aunque no sé cuál fue el motivo.

Ashley sabía que era difícil ver a los mayores, a los padres, como seres individuales con una historia vital propia.

Al llegar a la arena, Ashley se quitó los zapatos y levantó la cara hacia el cielo por un momento. Luego miró a Eden.

—Joanna estaba nerviosa por venir hoy.

—¿Por el tío Nate?

—No lo sé. Tal vez. —Enterró los dedos de los pies en la suave arena—. Hubo algo ayer...

—¿Algo? —Eden la miró y luego se encogió de hombros—. No hace falta que me lo digas. No pasa nada.

—Quiero hacerlo. —Sabía instintivamente que podía confiar en Eden y era agradable hablar con alguien de su edad—. Antes de verlos juntos tenía la sensación de que habían tenido una mala ruptura. A ella no le gusta hablar de él. Pero luego los vi juntos y... ¡zas!, fue como en una película.

—Te escucho —la animó Eden con una sonrisa.

—Probablemente no fue nada. Quizá veinte años es demasiado tiempo para aferrarse a un mal sentimiento.

—Tal vez. —Eden parecía pensativa—. Mi madre me dijo una vez que se sorprendió mucho cuando rompieron. Joanna se fue con Cliff el mismo día; no es que yo sea una experta en relaciones, pero eso me suena a despecho.

—A mí también.

—Pero Joanna ha venido, así que eso también debe significar algo. Si ella hubiera querido evitarlo, no estaría aquí, ¿verdad?

Ashley miró el océano.

—Ella no quería, pero tu madre insistió.

—Eso es típico de mi madre. —Eden hizo una mueca—. Tiene ideas fijas sobre lo que es mejor para todos, y la vida suele ser más fácil si le sigues la corriente. Si no lo haces —se encogió de hombros—, no esperes una vida fácil. Me dice que es hora de sea adulta, pero es ella quien trata de tomar todas mis decisiones por mí. ¿Tu madre es igual?

—Mi madre está muerta.

—Mierda. —Eden levantó la mano en un gesto de disculpa—. Otra vez yo y mi bocaza. Lo siento.

—Está bien. Lo entiendo. —Ashley pensó en su propia madre y en todos esos años que había guardado el secreto de Cliff. Según ella, lo había hecho porque creía que era lo mejor para Ashley, pero ¿era eso realmente cierto o estaba haciendo lo que era mejor para ella? La pregunta la atormentaba—. De verdad que lo entiendo.

Eden frunció el ceño.

—¿En serio?

—Sí. Mi madre tomó algunas decisiones que pensó que eran las mejores para mí, pero en realidad no lo fueron. Ya sabes lo de Cliff Whitman. Sabes que soy su hija. —¿Qué sentido tenía contenerse cuando Eden probablemente ya lo había leído todo en Internet?—. Siempre supe que mi padre no era mi padre biológico. Mi madre fue clara al respecto. Pero siempre que le pedía más detalles me decía que no importaba, que no había significado nada, que había sido una locura por su parte. Pero nunca me dio un nombre, lo que me pareció extraño porque, ¿por qué no? —Se sorprendió de lo mucho que le seguía doliendo todo aquello—. Pensó que era mejor que yo no lo supiera. Y tal vez tuviera razón, aunque no lo creo.

—Entonces, si ella no te lo dijo, ¿cómo te enteraste?

—Se puso enferma. El dinero escaseaba... —Se le hizo un nudo en el estómago. El dinero era casi inexistente y eso era algo en lo que todavía tenía que pensar. Pero ahora no. No podía hacerlo todavía—. Contactó de nuevo con Cliff para intentar que asumiera la responsabilidad, aunque no sé por qué pensó que él estaría dispuesto a hacerlo.

Eden hizo un sonido burlón.

—Si no lo había hecho al principio, ¿por qué hacerlo después de tanto tiempo?

—Ella estaba desesperada. Y él no quiso saber nada, por supuesto. Y fue entonces cuando me lo dijo. Justo antes de morir... —Se interrumpió y sintió la mano de Eden en su brazo.

—Siento que te haya pasado eso. Siento que estés pasando por esto ahora. Es una mierda total.

—Sí. —Se le obstruyó la garganta y por un momento pensó que iba a llorar delante de esa chica a la que ni siquiera conocía, pero entonces la marea de dolor retrocedió y pudo respirar de nuevo—. He estado bastante mal.

—No me extraña. Cualquiera lo estaría.

—Y enfadada. —Ashley respiró—. Y confundida. Cuando me lo dijo, le grité. —Le remordía la conciencia recordarlo—. Le grité mucho.

—Mi madre y yo nos gritamos también. Es algo bastante normal, y tenías motivos para enfadarte. —Eden hizo una pausa—. Además, probablemente te asustó que estuviera tan enferma. Eso haría gritar a cualquiera. —Ella no lo había pensado así.

—Estaba asustada. Aterrorizada. Quería saber por qué no me lo había dicho antes, y ella lloraba y sollozaba diciendo que había hecho lo que creía mejor, y me sentí tan mal que le dije: «Olvídalo, olvidémoslo, no importa».

—Pero sí importaba —dijo la otra chica en voz

baja—. Y tú no podías olvidarlo. ¿Por eso te fuiste a Los Ángeles?

—Sí. Al principio no podía pensar en nada excepto en el hecho de que mi madre estaba muerta, pero al final fui a buscarle. A enfrentarme a él. —Y como Eden era la primera persona con la que hablaba de ello aparte de Joanna, lo contó todo y la otra joven la escuchó sin interrumpirla, con los ojos fijos en su rostro mientras revivía cada momento de aquella noche y los días siguientes.

Y cuando por fin dejó de hablar, Eden tomó aire y dijo:

—Subiste a su coche. Te enfrentaste a él. Eso es...

—¿Algo arriesgado?

—Iba a decir valiente. —Eden sonrió—. Muy valiente.

Ashley no tenía ganas de sonreír, pero también lo hizo.

—¿Tú crees?

—Oh, sí. No todo el mundo sería capaz de hacerlo. Yo no creo que hubiese tenido el valor. Solo lamento que todo saliera como salió y que él no te ayudara. ¿Es verdad que estás embarazada?

—Sí.

—¿Puedes sentirlo ya? —Eden la miró con curiosidad y luego se sonrojó—. Perdona. No tenía que haber preguntado eso. Es que nunca había conocido a una embarazada.

—No te preocupes. Y no, no puedo sentirlo. Todavía no. El bebé es otra cosa que tengo que resolver. Estoy posponiendo el momento. Tenía muchos planes en mi vida, y ahora no tengo nada claro.

—¿Qué querías hacer?

—Tenía plaza en la universidad. Quería hacer Informática. Quería diseñar juegos. —Ahora parecía algo tan lejano—. Ese era mi sueño, pero cuando mi madre enfermó no pude dejarla sola. Y ahora no tengo dinero, y además está el bebé... —Se sentía abrumada y respiró hondo—. La vida no sale como uno la planea, pero eso no significa que no pueda ser buena, ¿verdad? Es solo un cambio de dirección. Y no hay ninguna ley que diga que los sueños no pueden cambiar.

Eden la miró, con una expresión extraña en el rostro.

—Supongo.

—¿Y tú?

—No lo sé. No sé lo que quiero. —Eden hizo una pausa—. Mi madre quiere que vaya a la universidad, obviamente.

—¿Lo que significa que te tienta hacer lo contrario?

Ashley sonrió y Eden también.

—Me parece que estás en lo cierto. Y hablando de mi madre, deberíamos volver o le dará un infarto. Además, Bess podría comerse nuestras hamburguesas. —Eden la agarró del brazo y tiró de ella hacia el sendero.

Llegaron a la puerta.

Eden miró a través del jardín donde Joanna estaba de pie junto a Mel.

—No es para nada como la pintan en las revistas.

—Lo sé. Es como si los medios se hubieran inventado a otra persona. Y como nunca se defiende ni dice nada, la gente cree que es débil, pero es la persona más fuerte que he conocido. Una persona tranquila puede ser muy fuerte, eso es algo que he aprendido. Y además ha sido muy amable conmigo.

—¿Se te hace raro? ¿Saber que tu madre... *durmió* con su exmarido?

—Sí. Al principio quería disculparme, pero ahora... —Ashley se encogió de hombros—. No fue culpa mía. Tampoco de Joanna. Por eso me fui. No quería que tuviera más problemas por mi culpa. Y me alegro de no haberme ido. A ella le gusta estar aquí, sé que le gusta. Solo espero que tus padres, Nate y Joanna puedan arreglar las cosas.

Eden ladeó la cabeza.

—Supongo que fue complicado, siendo mi madre y Nate hermanos gemelos. Son diferentes, por supuesto, pero están muy unidos. Mi madre adora a Nate, y que Joanna lo dejara así debió de ser duro.

¿Que ella lo dejó a él? Ashley frunció el ceño.

—¿Qué?

—Piénsalo. Llevaban juntos toda la vida y de repente Joanna se va con un chico al que acaba de conocer. Mi madre se quedó destrozada y puedes imaginar por qué. Su mejor amiga abandonó a su hermano de una forma bastante desagradable y ni siquiera habló con ella para darle alguna explicación. ¿Tú a quién apoyarías? ¿Cómo podrías apoyarlos a los dos? —Eden se encogió de hombros—. Una situación de pesadilla. No sé qué habría hecho yo, ¿y tú?

—Pero eso no es lo que pasó. Fue Nate quien dejó a Joanna. Estaban saliendo juntos desde hacía mucho tiempo y de repente él se estaba besando con una chica rubia delante de la que se suponía que era su novia. —Ashley defendió a Joanna y luego se dio cuenta de que estaba hablando con Eden, la hija de Mel, y que probablemente no debería haber dicho nada de eso.

Eden la miraba fijamente.

—¿Qué?

—Nada. Olvídalo. —Ashley sintió que le ardía la cara—. No debí haber dicho nada.

—¿Que se besó con una rubia? ¿Eso es verdad? ¿Fue Nate quien rompió con ella? —Eden dejó escapar una bocanada de aire—. Mi madre cree que la culpa fue toda de Joanna.

—No digas nada, por favor.

—Tal vez sea Joanna quien se lo diga.

—Tal vez. —Ashley vio cómo Joanna sonreía por algo que Mel había dicho. Fuese lo que fuese de lo que estuviesen hablando, no parecía tener nada que ver con aquella ruptura. Parecía que Mel no era la única que había decidido dejar atrás el pasado, al menos por esa noche—. ¿Crees que volverán a estar juntos?

—¿Joanna y Nate? —Eden frunció el ceño—. Lo dudo. Quiero decir, si esa relación estuviese destinada a funcionar, nunca hubiesen roto, ¿verdad?

—No sé. La gente puede cambiar. Sé que Joanna solo está aquí porque Mel y yo la empujamos a hacerlo.

—Quizá le cueste perdonarle. Y mira, ella y Nate ni siquiera están charlando. —Eden echó un vistazo hacia el jardín—. Está ayudando a mi padre con la comida y Joanna está hablando con mi madre.

Ashley también echó un vistazo.

—¿Crees que deberíamos...?

—No. No deberíamos. —Eden se lo pensó de nuevo—. O tal vez sí deberíamos.

Ashley la miró.

—¿Tramar algo para que vuelvan a estar juntos?

—¿Por qué no?

—¿Porque no debemos interferir en sus vidas?

—Los adultos interfieren en las nuestras todo el tiempo. No veo por qué no podemos hacer lo mismo. Y no estaríamos interfiriendo exactamente. Estaríamos creando una oportunidad para que hablaran entre ellos. Lo que hagan con esa oportunidad es cosa suya.

Ashley sonrió.

—Eres buena.

—Ojalá mi madre pensara lo mismo. —Eden se apartó para que Ashley pudiera atravesar la puerta—. Vamos a hacerlo.

17

JOANNA

—Eso ha sido tan sutil como una patada en el trasero —dijo Nate abriendo la puerta que daba a la playa—. Pido disculpas por mi familia. Espero que no te hayan avergonzado.

—Tengo más experiencia con la vergüenza que nadie en California. Se necesitaría más que un poco de manipulación bien intencionada para avergonzarme. —Joanna le siguió por el camino que conducía de la casa de Mel y Greg a la playa. Ni siquiera estaba segura de cómo había acabado así. Estaba hablando con Eden y Ashley, le habían sugerido dar un paseo por la playa y de repente estaba a solas con Nate.

Debería sentirse incómoda, pero no era así, y eso era una sorpresa para ella. Le resultaba menos incómodo estar con él que con Mel. La conversación con su vieja amiga había sido entretenida, pero se había sentido un poco tensa. ¿Era culpa de Mel o de ella?

¿Cambiaría algo si le contara la verdad de su ruptura con Nate? En cierto modo, le parecía infantil querer revolver el pasado después de tantos años. ¿Importaba ya la verdad?

Pero sabía que el pasado era algo que debían abordar. La hierba larga le rozó los muslos desnudos y oyó el sonido de las olas rompiendo sobre la arena. De jóvenes hacían eso todos los días. Iban a la playa. Jugaban en la arena. Nadaban en el mar. Reían. Parecía todo tan lejano...

—Esto me trae recuerdos.

—¿Buenos? —preguntó él mirándola.

—Por supuesto. —Y entonces se le ocurrió que, aunque ella no se sentía incómoda, él sí podría estarlo—. Siento que te hayan puesto en esta situación. Podemos volver cuando quieras.

—¿Te refieres a estar solos? No. En realidad había estado pensando en cómo podríamos hablar en privado en algún momento. Me lo han puesto fácil.

¿Hablar? ¿De qué había que hablar?

Probablemente quería quitarse la incomodidad de encima para que pudieran coexistir en Silver Point en relativa armonía, pero ¿realmente quería ella esa conversación? Había pensado que sí, pero ahora no estaba segura.

—No tienes que sentirte incómodo por mi presencia aquí, Nate. Lo nuestro fue hace mucho tiempo. —Se habían prometido para siempre, pero resultó que su idea de «para siempre» había sido mucho más corta que la de ella.

Y ahora, con el beneficio del tiempo, la edad y la experiencia, veía lo ingenuos que habían sido ambos. Qué diferente se ve el mundo cuando eres adulto.

—Cuidado al pisar, el camino es irregular. —Le tendió la mano, pero ella hizo caso omiso y pisó con cuidado el agujero en el suelo que le había indicado.

No quería agarrarle de la mano. Se había hecho algunas promesas mientras se aplicaba color en las mejillas en el cuarto de baño e intentaba crear un *look* casual, como lo había llamado Ashley. Se había prometido a sí misma que no iba a hablar de nada serio y que no iba a tocarle por nada del mundo. Estaba siendo más difícil de lo que había pensado. Este nuevo Nate era desconocido y, al mismo tiempo, dolorosamente familiar. Sus ojos seguían arrugándose cuando sonreía. Tenía la misma forma de reír, la misma forma de mirarla cuando hablaba.

Inquieta, mantuvo los ojos fijos en el largo horizonte azul.

—Greg y Mel tienen una casa preciosa. Y Eden es tan parecida a Mel.

Nate se rio.

—No se lo digas a ninguna de las dos si quieres seguir viva.

—¿Se llevan mal? —Pensó en lo que sabía de Mel y en el poco tiempo que había podido observar a Eden—. Sí, puedo imaginármelo. Ambas dicen lo que piensan.

—Por suerte tienen a Greg para interponerse entre ellas cuando es necesario. Mel tiene opiniones firmes sobre lo que su hija debería hacer con su vida. Ha criado a Eden para que piense por sí misma y sea independiente...

—¿Y ahora su hija está haciendo eso y a Mel no le gusta el resultado? Debe de ser duro preocuparte por tu hija cuando ya no es una niña.

Él la miró.

—Eso es lo gracioso de estar al borde de la edad adulta, ¿no? Crees que lo sabes todo. Crees que estás seguro y que tienes todo resuelto. Nadie puede decirte nada, y, de todos modos, ¿qué sabrán ellos? Y cuando te das cuenta de que no lo tenías todo claro, y de que había muchas cosas que no sabías, ya es demasiado tarde para arreglarlo y solo te queda seguir adelante y sacar lo mejor de las cosas.

¿Estaba hablando de su propia vida o de la de ella? ¿O de ninguna de las dos?

—No estoy segura de si algún día entenderé la vida del todo. Y tal vez eso sea bueno. Si tu plan de vida es demasiado rígido es más difícil adaptarse a los cambios no planeados. —¿Cuándo ha ido la vida según lo planeado? Rara vez—. El control es una ilusión, ¿no?

—Somos humanos, y parte de serlo es creer que podemos controlar nuestro destino.

Ya habían llegado a la playa, Joanna se quitó los zapatos y los dejó junto al camino.

¿La gente la reconocería? Esperaba que no.

Joanna Whitman vestía de blanco y negro y casi siempre llevaba el pelo y la cara parcialmente ocultos bajo la sombra de un sombrero.

Joanna Rafferty llevaba ahora un llamativo vestido verde y el pelo suelto.

No se sentía ella misma, así que quizá tampoco los demás la identificasen.

El sol poniente resplandecía anaranjado en un cielo rosa, dorado y rojo. Miró hacia el océano, más allá de las olas, más allá del rocío marino y el brillo, hacia el horizonte.

—No hay nada más hermoso que una puesta de sol californiana. —Ella caminó hacia la orilla del agua y él la siguió a su lado, como habían hecho tantas veces cuando eran jóvenes. Le resultó tan familiar que sus dedos casi se escabulleron hacia los de él.

Obviamente, él estaba pensando lo mismo porque se detuvo y la miró, con una extraña expresión en los ojos.

—Joanna Rafferty.

No le corrigió porque así era como se sentía. Esa noche, ella era Joanna Rafferty.

El corazón le latía con fuerza.

—¿Es ahora cuando me dices que no he cambiado?

—Has cambiado. Yo también. La vida hace eso, ¿no? Te moldea, de la misma manera que moldea esta costa. Eres la misma, pero diferente. —Metió las manos en los bolsillos, como si no confiara en ser capaz de contenerse para no tocarla, y ella sintió un momento de decepción seguido de confusión, porque, ¿por qué iba a querer que la tocara? ¿No tenía ya suficientes complicaciones en su vida?

—¿En qué soy diferente?

—Eres cautelosa. Precavida, aunque nadie te va a culpar por eso. Supongo que es difícil saber en quién confiar en tu vida.

Lo había descubierto muy pronto. Había confiado y la habían defraudado. Tenía expectativas y la habían decepcionado.

—La forma más segura y sencilla es no confiar en nadie.

—¿Es eso lo que hiciste?

—Hasta hace poco, sí. —Pensó en Nessa, y ahora en Ashley. Pensó en Mel, Greg y Nate. Rosa manejando al fotógrafo. Mary-Lou en la librería Beach tratándola como a una hermana perdida. La confianza podía perderse, pero también podía ganarse de nuevo—. Ni siquiera me cuestioné la forma en que estaba viviendo. Se convirtió en algo normal.

—Nadie debería tener que vivir así.

—Gracias a Ashley, me lo estoy replanteando. —Le contó lo de Rosa y el fotógrafo y él la escuchó atentamente, como Nate la había escuchado siempre, como si cada palabra que dijera fuera importante. Y cuando terminó, sonrió.

—Me enteré de eso. Ese tipo fue visto por última vez dirigiéndose hacia el sur.

—¿Lo sabes?

—Esto es Silver Point. Rosa corrió la voz para que la gente se enterara. Dijo que estaba haciendo demasiadas preguntas.

—Lo estaba —dijo Joanna—. Es su derecho, supongo.

—Igual que es el nuestro negarnos a contestar. Solíamos nadar aquí. ¿Te acuerdas?

—Sí. —Lo recordaba todo, incluso lo que había ocurrido después.

Su boca. Sus manos. Su cuerpo.

—¿Puedo tentarte?

—¿Perdona? —Un repentino calor comenzó a recorrerle el cuerpo, dificultándole la respiración.

—A meternos en el agua a nadar.

¿Desnudarse, dejar el vestido en la arena y zambullirse en el mar con él? ¿Ver cómo se quita la camiseta junto a ella? Algo que habían hecho tantas veces cobraba ahora un nuevo significado.

—Creo que no.

Por la mirada que él le dirigió, era evidente que sabía por qué se negaba. Los recuerdos flotaban entre ellos, casi visibles a simple vista.

—Caminemos entonces —dijo Nate con una sonrisa.

Pasearon por la orilla en dirección a Otter's Nest. Era la primera vez que lo hacían.

—Se me hace raro estar de vuelta. Me siento como en casa, pero al mismo tiempo no.

—No sé cómo pudiste estar lejos durante veinte años. ¿No tuviste la tentación de volver antes?

—Era complicado. —Hizo una pausa y se agachó para agarrar una concha. En cierto modo, alejarse había sido más fácil que volver—. ¿Y tú? ¿Te quedaste en Silver Point?

—Fui a la universidad. Luego volví.

¿Qué había pasado con sus planes de viajar y ver mundo? Todas esas cosas que había dicho que necesitaba hacer. Podría haberse sentido herida, pero no lo estaba.

Los sentimientos eran sentimientos. O los sentías o no los sentías. Ahora lo entendía. Razonamientos, excusas, deseos..., nada de eso era relevante.

—Pensé que estarías casado y con hijos. —Habían hablado de ello una vez, cuando ambos eran demasiado jóvenes para apreciar lo complicada que podía ser la vida.

—Ningún hijo. Sí estuve casado. Tardamos cuatro años en admitir que nos habíamos equivocado.

Ella debería haber hecho lo mismo, ahora lo sabía. Debería haber admitido su error mucho antes en lugar de buscar excusas para no hacerlo. Debería haber dicho: «Merezco más que esto», y haberse puesto manos a la obra para conseguirlo. Pero a veces era más fácil aceptar lo que se tenía que dar los pasos necesarios para cambiar las cosas.

—Siento que no te haya funcionado. Es duro.

—No tan duro como podría haber sido. Los sentimientos no eran lo suficientemente profundos por parte de ninguno de los dos. El matrimonio no fue fácil, pero la separación sí. Los dos sentíamos lo mismo, desenredamos lo que habíamos hecho, nos separamos y ahora seguimos hablando de vez en cuando. —Él también se agachó para agarrar una concha. Su superficie nacarada brillaba en su mano—. Ahora te toca a ti.

—¿Esperas que te hable sobre mi relación? —dijo ella dejando de caminar también—. Es de dominio público. Estoy segura de que ya lo has leído todo.

Cuando las cosas empezaron a ir mal con Cliff, pensó en Nate. Cuando uno se encontraba en una situación difícil, la mente jugaba malas pasadas. Te mostraba otras imágenes, opciones que parecían haber sido una mejor elección, pero Joanna se había entrenado para no pasar por eso. Había tenido cuidado de no pulir ni dar brillo al pasado. Pero ahora era imposible no pensar en ello. ¿Y si...?

—Sé lo que he leído, pero estoy seguro de que no sé la verdad. Me gustaría oírla de ti, si estás dispuesta a hablar. Pero si no quieres lo entiendo.

Se alejó del agua y se sentó en la arena. Ella se unió a él.

—He echado de menos esto. He echado de menos sentarme en la arena por la mañana temprano y al atardecer y contemplar el océano. —Vio bailar la luz, cambiar de color la superficie del agua—. Es la mejor vista que hay. No podría vivir sin ella.

El brazo de Nate rozó ligeramente el suyo.

—Tú, que amas tanto el mar, has debido de pasarlo mal estando en la ciudad durante dos décadas. ¿No lo echabas de menos?

Joanna se quedó mirando el agua.

—Al principio no me importaba. Era una nueva vida. Estábamos dedicados al negocio. —Aún creía que su relación con Cliff era algo sólido y fiable. Aún creía que tenían un futuro.

—¿Estabais enamorados? —La pregunta la dejó con las defensas bajas. Podría haberle dicho que se metiera en sus asuntos. Que no tenía derecho a hacerle esa pregunta. Pero no sabía cómo no ser sincera con Nate.

¿Estaba enamorada? No se atrevía a decirle: «No de la forma en que te había amado a ti».

Era difícil expresar lo baja que estaba su autoestima en aquel momento, cómo se había erosionado su confianza por todo lo que había pasado en su vida, desde la pérdida de su padre hasta la difícil relación con su madrastra y el rechazo de Nate, y cómo todo eso había sentado las bases de su relación con Cliff.

Ahora que lo recordaba, todo tenía mucho sentido. Se había estado castigando a sí misma por sus decisiones y las elecciones que había tomado, pero dentro de su contexto no eran tan difíciles de entender. Había pasado tantas horas creyendo que había tomado una mala decisión, pero la verdad era que se había decantado por la correcta en aquellas circunstancias. Cliff era lo que ella necesitaba en ese momento.

En ese instante se perdonó a sí misma. Y al hacerlo descubrió que, cuando dejas de castigarte por las decisiones que has tomado, cuando lo único que intentabas era hacer lo mejor y tratar de sobrevivir, te sientes mucho mejor.

Sintió una sensación de paz y aceptación que no había sentido antes. Una cierta compasión por la mujer que había sido entonces y por todo lo que había tenido que afrontar, y también orgullo porque, a pesar de todo lo que la vida le había deparado, había encontrado la manera de salir adelante.

Pensó en Ashley. «¿Que eres un fracaso? ¿Bromeas? Eres una superviviente. Una inspiración».

Su matrimonio con Cliff había sido complicado, pero al menos al principio había habido amistad y esperanza.

¿Amor? No estaba segura. Cliff había estado a su lado en el momento más bajo de su vida, cuando estaba herida y vulnerable. No se había sentido querida, sin embargo, él la había amado a su manera. No había sido el tipo de amor salvaje y romántico que compartió con Nate, pero, dado el modo en que habían terminado, se sintió más que feliz relegando al pasado esa emoción tan profunda y todos los moratones emocionales que la acompañaban.

Cliff había sido un amigo para ella, y Joanna fue lo mismo para él.

Nate frotó la arena de la superficie de la concha y luego miró a Joanna.

—¿Yo te desanimé con el amor?

En cierto modo lo había hecho.

—Era joven. No sabía qué hacer con todos mis sentimientos cuando tú...

—... cuando yo lo corté. No quería que te fueras, Joanna. Ni por un momento pensé que te irías.

Recordó cómo se había sentido cuando Nate había besado a Whitney. En ese momento decidió que no quería vivir su vida viendo cómo Nate besaba a otras mujeres y fingiendo que no le importaba. Tal vez si hubieran vivido en una ciudad más grande todo hubiese sido diferente. Podrían haber llevado vidas separadas, sin ni siquiera cruzarse, pero allí, en Silver Point, donde todo el mundo se conocía, ella estaría atrapada en una maraña de emociones dolorosas.

No quería tener que fingir que estaba bien todos los días, y no quería que la gente sintiera lástima por ella. Quería empezar de nuevo. Quería borrar el pasado en el que habían sido Joanna y Nate. Quería rediseñarse como Joanna. No podía imaginar cómo hacerlo allí sin estar con él. Escuchar un chiste y no reírse con él, cómo ver algo hermoso y no compartirlo con Nate. Había estado a su lado en cada uno de los momentos más bajos de su vida, hasta que él mismo se había convertido en su momento más bajo y ella había tenido que encontrar la manera de superarlo sola.

—Para mí no había otro camino. Si Cliff no hubiera aparecido cuando lo hizo, me habría ido de todos modos. —Y tal vez lo que había sentido por Cliff no era amor en la forma en que había conocido el amor hasta ese momento, pero se había sentido más feliz, más segura, con la simple amistad que ella y Cliff compartían.

—Siento que necesitaras una nueva vida. —Vaciló antes de seguir hablando—: Joanna...

—No hace falta que hablemos de eso, Nate. —Ella giró la cabeza y le sonrió—. Todo eso forma parte del pasado.

—¿Y si quiero hacerlo? ¿Y si hay cosas que tengo que decir? ¿Querrás escucharme?

¿Lo haría? Hubo un tiempo en que había soñado con tener la oportunidad de hablarlo con él. «¿Whitney? ¿En serio, Nate?». ¿Cómo podía pasar de serlo todo para él y al minuto siguiente no ser nada? Tantas preguntas y ninguna respuesta, aunque al final se dio cuenta de que las respuestas no iban a cambiar los hechos.

—No le veo sentido. Han pasado veinte años.

—Sí. Y algunas personas podrían decidir que eso es mucho tiempo, demasiado para preocuparse por lo que pasó. Pero yo no. Me prometí hace años que, si alguna vez tenía la oportunidad de hacerlo, diría todas las cosas que desearía haber dicho aquella noche. —La madurez había traído consigo una confianza tranquila. Era un hombre que sabía lo que quería y no tenía miedo de ir a por ello.

—Las amistades a veces se estropean. —El corazón de Joanna latía rápido—. Es un hecho de la vida.

—Ambos sabemos que lo que teníamos era mucho más que amistad. Y yo lo destrocé. Eso fue culpa mía.

Hace veinte años habría estado de acuerdo, pero ahora sabía que la vida no era tan sencilla.

—Las personas cambian. Las circunstancias cambian. No hay nada de qué hablar. Tú querías terminar. No queríamos lo mismo, y en ese momento luché con eso —ella se había quedado desconsolada—, pero no es un crimen, Nate. No amar a alguien lo suficiente no es un crimen.

—Tal vez no, pero lo manejé de una manera muy insensible. Y no fue porque no te amara lo suficiente. Más bien fue porque no confiaba en ese amor. —Se pasó los dedos por la frente y puso mala cara—. Todavía no puedo pensar en lo que pasó sin querer meterme debajo de una piedra.

—En su momento yo misma te habría empujado con gusto bajo una piedra, pero el tiempo cambia la perspectiva. —Y también calma las emociones—. Probablemente no había una buena manera de hacerlo. Aunque verte besando a Whitney una hora después de romper conmigo fue un golpe bajo.

—Sí. Para mí también. Y para ella... —Nate la miró a los ojos—. No le hizo gracia.

—¿No?

—No. Porque al principio pensó que te estaba engañando, y cuando le dije que acababa de romper contigo pensó que la estaba usando para enviarte un mensaje. Estaba equivocada —dijo mirando ahora al horizonte—, no fue algo que yo pensara. Me sentía confuso, abatido por haber roto contigo, inseguro de haber hecho lo correcto, e intentaba vivir la nueva vida que había elegido para mí. Probándola para ver cómo me sentía.

—¿Y cómo te sentiste?

—Vacío. Extraño. —Hizo una pausa—. Si sirve de ayuda, después de lo Whitney, pasó un año hasta que volví a besar a otra mujer.

Eso la hizo sonreír.

—Nate, fuiste a la universidad. ¿En serio esperas que me crea que no tuviste vida sexual?

—¿Durante ese primer año? No. Me volqué en los estudios y en el deporte.

—¿Y después?

—Se supone que es tu turno de hablar —le recordó él sonriendo—. Háblame de ti.

¿Y qué había que contar?

Solo había estado con dos hombres. Uno de ellos estaba muerto y el otro estaba sentado a su lado, con la rodilla rozándole la suya.

—Ya sabes lo que pasó. Conocí a Cliff esa misma noche.

—También me culpé por eso. Te fuiste con él porque te había roto el corazón.

—En parte, pero no del todo. Hubo razones por las que fui con él esa noche, y tú fuiste solo una de ellas. —Fue su turno de decir la verdad—. No fue un asunto de despecho, al menos no al principio. Fue amable conmigo, me dio una salida y la tomé.

—¿Hubo otras razones?

—Sí. Tuve... —¿Cómo debería llamarlo?—. Un encuentro con Denise después de verte.

—¿Te refieres a una pelea?

—No, la verdad es que no. Para eso hace falta que intervengan dos personas, y ella fue la única que habló. —Joanna había intentado apartar ese episodio de su mente—. Después de verte con Whitney, estaba muy disgustada. Hecha un desastre. No tenía a nadie a quien recurrir. Cuando algo iba mal, siempre recurría a ti, pero en ese caso...

—Yo era el problema.

—Sí. Y no me pareció justo recurrir a Mel. Sentía como si la estuviera forzando a elegir un bando. Así que me fui a casa y me encerré en mi habitación. Mi madrastra entró. Quería saber qué me pasaba. Lo normal sería que no le contara nada, no teníamos ese tipo de relación. Pero estaba disgustada y ella estaba allí, así que se lo conté y... —Hizo una pausa, sintiendo el dolor incluso después de tantos años.

—Conociendo a Denise, supongo que no fue nada comprensiva.

—Peor que eso. Dijo que no le sorprendía que hubieras cortado conmigo. Que yo era insoportable, que era muy difícil quererme. Decía que, si hubiera sido más fácil, quizá su relación conmigo hubiese sido mejor. Me acusó de destruir su relación con mi padre. Que sin mí aún seguirían juntos. Dijo que mi corazón roto era por el karma.

Nate tiró la concha a la arena.

—Qué mujer tan cruel y despiadada.

—Sí. Pero cuando te sientes tan vulnerable es fácil creer cualquier cosa mala que te digan. Sus palabras me calaron hondo. Que era insoportable, eso es con lo que me quedé ese día. Y cuando me arrastré a trabajar a la cafetería esa noche, así era como me sentía.

—Se había preguntado si la gente se daría cuenta cuando iba de un lado a otro tomando pedidos y limpiando mesas. Se sentía como si lo llevara escrito en la frente.

«Insoportable».

Y luego estaba Cliff, con todo su dinero y encanto...

—Me prestó atención, me dio una salida. Yo ni siquiera sabía que quería una salida en ese momento, pero cuando me pidió que me fuera con él me sentí como si tuviese la oportunidad de un nuevo comienzo. La idea de quedarme en Silver Point y verte todos los días... No me veía capaz de hacerlo. Tampoco quería volver a casa. Mi madrastra estaba allí y no quería volver a hablar con ella. Vivir con Denise sí que era insoportable. Lo odiaba tanto como ella. Sabía que no podíamos compartir el mismo espacio.

—Ella tenía una responsabilidad hacia ti. No deberías haber sido tú la que se fue.

—Pero lo necesitaba. —Joanna se quedó mirando a una pareja que caminaba de la mano por la orilla.

—¿Puedo hacerte una pregunta?

¿Qué podía preguntarle Nate que no le hubiera preguntado ya cualquier otra persona, probablemente un desconocido?

—Sí, adelante.

—Sé que no debo creer todo lo que he leído sobre ti, pero... —La miró a los ojos—. ¿Fuiste feliz con él?

Hace tiempo le habría resultado difícil responder

a esa pregunta, pero hablar con Nate le había dado la claridad que le había faltado a lo largo de los años.

—Él era lo que yo necesitaba —dijo finalmente—. ¿Fuimos felices todo el tiempo? No. Pero sí hubo buenos momentos. —Era fácil olvidarlos y centrarse solo en los malos. Fácil aferrarse a la ira y el dolor. Al arrepentimiento. Demasiado fácil, a veces, ver su matrimonio a través de los ojos de los demás.

Cliff no había sido perfecto, pero ella tampoco. Había reprimido una parte de sí misma. No había querido mostrarse tal y como era realmente por miedo al rechazo, por si eso la hacía vulnerable.

—Y ahora estás cuidando de Ashley. ¿No es un poco raro? Lo siento... —Levantó la mano a modo de disculpa—. No es asunto mío.

Ella se rio y él volvió a mirarla.

—¿De qué te ríes?

—Dices que estoy cuidando de Ashley. Es ella la que cuida de mí.

—¿Lo dices porque intentó irse para protegerte?

—No solo por eso. —Pensó en Ashley enseñándole a cocinar, ajustando con paciencia el fuego para evitar que Joanna lo quemara todo. Pensó en Ashley instándola a probarse vestidos que no habría ni mirado si hubiera estado sola. Ashley, ofreciéndole consejos sobre citas y ofreciéndose a ir con ella a ver a Denise—. Ella me hace querer más de mi vida. Me hace sentir que podría tener más.

Se quedaron mirando cómo las olas se acercaban y luego se retiraban. Una y otra vez.

—Ella te gusta.

—Mucho.

—Tiene suerte de tenerte a su lado. Suerte de que no hayas perdido tu bondad, a pesar de todo. ¿Cuáles son tus planes a largo plazo?

—Aún no hemos resuelto esa parte. —En su cabeza sí. La idea se había estado cocinando a fuego lento durante varios días, pero ya lo había decidido. Sabía lo que quería. Pero ¿qué quería Ashley? Todavía no lo habían hablado—. Vamos día a día. Cuando experimente de primera mano el frenesí mediático que atraigo, puede que decida que no quiere formar parte de mi vida.

—No parece que eso le importe demasiado. Sus sentimientos y su preocupación eran todos para ti.

Pensar en Ashley le hizo darse cuenta de que llevaban demasiado tiempo lejos de los demás.

—Deberíamos volver. —Se puso en pie y se quitó la arena de las piernas—. Se estarán preguntando dónde estamos.

—Se lo preguntarán, pero no creo que estén preocupados. Me alegro de que hayamos hecho esto. Es bueno poder hablar por fin.

—Sí. —Su corazón latió un poco más rápido, pero ella prefirió ignorarlo.

—¿Podemos hacerlo otra vez?

—¿Hacer qué otra vez?

—Pasar tiempo juntos. —Él hizo una pausa—. Antes de ser novios éramos amigos. Me gustaría volver a serlo. ¿Te gustaría?

—¿Quieres que seamos amigos? —¿Era eso posible? Ella sentía algo, eso era seguro, pero ¿era algo nuevo o una sombra de lo ya vivido? Por supuesto, era natural mirar hacia atrás y preocuparse por lo que podría haber sido. Pero ¿esperar lo que podría ser? Cuando se trataba de Nate, ella siempre sentía cierta debilidad. Pero ¿sería eso un problema?—. Ahora mismo me tomo la vida día a día.

—Bien, entonces, ¿qué planes tienes para mañana? Es mi día libre. ¿Quieres nadar? Podría preparar un pícnic —propuso él mientras se acercaban al sendero. Una vez allí, ella comenzó a calzarse, tomándose su tiempo para pensar.

¿Quería nadar con él? ¿Quería sentarse en una manta de pícnic y compartir la comida con el hombre que hacía años había ocupado todo su corazón?

Tal vez.

Si iba a quedarse a vivir allí, a hacer de ese lugar su hogar, entonces no quería esconderse de nada ni de nadie

—Mañana no puedo. Tengo planes con Ashley. —Ella vio en sus ojos que él no la creía—. Me está enseñando a cocinar. Mañana toca sándwich de queso a la parrilla. Al día siguiente haremos pollo, o puede que un *risotto*. No me acuerdo. Ashley es la que está a cargo de todo.

—¿Pollo? Creía que eras vegetariana.

—A veces —dijo ella sonriendo.

—Entonces..., ¿sándwich de queso a la plancha? ¿Por qué? —Parecía confundido—. Has estado casada con un chef de primera durante dos décadas.

—Precisamente. Me apetece comida que no espere aplausos cuando llega a la mesa, y quiero aprender a hacerla yo misma. Ashley me está enseñando. —Entonces, se le ocurrió una idea—. Dame unos días para practicar algunos platos y luego puedes venir a cenar a casa si te apetece. La pregunta es, ¿eres lo suficientemente valiente como para decir que sí?

—Sí. —Él no tardó ni un segundo en responder y ella sonrió.

—Te avisaré cuando esté lista. Podemos comer y nadar en la playa, como solíamos hacer.

—Suena bien. ¿Tienes tu teléfono?

—Sí. ¿Por qué?

—Porque vas a necesitar mi número para cuando me invites a cenar.

Ella sacó su teléfono, lo desbloqueó y se lo entregó para que él pudiera añadirse a sus contactos.

Tenía la sensación de que Ashley estaría orgullosa de ella.

Iba a invitar a Nate a una cita.

Iba a nadar con él. Iba a cocinar para él. Iba a ser su amiga.

¿Eso la convertía en valiente o tonta?

No lo sabía, pero sin duda lo averiguaría pronto.

18

MEL

—Ha ido todo bien. —Mel no dejó de saludar con la mano hasta que el coche de Joanna desapareció de su vista—. Pensé que sería incómodo. Y Nate ha sido muy amable todo el tiempo. No creo que haya sido fácil para él. Estoy segura de que aún sigue un poco dolido después de tantos años. Joanna terminó su relación con él de forma repentina y luego se fue con Cliff. Ya sé que piensas que eso ocurrió hace mucho tiempo, pero cuando eres joven ese tipo de cosas pueden dejarte marcado durante mucho tiempo. ¿Por qué me miras así?

—¿Tal vez porque eso no fue lo que pasó? —dijo Eden, agarrando a Bess para que no persiguiera el coche.

—Claro que fue así —aseguró Mel mientras arrancaba un par de malas hierbas que habían aparecido en el bordillo de la entrada—. Yo estaba allí. Lo viví. Pero todos estamos pasando página, y eso es bueno.

—Oh, vamos... —Eden sacudió la cabeza con frustración—. Siempre estás tan convencida de que tu interpretación es la correcta, que no te entra en la cabeza que podrías estar equivocada. No siempre tienes la razón, mamá.

Mel levantó la vista y vio el fuego en los ojos de

Eden y la elevación de su barbilla. No era la primera vez que deseaba que su hija se pareciera menos a ella. Ese temperamento. Esa vena obstinada. ¿Qué había hecho para atraer la ira de Eden esa vez? No lo sabía.

—No pienso que siempre tengo razón, pero sí la tengo en esto. —Mel arrancó otra mala hierba del suelo, con más fuerza de la necesaria. Había pasado una tarde agradable charlando con Joanna. No había sido tan fácil y cómoda como cuando eran pequeñas, pero había disfrutado de su compañía. La noche era cálida y agradable, aunque parecía que la tranquilidad no duraría demasiado si la conversación con Eden continuaba así.

—¿Lo ves? Tienes que tener la última palabra. No tienes razón. No fue Joanna quien dejó a Nate. Fue al revés.

—No sabes nada de eso, Eden. —Mel se irguió, dejando a un lado la maleza de la entrada. Se estaba estropeando la noche.

—¿No? ¿Le has preguntado alguna vez a Joanna qué pasó?

—No necesito hacerlo. Sé lo que pasó.

—Crees que lo sabes. Pregúntale, mamá. Pregúntale qué pasó realmente, y luego prepárate para disculparte.

Hace unos años le preocupaba el momento en que Eden abandonara el nido. Ahora estaba dispuesta a echarla.

—Eden...

—Fue el tío Nate quien la dejó. Eso es lo que pasó. La dejó él. —Alzó la voz y Bess emitió un pequeño quejido, sin saber qué pasaba, pero segura de que algo ocurría—. Y ella se quedó tan disgustada que se fue de la ciudad con ese tío. Con Cliff.

—Eso no es verdad.

—Sí es verdad. Ashley me lo dijo. No era su intención, pero me alegro de que lo hiciera porque me recordó de nuevo que siempre debo cuestionar todo lo que doy por sentado.

Mel ignoró la poco sutil indirecta. Su corazón latía con fuerza. ¿Podría ser verdad? No. Nate no le habría mentido. Aunque en realidad nunca habían hablado de ello... Siempre habían dejado pasar el tema. Y si había sido él quien había roto con Joanna, eso explicaría por qué ella había parecido tan confusa cuando Mel le había exigido una disculpa. Una horrible e incómoda sensación la recorrió por dentro. Si Eden tenía razón...

—Pero si eso es lo que pasó, ¿por qué Joanna nunca me llamó?

—No lo sé... —Eden puso los ojos en blanco—. Quizá porque eres tan terca que no es fácil hablar contigo.

«¿Terca? ¿Que no es fácil hablar conmigo?».

Tragó saliva. Estaba claro que Eden ya no se refería a Joanna.

—Eso que dices no es nada amable por tu parte.

—Tal vez. —Eden se sonrojó un poco—. Pero es la verdad, aunque te resulte difícil oírla.

Pero no era verdad.

—Si la gente tiene problemas, siempre estoy dispuesta a escuchar.

—Sí, pero hay muchas maneras de escuchar...

—¿Qué se supone que significa eso?

Eden se encogió de hombros.

—Está el tipo de gente que realmente deja hablar y escucha lo que le dicen, y luego los que escuchan con impaciencia y prisa para ofrecer sus soluciones y juicios porque creen que saben lo que es mejor para todo el mundo. Tú haces lo segundo. Tienes que arreglar las cosas. Es como si los problemas de los demás formaran parte de tu lista de tareas pendientes y quisieras tacharlos.

Mel asimiló el golpe.

—Si alguien que quiero tiene problemas, sí, claro que intento ayudarlo. ¿Es eso un crimen?

—No, no lo es. Pero tampoco ayuda, porque no puedes arreglar la vida de otra persona y a veces lo único que una persona necesita es hablar y expresar cómo se siente, pero contigo eso no está permitido porque te lanzas a dar soluciones que nadie te pide.

Pero eso era porque intentaba ayudar. ¿Qué había de malo en intentar ayudar a la gente que querías?

—Joanna y yo hablábamos de todo. Éramos las mejores amigas. —Se le secó la boca—. Si Nate hubiera roto su relación, ella me lo habría dicho.

—Bueno, pues no lo hizo. Y yo no puedo explicarte por qué no lo hizo porque no puedo leer la mente de la gente.

El caso es que Mel se basó solo en suposiciones. Había juntado todas las piezas y había formado una imagen en su cabeza, pero era cierto que las piezas también podían formar una imagen diferente si las colocaba de otra forma.

¿Por qué no se le había ocurrido antes?

Si Joanna no se hubiera marchado, le habría preguntado directamente, pero se había ido llevándose con ella la verdad.

Sin decir nada más a Eden, Mel rodeó la casa y salió al jardín trasero. Bess la siguió, moviendo la cola con un poco menos de confianza que de costumbre. La perra notaba que estaba inquieta. Mel temblaba, afectada por las palabras de Eden. Más tarde tendría que reflexionar sobre todo eso, pero por ahora solo quería llegar a la verdad.

Su marido y su hermano estaban sentados en la

hierba, cerveza en mano, sumidos en una conversación.

—¿Greg? —El tono de su voz le hizo levantar la vista—. Necesito que vayas a dar un paseo.

—¿Un paseo? ¿Ahora? —Él frunció el ceño y se incorporó—. Pero si estoy muy bien sentado aquí con...

—Vas a ir a dar un paseo tú solo, y vas a estar fuera de casa quince minutos.

—Eso es muy específico. ¿Por qué quince minutos?

—Porque eso es lo que voy a tardar en decirle lo que tengo que decirle a Nate y luego calmarme.

Greg suspiró y se levantó.

—¿Qué? —Nate se incorporó—. ¿En serio vas a hacer lo que ella dice? ¿Qué pasa con la hermandad entre hombres?

—Pasa a un segundo plano después de una cosita llamada matrimonio. Además, a esto lo llamo táctica de desescalada.

—Yo lo llamo cobardía —murmuró Nate mientras veía a su amigo en retirada. Resignado a lo inevitable, volvió la mirada hacia su hermana—. Parece que tienes algo que decirme.

—Pues sí. Varias cosas. Levántate.

—Cielos, Mel...

—Nate Monroe, ¡te vas a levantar ahora mismo!

Él suspiró y se levantó.

—¿Qué?

—He descubierto un hecho interesante esta noche. —No dijo cómo ni dónde lo había descubierto. No quería involucrar a Eden—. Acerca de ti y Joanna.

—Mel...

—Nunca entendí por qué me abandonó. Después de todo lo que habíamos pasado juntas, todos esos años, una amistad tan larga, nunca pude entenderlo.

Ella te dejó, pero también me dejó a mí, y nunca pude entenderlo. Hasta hoy. —Vio que la expresión de su hermano cambiaba—. Sabes lo que voy a decir, ¿no?

—Puedo adivinarlo. Escucha, Mel...

—No, ahora eres tú el que tiene que escuchar. —Le puso un dedo en el pecho, luego recordó que su temperamento era su perdición y se contuvo—. Luego serás tú quien se explique, pero yo te avisaré cuando lleguemos a esa parte.

Ella retrocedió un paso.

—Mel, yo...

—¿Rompiste con ella? Todos estos años me dejaste creer que fue ella la que rompió contigo y en realidad fue al revés, ¿no? —Ella quería desesperadamente que él lo negara, pero Nate se limitó a mirarla. Entonces, Mel quiso gritar de frustración y darse una bofetada por no haberse dado cuenta de la verdad—. Todos estos años me he estado preguntando qué había hecho, y resulta que yo no había hecho nada... ¡Fuiste tú! —Temblaba de rabia—. ¿Por qué no me hablaste de ello? ¿Por qué no me contaste nada de esto?

—Porque era mi relación. No era asunto tuyo. Y necesitas calmarte. Estás poniendo nerviosa a Bess... —Se agachó y acarició a la perra para tranquilizarla—. No pasa nada, bonita. Tu tía Mel está enfadada, pero no hace falta que me defiendas.

—Tal y como me siento ahora, puede que necesites que lo haga. Y normalmente estaría de acuerdo contigo en que tus relaciones son asunto tuyo, pero no en esta ocasión. Tu relación con Joanna era asunto mío porque también era mi mejor amiga. Si hubiera sabido la verdad, podría haberla apoyado, pero ella me apartó y yo la dejé porque me sentía entre la espada y la pared. No podía ser su amiga si ella te había hecho tanto daño. ¿Cómo podía sentarme y escucharla hablar de ti? ¡Era complicado! Pero si hubiera sabido la verdad, habría sido sencillo. Habría estado a su lado.

Nate se enderezó.

—No quiero hablar de esto.

—Pero yo sí quiero, y me lo debes. ¿Por qué, Nate? —Bess gimoteó y él le acarició la cabeza.

—¿Por qué? Porque tenía dieciocho años y no sabía cómo manejar las cosas. —Miró algo por encima de su hombro y Mel se volvió para ver qué había atraído su atención.

Greg se quedó parado y ella frunció el ceño.

—He dicho quince minutos.

—Se te oye desde la playa, Mel. Incluso en San Francisco, si el viento sopla en la dirección correcta. Tal vez quieras bajar un poco el volumen. —Suspiró—. Terminar una relación no es ningún delito.

—No, pero dejarme tirar a la basura mi amistad con ella sí debería serlo. Y tú deberías mantenerte al margen —aconsejó Mel—. Esto es cosa de gemelos.

—En realidad, esto es entre Nate y Joanna —dijo Greg—. No es tu problema, Mel.

—Pero es que sí es mi problema. —¿Por qué no podían entenderlo?—. Joanna era mi mejor amiga. Cuando terminó su relación con Nate, también terminó nuestra amistad. La eché mucho de menos. —Casi se atragantó con las palabras—. Pero viví con eso porque pensé que le había roto el corazón a mi hermano. ¡Te defendí, Nate! Me enfadé mucho con ella, y todavía sigo guardando ese rencor dentro. Hace unos días le grité.

Nate frunció el ceño.

—¿Le gritaste?

—Sí, y me odio por ello. Y voy a tener que disculparme, por eso y por muchas otras cosas, pero nada de eso habría ocurrido si me hubieras dicho la verdad desde el principio. —Se llevó las manos a la cabeza, deseando desesperadamente poder retroceder en el tiempo. Deseando poder borrar algunos rasgos de su carácter—. Esa fue la noche que besaste a Whitney. Pensé que estabas ahogando tus penas después de que Joanna terminara contigo. Dejaste que pensara eso. Y en realidad lo que querías era hacerle saber a Joanna que lo vuestro se había acabado.

—Besar a Whitney fue un error.

—¿Tú crees? —Ella lo miró con desesperación y frustración—. Siempre me pregunté por qué Joanna se fue con Cliff tan de repente y ahora lo sé. Hiciste imposible que se quedara...

—Eso no es verdad. Nunca quise que se fuera. Y no sabía qué iba a pasar con Denise.

—¿Denise? ¿Qué pasó con Denise?

—¿No lo sabes?

—¿Por qué iba a saberlo? Gracias a ti, Joanna ya no confía en mí.

Nate se pasó la mano por la nuca.

—Digamos que no la apoyó cuando se enteró de que habíamos roto...

—Para, no puedo oír esto. —Mel se llevó las manos a los oídos—. ¿Ella se peleó con su madrastra y tú no me dijiste eso tampoco?

—Esa parte la he descubierto esta noche.

Sorprendida, Mel dejó caer las manos.

—¿Ella te lo contó? ¿Lo habéis hablado esta noche?

—Sí, lo hemos hablamos.

—Bien. —Parte del fuego de sus ojos se desvaneció—. Espero que te echara una buena bronca.

—No lo hizo.

—Es demasiado buena para eso... Ella no tenía a nadie, Nate. Estaba sola. No hablaba conmigo porque eras mi hermano y seguro que pensó que yo sería leal a mi familia. —Le mataba pensar en lo aislada que debió de sentirse Joanna. Apenas era mayor que Eden.

—¿Qué quieres que te diga? —dijo Nate extendiendo las manos—. ¿Quieres oírme admitir que metí la pata? Sí, la he cagado. Lo supe casi de inmediato y lo he sabido durante las últimas dos décadas.

—¿Y por qué no me dijiste la verdad?

—Porque estaba enfadado conmigo mismo y no quería que tú también lo estuvieras. No quería decepcionarte. Soy tu hermano mayor, ¿recuerdas?

—Solo por cuatro minutos...

—Además, tú eres tan malditamente perfecta y no estaba seguro de que entendieras que incluso una persona con buenas intenciones puede equivocarse.

—¿«Perfecta»? —Casi se atragantó con la palabra—. ¿Yo?

—Sí, tú. No importa lo que la vida te depare, tú lo sobrellevas. Siempre tienes las respuestas para todo. Nunca tienes dudas. Vas por la vida con total confianza en que tienes razón. Nunca metes la pata. No necesitaba que me hicieras sentir peor diciéndome todo lo que había hecho mal y lo que debía hacer para arreglarlo.

«No es tan fácil hablar contigo».

Mel sintió que se le llenaban los ojos de lágrimas. Se le hizo un nudo en la garganta. Se abalanzó sobre su hermano y él levantó las manos para defenderse, hasta que se dio cuenta de que era un abrazo.

—Pensé que ibas a pegarme. —La abrazó con más fuerza—. ¿Estás llorando? ¿Ahogarme con tus lágrimas es tu forma de acabar conmigo? Vamos, Mel. Si lloras, nunca podré perdonármelo.

—No soy perfecta. Estoy muy lejos de ser perfecta. Tengo mal genio y soy impulsiva. Creo que lo sé todo y vuelvo loca a la gente. Y no sé escuchar, aunque me esfuerzo en hacerlo bien, pero es que me acelero y me preocupo mucho, no soporto que la gente que quiero tenga problemas. Solo quiero arreglar las cosas. Y sé que eso parece controlador, y probablemente lo sea, pero lo hago con todo mi amor...

—Oye, tranquila, ya lo sé. —Le frotó la espalda—. ¿De qué va todo esto? ¿Seguimos hablando de Joanna?

—No lo sé. —Mel se apartó y resopló—. Siento que no fueras capaz de decírmelo. Que conste que te quiero, aunque tengas defectos. Posiblemente te quiera aún más por eso.

Él sonrió y le limpió las mejillas con la mano.

—¿Nos estamos volviendo sentimentales ahora de repente?

—Quizá ya lo éramos. —Ella no se sintió capaz de devolverle la sonrisa.

«No es tan fácil hablar contigo».

¿Y si Eden se encontrara en apuros como Joanna? ¿A quién recurriría? Estaba claro que a Mel no.

¿Sabría ella cuánto le importaba a su madre? ¿Cuánto la quería?

Obviamente no, lo que significaba que era una madre terrible.

Nate mantuvo las manos sobre sus hombros.

—Entonces, ¿estamos bien? ¿Me perdonas por haberlo estropeado todo?

Al menos podían salvar su relación.

—Me alegro de que hayas metido la pata. Te hace humano y me hace sentir un poco menos mal conmigo misma.

Ella resopló y Nate miró a Greg.

—¿Tienes la menor idea de lo que está hablando?

—No. Pero está bien. A veces me funciona aceptar las cosas como son y no intentar entenderlas. —Greg le tendió la mano a Mel y ella fue directa hacia él. La ira la abandonó. Las relaciones terminaban, ¿no? Era un hecho de la vida. Y si los sentimientos entre ellos no eran tan fuertes, no pasaba nada, aunque Mel siempre hubiera creído que su relación estaba destinada a durar eternamente.

—Da igual lo que hicieras, es probable que nunca hubiese sido fácil —reconoció ella—. Los cuatro estábamos tan unidos que habría sido muy difícil encontrar la forma de recalibrarlo todo después de vuestra ruptura. Y podríamos haber sido nosotros. Greg y yo.

Greg la apretó contra su cuerpo.

—No, eso nunca. Me enamoré de ti desde el momento en que te vi dar tu primera voltereta en la playa. Y es obvio que me necesitas. Nunca saldrías de la cama por la mañana si yo no te arrancara las sábanas.

—Odio que hagas eso.

—Sigues durmiendo aunque suene el despertador una hora, si no lo hago no te levantas.

—¿Y eso te molesta?

—No, me parece adorable. —Él le acarició un brazo de forma cariñosa—. Yo también te necesito, por cierto.

Mel sintió una oleada de gratitud. Nunca había necesitado una prueba de su amor tanto como en aquel momento.

—¿No crees que soy una pesada con mal genio y entrometida?

—Me gustas. Y me encanta eso de ti.

—¿Sí? —Ella le besó la mejilla y Nate puso los ojos en blanco.

—No todo el mundo tiene lo que vosotros dos tenéis —dijo Nate mientras se inclinaba para darle a Bess un masaje en la barriga—. Pero, si sirve de algo, si pudiera cambiar la forma en que sucedieron las cosas, lo haría. Y siento que te haya puesto las cosas difíciles, Mel. Siento que por mi culpa también la perdieras.

Después de enfrentarse a sus propios errores, estaba dispuesta a perdonar los de él.

—Tenías dieciocho años. Los chicos de dieciocho años no son especialmente conocidos por su tacto para manejar situaciones emocionales delicadas —dijo Mel. Y ahora sintiendo curiosidad, preguntó—: ¿Así que Joanna y tú hablasteis de ello? ¿Te disculpaste?

Nate levantó la mano.

—Que hayamos hablado de lo que pasó hace veinte años no significa que me esté convirtiendo en un cotilla. Mis conversaciones con Joanna son privadas.

Ella suspiró.

—Supongo que también me encanta eso de ti, aunque sea frustrante.

—¿Va todo bien? —Eden apareció detrás de ellos y Mel se volvió. ¿Cuánto tiempo llevaba escuchando?

—Todo bien. Hemos estado hablando, eso es todo —respondió Mel. Y en cierto modo tenía que agradecérselo a Eden—. Gracias por hacerle compañía a Ashley esta noche.

—Faltaría más. Me cae bien. —Eden parecía recelosa—. Vamos a salir mañana. ¿Me prestas tu coche? Ella no conduce y no quiere molestar a Joanna porque ya ha hecho mucho por ella.

A Mel le dio un vuelco el corazón. No es que creyera nada de lo que había leído en Internet, pero Ashley estaba embarazada y no iría a la universidad. Y Eden era tan influenciable...

Pero también era sensata. Porque lo era, ¿no?

En cualquier caso, no podía protegerla para siempre, ¿verdad? Era su madre, no su guardiana. Su trabajo era apoyarla, no controlarla.

No importaba si su preocupación se debía al amor

o no, tenía que empezar a confiar en que su hija era capaz de tomar buenas decisiones.

—Puedes llevarte mi coche. Iremos juntas hasta Otter's Nest y así podré pasar un rato a solas con Joanna mientras tú y Eden vais a donde queráis.

—Genial. Gracias, mamá. —Eden parecía sorprendida de que hubiera sido tan fácil, y se marchó con una sonrisa y la coleta de su cabello balanceándose.

Mel quería llamarla. Quería decirle: «Ven a pasear por la playa conmigo», pero temía que Eden se negara y su confianza no aguantaría otro golpe esa noche.

«No es tan fácil hablar contigo».

Eden la había acusado de querer intentar arreglarlo todo, pero ¿cómo no iba a intentar arreglarlo con ella? Era su hija. Y necesitaba que supiera que podían hablar de lo que fuera. Necesitaba que Eden creyera que su madre la escucharía de verdad.

¿Y cómo iba a conseguir eso?

19

ASHLEY

—Entonces, ¿te besó? —preguntó Ashley mientras le pasaba el queso a Joanna.

—No, no me besó.

—Lástima. Apuesto a que besa bien. Pero eso tú ya lo sabes, ¿no? No cortes ese queso demasiado grueso. Vamos a ponerle capas.

—Hace más de veinte años que no le beso. Ni siquiera lo recuerdo.

—Estás mintiendo. Y seguro que ahora besa incluso mejor que entonces —dijo Ashley dándole un codazo a Joanna.

El sol brillaba con fuerza y se colaba a través de las ventanas abiertas sobre las encimeras de la cocina mientras cortaban y rebanaban la comida.

—No deberíamos estar teniendo esta conversación.

—¿Por qué no? Se nota que te encanta. Estás sonriendo.

—Estoy sonriendo porque me gusta el queso.

—Estás sonriendo porque te gusta Nate. Y estábamos hablando de besos.

Joanna suspiró.

—Soy demasiado mayor para esto. Si quieres hablar de besar chicos, puedes hacerlo con Eden. Estoy segura de que ella sabe mucho más que yo sobre eso. ¿Sirve cualquier tipo de queso para hacer esto? —Cortaba el queso con cuidado, exactamente como Ashley le había enseñado.

—¿Ves?, ahí está tu problema. —Ashley se apoyó en la encimera y Joanna bajó el cuchillo y la miró.

—¿No saber lo suficiente sobre queso?

—Pensar que eres demasiado vieja. Tienes cuarenta años, Joanna. Eres joven. Estás en la flor de la vida. Deja de actuar como si tu vida hubiera terminado.

—Solo porque no me interese tener pareja, no significa que piense que mi vida se ha acabado. Ahora estábamos hablando sobre queso.

—Antes hablemos de esto un minuto. Tienes miedo, lo entiendo. El amor es el mayor riesgo que uno puede correr, ¿no? —Ella pensó en todas las llamadas perdidas y mensajes de Jon esperando en su teléfono y la idea la estresó tanto que se inclinó, cortó un poco de queso y se lo comió—. Quiero decir, es tu corazón y tu confianza, y darle todo eso a alguien es un gran problema porque básicamente le estás dando la parte más vulnerable de ti. ¿Y si lo arruinas todo? —Miró fijamente a Joanna—. Vale, quizá todo esto del amor esté sobrevalorado. Tal vez deberíamos vivir aquí, hacer queso a la parrilla y envejecer juntas. Eso suena más seguro.

—¿Estamos hablando de mí o de ti? He perdido el hilo.

—De las dos. Siento algo por Jon. —Ella no se lo habría admitido a nadie más que a Joanna—. Siempre lo he sentido. Él ha sido un buen amigo para mí, y supongo que tengo miedo de perder eso. Y sé que todo va a cambiar.

—¿No has escuchado los mensajes?

—No. No he tenido el valor. Porque en cuanto lo haga tendré que responder, y aún no he encontrado la mejor manera de contarle lo del bebé. —Y ahora se sentía avergonzada, porque había empujado a Joanna fuera de su zona de confort, pero ella seguía aferrada a la suya. Aunque su situación era diferente. ¿O no lo era?

—Tal vez vio las noticias y ya lo sabe.

—Tal vez. Razón de más para averiguar lo que quiero antes de que hablemos. Cuando Nate y tú pasasteis de amigos a algo más, ¿estabas nerviosa?

Joanna bajó el cuchillo de nuevo.

—No. Nate siempre estuvo en mi vida. Amigo, luego amante..., parecía una progresión natural. No pensé en que arruinaría nuestra amistad porque no creí que eso pudiera pasar. No lo pensé nunca. —Miró a Ashley—. Eso fue muy ingenuo de mi parte, ¿no?

—No. ¿Te resultó extraño verlo de nuevo?

—Sorprendentemente, no. Fue algo natural y fácil. Por eso voy a hacerlo otra vez. —Joanna volvió a coger el cuchillo—. Cuando me hayas enseñado tres platos, quiero invitarle a cenar.

—¿Tú...? —Ashley se quedó boquiabierta—. ¿Vas a invitarle a cenar?

—Sí. Pero todo el mundo en esta ciudad sabe que soy una cocinera terrible, así que voy a necesitar algo de práctica primero. Necesito que me ayudes a elegir un menú. No quiero envenenarlo, ni terminar carbonizando la comida como hago siempre.

—No has quemado nada mientras hemos estado cocinando juntas. —Ashley estaba alucinando. Joanna iba a invitar a Nate a cenar. Quería gritar de alegría—. Estoy orgullosa de ti. ¿Es solo una cena o... una cena y algo más?

—No lo sé. Habrá que ver si sobrevive a la cena primero. ¿Tú has cocinado para Jon alguna vez?

—Sí, y él también para mí. Siempre tiene hambre, bromeamos mucho con eso. A veces también le arreglo el ordenador. Yo soy más práctica y él es artístico. —Le echaba tanto de menos—. Es un músico brillante. Toca cinco instrumentos diferentes, escribe canciones y se le da especialmente bien la guitarra; estoy segura de que algún día llegará a lo más alto. Y dibuja. Pequeños bocetos divertidos que se parecen exactamente a la persona que está dibujando. Yo no sé dibujar ni cantar. Pero puedo arreglar su coche, así que supongo que eso ya es algo.

—Suena especial, y obviamente tenéis una buena relación. Quizá deberías dejar de preocuparte por qué vas a decirle a Jon y llamarle sin más.

—No es tan fácil. ¿Qué le digo? ¿«Estoy embarazada»? ¿O primero le digo que le quiero y luego que estoy embarazada? Eso es el doble de presión, ¿verdad? —Pensar en ello la ponía enferma. Estaba posponiendo escuchar esos mensajes porque temía el resultado. Una vez que los escuchara, se haría real. Lo que él dijera sería un hecho, y entonces lo sabría, y ya no podría quedarse tumbada por la noche soñando e imaginando.

Estaba asustada. Estaba muy asustada.

—Estás asumiendo que va a ser malo. —Joanna se comió una loncha de queso—. Podría estar encantado y los dos cabalgaríais hacia la puesta de sol y viviríais en una casita junto al mar con rosas alrededor de la puerta.

Ashley sintió un dolor en el pecho.

—No habrá una casita con rosas en la puerta. Ahora mismo un techo sobre mi cabeza es el sueño. Queda por ver si también podré permitirme que tenga paredes. —De repente, la melancolía la envolvió—. No sé por qué me preocupo por el amor, cuando lo que realmente debería preocuparme es cómo voy a vivir. Y luego está la atención médica, como dijiste antes. Debería ir a ver a alguien.

—Hablaré con Mel. Nos recomendará a alguien. Ella conoce a todo el mundo. ¿Vamos a cocinar esto o solo a comer el queso y luego el pan?

—Vamos a cocinarlo. Pon el queso en capas.

Joanna puso finas rebanadas de queso en el pan de la forma en que Ashley le había indicado.

—En cuanto a lo de cómo vivir, llamé a mi abogada esta mañana.

—Bien. Espero que haya sido útil. Vas a necesitar un poco más de queso. Se supone que es una comida reconfortante, y la poca cantidad que has puesto no reconfortaría a nadie. Si vas a pecar, peca en grande, siempre lo digo.

—La conversación fue de gran ayuda. Le pregunté cuál sería la mejor manera de daros dinero a ti y al bebé. —Joanna terminó de montar el sándwich y lo deslizó con cuidado en la sartén—. Ahora prepárate para ver cómo lo quemo.

—¿Dinero? —Ashley la miró fijamente—. No puedes darme dinero.

—Es mi dinero. Puedo hacer lo que quiera con él. Y lo que me gustaría hacer es lo que Cliff debería haber hecho desde el principio. ¿Está el fuego demasiado alto?

—Así está bien. —Ashley apenas echó un vistazo al sándwich—. Te refieres a un préstamo, ¿verdad?

—No, no me refiero a un préstamo. No necesitas más peso a tu espalda. Ya tienes bastante con lo que lidiar, Ashley. —Joanna se limpió las manos en el delantal—. No puedo remediar la mayoría de tus preocupaciones, pero al menos puedo ayudarte con la parte práctica, y también pagarte una atención médica adecuada. Te daré dinero y me gustaría que vivieras aquí conmigo durante un tiempo. Así podrás pensar qué quieres hacer antes de tomar grandes decisiones. Probablemente debería decirte ya la cantidad, para que puedas ir haciendo planes. —Joanna dijo una cifra y Ashley pensó que había oído mal.

—¿Cuánto? —Escuchó a Joanna repetirla y luego se sujetó a la encimera porque era eso o desmayarse—. Estás bromeando.

—No estoy bromeando. —Joanna dio la vuelta al sándwich con cuidado—. Y ahora no me distraigas, no quiero quemar esto.

—No puedo aceptarlo.

—Ashley, es lo que Cliff debería haber hecho cuando eras un bebé. Creo que el fuego está demasiado alto. —Joanna lo bajó un poco—. Si hubiera hecho lo correcto, tú y tu madre habríais vivido cómodamente, sus facturas médicas estarían cubiertas, no habrías perdido tu casa y ahora no estarías preocupada por cómo ir a la universidad y mantener a un bebé. Quiero ayudarte.

—Joanna...

—No tomes una decisión ahora. Piénsatelo. Y luego di que sí.

—Pero... —La emoción se apoderó de ella, le llenó la garganta e hizo que le escocieran los ojos—. Lo que más me preocupa es cómo voy a trabajar y cuidar de mi bebé al mismo tiempo.

—Bueno, ahora tienes otras opciones.

—¿Por qué harías eso por mí?

—¿Por qué no iba a hacerlo? Tengo todo lo que necesito. El resto del dinero se va a quedar ahí apartado mientras decido a qué organizaciones benéficas quiero apoyar. Nunca tuve la suerte de tener hijos... —Joanna hizo una pausa, concentrada en el sándwich—. Pero si alguna vez hubiera tenido una hija, habría querido que fuera como tú. No es que pretenda ser tu madre ni nada raro. Por lo que parece, tuviste la suerte de tener una madre buena y cariñosa. Solo espero poder ser una amiga para ti.

Ashley miró a esa mujer que tenía motivos suficientes para odiarla y estar resentida con su madre.

—¿Cómo puedes decir eso? Deberías estar enfadada con ella. Yo estoy enfadada con ella. Y avergonzada.

—¿Por qué? Sus elecciones no son las tuyas. —Joanna levantó la sartén del fuego un momento—. ¿Que si
estuve enfadada con ella? Sí, por supuesto. Con ella y
con Cliff. Pero hacer algo malo, tomar una mala decisión, no te convierte en una mala persona. Tu madre
hizo muchas cosas bien.

—Nunca la conociste.

—Pero te conozco a ti. Ella te educó para ser independiente y respetarte a ti misma. Te enseñó a ser
valiente y a defender lo que creías correcto, por eso
subiste al coche con Cliff. Ella te quería y se aseguraba
de que tú supieras que era así. Nunca he sido madre,
pero he sido niña y estoy bastante segura de que sentirse querido, saber que te quieren y te aceptan pase
lo que pase, es lo más importante. —Joanna hizo una
pausa y luego le sonrió—. Y te enseñó a cocinar, lo que
siempre es un plus.

«Nunca he sido madre». Ashley estaba segura de
que Joanna habría sido una madre maravillosa, pero
no se lo dijo. Eso podría disgustarla. Y ella no quería
hacer eso por nada del mundo.

—¿Cómo hago para perdonar a mi madre por no
contarme la verdad sobre mi verdadero padre?
¿Cómo hago para dejar de estar tan enfadada?

—No lo sé. No soy psicóloga. —Joanna frunció el
ceño—. Creo que tu madre quería lo mejor para ti, y
que sabía que Cliff no lo era. Yo lo pienso así. Aunque
él hubiera asumido su responsabilidad, lo más probable es que acabase defraudándote. Así era él. Supongo que tu madre intentaba protegerte de eso.
También puede que intentara protegerte de la atención mediática.

¿Por qué no se le había ocurrido nada de eso?

—En realidad tiene sentido. Dijiste que él también tenía cosas buenas y que me las contarías.

Aunque le costaba pensar en Cliff como su padre, necesitaba algo bueno para diluir lo malo.

—¿Qué tenía de bueno? —Joanna se apoyó en la encimera y mantuvo un ojo en la sartén—. Tenía más carisma que cualquiera que haya conocido. Cuando hablaba contigo te hacía sentir como si fueras la única persona de la sala. Sabía escuchar y era un animador nato.

—Le gustaba llamar la atención.

—Un poco, sí. —Joanna hizo una pausa—. Pero tenía sus motivos para eso. Cliff tuvo una infancia dura. Nunca hablaba mucho de ello, intentaba dejarlo atrás, pero sé que su padre era un maltratador. Estaban los dos solos, y Cliff tuvo que luchar para salir de esa situación. Cocinaba porque, si no lo hacía él, no comían. Y descubrió que se le daba bien. Se esforzaba mucho en todo, y se debía a su dura infancia. Era por supervivencia. Pero también se trataba de probarse algo a sí mismo. Y nunca se sintió satisfecho del todo con lo que hacía. Nunca se sintió seguro. Huía de su pasado y se sentía como si nunca pudiese dejar de correr. Necesitaba apoyo constante, adulación, amor.

Ella había visto a Cliff solo como una figura lejana y pública. Era extraño pensar en él como un ser humano con toda una vida de la que no sabía nada.

—¿Crees que por eso tenía aventuras?

—Creo que algo sí contribuía. La gente hace las cosas por una razón. El pasado nos influye a todos.

Pensó en sus propias experiencias.

—Supongo que sí.

—¿Crees que por eso no se interesó por mí? ¿Por su propia infancia?

Joanna lo pensó un momento.

—Sospecho que estaba asustado. Tal vez sentía miedo a tener algo de su propio padre. Miedo de que pudiera estropearte como le habían estropeado a él. Pero también era egoísta. Había tenido que cuidar de sí mismo durante tanto tiempo que no estaba acostumbrado a poner a otras personas en primer lugar.

—Entiendo. —Ahora tenía una imagen de Cliff distinta en su cabeza, y sus sentimientos hacia él habían cambiado. Su enfado y su dolor se atenuaron al recordar que él también había sido humano, que había tenido que lidiar con cosas como todos los demás—. Gracias por contármelo. En cierto modo, me sirve de ayuda.

—Bien. —Joanna sonrió—. ¿Ahora podemos hablar de queso? Todavía estoy esperando que me contestes. Si puedo hacer esto con cualquier tipo de queso. —Joanna la miró—. ¡Estás llorando! ¿Por qué lloras?

—Porque tú... —Ashley la rodeó con los brazos y al segundo sintió que Joanna le devolvía el abrazo.

—¿Es alguna clase de prueba? ¿Estás tratando de distraerme para que queme la comida?

—No. —Ashley se aferró a su abrazo unos segundos más y luego dio un paso atrás—. Tienes razón. Concéntrate. Y no, no puedes usar cualquier queso. Tiene que un queso que se funda. El Jarlsberg es mi favorito, pero puedes usar otros. Mi madre usaba Monterey Jack y Gruyère. —Ashley señaló el pan que habían comprado en el mercado—. Este pan artesano es perfecto. Mi madre hacía uno de masa madre que estaba delicioso. —Su mente recordó las horas que había pasado en la cocina con su madre aprendiendo a hacer pan. Habían sido momentos muy divertidos. Joanna tenía razón. La aventura con Cliff era tan solo una parte de la vida de su madre, no la definía.

—Este pan está muy bueno. Lo compraré más veces.

—¿Qué vas a hacer para Nate? —dijo Ashley secándose las mejillas con la palma de la mano—. ¿Qué tal pollo con aceitunas? Es fácil. Puedes servirlo con una ensalada verde.

—Suena perfecto. ¿Hay que hacer muchas cosas al mismo tiempo?

—No. Incluso puedes hacerlo con antelación. Podéis sentaros a hablar tranquilamente mientras se calienta y esté listo para comerlo. ¿Cuándo quieres invitarlo a cenar?

—En cuanto me hayas enseñado los platos y los haya practicado al menos una vez. Entonces, le llamaré.

—Practicaremos esta noche. Compraré todo lo necesario cuando salga con Eden.

Joanna cortó con cuidado el sándwich en dos trozos y los colocó en platos.

—¿Te cae bien?

—Sí, es genial. ¿No te importa que salga con ella?

—Por supuesto que no. No tienes que pedirme permiso, Ashley. Esta es tu casa. —Joanna le tendió uno de los platos—. ¿Llevamos esto a la terraza?

—Sí, vamos. —«Tu casa»—. ¿Hablas en serio sobre quedarme aquí contigo por un tiempo?

—Todo el que quieras. Supongo que en algún momento querrás tu independencia, pero si no es así, tampoco pasa nada.

Ashley estaba fascinada por tanta generosidad.

—No sé si es correcto aceptarlo.

—Bueno, no te estoy ofreciendo caridad. —Joanna se sentó y se comió su primer bocado de sándwich de queso a la plancha. Cerró los ojos y lo saboreó—. Esperaría algo a cambio.

—¿El qué?

—Que tú hagas la comida algunas veces, y que sigas enseñándome a cocinar. También puedes quitar la arena del salón, yo odio hacerlo. —Joanna abrió los ojos y miró su plato—. Esto está delicioso. Mejor que cualquier cosa que haya probado.

Ashley se rio.

—Joanna, solo es queso gratinado con pan.

—Lo sé. Y es perfecto. —Joanna saboreó otro bocado—. Tal vez hay algo de Cliff en ti, después de todo.

Ashley se tensó.

—Dijiste que yo no era como él.

—Bueno, sabes cocinar, así que tenéis eso en común. Cliff tenía un talento natural para la cocina. Lo hacía todo por instinto, y sus instintos eran buenos. Parece que lo has heredado —dijo y luego dio el último bocado a su sándwich.

Ashley reflexionó sobre ello. ¿Su madre la había animado a cocinar por su padre? ¿Era un guiño a Cliff?

—Me encanta cocinar, pero más como *hobby*. A mí lo que me gusta es estudiar, soy una empollona. Quizá, algún día, vaya a la universidad.

—¿Por qué «algún día»? ¿Por qué no ahora?

—Bueno, hay una pequeña cosa llamada bebé en camino. —Ashley se puso la mano en la barriga—. De momento es algo pequeño, pero pronto será algo grande.

—Se puede estudiar estando embarazada.

—Pero ¿y cuando nazca el bebé? No creo que pueda llevarlo a clase conmigo, ¿no?

—Algunas universidades ponen facilidades con los niños. Tienen programas de guardería. —Hizo una breve pausa—. O también podría cuidarlo yo. Prometo no enseñarle a cocinar. Eso te lo dejo a ti.

—¿Me ayudarías a cuidar al bebé? —No podía creer que Joanna le ofreciera algo así—. ¿En serio?

—¿Ser la tía Joanna? Sí, claro. Me encantaría. Este queso gratinado está tan rico. ¿Qué es lo próximo que me enseñarás a cocinar?

Llamaron al timbre de la puerta. De tanto hablar, no se dieron cuenta de la hora.

—Deben de ser Eden y su madre. ¿Estarás bien con Mel a solas? —preguntó Ashley con preocupación.

Joanna se levantó y recogió los platos vacíos.

—Sí. Anoche todo fue bien, a menos que estuviera esperando a que volviéramos a estar solas para gritarme.

—Eeh… Tengo una confesión que hacer al respecto.

—¿Una confesión?

—Podría haberle dicho *accidentalmente* a Eden que fue Nate quien rompió contigo.

—Oh.

Llevaba todo el día preocupada y preguntándose si Joanna se enfadaría. ¿Lo estaba? No lo sabía.

—Que conste que te estaba defendiendo. Ese es uno de mis trabajos, además de enseñarte a cocinar y barrer la arena del salón. No voy a disculparme por nada de eso. Aunque sí me disculpo por contar un secreto. No suelo ser cotilla.

—No te preocupes. —Joanna respiró profundo—. Tampoco era un secreto. Ni siquiera sabía que eso era lo que ella pensaba hasta que apareció en casa aquel día. Y no lo hemos hablado porque nunca me parecía un momento adecuado.

El timbre volvió a sonar, esta vez con más insistencia, y Ashley se encogió de hombros.

—Quizá el momento adecuado sea ahora.

20

MEL

Llevaron toallas a la playa como cuando eran niñas, junto con una nevera que Joanna había llenado de bebidas y aperitivos.

Mel se quitó el top y los pantalones cortos, se tumbó en bañador sobre una toalla y se examinó las piernas y los brazos.

—¿Recuerdas cuando contábamos las pecas?

—Sí. —Joanna se acomodó a su lado, con el ala del sombrero ocultando la mayor parte de su cara—. Yo siempre ganaba ese juego.

—Echaba de menos esta vista... —dijo Mel rodeando con los brazos sus piernas dobladas. Estuvo a punto de decirle que también a ella, pero tal vez aún era demasiado pronto. Había otras cosas más urgentes que decir primero.

—La vista es casi la misma desde el Surf Café.

—La verdad es que no. Mi vista está siempre llena de gente. Aquí tienes el océano para ti sola. Solo tú, el agua y la vida salvaje.

De adolescentes, se habían tumbado en aquella arena montones de veces, con las hormonas revolucionadas, haciéndose preguntas sobre la vida e intercambiando pensamientos y experiencias.

Mel había pasado la noche planeando la mejor manera de disculparse, pero ahora que había llegado el momento de hacerlo sintió miedo.

—Te debo una disculpa. No sabía que Nate había sido el que terminó la relación. Me enteré anoche. Y no pude dormir nada por eso.

—Ashley te lo dijo.

—Se lo dijo a Eden, y me alegro de que lo hiciera, así que no te enfades. Te habrás preguntado por qué vine aquí gritando el primer día que nos vimos. —Se avergonzaba al recordarlo, y no servía de nada decirse a sí misma que no conocía la verdad. Debería haber considerado otras opciones antes de ponerse a gritar. Tener una visión más equilibrada, como hacía su marido Greg.

—No te culpo por eso, Mel.

—Yo sí y necesito disculparme e intentar arreglarlo. Soy una persona horrible.

—¿Qué? —Joanna se volvió hacia ella, horrorizada—. Que Nate no te contara nada no te convierte en una persona horrible.

—Pero debería haber pensado que podría haber algo más de fondo. Debería haberme hecho más preguntas sobre por qué él nunca quiso hablar de ello. Tengo cuarenta años. Uno pensaría que a estas alturas ya he aprendido a ser mejor ser humano.

—Eres un ser humano maravilloso, siempre lo has sido. —Joanna se quitó la arena de las piernas—. Si fueras perfecta, tendría que odiarte.

—Sí, bueno, tienes todo el derecho a odiarme. —No iba a llorar. No iba a ponerse sentimental. Iba a asumir sus errores y tratar de aprender de ellos.

Joanna se acercó y le tocó el brazo.

—Mel, basta. Deja de castigarte cuando nada de esto es culpa tuya. Si hay alguna culpa, quizá sea mía por no hablarte de ello, y de Nate por no decirte la verdad. Él nunca hablaba de nuestra relación y, francamente, me gustaba que fuera así. Me gustaba el hecho de que tuviéramos algo que él no compartía con nadie más. Lo hacía especial.

—Estaba tan enfadada con él anoche. Cuando descubrí la verdad. ¿Tú no estás enfadada con él?

—¿Por el hecho de que terminara nuestra relación? No. ¿Molesta? Sí, por supuesto. Y devastada. —Joanna hizo una pausa—. Pero él hizo lo correcto.

—¿Qué? —Mel se quitó las gafas—. No lo dices en serio.

—Lo hago. Y admito que me llevó mucho tiempo verlo de esa manera, pero ahora lo veo claro. Yo era un desastre, Mel. Apenas aguantaba viviendo con Denise, ella fue quitándome la confianza y la autoestima capa a capa. Mi último encuentro con ella es algo que jamás he olvidado.

—Puedo imaginarlo, pero...

—Quería a Nate. Realmente le quería, pero la verdad es que también dependía demasiado de él. Lo usaba como apoyo, y eso no era sano.

—Lo era todo para ti.

—Exacto. Y eso tampoco es sano. Nadie puede serlo todo. —Joanna miró al mar—. No me sorprende que Nate se sintiera incómodo con tanta presión. No era justo para él. Tampoco me sorprendería si se preguntara cómo habría sido nuestro amor si yo no hubiera dependido tanto de él. Romper fue difícil para Nate y horrible para mí, pero tu hermano fue valiente. E hizo lo correcto. Dejando aparte lo de besar a Whitney, por supuesto. Esa parte fue una gran torpeza. Muy desafortunada.

Mel se sentó con las piernas cruzadas sobre su toalla.

—Whitney lleva quince años casada con Richard Kelly. Estuvimos juntas en el comité escolar durante un tiempo. Es una mujer muy organizada.

—Siempre lo fue.

—No ha cambiado. Es agotadora, aunque muy útil si quieres que se haga algo. Su hija estaba en la misma clase de buceo de Eden.

—Recuerdo a Richard. Nunca me hubiera imaginado que acabaría con Whitney.

—Y yo nunca me hubiera imaginado a Whitney con Nate.

—Creo que solo fue un beso.

—Es un alivio, porque si tuviese que pasar el resto de mi vida celebrando Acción de Gracias con Whitney, diciéndome todo lo que hago mal y dándome una hoja de cálculo con indicaciones para hacerlo mejor al año siguiente, me habría mudado a Hawái corriendo.

Joanna se rio y dijo:

—Echaba de menos hablar así.

—Yo también.

—¿Qué más ha pasado en mi ausencia?

—Ellen Grey y Linda Merrick compraron la casa de huéspedes en la esquina de Ocean y Sunset —informó Mel mientras se ponía crema solar en los brazos.

—¡Oh! Me encantaba ese sitio. Se estaba cayendo a trozos.

—Ahora ya no se está cayendo. Lo han convertido en un hotel *boutique* de lujo. Sus desayunos están de muerte. Deberíamos ir. La vista desde la terraza es genial. Adoptaron una niña hace un tiempo. Eden la cuida a veces. ¿Ya sabes lo de Dan Little?

—No. ¿Qué ha pasado? —Joanna se giró hacia ella para escucharla, y Mel pensó en todas las veces que habían estado así, en la época que compartir todo con Joanna había sido parte de su vida. Una de las mejores partes. Le contó lo de Dan y la puso al día de todos los hechos importantes ocurridos durante su ausencia. Y cuando por fin hizo una pausa para respirar, Joanna sonrió.

—¿Hay algo que suceda en Silver Point que no sepas?

—Greg se entera de todo por su trabajo, ya sabes, pero no pienses que yo voy por ahí contando a todo el mundo lo que él me dice. Aunque esta es una ciudad pequeña, así que, si te arrestan, al final la gente acabará enterándose. Además, soy una entrometida, así que me presto voluntaria para todo, y no porque sea una persona caritativa, sino porque así me entero de todo lo que pasa.

—Eres una persona caritativa, Mel. Siempre lo has sido. —Joanna se quitó el sombrero y Mel pensó que así, sin maquillaje, se parecía más a la Joanna con la que había crecido. La Joanna que ella conocía.

—Mi vida aquí debe parecer bastante aburrida comparada con la tuya. Todos esos eventos elegantes a los que asistías. Toda esa gente famosa con la que te codeabas. —Mel sentía curiosidad—. ¿Era emocionante?

—A veces. Otras, me hacía sentir sola —respondió Joanna incorporándose.

—¿Tenías buenos amigos?

—Pasaba mucho tiempo rodeada de gente. Pero nunca llegué a tener una relación cercana con nadie.

—Oye, ¿estás diciendo que nunca me reemplazaste?

Joanna se rio.

—Es que tú eres insustituible —dijo mirando a Mel—. Debería disculparme contigo por dejar la ciudad sin despedirme. Pero estaba destrozada por romper con Nate y discutir con mi madrastra me hundió más todavía. Se me hizo cuesta arriba y no quise ponerte en medio de todo eso. Sabía que te enfadarías con él. No quería ser la causa de una ruptura entre vosotros, y no quería que intentaras persuadirle para que cambiara de opinión.

—Si Cliff no te hubiera encandilado esa noche, ¿qué habrías hecho? —Era algo que se había preguntado a menudo. ¿Qué papel había jugado el destino en la partida de Joanna? Si Cliff no hubiera aparecido, ¿se habría quedado en Silver Point?

Joanna se recostó en la toalla y miró al cielo.

—No me encandiló aquella noche. Eso no fue lo que pasó.

—Pero esa es la historia que siempre contaba cuando alguien le preguntaba.

—Supongo que pensó que sonaba mejor que decir: «La chica estaba llorando en mi sopa, así que la llevé a dar un paseo por la playa».

—¿Te llevó de paseo? Pensé que él era un increíble torbellino de la seducción. Un hombre mayor, guapo, sexi...

—No fue nada de eso. Vio que estaba disgustada. Esperó a que terminara mi turno y fuimos a dar un paseo. Se lo conté todo. Cliff era muy bueno escuchando cuando quería, y yo estaba en un mal momento. Le dije que quería irme. Ya había decidido que esa noche no volvería a casa, a Otter's Nest. Había hecho la maleta y la había guardado en la parte de atrás de la cafetería. No quería pasar otra noche bajo el mismo techo que Denise.

—Podrías haber acudido a mí. Podrías haberte quedado conmigo.

—¿Cuando Nate acababa de romper conmigo?

Mel tuvo que admitir que habría sido complicado.

—Maldita sea. Odio que estuvieras en esa situación. Odio que sintieras que tenías que irte, y más aún que no hablaras conmigo de ello. Fui una mala amiga.

Joanna se acercó y le tocó el brazo.

—Eras una gran amiga. La mejor. Nada de lo que ocurrió fue por tu culpa.

—Si fuera la mejor me habría dado cuenta de todo. —Mel no podía perdonarse tan fácilmente—. Te habría bloqueado el paso en la carretera cuando trataste de salir de Silver Point. No te habría dejado salir.

—No habrías podido detenerme. Estaba desesperada por dejar atrás Silver Point.

Mel se sentó. Basta ya. Basta de arrepentimientos y autocastigos.

—Entonces, ¿qué pasó con Cliff?

—Cargó mi maleta en su coche y fuimos por la costa con la capota bajada, escuchando música y respirando el aire, y cuanto más lejos estábamos de Silver Point, más sensación tenía de poder superarlo y sobrevivir. Pasamos dos semanas en una cabaña de playa al norte de San Diego.

—¿Me estás diciendo que Cliff Whitman te salvó? Porque llevo años odiándole por tratarte mal y no estoy segura de poder hacer ese reajuste dentro de mi cabeza. —Era difícil aceptar que lo había entendido todo tan mal.

—Supongo que se podría decir que me ayudó a salvarme. Al menos al principio. Y ni siquiera estoy segura de lamentarlo. ¿Cuál habría sido la alternativa? ¿Quedarme con Denise y permitirle que acabara con mi confianza del todo? Hice lo que tenía que hacer. Ahora lo sé con certeza. —Joanna se quitó el sombrero y se recogió el pelo—. No hablemos de Denise. Ni de Cliff. Él es mi pasado y ahora estoy disfrutando de mi presente. Vamos a nadar.

Nadar. ¿No era eso exactamente lo que habrían hecho en los tiempos en que su amistad era sencilla y sin complicaciones?

—Buena idea. Siempre y cuando estés preparada para que te gane. —Mel se recogió el pelo en una coleta—. Siempre fui mucho mejor que tú. Y no es de extrañar. Tu padre me enseñó, y era el mejor.

Joanna sonrió.

—Era un gran nadador.

—Sí que lo era. El mejor de todos nosotros. Pero yo soy la segunda mejor nadadora... —Mel se puso en pie de un salto y corrió hacia el agua, con la coleta balanceándose.

Joanna la siguió y se zambulleron en el océano como cuando eran niñas, nadando más allá de las rocas y dejando que las olas las arrastraran de vuelta a la arena. Luego se tumbaron, mojadas y frías por el agua, jadeando. Joanna miró al cielo y luego se rio.

—Gracias.

Mel agarró una toalla y se la envolvió.

—¿Por qué? Lo de nadar fue idea tuya.

—Por ser tú. —Joanna se sentó—. Por venir a verme aquel primer día...

—Cuando quieras que te grite sin motivo, aquí estoy.

Joanna se escurrió el agua del pelo.

—Pensaste que tenías una razón para gritarme.

—Pero a quien debería haberle gritado era a Nate. Y también lo hice, por cierto.

—¿Lo hiciste? ¿Y cómo se lo tomó?

—Pues como Nate. Con calma. Aunque admitió que había metido la pata, así que me lo tomé como una victoria. Mi hermano perfecto no es tan perfecto, lo que obviamente significa que puedo mostrarme engreída y con aire de superioridad por un tiempo, que siempre es divertido. —Mel se sentó y se limpió el agua salada de la cara—. ¿Así que no crees que deba matar a Nate?

—No creo que debas matar a Nate.

—¿Quieres hacerlo tú misma? —Mel abrió la neverita y agarró una cerveza.

—¿Yo? No. —Joanna también agarró una cerveza—. Tengo otros planes.

—¿Planes?

—Voy a prepararle la cena.

Mel se atragantó con su bebida.

—Así que vas a envenenarlo.

—No. —Joanna también se reía—. Voy a disfrutar de una noche con él sin presiones. Gracias a Ashley, tengo nuevas habilidades.

—¿Qué tipo de habilidades?

—Dentro de esa neverita encontrarás galletas.

—¿Qué tiene eso que ver con tus habilidades? —Mel alcanzó una galleta. La mordió y la agarró con la palma de la mano mientras se desmenuzaba—. Oh, vaya. Está deliciosa. Pero no reconozco el sabor. ¿Las ha hecho Nate?

—Son de pistacho y miel griega.

—Mmm... —Mel terminó la galleta y se sirvió otra—. ¿Quién las ha hecho?

—Las hice yo. Con la ayuda de Ashley. Me está enseñando a cocinar.

—Si sigo viva dentro de cinco minutos os daré a las dos una medalla de oro. —Mel masticó—. Están muy buenas. ¿Así que es como su padre?

—No se parece en nada a su padre. Cliff no tenía paciencia para enseñar a nadie, y menos a mí. Y Ashley cocina comida de verdad. —Mel terminó la galleta y se quitó las migas de las piernas.

—Nunca he comido en uno de los restaurantes de Cliff. Greg y yo estuvimos en Los Ángeles hace unos años y miramos el menú. Demasiado caro para nosotros. Y... —miró a Joanna— me atrevería a decir que... demasiado pretencioso.

—Totalmente pretencioso. Y muy sobrevalorado. Cuando me sirvieron la comida quise devolverla. Y mejor no digo nada del vino. —Joanna se echó a reír y Mel también, al minuto siguiente las dos estaban soltando risitas incontrolables como tantas veces habían hecho de adolescentes.

Mel se secó los ojos.

—Estoy tratando de imaginarte bebiendo vino caro.

—Una vez se me cayó una botella. Solo quedaban unas cien botellas de esa cosecha en el mundo, y a mí se me cayó una. El vino de su bodega valía más que la casa. —Joanna se frotó las costillas—. Echaba de menos reírme así.

—Yo también. Te he echado de menos. Mucho.

—Y yo a ti. Muchísimo.

Mel sintió que se le espesaba la garganta.

—¿Y qué ha pasado con todo ese vino? ¿De quién es ahora?

—Es mío. —Esa parte de su vida se veía tan lejana ahora—. Me lo dejó todo, y no tengo ni idea de qué hacer con él porque no bebo mucho.

—Bueno, se me ocurren dos opciones —dijo Mel mientras recogía sus cosas—. Puedes venderlas, o puedes montar un fiestón e invitar a todos los de Silver Point. Whitney podría encargarse de todo, tendrías a los invitados organizados por códigos de colores. O también puedes decírselo a Greg y a Nate. Seguro que estarán encantados de ayudarte con el problema del vino. ¿Y tu trabajo? ¿Qué pasa con él?

—Eso es algo que todavía estoy valorando. —Joanna volvió a ponerse el sombrero y se anudó la toalla a la cintura—. Sin Cliff, la empresa va a cambiar, obviamente. Puede que incluso quiebre, aunque no lo creo. Pero ¿quiero formar parte de lo que quede de ella? No estoy segura. Vine aquí en un arrebato, creí que sería algo temporal, pero ahora no tengo ganas de irme.

—Entonces, no lo hagas. ¡Vende el vino! Vive de ese dinero.

Joanna la miró durante un largo rato.

—Tal vez lo haga.

—¿Qué pasa con Ashley? ¿Qué va a hacer ella? Supongo que sí es hija de Cliff, que los medios no se inventaron esa parte.

—No, no se lo inventaron.

Mel escuchaba mientras Joanna se lo contaba todo, de principio a fin. Le habló de los momentos felices y de los malos. Le habló del aborto, de las aventuras, de Cliff rechazando a su hija y de dónde estaba cuando vio la noticia de que su coche se había salido de la carretera.

Cuando Joanna por fin terminó, Mel dejó escapar un largo suspiro.

—Tengo que admitir, Joanna Whitman, que tu vida no ha sido nada aburrida.

—Rafferty. —Joanna apretó los labios—. Voy a volver a cambiarme el nombre a Rafferty. Estoy cansada de relacionar mi vida con la de Cliff. ¡Estoy cansada de hablar de Cliff! Háblame de Eden. Parece una chica estupenda. Debes de estar muy orgullosa de ella.

—Vivo con miedo y ansiosa la mayor parte del tiempo. Supongo que eso forma parte de ser madre. —Recordando el aborto involuntario de Joanna, Mel sacudió la cabeza—. Lo siento...

—No te preocupes. Estoy segura de que ser madre produce mucha ansiedad. Yo estoy preocupada por Ashley y ni siquiera es mi hija. Dime, ¿cuál es tu mayor preocupación?

Mel se quedó en silencio pensando.

—No creo que quieras saberlo.

—Sí quiero. Quiero saberlo todo.

Y en eso consistía la amistad, ¿no? En escuchar cuando era difícil hacerlo. Estar ahí cuando lo cómodo sería alejarse.

—A veces tengo la sensación de que siempre hace lo opuesto de lo que quiero que haga.

—¿Para llevarte la contraria? —Joanna se echó la bolsa al hombro y subieron los escalones de Otter's Nest.

—Sí. Como si estuviera retándome todo el tiempo. De momento no quiere ir a la universidad, quiere quedarse en casa y pasar el rato en la playa porque la vida es corta, el surf es su sueño y todos deberíamos vivir nuestros sueños. Blablablá.

—¿Y tienes algún problema con eso?

—Sí. Un gran problema. —Mel se detuvo—. O tal vez no. Lo que me preocupa es que no lo haya pensado bien. Que no sea lo que realmente quiere, que elija ese camino solo por rebeldía.

—Lo que decías de llevarte la contraria.

—Es lo que parece. Me preocupa que tome malas decisiones. Que haga algo de lo que luego se arrepienta.

—Bueno, ¿y qué pasa si lo hace? ¿No es eso la vida? Una elección nunca parece mala en el momento de hacerla. Y hablo por experiencia.

Mel trató de imaginar cómo se sentiría si Eden hiciera lo que Joanna había hecho. Pero eso no ocurriría, porque Joanna no tenía apoyo en casa, pero Eden sabía que la querían y la apoyaban. ¿Verdad? Sintió un momento de pánico. ¿Y si no lo sabía? ¿Y si sentía que no podía hablar con su madre?

—¿Qué le dirías a tu yo más joven?

Joanna se lo pensó antes de contestar:

—Relájate. Perdónate cuando cometas errores. Comprende que las decisiones no siempre son sencillas y que el mejor camino no siempre está claro. Que nunca es tarde para cambiar de rumbo. Que lo más importante en la vida es tener gente que te quiera. Que el queso a la plancha es más reconfortante que un huevo de codorniz escalfado servido con espuma.

Sé amable contigo misma, aunque los demás sean crueles, recuerda que tomaste las decisiones que tomaste por una razón, aunque esa razón ya no esté clara. —Se detuvo al darse cuenta de que Mel la miraba fijamente.

—Vaya...

—Supongo que he tenido mucha práctica en tomar malas decisiones —dijo Joanna encogiéndose de hombros.

—Pero volviste a casa —dijo Mel—, y fue una buena elección.

—Sí.

—Y me elegiste como amiga cuando tenías cuatro años, esa también fue una buena elección.

—Cierto.

Cruzaron la terraza, se ducharon para quitarse la arena y la sal, se envolvieron en toallas y entraron en la cocina.

Joanna colocó hielo en dos vasos y los llenó con limonada de la nevera.

Mel seguía pensando en Eden.

—¿Qué necesitabas cuando tenías la edad de Eden? ¿Qué te habría ayudado?

—¿Quieres decir de un adulto? —Joanna le tendió un vaso—. No soy madre, así que no soy ninguna experta, pero creo que lo mejor que puedes hacer es escucharla. Escuchar lo que ella quiere.

—Tengo miedo de que, si no va a la universidad, luego se arrepienta.

—Pero si eso sucede, entonces puede ir a la universidad más tarde.

Mel tomó un sorbo de limonada y dejó el vaso.

—Esto está delicioso.

—La he hecho yo —dijo Joanna, sintiéndose orgullosa de sí misma—. Galletas, limonada, y de momento sigues viva.

—Es un milagro. Aunque el verdadero milagro es volver a pasar tiempo contigo. —Mel dejó su vaso y abrazó a su vieja amiga, sintiendo el calor de toda una vida a través de ella—. Es tan, tan bueno tenerte de vuelta, Joanna Rafferty.

—Sí, me alegro de haber vuelto —dijo Joanna devolviéndole el abrazo.

21

JOANNA

—Bien, me voy. —Ashley salió a la terraza y se detuvo al ver la mesa con las velas encendidas y el brillo de los cubiertos—. ¡Qué romántico!

Joanna entró en pánico.

—¿Es demasiado?

—No. Es perfecto. —Ashley enderezó una servilleta—. No se te ocurra tostar esos piñones y añadirlos calientes a la ensalada en el último momento.

—Entendido.

—Y saca el postre de la nevera treinta minutos antes de comerlo.

—Lo sé. He hecho una lista y he puesto alarmas en mi teléfono. ¿Algo más?

—Sí, solo que te diviertas.

Joanna la abrazó.

—Tú también, aunque *pizza*, helado y una película son una combinación que nunca falla. ¿Qué película vais a ver?

—Algo con zombis donde todos mueren de una muerte espantosa. Elección de Eden. Voy a taparle los ojos al bebé y usar subtítulos para que no oiga gritos. Por cierto, no dormiré en casa esta noche. —Ashley lo dejó caer de forma casual—. Me quedaré en casa de Eden. Así nadie tiene que traerme de vuelta y todos pueden beber algo si les apetece mientras yo me tomo mi agua con gas.

—¿Estás segura? No me importa ir a buscarte.

—Prefiero que centres tu mente en otras cosas. —Ashley levantó las cejas—. Además, Eden y yo vamos a desayunar tortitas en el Surf Café, así que no tengas prisa por vestirte por la mañana...

—¿Qué estás insinuando exactamente?

—Que si tú y Nate queréis tener sexo en todas las habitaciones de la casa, no tienes que preocuparte de encontrarme en ninguna de ellas. Tendrás la casa para ti sola.

—¡Ashley! —Joanna sintió que se ponía colorada—. No vamos a tener sexo.

—Oh. Eso es decepcionante. ¿Por qué no?

¿Hablaba en serio?

—Para empezar, porque apenas nos conocemos.

—Vale, voy a tratar de iluminarte con mi extensa experiencia vital en estos asuntos... Tres cosas. Número uno —Ashley levantó un dedo—: Lo conoces de toda la vida y ya has tenido sexo con él. Solo porque haya habido un paréntesis no significa que no lo conozcas. Dos, el sexo es una forma muy buena de conocer a alguien.

—No me atrevo a preguntar por la número tres...

—La tercera es que el sexo no tiene por qué ser serio. No tiene por qué estar cargado de emociones. Puede ser divertido. Una aventura.

—¿Un ligue?

Ashley negó con la cabeza.

—Deja de tomarte la vida tan en serio. Vive el momento. ¿Cuándo fue la última vez que tuviste sexo realmente bueno?

Joanna la miró fijamente.

—¡Ja! —Ashley la señaló con el dedo—. Eso es lo que quiero decir. Ni siquiera lo recuerdas.

—O tal vez sí lo recuerdo y no quiero hablar de ello contigo...

«Con Nate», pensó Joanna. Con él fue la última vez que tuvo realmente buen sexo. Cuando el amor, al menos, le había parecido sencillo y sin complicaciones. No es que su vida sexual con Cliff hubiera sido mala, al menos no al principio, pero el amor, la excitación, la intimidad habían estado ausentes durante mucho tiempo.

Ashley asintió.

—Date un regalo, Joanna. Disfruta de ti misma.

—Te doblo la edad. ¿Cómo es que eres tú la que está tan segura de todo?

—No lo estoy. Sigo siendo una adolescente, con todas las inseguridades que eso conlleva. Siempre me comparo con los demás. Creo que no soy lo bastante lista, ni lo bastante graciosa, ni lo bastante delgada. ¿Le gusto a la gente? ¿Me gusto a mí misma? La mayoría de los días siento como si alguien hubiera metido mis emociones en una batidora. No estoy segura de nada en absoluto, excepto de que está bien que el sexo sea divertido. Pero tú, Joanna, eres una mujer serena y calmada en las situaciones más difíciles. Nunca has tirado un huevo podrido a un reportero, ni insultado a un fotógrafo.

—Aún no.

—Siempre tienes el control, y... —Se encogió de hombros e hizo un gesto con la mano hacia Joanna—. ¡Mírate! Estás guapísima. Tu piel, tu pelo... Tú eres la jefa.

—¿Que yo soy «la jefa»?

—¡Sí! Tú mandas. Puedes hacer lo que quieras. Cada mañana, cuando me miro al espejo, me digo: «Sé más como Joanna». —Ashley la abrazó—. Ahora me voy. Y pase lo que pase, espero que te diviertas.

¿Divertirse? La prudencia había sido su prioridad

durante mucho tiempo. Pero tal vez ya iba siendo hora de tirar eso por la borda, junto con todos los demás elementos de su vida que estaban vinculados a Cliff.

Llevó a Ashley a casa de Mel y volvió a Otter's Nest con tiempo de sobra para ducharse y cambiarse.

Se dijo a sí misma que no estaba nerviosa, pero se cambió de vestido tres veces. Culpó a Ashley por convencerla de comprar ropa nueva y ampliar su gama de colores. Ahora tenía demasiado para elegir y no se decidía. ¿Por qué no le había pedido consejo a Ashley antes de que se fuera?

Por otro lado, era un poco triste que una mujer de cuarenta años no tuviera la confianza necesaria para elegir su ropa.

«Contrólate, Joanna».

Volvió a mirar la ropa.

Definitivamente, el azul no. Era demasiado llamativo para una cena informal en la terraza con un amigo. ¿Amigo? ¿Examante?

Se quedó mirando el contenido de su armario y al final eligió un vestido blanco que parecía fresco, veraniego y apropiado para el tiempo que hacía.

Se estaba colocando unos aros de plata en las orejas cuando sonó el timbre.

Pulsó el botón para abrir y se dirigió a la puerta principal, sintiendo el vestido ligero y fresco contra sus piernas desnudas.

«Solo es una cena».

Abrió la puerta y sintió que el corazón le daba un vuelco en el pecho, no solo por la sonrisa o la forma en que la miraba, sino porque Nate sostenía un ramo de flores.

Ella no esperaba que trajera flores. Y no cualquier tipo de flores.

Eran margaritas de mar. Sus favoritas.

Le temblaron un poco las rodillas y levantó la mirada hacia el rostro de él.

—No tenías que...

—Mi madre me echaría la bronca si no llevara flores y vino cuando me invitan a cenar.

Daba a entender que el gesto era de buena educación. Se lo creería si hubiera traído rosas o tulipanes. Pero esas margaritas tenían un significado, y él lo sabía. Al traerlas, había acercado el pasado al presente.

Aceptó el ramo y enterró la cara entre las flores. Sintió que el corazón le dolía un poco por todos los recuerdos que le evocaba ese olor.

—Mi padre las cultivaba.

—Lo sé. Le recordaban a ti, porque hay que protegerlas del sol de la tarde.

Joanna tenía la piel de su madre (su verdadera madre), muy bonita, pero que se quemaba con facilidad. Llevaba sombreros de ala ancha y era generosa con la crema solar, pero aun así tenía que tener mucho cuidado.

Nate también lo sabía.

—Gracias. Pasa, por favor. Las pondré en agua. —Las llevó a la cocina y rebuscó hasta encontrar un jarrón. Hacerlo la ayudó a tranquilizarse un poco.

Él la siguió y echó un vistazo a la cocina.

—Es una cocina fantástica. —Miró a través de la terraza hacia el mar—. Recuerdo cuando la cocina estaba en la parte trasera de la casa, con una pequeña ventana que daba a los árboles. —Mientras él hablaba, Joanna llenaba el jarrón de agua—. Siempre me pareció que se desperdiciaban las vistas.

—Sí, a mí también.

Él se acercó a la terraza y se quedó mirando la mesa.

—Se ve muy bien.

Ella puso las margaritas en el jarrón con agua y las llevó a la mesa.

—Pensé que al ser la primera vez que cocino para una cena también tenía que esforzarme en poner la mesa bonita.

La mirada de Nate se deslizó hacia la de ella.

—¿Soy la primera persona para la que cocinas?

—Sin contar a Ashley, sí. Si te preocupa tu integridad física y quieres irte lo entenderé.

—No quiero irme. Pero confieso que estoy bastante intrigado. Estuviste casada con un chef durante dos décadas. ¿Qué tiene Ashley que Cliff no tenía?

—Paciencia —dijo Joanna—. Y una generosidad de espíritu de la que Cliff carecía. Él odiaba que alguien más estuviera en la cocina, así que no veía el sentido de enseñarme a cocinar, sobre todo cuando yo no tenía aptitudes para hacerlo.

Nate negó con la cabeza.

—Pero si tenía un programa de televisión en el que enseñaba a la gente a cocinar.

—Todo giraba en torno a él. Era la estrella. Él cocinaba. Lo que la gente hiciera entonces en la intimidad de sus casas no era su problema.

Nate se rio y echó un vistazo a su alrededor.

—Es increíble lo que has hecho con este sitio. ¿Recuerdas cuando nos clavábamos astillas solo por sentarnos en la terraza?

—Oh, sí. —Se volvió hacia él, con un brillo en los ojos.

—¿Puedo echar un vistazo? ¿Es de mala educación?

—Adelante. Mientras tanto, serviré algo para beber. ¿Vino o cerveza? —Pensó en Ashley diciéndole que se divirtiera—. O... ¿prefieres champán?

—Lo del champán suena muy bien. —Él le sostuvo la mirada unos segundos más de lo necesario—. Pero primero hazme un *tour* por la casa.

—Claro. Empezaremos por arriba y seguiremos

hacia abajo. —Llevaba su teléfono consigo porque no quería perderse ninguno de los recordatorios que había establecido como parte de la planificación de la cena. Estaba decidida a que todo saliera perfecto.

Abrió puertas, señaló cristales, techos altos, estanterías, rincones de lectura acogedores.

—Se nota que te involucraste en el diseño —dijo Nate cuando entraron en la *suite* de invitados que Ashley estaba usando—. ¿Hay alguna habitación en la casa sin un rincón dedicado a la lectura?

—No. —No se había molestado en ponerse zapatos, y el suelo estaba fresco al contacto con sus pies descalzos.

Solo cuando entraron en su dormitorio, en el otro extremo de la casa, recordó que no había hecho la cama. Las sábanas estaban revueltas, prueba de una noche agitada salpicada de sueños vívidos. Nate había sido el protagonista de esos sueños.

Sintió que se le calentaban las mejillas.

La visita a su casa se había convertido en algo personal.

Muy revelador.

—Deberíamos bajar y abrir el champán. —Se dio la vuelta para irse y chocó contra él, que estaba justo detrás de ella.

Hubo un pequeño momento de tensión y luego se besaron, la boca de ella en la de él, la de él en la de ella. Joanna sintió sus dedos en el pelo, luego recorriéndole la mandíbula y después sujetándole la cabeza, como si no supiera qué parte de ella tocar primero. La rodeó con los brazos y la atrajo hacia sí. Su cuerpo duro contra el de ella le resultaba familiar y a la vez desconocido.

Joanna se agarró a sus hombros y luego le rodeó el cuello con los brazos, necesitando acercarse más y más. El golpe de su corazón contra las costillas era casi doloroso. Sentía un dolor en la pelvis. Notó que sus manos le bajaban los tirantes del vestido por los hombros y le rasgaban la tela. Él seguía siendo tan impaciente como solía ser. ¿Alguna vez se había sentido ella como ahora? ¿Había estado tan desesperada? Si lo había estado, no lo recordaba. Con él, quizá, pero los años y la experiencia habían aumentado la excitación. Podría haber esperado. Tomarse su tiempo. Protegerse a sí misma y a su corazón. La antigua versión de sí misma lo habría hecho, pero en ese momento, en su dormitorio, con el sonido de las olas de fondo y la brisa marina refrescándole la piel, existía una nueva versión.

Diferente. O tal vez era solo que sus emociones habían estado encerradas y controladas durante tanto tiempo que habían estado esperando un momento así para escapar. No sabía nada del futuro, y no necesitaba saberlo. Lo único que importaba era el ahora, y ahora mismo él era todo lo que ella quería. Él lo era todo.

La cama estaba a pocos pasos, pero no llegaron tan lejos porque sus pies se enredaron, Joanna perdió el equilibrio y, al intentar salvarla, él también perdió el suyo. Cayeron al suelo y Nate se golpeó la cabeza.

—¿Estás bien? —preguntó Joanna, preocupada.

—Estoy bien, estoy bien. —Él buscó su boca de nuevo y la besó con fiereza, con desesperación, reflejando exactamente cómo se sentía ella.

Joanna oyó un ruido a lo lejos, un leve zumbido, pero lo ignoró hasta que él levantó la cabeza.

—Puede que no esté bien. Oigo zumbidos...

—Yo también los oigo... —Y entonces recordó—. Es mi teléfono. Es la alarma para tostar los piñones.

Su boca estaba a un suspiro de la de ella, su mirada desenfocada.

—¿«Tostar los piñones»?

—No importa.

Joanna tiró de él hacia ella, sintiendo su peso presionándola contra el suelo, notando la mano de Nate deslizándose entre sus piernas.

Hicieron el amor con frenética, urgente y furiosa rapidez hasta que el mundo entero estalló y ella se aferró a él y él a ella, ambos jadeando en busca de aire mientras volvían a la tierra.

Se quedaron sin aliento, abrazados, y entonces sonó de nuevo la alarma.

Nate levantó la cabeza.

—Parece que lo de tostar piñones era algo muy importante.

Ella se rio. Estaba tumbada desnuda con Nate, en un suelo duro e incómodo, como cuando eran adolescentes, y estaban hablando de piñones.

—Esa alarma no es de los piñones. Ese momento ya pasó. —Joanna deslizó la mano sobre su pecho desnudo—. Ahora tendría que estar poniendo el pollo a calentar.

Se levantó sobre el codo, estudiando su rostro.

—¿Has puesto alarmas para cada elaboración?

—Sí. Quería que la comida saliera bien y que todo fuera perfecto. Quería impresionarte. Y ahora se ha ido al traste toda mi planificación.

—Ya estoy impresionado. —Extendió la mano y le apartó el pelo de la cara—. No he tenido sexo en el suelo desde que tenía diecisiete años. Y eso fue contigo.

—¿Era más cómodo entonces? No me acuerdo.

—Probablemente no, pero no teníamos una cama enorme como opción. —La acercó más a su cuerpo—. Eres preciosa, Jo.

—Tú también lo eres. Aunque mañana ambos estaremos cubiertos de moretones.

Hizo una mueca de dolor.

—Eso es muy probable. ¿Quieres darte una ducha helada para intentar que no nos salgan marcas?

Ella se rio.

—No. ¿Y tú?

—No. Pero podríamos nadar en el mar. Eso tendría el mismo efecto.

—Para eso hay que levantarse, buscar un bañador, ponérselo y caminar hasta la playa, y eso es mucho esfuerzo ahora mismo.

Él la besó y luego se levantó y la agarró en brazos.

—¡Nate! ¿Qué estás haciendo?

—Vamos a nadar.

—¿Desnudos?

—¿Por qué no? Estamos solos y la playa está vacía.

Mientras ella pensaba en algunas razones para no hacerlo, él ya estaba en la terraza y bajaba las escaleras hacia la playa.

—¿En serio vas a tirarme al agua fría?

—Vamos a meternos juntos. —Nate se adentró en las olas y contuvo un grito cuando notó el agua helada en su piel desnuda.

—¡Nate! Esto es...

—¿Fantástico? —Sonriendo, la dejó caer al agua y ella se aferró a él mientras ambos se sumergían.

Cuando por fin salió a la superficie, él estaba a su lado.

—¿Recuerdas cuando nadábamos aquí? —Tiró de ella hacia él y Joanna lo rodeó con los brazos y las piernas. Él la miraba con sus preciosos ojos azules, con la cara llena de gotas de agua resbalando. Nunca había visto un hombre más sexi en toda su vida.

—Lo recuerdo —respondió ella y luego le besó, incapaz de apartar la boca de la suya más de unos minutos seguidos—. Pero nunca lo habíamos hecho desnudos.

—Porque éramos unos aburridos entonces. —Se

rio, le apartó el pelo mojado de la cara y volvieron a besarse. Los besos llevaron a otras cosas y ella dejó de pensar. Lo único que podía hacer era sentir: el roce íntimo de sus dedos, el calor de su boca. El duro calor de él. El mar helado. La suavidad de su piel contra la aspereza de la de él. Los contrastes eran vertiginosos. Se aferró a sus hombros, clavando los dedos en los duros músculos de Nate. Los sonidos a su alrededor la tenían hipnotizada. Jadeos suaves, el canto de una gaviota, el rumor del océano al golpear la arena.

Salieron del agua y Nate la tumbó en la arena para volver a besarla.

—Te he echado de menos, Joanna.

Esa simple declaración le calentó el cuerpo de la cabeza a los pies.

—Yo también te he echado de menos —dijo Joanna con una sonrisa.

—Me muero de hambre. Tanto sexo y natación. ¿Se habrá estropeado la comida?

—No. Pero no he terminado todas las elaboraciones porque ignoré las alarmas.

—No te preocupes. Lo haremos juntos.

Volvieron a la casa, se ducharon y recogieron su ropa, luego se dirigieron a la cocina.

—Piñones. —Joanna los volcó sobre la sartén—. De entrante tenemos una ensalada de cítricos con semillas tostadas y piñones. ¿Por qué no abres el champán? —Era consciente de que él estaba cerca de ella, pero trató de centrarse en lo que estaba haciendo, mantuvo el fuego bajo como Ashley le había enseñado y agitó la sartén de vez en cuando.

Comprobó la lista que había hecho. Los piñones ya estaban listos. Lo siguiente era emplatar la ensalada y encender el fuego de la cazuela con lo que había preparado antes.

Se dirigió a la nevera y agarró la naranja que ya había cortado previamente y los berros.

Colocó ambas cosas en los platos y luego añadió los piñones y el aliñó. Después encendió el fuego a la cazuela, asegurándose de que no estuviera demasiado alto.

—*Voilà*. —Ella le entregó un plato y él una copa de champán.

—Por nuestra amistad. Aunque estuviera perdida durante un largo tiempo, ahora hemos tenido la oportunidad de recuperarla.

Ella golpeó ligeramente su copa contra la de él y llevaron los platos a la mesa.

—Este lugar es impresionante —dijo Nate echando un vistazo a la casa—. ¿Fue un arquitecto de Los Ángeles?

—De San Francisco. Comprendió mi idea. Quería aprovechar al máximo todo lo bueno que tenía.

—Siempre me pregunté si acabarías vendiendo este sitio.

—Lo pensé. Pero luego también pensé que el abuelo Rafferty podría volver a atormentarme si me deshacía de la tierra que a él tanto le costó conseguir.

Él sonrió.

—Buena decisión. Según mi abuela, tu abuelo daba un poco de miedo. —Agarró su copa y bebió—. Creo que él aprobaría lo que has hecho.

—Yo no estoy tan segura. Mi padre siempre decía que él nunca tuvo interés en la casa, solo en la tierra. Las vistas. El océano. El jardín. Esas son las cosas que mi abuelo amaba. Por eso no me sentí culpable de derribar la casa original y empezar de nuevo. Aunque creo que mi padre sí lo habría aprobado.

—Seguro que sí. —Nate comió de su ensalada—. Se alegraría de verte de nuevo aquí, eso seguro.

—¿Qué hay de ti? Te hiciste cargo del negocio familiar. No ibas a hacer eso. Tenías tantos planes.
—Fue una de las cosas que él le dijo cuando cortó su relación con ella. «Quiero más que esto, Joanna. Algo más que Silver Point».

Nate dejó el tenedor a un lado.

—Crecí viendo lo duro que mis compañeros trabajaban en ese local. Cuánto se sacrificaban. Yo no quería eso. No quería pasarme la vida sirviendo comida y bebida a gente que no conocía. Me parecía una vida pequeña, cuando había todo un mundo ahí fuera.

Joanna escuchó y esperó a que siguiera. Ese no era el final de la historia. No podía serlo, porque ahora él estaba dirigiendo el Surf Café.

Nate la miró y preguntó:

—No has cambiado, ¿verdad?

—¿Qué quieres decir?

—Cualquier otra persona estaría acribillándome a preguntas ahora mismo.

Ella frunció el ceño.

—Supuse que tú me dirías todo lo que quieres que sepa sin necesidad de preguntártelo. Respeto la intimidad de las personas. La vida de una persona no es de dominio público. Nadie debería hablar de ciertas cosas de los demás sin permiso.

—Ya... —Le sostuvo la mirada durante un largo rato—. Ha tenido que ser muy duro para ti. Estar casada con Cliff. Toda esa atención encima de ti.

—Lo llevé como pude. Pero ahora estábamos hablando de ti.

—Sí. Lo siento. —Apartó su plato vacío hacia un lado—. Cuando eres adolescente haces muchos planes. Eso es lo que hace la gente. Pero nadie te dice que a veces ocurren cosas que se escapan de tu control, que algunas decisiones pueden ser difíciles y que a veces los planes tienen que cambiar. —Su mirada se encontró con la de ella—. No voy a fingir que no me inquieta hablar de esto contigo. Es como si el tiempo hubiera saltado hacia atrás.

Ella extendió el brazo por encima de la mesa y le agarró la mano.

—¿Qué pasó, Nate?

—Mi padre tuvo un ataque al corazón. —Se sorprendió y sintió compasión al mismo tiempo.

—Lo siento. No lo sabía. Mel no...

—¿No te lo dijo? Supongo que le preocupaba hacerte daño, por lo que le pasó a tu padre...

—Aún me duele. Siempre dolerá, pero encuentras la forma de convivir con ello. Pero estábamos hablando de tu padre.

—Su corazón se paró, parada cardíaca súbita, mientras ayudaba al equipo de atletismo del colegio. Se había quejado de que le faltaba el aire, pero por lo demás no hubo ningún aviso. Se desplomó allí mismo, en la pista, pero por suerte tenían un desfibrilador y lo utilizaron.

Joanna podía oler el pollo. Estaba listo para servir. El fuego necesitaba apagarse ya. Pero escuchar a Nate era más importante que tener una cena perfecta.

—¿Sobrevivió?

—Sí. Fue Greg quien lo salvó. Estaba de pie junto a él cuando sucedió. Me dijo que mi padre estaba charlando con él con normalidad y en un segundo ya estaba en el suelo, sin pulso, sin respirar. Agarró el DEA y...

—¿El desfibrilador?

—Sí. Y lo utilizó. Tuvo que darle descargas dos veces, pero al final lo consiguió. Eso no pasa siempre. Tuvimos suerte. Suerte de que le pasara estando justo allí, donde pudo recibir ayuda rápido. También fue una suerte que Greg estuviera tan calmado y centrado.

—Tuvo que ser horrible para ti, y para tu madre y Mel. —Ella seguía sosteniéndole la mano con fuerza.

—Estuvo ingresado un tiempo en el hospital y cuando volvió a casa se centró en comer bien y hacer ejercicio, en hacer todas las cosas que los médicos le habían recomendado. Reducir el estrés era una de ellas. Se acabaron las largas horas en la cafetería. Mi madre no podía soportar la carga extra de trabajo, además, ella quería cuidar de él. Yo estaba trabajando como instructor de surf en Europa. Era una buena forma de viajar y ganar dinero. Pero volví a casa.

—Por supuesto que sí. Eso es lo que hace la familia. —Sintió una punzada en el pecho, no tenía familia que lo dejara todo por ayudarla, ni nadie que necesitara que ella hiciera lo mismo por los demás.

«Tenía a Ashley», pensó. Lo dejaría todo por Ashley si fuera necesario, y tenía la sensación de que ella también haría lo mismo.

—¿Tu madrastra se puso en contacto contigo alguna vez? —Parecía que él había leído sus pensamientos—. Cuando las cosas empezaron a ir mal con Cliff, o cuando la prensa te acosaba.

—No. ¿Por qué iba a hacerlo?

La boca de Nate se tensó.

—¿Porque eres de su familia?

—No todas las familias son como la tuya, Nate. —Pensó en él, recibiendo la llamada sobre lo que le había ocurrido a su padre, atravesando el océano para llegar a casa. Y luego quedándose en la ciudad por lealtad a la familia. Por amor—. Ella no sentía ninguna responsabilidad hacia mí. Pensaba que yo no era asunto suyo, y quizá tenía razón en eso.

—No tenía ninguna razón. Cuando te casas con alguien, te casas con todo lo que tiene que ver con él. Sus gustos, sus disgustos, su presente, su pasado, su familia. Todo.

—Ella no lo veía así. Y si mi padre no se hubiera muerto, se habrían divorciado. Denise lo sabía. Y estaba muy enfadada porque mi padre me dejó este sitio a mí.

—Tu padre era un hombre sabio, aunque... —Se detuvo y ella le miró.

—Ibas a decir que si hubiera sido tan sabio no se habría casado con ella. No te equivocas. Pero cuando se trata de relaciones, no siempre somos sabios, ¿verdad? —Su padre debió de pensar que casarse con Denise era la decisión correcta en aquel momento, aunque luego se arrepintiera.

Ella, más que nadie, entendía que las decisiones sobre una relación estaban influidas por muchos factores. Que esas decisiones no siempre eran sencillas.

—No. —Nate habló en voz baja—. No siempre somos sabios. Eso es porque las decisiones no siempre son claras. Odiaba la forma en que te trataba. Cómo te hablaba. Tras la muerte de tu padre estabas muy dolida. Ella debería haber sido tu principal fuente de consuelo, pero en lugar de eso hizo que todo te doliera aún más. Te rechazó cuando necesitabas apoyo.

—Y tú fuiste quien estuvo ahí para mí. Tú y Mel, y tus padres, que siempre fueron tan amables y generosos conmigo. Prefería estar en tu casa que en la mía. Me metí en tu mundo porque no me gustaba mucho el mío. —Y ella podía ver ahora cómo ese sentimiento se había desarrollado y crecido con el paso de los años—. Tú y tu familia erais mi gran apoyo, y cuando nuestra amistad pasó a ser algo más, tú te convertiste en todo mi mundo. Lo eras todo para mí. —Ahora lo veía tan claro—. Y te asusté. Lo siento, Nate. Por cómo era entonces. Por la forma en que compartí todos mis problemas contigo.

—¿Estás de broma? Me encantaba que fueras tan abierta y sincera conmigo. Que sintieras que podías contarme cualquier cosa. Me hacía sentir especial. Era lo que nos hacía especiales. Compartíamos nuestras vidas sin tener que contenernos. —Se pasó la mano por la nuca—. Soy yo quien debería pedirte perdón.

—¿Por qué? ¿Por no ser capaz de manejar todos los problemas que arrastraba? ¿Por no quererme lo suficiente? Eso no es ningún crimen.

—Te amaba. —Dejó caer su mano—. Te quería, pero tenía miedo. Confiabas en mí y temía defraudarte. Habías sufrido mucho en tu vida y yo tenía miedo de la responsabilidad. Miedo de no poder ser lo que querías y necesitabas que fuera. Supongo que estaba un poco intimidado por lo que teníamos. Tal vez sabía que era raro. Tenía miedo de arruinarlo todo, y al final eso fue exactamente lo que hice.

—Los dos éramos jóvenes. Una relación no debería cargar con tanto equipaje al principio. No te culpo en absoluto por terminarla.

—Me culpo a mí mismo. Por manejarlo mal. Por ser insensible.

Joanna sacudió la cabeza.

—Fuiste directo y honesto, como lo fuiste durante toda nuestra relación. —Hizo una pausa, pensando en Cliff—. Tardé unos años en ver lo valiente que fuiste. Lo duro que debió de ser para ti. Años viviendo con un hombre que me mentía porque era más fácil que decir la verdad, que esquivaba cualquier conflicto, que no respetaba a nadie.

—Jo —la interrumpió Nate, girando la cabeza y olfateando—. ¿No te parece que huele a quemado?

—¡El pollo! —Ella se puso en pie y él recogió los platos y la siguió.

—Asumo toda la responsabilidad. No dejé que prestaras atención a las alarmas de tu teléfono.

Joanna apagó el fuego y comprobó la cazuela con miedo.

—Si Ashley se entera de que lo he quemado, me matará.

—Pues no se lo digas. —Nate miró por encima de su hombro—. Se ve delicioso.

—El fondo está pegado a la cazuela —dijo Joanna mientras pinchaba con un tenedor.

—No comeremos la parte de abajo y ya está. —Agarró los platos y sirvió dos raciones.

—La cazuela está arruinada.

—Te compraré una nueva.

Llevaron los platos de vuelta a la terraza y esta vez se sentaron uno al lado del otro en lugar de enfrentados. Nate tenía el mismo aire tranquilo que a ella siempre le había parecido tan atractivo. Hace años, estar con él la relajaba, pero en ese momento no se sentía así. Tenía el pulso acelerado.

—Es la primera vez que le preparo la cena a alguien.

—Nunca he disfrutado tanto de una cena.

Ella sonrió, porque sabía que no se refería a la comida.

—Se suponía que tenía que sacar el postre de la nevera treinta minutos antes de comerlo.

—Ve y hazlo ahora —dijo Nate—, tengo una buena idea para entretenernos los próximos treinta minutos...

22

MEL

Mel sirvió las tortitas a la pareja que se había sentado en la parte delantera de la terraza. Le dolía la cabeza. Ashley había dormido en la cama supletoria de la habitación de Eden y las dos chicas se habían pasado toda la noche riendo y hablando. Mel se había quejado a Greg, y él le había recordado que ella y Joanna habían hecho lo mismo de jóvenes. Así que tuvo que dejar de refunfuñar porque era cierto que lo habían hecho y también que había sido una parte importante de sus vidas y de su amistad. Aquel intercambio íntimo de pensamientos, aquellas confidencias compartidas en la oscuridad. Todo formaba parte de entender la vida, ¿no?

Y una de las mejores partes de la amistad.

Y si el precio era el dolor de cabeza de Mel, entonces valía la pena pagarlo.

El día anterior había vuelto a prestarle el coche a Eden y las dos chicas habían recorrido la costa hasta Carmel. Habían vuelto con las maletas repletas y las caras sonrientes, así que Mel supuso que el viaje había sido un éxito.

Ahora estaban sentadas en una mesa a la sombra, con las cabezas juntas, hablando como si tuvieran mucho que decir y poco tiempo para hacerlo.

Nate apareció con una bandeja cargada con cafés.

Le observó mientras atendía a un grupo de mujeres con una sonrisa y simpatía, y luego le siguió de vuelta a la cafetería.

—No voy a preguntarte cómo te ha ido la noche porque sé que no me lo dirás. Pero teniendo en cuenta que llegaste tarde al trabajo cuando tú nunca lo haces y que no has dejado de sonreír, ni siquiera cuando esa mujer se quejó de que su bollo no era el que había pedido, supongo que has pasado una buena velada.

—He pasado una buena velada, sí. —Agarró dos platos y empezó a preparar ensalada de gambas—. Y gracias por venir esta mañana.

—No hay de qué. Además, ya estaba despierta.

—¿Tú? —Él la miró extrañado—. Pero si tú nunca te levantas temprano.

—Lo hago cuando no me duermo en toda la noche, que es lo que pasó. Eden y Ashley estuvieron cuchicheando durante horas. Todavía estoy tratando de averiguar si una risita contenida atraviesa mejor las paredes que una normal.

Nate sonrió.

—Parecían contentas cuando las vi hace un momento.

—Las tortitas alegran a cualquiera —dijo sin perder detalle de cómo su hermano montaba la ensalada—. Tú estás contento y yo estoy contenta.

—Entonces, ¿estoy perdonado?

—Estaba más enfadada conmigo misma que contigo. —A través de las puertas abiertas vio cómo Ashley se levantaba, se despedía de Eden con la mano y bajaba los escalones.

Parecía que Joanna había llegado, lo que significaba que Eden se dirigiría a casa y después a la escuela de surf.

Sabía que luego había quedado con unos amigos en la ciudad, así que, o era ahora o nunca.

—Nate —se volvió hacia su hermano—, ¿me cubres diez minutos? Hay algo que tengo que hacer.

—Teniendo en cuenta que tú has hecho lo mismo por mí esta mañana, difícilmente puedo decir que no, ¿verdad? —respondió mientras colocaba los platos de ensalada en una bandeja junto con una cesta de pan crujiente recién salido del horno y una jarra de agua helada—. No irás a interrogar a Joanna, ¿verdad?

—No. —Hizo una pausa—. Quiero hablar con Eden.

Él la miró y asintió.

—Buena suerte.

Su hermana le dedicó una sonrisa de agradecimiento y regresó a la terraza a tiempo para encontrarse con Eden justo cuando se iba.

—¡Eden! ¡Espera!

—¿Qué? —dijo su hija girándose al instante.

Mel se sintió nerviosa de repente.

—¿Quieres caminar por la playa conmigo?

—¿Cuándo? —Eden frunció el ceño—. ¿Ahora mismo?

—Sí, ahora. Pensé que podríamos... hablar.

El ceño de Eden se frunció todavía más.

—Quieres sermonearme sobre todas las razones por las que debería ir a la universidad.

—No. No es eso. —No podía culpar a Eden por pensar eso, ¿verdad? Mel respiró hondo y dijo—: Si al final decides que no quieres ir a la universidad, por mí está bien. Y por parte de tu padre igual.

—Las dos sabemos que no te parece bien, mamá. No mientas.

—Es cierto que me preocuparé, pero lo haré igual hagas lo que hagas. Es parte de ser madre. Quiero lo que tú quieras, Eden. Y sobre todo quiero que seas feliz. Eso es todo. Y solo tú sabes cómo conseguirlo.

Eden se quedó mirándola desconcertada.

—¿Has estado bebiendo?

—No, claro que no. ¿Podemos caminar por la playa? No quiero tener esta conversación a la vista de todo el mundo.

—Yo no...

—Dijiste que no te escuchaba. Quiero escucharte. Quiero hacerlo ahora.

Eden no se movió.

—No lo dije para molestarte.

—Lo sé, y no voy a fingir que no me molestó, porque claro que lo hizo. —Esbozó una débil sonrisa—. A pesar de lo que puedas pensar, estoy tratando de ser una buena madre y que me mostraras un montón de pruebas de que estaba siendo lo contrario no me hizo sentir bien, pero te escuché, Eden. Y tenías razón en eso de que siempre intento controlar y arreglar las cosas.

Eden suspiró.

—No debería haberte dicho eso. Me pasé de la raya...

—No, no lo hiciste. Fuiste honesta, y eso es bueno. —No era agradable oírlo, pero era bueno—. Intento controlar y arreglar las cosas, y el hecho de que lo haga porque te quiero no cambia los hechos. A veces da miedo ser madre, eso es todo. Quiero lo mejor para ti. Quiero que tu vida sea perfecta, no quiero que seas infeliz, pero eso es ridículo porque, por supuesto, ninguna vida es perfecta y nadie puede ser feliz todo el tiempo.

—Mamá...

—¿Podemos ir a caminar? Solo cinco minutos.

Eden tomó aire y dijo:

—Claro. No tengo que ir a la escuela de surf hasta dentro de una hora.

—Volveremos andando por la playa hasta casa. Así no llegarás tarde. —Mel se quitó los zapatos y caminaron por la arena hasta la orilla del agua—. ¿Recuerdas cuando solíamos saltar en las olas?

—No lo hemos hecho desde que tenía doce años.

—Hagámoslo otra vez, ahora mismo. —Mel se detuvo y agarró la mano de su hija, pero Eden se soltó y miró avergonzada a su alrededor—.¿Qué haces? ¿Qué te pasa?

—Soy demasiado mayor para estar saltando en las olas con mi madre.

—Sí, claro que sí... —Lo estaba haciendo todo mal y no tenía ni idea de lo que era correcto—. La familia siempre ha sido lo más importante para mí. Ha sido mi motivación para la mayoría de las decisiones que he tomado en mi vida. Y sé que esas decisiones no parecen las más adecuadas para todo el mundo, pero sí lo eran para mí. Una vez me dijiste que me había rendido.

Eden parecía incómoda.

—¿Tenemos que hablar de esto?

—Quiero hablar de esto. Quiero compartir mi forma de pensar, y luego espero que tú compartas la tuya. —Ella solo iba a contar su historia, con la esperanza de que su hija quisiera escucharla—. No recuerdo cuándo me enamoré de tu padre, pero siento como si hubiera estado enamorada de él toda mi vida. Fuimos a la universidad, y fue una época muy feliz, y tal vez por un tiempo me pregunté si sería divertido viajar, conseguir un trabajo en la costa este, Nueva York o en algún lugar más animado y emocionante que este. Tu tío Nate estaba en Europa y yo no me veía trabajando en el Surf Café, excepto quizá durante las vacaciones, cuando estaba en casa. Yo quería más que eso, o eso creía. Y entonces descubrí que estaba embarazada.

—¿Así que arruiné tu diversión?

—Tenerte fue lo más emocionante que me pasó. Y no pensé que cambiaría mi vida. Tu padre y yo decidimos que Nueva York podía esperar. Entonces, el abuelo tuvo un ataque al corazón y el tío Nate volvió a casa. Todos ayudábamos en la cafetería para que el abuelo no tuviera que hacerlo. Solía llevarte a la cafetería y te sentabas...

—Con la abuela, lo recuerdo.

—Sí. O con cualquiera de mis amigos de la ciudad. Mary-Lou, Rosa... Siempre que necesitaba ayuda, había alguien a quien podía acudir. La vida era fácil aquí. ¿Pensaba de vez en cuando en Nueva York y en cómo me habría sentido paseando por la Quinta Avenida con mis tacones, llevando un traje elegante y quizá trabajando en una lujosa oficina con vistas al Empire State Building? Sí, lo pensé. Incluso hice una entrevista de trabajo.

La cara de Eden cambió.

—¿Fuiste a Manhattan? ¿Cuándo? ¿Cuántos años tenía yo?

—Tendrías unos dieciocho meses. Vi un anuncio de trabajo, un puesto de principiante en una gran agencia creativa. Ni siquiera quería presentarme, pero Nate insistió. Sabía que mi sueño era vivir en Nueva York. Tu padre quería que viviera mi sueño. Tus abuelos te cuidaron unas noches, Nate se encargó del café y Greg y yo nos fuimos de viaje a Nueva York. Nos alojamos en un hotel de lujo, fuimos a un espectáculo y tuvimos una cena romántica en uno de esos restaurantes con vistas a la ciudad. Y a la mañana siguiente me puse mis zapatos de tacón nuevos y un traje elegante, también nuevo, y tomé un taxi para ir a las oficinas de la empresa situada en la Séptima Avenida, donde me entrevistaron en un despacho acristalado, que estaba en una planta tan alta que me sentí como si estuviera mirando el mundo desde arriba. Nunca había sentido nada igual; esa emoción y adrenalina.

—Pero no conseguiste el trabajo. Lo siento, mamá.

—¿Qué te hace pensar que no conseguí el trabajo? Eden frunció el ceño.

—Nunca vivimos en Nueva York, nunca trabajaste allí.

—Así es, pero no porque no me dieran el trabajo. Me ofrecieron un puesto por una cantidad de dinero que para mí era increíble. Pero claro, estando en Manhattan, entre el alojamiento y la guardería el dinero se habría ido en un minuto neoyorquino.

—¿Te ofrecieron el trabajo? —Eden parecía confusa—. ¿Y qué pasó?

—Que lo rechacé.

—¿Tú?

—Así es. ¿Fue una decisión fácil? Sí y no. Como en la mayoría de las decisiones, había argumentos para apoyar ambas partes. Siempre quise vivir en Nueva York durante un tiempo, y era todo lo que pensaba que sería cuando me lo imaginaba. Emocionante miraras donde miraras. —Aún podía recordar la sensación que le producía el mero hecho de estar allí.

—¿Y por qué tomaste esa decisión?

—Estaba en el hotel con tu padre y recibí una llamada de tu abuela. Tú estabas con ella y te oía reír, incluso ya habías aprendido a juntar algunas palabras por primera vez. Dijiste: «Mamá *no ta*», y me di cuenta de que eso no era lo que quería. No quería que otra persona fuese testigo de tus progresos en mi lugar. No quería «no estar». Oí el ruido de las olas de fondo al teléfono, y al mirar las luces de la ciudad por la ventana pensé: «¿Qué hago aquí?». Cuando tu padre y yo regresamos a casa, había música en directo en la cafetería, el sol se estaba poniendo sobre el océano y

Rosa se besó con Adam esa noche, cosa que se veía venir desde hacía mucho tiempo. Nate estaba bailando contigo y recuerdo estar allí de pie pensando: «Estoy en casa. Este es mi lugar. Aquí es donde quiero estar». ¿Era excitante y glamuroso? No, pero era muchas otras cosas, cosas que eclipsaban por completo lo que Nueva York me hubiera ofrecido. —Aún recordaba la sensación, lo segura que había estado de su decisión—. Sé que piensas que me rendí, Eden. Entiendo que pueda parecerlo, pero no fue así. El abuelo quería que nos hiciéramos cargo de la cafetería, es cierto, pero Nate dejó claro que yo no tenía por qué formar parte de eso. Podría haberme ido en cualquier momento, pero decidí quedarme y vivir mi vida aquí en Silver Point. Nunca me he arrepentido de esa elección, aunque estoy segura de que mucha gente lo cuestionó en su momento. Lo que quiero decir es que yo tomé esa decisión. Nadie la tomó por mí. Si hubiera acabado siendo un error, habría sido *mi* error y me habría tocado *a mí* arreglarlo. Pero, de alguna manera, contigo he olvidado todo eso. Supongo que cuando eres madre quieres evitarle el dolor a tu hijo, pero con dolor es como aprendemos. —Sonrió a su hija—. Elige, Eden, lo que sea. Comete errores, porque en eso consiste la vida. Vive tu vida como quieras vivirla. Y yo estaré aquí para animarte y apoyarte hagas lo que hagas.

Mel soltó un suspiro de alivio cuando su hija la rodeó con sus brazos, casi tirándola a la arena.

—Lo siento. —La cara de Eden estaba enterrada en el cuello de su madre—. He estado de muy mal humor, he sido horrible...

—No. —Mel apretó con fuerza el abrazo—. Sin disculpas ni culpas. Todo eso ya quedó atrás.

—Te quiero, mamá.

«Te quiero, mamá».

Mel sintió que se le llenaban los ojos de lágrimas. Maldita sea. ¿Justo ahora? ¿Allí? ¿En público en medio de la playa?

—Yo también te quiero, cariño. Siempre te querré.

Eden se limpió las lágrimas y se apartó.

—Debo de estar hecha una mierda.

—No digas «mierda».

—¡Pensé que a partir de ahora se me permitía libertad!

—No cuando se trata de ese tipo de lenguaje en una playa pública con niños pequeños alrededor.

—Pero...

—Puede que a partir de ahora nos relacionemos de otra forma, pero sigo siendo tu madre.

Eden sonrió.

—¿Estás segura de todo lo que acabas de decirme y de que no te arrepentirás?

—Por supuesto. Pruébame.

—Está bien. Hay algo que quiero hacer ahora mismo. Quiero saltar en las olas, como solíamos hacer.

Mel se echó a reír.

—¿Ahora? ¿No eres demasiado mayor para saltar en las olas con tu madre?

—No lo sé. —Eden la agarró de la mano y tiró de su madre hacia el agua—. Vamos a averiguarlo.

Se zambulleron juntas, quejándose de la fría temperatura del agua mientras les salpicaba las piernas y les empapaba la ropa. Y mientras se reía con su hija, Mel echó un vistazo hacia el Surf Café y pensó: «No me rendí ni me conformé, tomé una decisión. Y fue una buena elección».

23

JOANNA

Joanna abrió la puerta de la librería Beach. El sol brillaba, le dolía un poco la cabeza por la falta de sueño y no recordaba cuándo había sido la última vez que se había sentido tan feliz.

Mary-Lou estaba entregando un libro a un cliente.

—Vuelva y dígame qué le ha parecido. Tengo mi propia opinión sobre el final, pero mejor que no haga *spoilers*. Que tenga un buen día.

Joanna le sonrió y se dirigió hacia la sección infantil.

Mary-Lou esperó a que la puerta se cerrara tras el cliente y luego se acercó a ella.

—Estoy esperando el día en que alguien venga y exija que le devuelvan el dinero porque no le ha gustado el final. Estás sonriendo. Pareces diferente. ¿Te ha pasado algo?

«Nate», pensó. «Nate era lo que había pasado».

Una tarde maravillosa se había convertido en una noche maravillosa.

—Estoy disfrutando de mi vuelta a Silver Point, eso es todo.

—Mmm... —La expresión de Mary-Lou sugería que no la creía—. ¿Tiene algo que ver tu *disfrute* con el hecho de que Nate Monroe comprara ayer por la tarde un ramo de margaritas en la floristería de Glenda?

—¿Cómo sabes eso?

—Carly le vio y se lo dijo a Letitia en la panadería, y Letitia me lo dijo a mí cuando fui a comprar un par de esos deliciosos pasteles franceses calientes esta mañana. Que, por cierto, recuerdo que tenías debilidad por ellos.

Joanna se rio.

—Este lugar no ha cambiado nada.

—Gracias a Dios, no. Y no seré la única que se alegre de veros juntos de nuevo. —Mary-Lou la miró a los ojos—. Algunas cosas están destinadas a ser.

—Solo éramos dos viejos amigos pasando una noche juntos, Mary-Lou. No estoy buscando una relación, y estoy segura de que él tampoco. —Y esa, pensó, era una de las muchas razones por las que la velada había sido tan perfecta. Ninguno de los dos esperaba nada del otro. No había presión. Habían disfrutado del momento y él había vuelto a su casa por la mañana.

¿Dónde estaba él ahora? Con toda probabilidad, atendiendo a sus clientes con una sonrisa, tal vez no tan amplia como solía tener debido a que no habían dormido casi nada en toda la noche.

¿Estaría pensando en ella?

Mary-Lou enarcó una ceja.

—Ver a un viejo amigo no suele hacer brillar los ojos como te están brillando a ti, pero bueno, finjamos que no hay nada más, si eso te hace sentir más cómoda. ¿En qué puedo ayudarte? ¿Estás buscando libros sobre relaciones? Justo ayer me llegó uno que puede interesarte: *Primer amor, segunda oportunidad*.

—¿En serio?

—No, estaba bromeando. —Mary-Lou levantó las manos—. Lo siento. Has venido hasta aquí por algo y dudo que sea para que me burle de ti.

Joanna sonrió. Hacía tanto tiempo que nadie se burlaba de ella de forma amistosa. Hacía tanto tiempo que no se sentía tan cómoda con la gente que la rodea.

—Quiero comprar algunos libros para el bebé de Ashley.

Mary-Lou la miró fijamente.

—¿El bebé de su barriga? No es que sepa mucho sobre desarrollo infantil, pero creo que aún tardará bastante en leer.

—Mi primer recuerdo es el de mi padre leyéndome. Yo estaba en su regazo en el porche de Otter's Nest, recuerdo el sonido de su voz y la emoción al pasar las páginas. Y la sensación de que era una especie de aventura que emprendíamos juntos.

Mary-Lou resopló.

—Tu padre era un buen hombre. Todos le echamos de menos. Vamos a buscarte algunos libros.

—Quiero hacerle una biblioteca. Es mi regalo para ella. —Iba a despejar las estanterías del segundo dormitorio de invitados y convertirlo en una habitación infantil. Aunque Ashley quisiera mudarse a su propia casa, sería un lugar para ella y el bebé cuando fueran de visita.

—Tiene suerte de tenerte a su lado.

Joanna pensó en la paciencia de Ashley.

—Yo soy la afortunada.

—Tal vez. Anoche salió con Eden. Las dos se reían tanto con sus helados que todo el mundo que las veía también sonreía. ¿Sabes qué libros quieres o solo estás echando un vistazo?

Joanna sacó su lista.

—Tengo ideas, pero las sugerencias siempre son bienvenidas.

—Con una lista tan larga como esa, eres más que bienvenida. Si quieres gastar tu dinero aquí, no voy a impedírtelo. Tómate todo el tiempo que necesites.

Joanna percibió la ansiedad en su voz.

—¿Cómo van las cosas, Mary-Lou?

—La tienda suele estar llena —dijo Mary-Lou mientras reordenaba algunos de los libros que la gente había vuelto a colocar al azar—. Lo más frustrante es que la gente viene aquí a hojear y luego se va a comprar por Internet. Me vendría bien contratar a alguien para que me ayude aquí y así poder pasar más tiempo en casa. La artritis de mi madre ha empeorado y hay semanas en las que no puede ni caminar, pero solo necesito a alguien a tiempo parcial y no encuentro a nadie que quiera hacerlo. —Hizo una pausa cuando sonó su teléfono—. Es mi madre, tengo que contestar.

—Adelante, yo estoy bien —dijo Joanna haciendo un gesto con la mano.

—Gracias, Joanna. —Entonces, Mary-Lou respondió—: ¡Hola, mamá! —De repente, puso mala cara—. ¿Qué te has caído? ¿Has llamado ya a una ambulancia?... ¿No?... ¡Pues claro que deberías llamar!... No, no vas a molestar a nadie... Bueno, quizá sí estén ocupados, pero tú eres tan importante como los demás. ¡O puede que más importante! Quédate quieta. Iré ahora mismo... ¿Qué? No importa la tienda. Cierro y ya está. Iré contigo al hospital, se acabó la discusión. —Cortó la llamada y maldijo cuando se le cayó el teléfono al suelo—. Lo siento, Joanna, voy a tener que...

—Cerrar la tienda. Ya lo he oído. —Joanna rescató el teléfono del suelo y lo puso de nuevo en la mano de Mary-Lou—. Dame las llaves. Cerraré por ti. Vete. Llámame más tarde y hazme saber cómo está tu madre. Envíale mis mejores deseos y, si hay algo que yo pueda hacer, házmelo saber.

—¿Cerrarías por mí? Qué amable. Mi madre ya se está preocupando por el dinero que perderemos por tener la tienda cerrada. Ya sabes que adora este sitio, te juro que es como un segundo hijo para ella. Pero la tienda es la menor de nuestras preocupaciones ahora mismo.

—Necesitas tu bolso. —Joanna lo sacó de detrás del mostrador. Y de repente tuvo una idea, tan trascendental que casi la descartó al instante. Pero no lo hizo—. Y a menos que tengas especial interés en que cierre, ¿qué te parece si la dejo abierta? Puedo ayudarte con la librería, creo que podré apañármelas bien. Y si la gente tiene preguntas, puedo tomar nota de sus datos y tú podrás ocuparte de ello cuando vuelvas.

Mary-Lou negó con la cabeza.

—No puedo pedirte que hagas eso.

—No me lo pides, te lo ofrezco. Me gustaría mucho.

—Pero ¿por qué? No es que necesites el dinero o un trabajo... —Mary-Lou cerró la boca de inmediato—. Lo siento. Eso ha sido grosero de mi parte.

—No lo sientas. No lo hago por dinero, Mary-Lou, lo hago por ti. Por tu madre. Y por mí, porque no se me ocurre mejor manera de pasar unas horas que estar en una tienda llena de libros.

—¿Estás segura?

—Por supuesto. No he olvidado lo amable que fue tu madre conmigo cuando yo era pequeña, ni tampoco su generosidad. Esta es mi oportunidad de agradecérselo. Espero que se preocupe menos si le aseguras que la tienda sigue abierta. Ahora vete. Llámame cuando tengas noticias sobre su estado.

—Bueno, en ese caso, gracias. Eres mi salvavidas. —Mary-Lou le dio las llaves y salió a toda velocidad por la puerta.

Joanna se paró un momento. No era ningún salvavidas, pero estaba bien poder ayudar en algo. Poco después, la puerta se abrió. Era Rosa, de la *boutique*.

—¡Joanna! Acabo de enterarme de lo de Vivian. Pensé que Mary-Lou podría necesitar ayuda con la tienda. Puedo vigilar ambas tiendas, o cerrar la mía por la mañana. Lo que que haga falta.

«Eran una gran comunidad», pensó Joanna. Todos estaban interconectados. Se conocían. Se preocupaban. No se había dado cuenta de cuánto lo había echado de menos hasta ahora.

—No te preocupes, Rosa. Ya me encargo yo. Te avisaré en cuanto tenga noticias de Vivian.

—Seguro que Mary-Lou también me enviará un mensaje —dijo Rosa con una sorisa—. He oído que te pusiste el vestido blanco anoche. ¿Te gustó?

Pensar en cómo acabó la noche hizo que las mejillas de Joanna se calentaran.

—¿Cómo...?

—Ashley lo mencionó. Ella y Eden se estuvieron probando ropa ayer en la tienda. Traeré algunas prendas premamá para ella. Para más adelante, claro. Ahora mismo nadie diría que está embarazada. —Rosa le guiñó un ojo—. Y que tú hayas pasado una tarde con Nate es como rebobinar en el tiempo.

En realidad, no lo había sido, y esa era una de las cosas que más le habían gustado a Joanna. No había sido como una repetición de lo vivido en el pasado. Lo había sentido como algo nuevo. Fresco.

—Solo fue una cena. Cociné yo.

—¡Y ha sobrevivido! Lo sé porque le he visto en la terraza del Surf Café hace un rato. Y no paraba de sonreír.

—Intento no matar a mis citas.

—Me alegro de veros felices a los dos. —Rosa se cruzó de brazos y entrecerró los ojos—. Mírate. Joanna Rafferty. Siempre fuiste un ratón de biblioteca, y ahora estás a cargo de una librería. Este es tu sueño, ¿verdad?

Joanna se rio.

—Lo es, aunque no en estas circunstancias, obviamente. —Pensó en Vivian y en todos los libros que le había regalado a lo largo de los años—. Le debo mucho a Vivian.

Si podía ayudar de alguna manera, sin duda lo haría. Pensó que no estaría muy ocupada, y resulta que estaba muy equivocada.

Cuando Mary-Lou reapareció en la tienda al final del día, Joanna había atendido a un sinfín de clientes y no había tenido tiempo ni de ir al baño.

—Vuelve cuando estés lista para leer la segunda parte —le dijo a una niña de siete años que acababa de comprar el primer número de una serie de libros de *ballet*—. Te lo guardaré aquí mismo.

—¿Pondrás mi nombre en él?

—Lo haré ahora mismo. —Joanna sacó el libro de la estantería, metió una nota dentro y lo deslizó detrás del mostrador—. Ya está. Te está esperando.

La madre de la niña sonrió.

—Gracias. Ha sido divertido.

Joanna esperó a que se marcharan y se volvió hacia Mary-Lou.

—¿Cómo está Vivian?

—Nada roto, gracias a Dios. Le saldrán moratones y tendrá que tomárselo con calma durante un tiempo, pero podría haber sido mucho peor. Te mandó recuerdos. Dijo que le gustaría que pasaras a verla pronto.

—Me encantaría —respondió Joanna con una sonrisa, pero al segundo le cambió la cara—. Mary-Lou, ¿estás bien?, pareces agotada.

—Solo estoy preocupada. Voy a tener que cerrar durante los próximos días para poder estar con ella y ayudarla. —Mary-Lou se frotó una mano por la cara—. Gracias por lo de hoy.

—No cierres. Yo puedo encargarme, aunque he hecho una lista de cosas en las que necesito algo de ayuda. —Joanna agarró el bloc de notas y dio un repasó rápido a las preguntas que había anotado.

Mary-Lou dudó antes de hablar:

—Si vas a trabajar, entonces te pagaré.

—Yo no... —Joanna estaba a punto de decir que no quería que le pagara, pero entonces se dio cuenta del gesto terco de Mary-Lou y prefirió no llevarle la contraria.

—Claro, págame lo que consideres justo...

—Será una cantidad insignificante para ti.

—El dinero nunca está de más —dijo Joanna—. Y este es el trabajo de mis sueños.

Mary-Lou se echó a reír.

—Bueno, en ese caso, estás contratada. Empiezas mañana a las ocho. Desembala las nuevas existencias y archívalas. Limpia el local. También es hora de cambiar el escaparate. La semana que viene tenemos una firma, así que, si te apetece poner en práctica tus dotes artísticas, puedes trabajar en ello.

Se lo contó a Nate más tarde, mientras paseaban por la arena cerca del Surf Café.

—Hoy he conseguido el trabajo de mis sueños. A los cuarenta años. ¿Te lo puedes creer? —Se quitó los zapatos y caminó con ellos en la mano, le gustaba la sensación de la arena en sus pies descalzos—. Estoy nerviosa por ir a trabajar mañana, nunca antes me había sentido así.

—¿Seguro que no te vas a sentar a leer todos los libros?

—Eso también. Ventajas del trabajo, ¿no? He pensado algunas ideas para el escaparate. ¿Crees que sería atrevido por mi parte sugerir hacer algunos eventos para niños? He pensado que podríamos empezar por disfrazarnos y leer cuentos. —Las ideas no paraban de surgir en su cabeza y estaba impaciente por comentarlas con Mary-Lou.

—Creo que Mary-Lou y Vivian se alegrarán de cualquier propuesta que atraiga más ventas.

—No quisiera excederme. —Pero no pudo evitar hacer planes—. También he pensando que en el futuro podríamos tener tardes de club de lectura en el Surf Café. De esa manera podríamos combinar...

—Libros, comida y bebida —la interrumpió él con una sonrisa y tiró de ella para acercarla a su cuerpo.

—¿Te gusta la idea?

—Sí. También me gusta el hecho de que tus planes de futuro impliquen estar aquí un tiempo.

Ella pensó en Mel y Greg. En Mary-Lou y Rosa. En Ashley tumbada junto a la piscina. En Otter's Nest. En Nate.

—No vine aquí pensando en quedarme, pero ahora no se me pasa por la cabeza irme. Hablé con los abogados esta mañana. Voy a vender mis acciones en la empresa de Cliff. —Se había decidido después de su noche juntos, cuando se dio cuenta de que estar con Nate no había sido un viaje al pasado, sino un paso hacia el futuro. La llamada había sido la ruptura definitiva de su antigua vida y el comienzo de una nueva.

—¿No participarás más en la empresa?

—No. —El alivio fue enorme—. No sé por qué no lo hice antes. Supongo que porque me parecía desalentador tirar media vida a la basura.

—¿Qué es esto, Joanna? ¿Un nuevo comienzo?

Caminaron hasta la orilla del agua y ella dejó que las olas bañaran sus pies. La puesta de sol bañaba de oro el océano, nunca había visto nada más hermoso en su vida.

—Sí —dijo convencida—. Es un nuevo comienzo. Quiero dejar atrás el pasado y empezar de nuevo. —Él la rodeó con los brazos y tiró de ella.

—¿Hay algún aspecto de tu antigua vida que quieras conservar? Lo pregunto por un amigo...

—No quiero la versión antigua de nosotros. —Le rodeó el cuello con los brazos—. Pero me entusiasmaría explorar la nueva versión. Sea lo que sea.

—Suena bien. —La besó y dijo—: Si vamos a explorar ahora, será mejor que busquemos un lugar más privado.

—¿Otter's Nest?

—Mi casa está más cerca.

Casi corrieron hacia allí, riéndose cuando a ella se le cayeron los zapatos, tropezando por la entrada lateral del Surf Café y subiendo los escalones de madera que llevaban a su apartamento.

Había una ligera brisa y todavía quedaba algo de luz, el mobiliario de la casa era blanco y azul océano.

Se lavaron la arena de los pies en el cuarto de baño y luego se dirigieron hacia el dormitorio, con su gran cama con vistas al mar, sin dejar de besarse.

Unas horas más tarde, ella se despertó sintiendo el frío del aire marino en la piel. Nate dormía profundamente, con un brazo sobre su cuerpo desnudo. Joanna se acurrucó más contra él y tiró de las sábanas para taparlos, sonriendo y contenta mientras revivía la noche anterior.

Volvió a dormirse y, cuando despertó, la luz del sol ya se filtraba por las ventanas. Agarró el teléfono para ver la hora y vio que Nessa le había devuelto la llamada del día anterior.

Ella era lo único que echaría de menos de su antigua vida.

Se levantó de la cama y se acercó a la ventana. Ese día, una niebla marina baja se aferraba a la orilla, difuminando los detalles de la costa.

Se quedó contemplando las vistas durante un rato y estaba a punto de volver a la cama cuando un par de personas llamaron su atención. No era raro ver gente en la playa tan temprano, pero esos dos indivi- duos no parecían interesados en la playa. Les intere- saba más el Surf Café.

En cuanto vio la cámara se escondió de forma ins- tintiva, con el corazón acelerado.

¿Turistas? Ella deseaba tanto que fueran turistas, pero no había ninguna razón para que un turista se interesara por el Surf Café cuando estaba cerrado.

Todo le resultaba demasiado familiar.

Agarró su teléfono y salió en silencio del dormito- rio al salón. Podría ser una coincidencia. Pero no tar- dó mucho en descubrir que no lo era. Había salido una publicación con una fotografía de ella y Nate besándose en la playa la noche anterior. La forma en que él la sujetaba había hecho que su vestido blanco se subiera alrededor de sus muslos. Estaba ligera- mente de puntillas y le rodeaba el cuello con los bra- zos. El pelo le caía por la espalda. Estaba tan pegada a él que no se veía ni un resquicio de luz. ¿Así era como les veían los demás? Había vivido aquel beso desde dentro y ahora lo veía desde fuera. Nate iba a ver esa imagen. Todos en Silver Point la verían, todos con los que él trabajaba, la gente a la que servía, to- dos iban a ver esa imagen. Ya no tenía ninguna duda de que aquellas personas de la playa estaban mirando hacia el apartamento. Por su culpa, toda su vida que- daría al descubierto. Había sido divertida y emocio- nante durante los últimos días, pero ahora se había quedado empañada. Era vino tinto derramado sobre un vestido blanco. Y para empeorarlo, también ha- bían localizado a Denise y ella había hecho algunos comentarios.

«¿En serio? Lo dudo. No es fácil amarla. Si lo fuera, entonces Cliff Whitman no habría tenido todas esas aventuras con otras mujeres, ¿verdad?».

Le temblaban las manos. No importaba lo que hiciera o dijera, aquello no iba a parar nunca. Seguirían apuntándola con sus cámaras y sus lenguas afiladas.

¿Quién querría eso? Ella no.

Nate tampoco.

Apagó el teléfono, no tenía ganas de seguir leyendo.

Respiró hondo varias veces y miró con nostalgia hacia la puerta del dormitorio, hacia la habitación donde Nate aún dormía, ajeno a todo. Quería volver a meterse en la cama y hacer como si no hubiera pasado nada. Quería abrazarlo un poco más. Quería pasear por la playa con él, cenar, hacer el amor, tal vez iniciar una vida juntos, pero él iba a despertarse en cualquier momento, vería las fotografías y se daría cuenta de que la vida con ella siempre sería complicada. Y decidiría que él no quería eso. Y ella tendría que lidiar con su decisión. O tal vez él fingiría que todo le parecía bien, que no le molestaba, y seguirían viéndose, divirtiéndose, disfrutando, pero ella se hundiría cada vez más y... ¿qué?, ¿qué pasaría entonces?

Un día se despertaría y decidiría que ya no le parecía bien y la rechazaría por segunda vez.

En lugar de tener un reencuentro divertido, acabaría rompiéndole el corazón de nuevo. Ahora se sentía muy vulnerable.

Tenía sudor en la frente y en la nuca. Se sentía mal. No dejaba de recordar el día en que él había roto con ella. Casi la había destrozado. Tendría que ser muy tonta para permitir que el mismo hombre rompiera con ella dos veces, ¿no?

Agarró su ropa y se vistió a toda prisa. ¿Debería dejarle una nota? No. Su relación seguía siendo informal. Mejor mantenerla así.

Con las llaves del coche en la mano, salió tranquilamente del apartamento. No había rastro de los fotógrafos. Suponía que aún tendrían sus cámaras apuntando a la ventana del apartamento, no esperarían que ella se marchara tan temprano.

Sin detenerse ni un segundo, se metió en el coche y condujo de vuelta a Otter's Nest.

Esperaba encontrarse con gente reunida a sus puertas, pero no había nadie. Aunque estaba segura de que lo harían pronto. Su paradero ya se había difundido por Internet.

Ahora necesitaba dejar de pensar en Nate y centrarse en cómo podía proteger a Ashley.

Había imaginado un futuro en el que sus vidas estaban entrelazadas, en el que ella pasaba los días cuidando del bebé. Había imaginado que serían como una familia.

No solo Nate estaría expuesto ante los medios; Ashley también. Y el bebé de Ashley. Y Rosa, Vivian, Mary-Lou, Mel, Greg... La lista era interminable.

Llevaba tanto tiempo sola que su soledad se había convertido en algo normal. Si hacías algo de una manera durante el tiempo suficiente, te olvidabas de que había otras distintas de hacerlo. En algún momento había perdido la capacidad de imaginar una alternativa, pero ahora estaba viviendo la alternativa y la idea de renunciar a ella y volver a la vida triste y de reclusión que había llevado antes le daba ganas de llorar. Por primera vez en mucho tiempo, se sentía parte de algo. Conectada. Y no quería perder eso.

Pero ¿qué podía hacer? Quería a esa gente, y cuando quieres a alguien deseas protegerlo.

No quería exponer a ninguno de ellos, pero sobre todo no quería perjudicar al bebé.

Quizá lo mejor que podía hacer por Ashley no era cuidarla, sino instalarla en algún lugar lejos de ella.

Quizá lo mejor que podía hacer por esa comunidad de vecinos era abandonarlos de nuevo.

Las puertas se cerraron tras ella. Sintió un nudo en la garganta y el ardor de las lágrimas tras los ojos.

Ese breve y dulce sabor a libertad le había hecho más difícil volver a su antigua forma de vida. Había empezado a conectar con la gente de nuevo, y ahora iba a tener que cortar de raíz otra vez.

Se presentaría en la librería por la mañana porque se lo había prometido a Mary-Lou. La ayudaría mientras ella y Vivian la necesitaran, pero sabía que sería solo algo temporal.

¿Quién querría a Joanna Whitman y todo el equipaje que arrastraba trabajando para ellas de forma permanente?

No podía, no quería, involucrar a nadie más.

24

ASHLEY

Ashley se despertó de repente y oyó el ruido de la puerta de la habitación de Joanna al cerrarse.

Medio dormida, miró la hora y vio que eran poco más de las seis.

¿Qué hacía Joanna volviendo a casa a esas horas cuando se había quedado a dormir con Nate?

Eso no era bueno, ¿verdad? Tal vez habían tenido una pelea.

O tal vez Joanna no quería que la vieran salir de su apartamento por la mañana con la misma ropa que se había puesto la noche anterior. Le había enviado un mensaje diciéndole que estaría ayudando en la librería, así que Ashley había asumido que iría directamente allí.

Abrió la puerta de su propio dormitorio y se quedó mirando la puerta cerrada del de Joanna.

¿Debería ir a verla?

Justo estaba pensando qué hacer cuando la puerta se abrió y Joanna salió.

Ashley notó que volvía a llevar vaqueros y camisa blanca. Con el pelo recogido en un moño a la altura de la nuca. Era el uniforme de Joanna para «lidiar con el mundo». Lo que solo podía significar una cosa.

Problemas.

¿Algo que ver con Nate?

Joanna miró a Ashley y se quedó parada.

—Lo siento. No quería despertarte.

—Ya estaba despierta —mintió Ashley. Algo iba mal y ella tenía la intención de averiguar qué pasaba—. Me muero de hambre. ¿Quieres hacer tortitas?

—¿Ahora?

—¿Por qué no? Podemos comerlas en la terraza. Es una manera perfecta de comenzar el día.

—No sé hacer tortitas. —Fuera cual fuera el problema, había hecho que Joanna se viera pálida y demacrada. Ashley esperaba poder devolverle la sonrisa y el brillo de felicidad.

—Yo te enseñaré.

—Ashley, no estoy segura de que...

—Lo bueno de las tortitas es que son rápidas de hacer. Lo que las convierte en el tentempié perfecto, a cualquier hora del día o de la noche. Tengo la mejor receta. Deja que te la enseñe. Me lo agradecerás. —Se dirigió a la cocina y se sintió aliviada cuando vio que Joanna la seguía—. Tú trae la leche. Yo mediré la harina. ¿Te gusta el sirope de arce? Mi madre decía que el sirope de arce era lo mejor para las tortitas. Sin embargo, a mi padre, y no me refiero a Cliff, sino al que siempre estuvo ahí para mí, le gustaban más con chocolate derretido.

Joanna sacó la leche de la nevera.

—¿Cuánta necesitas?

—Depende del hambre que tengas. ¿Cómo fue tu noche...?

—Bien, gracias...

«¿Bien?».

Ashley le pasó el resto de los ingredientes y también la batidora.

—Si quieres volver a invitarle a cenar, tengo otra receta que enseñarte.

—Puedes enseñarme la receta porque disfruto cocinando contigo, pero Nate no volverá a venir a cenar.

—¿Por alguna razón en particular?

—Sí. —Joanna dejó la batidora a un lado—. Y también te afecta a ti.

—¿A mí?

—Cuando me desperté esta mañana vi a un par de fotógrafos en la playa.

—Supongo que no te refieres a turistas. ¿Delante de la casa de Nate? —Así que al final la habían encontrado. El hecho de que lo esperaran no lo hacía menos preocupante—. ¿Y te vieron?

—En ese momento no, pero antes sí. —Joanna suspiró y agarró la batidora—. Puedes verlo por ti misma. Comprueba tu teléfono.

Tardó unos segundos en encontrar las fotografías y unos segundos más en leer las palabras que las acompañaban.

—«Afortunada en el amor: ¿ha encontrado por fin la felicidad la viuda de Cliff Whitman?» —leyó el titular—. Bueno, la respuesta es un sí rotundo. Deberías decirles que lo que realmente has encontrado es buen sexo y que se metan en sus asuntos. —Se sintió aliviada al ver que Joanna sonreía—. ¿Sabes qué consigue esta publicación?

—¿Arruinar mi vida otra vez?

—Dar esperanza a las mujeres. Esta foto dice que se puede encontrar la felicidad después de haber sido engañada por un hombre infiel y mentiroso. Y el hecho de que seas capaz de confiar de nuevo envía un poderoso mensaje a todo el mundo.

Joanna le quitó el teléfono de las manos y se quedó mirándolo.

—Lo que dice esta foto es que siempre que encuentres la felicidad, la prensa intentará arruinártela. Todo el mundo la verá. Todo el mundo lo leerá.

—Y todo el mundo sabrá que esto no tiene nada que ver contigo. —Ashley le quitó el teléfono a Joanna y lo dejó en la encimera—. Estás molesta porque te fotografiaron con Nate.

—Él vivía feliz y tranquilo en su mundo, y ahora lo he arrastrado al infierno del mío.

—No exactamente. ¿Qué te ha dicho Nate al respecto?

—Nada. Él no lo sabe. Me fui antes de que se despertara.

—¿Por esto? —Ashley levantó la mirada—. Así que no lo sabe. No sabes cómo se siente. Puede que no le moleste en absoluto.

—Sé cómo me siento yo, y me molesta. No quiero esto para alguien que... me importa.

«Ha estado a punto de decir que lo amaba», pensó Ashley. También pensó en Nate, siempre tan tranquilo y relajado.

—Al menos deberías escuchar qué opina. —Hizo una pausa—. ¿De qué tienes miedo, Joanna?

—La gente no podrá aguantarlo.

Ashley tragó saliva.

—¿Estás diciendo que crees que no vales la pena? ¿Que la gente que te quiere se acobardará porque te acose la prensa?

—Lo que digo es que no deberían tener que hacerlo.

—¿De verdad? ¿Por qué me trajiste aquí, Joanna? Diste toda tu vida por mí. Al principio fue porque sentías empatía por mi situación, lo entiendo. Pero ¿y después? Al mantenerte a mi lado empeoraste tu situación. No tenías por qué traerme a tu casa. No tenías por qué incluirme en tu vida. Tampoco tenías por qué impedir que me fuera.

—Me preocupo por ti. No quería que te fueras. Nunca te abandonaría.

—Lo sé. Y esa parte me costó aceptarla. No me atrevía a confiar. ¿Por qué te arriesgarías a sufrir aún más? ¿Por qué harías eso? Y entonces me di cuenta de que lo hacías porque realmente te importo. Y preocuparse por alguien significa estar a su lado también cuando las cosas son difíciles. Es fácil tumbarse en la playa al sol con alguien, pero ¿qué pasa cuando el viento sopla con fuerza y se desata la tormenta? ¿Corres a refugiarte tú sola?

—Ashley...

—Tú hiciste todo lo contrario. Estuviste a mi lado en medio de la tormenta. Y el hecho de que estuvieras dispuesta a hacerlo, que te importara tanto... —Tragó saliva—. ¿Piensas que la gente que te quiere no te apoyará, Joanna? ¿No crees que se preocupan por ti lo suficiente como para quedarse a tu lado cuando las cosas se complican? ¿Crees que Nate, Mel, Greg, Mary-Lou y Rosa te van a dar la espalda por unas cuantas fotos?

—No lo sé. Realmente no lo sé. No deberían tener que...

—Hace falta mucho valor para aceptar que la gente se preocupa por ti y te quiere. Es más fácil alejarlos, porque así no te pueden herir. Es más fácil protegerse y no permitirse ser vulnerable. No dejarse decepcionar por la gente. Pero eso tiene un precio, y el precio es la soledad. ¿Es esa realmente la vida que quieres vivir? Al menos dales una oportunidad, Joanna. Deja que ellos decidan si es demasiado o no. No lo decidas tú, como hice yo cuando me fui de aquí. Debería haber hablado contigo antes de irme, pero tenía miedo y tomé la decisión por las dos. No hagas lo mismo. En el fondo sabes que se preocupan por ti. Lo sabes.

¿Lo sabía?

Hubo un largo silencio.

Ashley sintió una oleada de ansiedad. Tal vez ella

no lo sabía. Tal vez fuera imposible comprender de verdad lo que Joanna sentía. Después de tcdo, ella llevaba años así. Décadas.

—Siento presionarte —dijo Ashley poniendo una mano en el brazo de su amiga—. Si prefieres esconderte en esta casa, podemos hacerlo. Me quedaré contigo. Nosotras...

—No —habló Joanna al fin—. No nos esconderemos. Y todo lo que has dicho es verdad. Hace falta valor para confiar en que la gente se preocupa por ti. Y todo el mundo tiene derecho a tomar sus propias decisiones. Tal vez sea hora de descubrir qué desea cada uno en lugar de escapar.

—Entonces, ¿te quedarás?

—Sí.

Fue como si el sol se abriese paso entre las nubes.

Ashley volvió a agarrar el teléfono y dijo:

—¿Sabes lo que veo cuando miro esa foto? Veo un final feliz. La prensa odia los finales felices. Son aburridos. Quizá ahora nos dejen en paz.

Joanna la miró.

—O quizá no. También se centrarán en ti.

—Ese es mi problema.

Joanna se enderezó.

—No. Es *nuestro* problema.

Ashley se sintió emocionada con esas palabras.

—Podremos con todo. Ni siquiera estoy segura de que me importe. —Hizo una pausa. Había otra cosa que ninguna de las dos había mencionado—. ¿Qué vas a hacer con Denise?

—¿Denise?

—Estabas pensando si querías hablar con ella o no. Si verla te ayudaría a cerrar heridas. ¿Has tomado ya una decisión?

Joanna miró hacia el teléfono.

—Lo que le ha dicho a los periodistas ya es suficiente cierre para mí. No tengo nada que hablar con esa mujer.

Y eso, pensó Ashley, era un paso de gigante en la dirección correcta.

—Bien. Ahora vamos a hacer las tortitas y luego puedes ir a trabajar a la librería. Podemos quedar para comer en el Surf Café, como habíamos planeado. ¿A las doce y media?

—Si Mary-Lou puede hacerse cargo de la tienda durante una hora.

—¿Y vas a hablar con Nate?

Joanna enarcó una ceja.

—¿Y eso me lo pregunta quien aún no ha escuchado los mensajes de Jon?

—Vaya... Entendido. Lo haré hoy. Tal vez esta noche, cuando regresemos a casa. —Ashley observaba cómo Joanna calentaba la sartén y añadía una cucharada de mezcla—. ¿Los escucharás conmigo?

—Por supuesto. —Joanna dejó la cuchara y la abrazó—. Lo haremos juntas esta noche, cuando estemos tranquilas en casa. Y después de eso te enseñaré los libros que compré ayer para el bebé. Estaba pensando que podríamos convertir la pequeña habitación de invitados en una habitación infantil. Si decides quedarte un tiempo, obviamente. Necesitamos buscar el mejor hospital para que tengas al bebé. Tenemos que encontrar un buen médico. Le preguntaré a Mel hoy.

Ashley se puso nerviosa de repente. Hablar de libros, guarderías y médicos hacía que todo fuera mucho más real e inminente.

—Tienes razón. —Era mucho más fácil centrarse en los problemas de Joanna que en los suyos propios—. Volviendo al tema de antes: ¿qué vas a hacer con Nate?

Joanna dio la vuelta a las tortitas.

—No voy a hacer nada con Nate.

Ashley intentó ocultar su decepción. Deseaba tanto que Joanna fuera feliz... Y parecía serlo con ese hombre a su lado. Pero era su decisión, por supuesto.

Cuando terminaron de comer las tortitas en la terraza, Joanna se levantó.

—Voy a cambiarme.

—¿Y eso?

—He pensado en ponerme un vestido. Si me van a hacer una foto, quiero estar lo mejor posible.

—Buena idea —respondió Ashley con una sonrisa.

Después de que ambas se arreglaran, se dirigieron a Silver Point.

—Puedes venir a la librería conmigo si te apetece —le ofreció Joanna entrando en el aparcamiento de detrás de la tienda—. Si estamos allí dentro los fotógrafos lo tendrán difícil.

—Gracias, pero estoy bien. —Ashley agarró su bolso y salió del coche—. He quedado con Eden en la playa. Está dando una clase de surf. Voy a probar con la tabla por primera vez en mi vida, y si quieren fotografiarme haciendo el ridículo en el agua, adelante.

—Si estás segura. —Joanna cerró el coche—. Ya sabes dónde estoy si me necesitas. Nos vemos más tarde para comer juntas.

Ashley se dirigió a la playa y pasó una mañana divertida con Eden. Cuando subió las escaleras del Surf Café, estaba hambrienta.

Joanna ya estaba allí, sentada en una mesa al fondo de la terraza.

No había rastro de Nate.

Ashley se sentó mirando hacia la playa. Pidió una hamburguesa con patatas fritas y Joanna una ensalada.

—Resulta que para aprender a hacer surf se empieza por ponerse de pie sobre la tabla en tierra firme...

—La joven iba a dar un mordisco a su hamburguesa, pero se detuvo, un grupo de personas reunido en la base de los escalones de la cafetería llamó su atención. Uno de los hombres la enfocaba con su cámara.

Los comensales de la mesa más cercana se volvieron para mirarlas. Ashley bajó la hamburguesa.

—¿Qué...? —Joanna siguió su mirada y vio las cámaras.

Uno de ellos inició el paso en dirección a su mesa, pero Greg apareció de la nada bloqueando el camino.

¿Quién le había llamado? Tal vez Mel. O tal vez cualquiera de los otros habitantes de Silver Point.

Greg se mantenía firme como una roca, con las piernas abiertas y los brazos cruzados.

—¿Tiene una reserva?

El hombre frunció el ceño.

—No, agente, pero...

—Si llama para reservar, seguro que el personal estará encantado de encontrarle mesa para algún día.

—No quiero una mesa. —La mirada del hombre se dirigió a Ashley y Joanna—. Solo quería hablar con...

—La gente tiene derecho a poder comer en paz.

Todo el mundo las miraba ahora. Ignorando la comida y las bebidas que tenían sobre sus mesas.

—Vámonos —murmuró Ashley, sintiéndose culpable por animar a Joanna a exponerse así—. Podríamos salir por atrás.

—No nos iremos hasta terminar de comer. Y cuando lo hagamos, usaremos la entrada principal. —Joanna dejó el tenedor y se levantó. Se acercó a Greg y le puso la mano en el brazo—. Gracias. Siento perturbar la paz de Silver Point.

—Tú no perturbas nada.

—No quiero que esto te quite tiempo ni te afecte de ninguna manera. Tienes cosas más importantes que hacer en tu trabajo.

—No lo hago porque sea mi trabajo —dijo Greg—. Lo hago por una amiga. Una buena amiga.

Joanna le apretó el brazo, agradecida.

—Yo me encargo de esto, Greg.

Ashley tragó saliva y también se levantó. ¿Qué pretendía hacer Joanna? Parecía que iba a hablar con la prensa. Pero eso no podía ser cierto. Nunca hablaba con la prensa. Nunca concedía entrevistas.

Entonces, vio que Joanna se volvía hacia las mesas con una sonrisa.

—Pido disculpas por las molestias. Espero que disfruten de su almuerzo. —A continuación, bajó los escalones hacia la playa y se colocó justo delante del grupo de periodistas con sus cámaras y micrófonos.

Ashley agarró su bolso y la siguió. Si Joanna podía hacer eso, entonces ella también. Bajó las escaleras y se colocó a su lado. No había duda de quién tenía el control, y no eran los periodistas, precisamente. En ese momento, la joven deseó tener la mitad del aplomo y la dignidad de Joanna.

—¡Joanna! Joanna Whitman...

—Rafferty —corrigió Joanna, mostrándose fría y tranquila.

—¿Te has cambiado el nombre? ¿Por qué?

—Dejé de compartir mi vida con Cliff hace mucho tiempo. Me parecía mal seguir utilizando su nombre. —La forma en que lo dijo hizo que sonara totalmente lógico.

—¿Es cierto que dejas la empresa?

—Sí, es cierto.

—¿Te vas a quedar en Silver Point? ¿Qué vas a hacer?

—Sí, me quedaré. Este es mi hogar, y construiré una vida aquí. Eso es lo que quiero. Espero que estén de acuerdo en que me lo merezco.

—¿Cuándo descubriste que Cliff tenía una hija?

—¿Es cierto que Ashley está viviendo contigo?

No paraban de hacer preguntas, pero Joanna se limitó a levantar una mano.

—No voy a responder a más preguntas.

Entonces, los periodistas volvieron su atención hacia Ashley. Gritaron su nombre y la apuntaron con los micrófonos.

—¿Qué se siente al saber que eres la hija de Cliff Whitman? ¿Cómo te sientes ahora que sabes quién eres?

¿Cómo se sentía? Se sentía como en un zoo.

¿Cómo podía alguien aguantar semejante persecución? Era demasiado intrusivo. Se pasaban de la raya. Era como si alguien mirara dentro de tu habitación sin permiso y antes de que tuvieras la oportunidad de ordenarla. Sí, su vida era un desastre, pero era su desastre y solo suyo. No quería compartirlo con el mundo. No quería que extraños hurgaran en los pedazos de su vida y la juzgaran.

Se sentía muy vulnerable y sola, pero entonces Joanna se puso delante de ella.

—Ya basta. —Su voz era firme—. Hemos dicho todo lo que teníamos que decir.

Ashley comenzó a temblar a pensar de sentir alivio y gratitud.

No estaba sola.

Tenía a Joanna. Joanna, que había hecho frente al acoso de la prensa durante años por su cuenta.

Ashley le agarró la mano y se puso a su lado.

—Sí, Cliff Whitman era mi padre —dijo—, pero eso es asunto mío y de nadie más. Y, francamente, pueden... —Se detuvo al sentir los dedos de Joanna apretándole el brazo.

—Disfruten de la playa —dijo Joanna con calma—. Ashley y yo deseamos que se diviertan en Silver Point, pero sepan que nosotras no somos ninguna atracción turística. Y ahora, si no les importa, agradeceríamos que nos dejaran en paz.

Pero la prensa siguió insistiendo:

—¿Quién es el padre de tu bebé? Ahora que sabemos que no fue Cliff, ¿nos vas a decir quién es?

—Eso no les importa...

—Soy yo —dijo una voz masculina desde el fondo de la multitud—. Yo soy el padre. Y ahora me gustaría que todos se fueran y dejaran de estresar a la madre de mi hijo.

Ashley sintió que le temblaban las rodillas. El bolso se le resbaló de las manos. No podía verle la cara, pero conocía de quién era esa voz.

—¿Jon?

—¿Ese es Jon? ¿El del pelo oscuro que está allí atrás? —preguntó Joanna en voz baja—. Olvidaste mencionar que es muy guapo.

—Es *muy* guapo. Y amable. E inteligente. Y no sé qué hace aquí.

—Bueno, dado que él mismo acaba de anunciar su presencia al mundo, creo que podemos decir con seguridad que te está buscando. —Joanna le dio otro apretón en el brazo y luego la soltó—. Deberías hablar con él.

—No sé qué decirle. —Pero se había quedado sin tiempo para planear una estrategia porque él ya se estaba abriendo paso a empujones entre la multitud.

—Di lo primero que se te pase por la cabeza. —Joanna se hizo a un lado y sonrió a los fotógrafos y periodistas que seguían atentos a todo lo que ocurría—. Creo que todos deberíamos darles intimidad.

—Muy bien, ya basta. —Greg apareció de nuevo y apartó a la multitud.

Ashley ni siquiera se dio cuenta. Había dejado de preocuparse por el público. Solo podía pensar en el hecho de que Jon estaba allí.

Podía manejar a la prensa, pero no podía manejar esto. Enfrentarse a Jon. Perder a Jon. Peor, perderlo en público.

Estaba demasiado asustada para escuchar sus mensajes y por eso iba a tener que oírle contarle en persona todas las razones por las que su noche juntos había sido un error. Si los hubiera escuchado, habría tenido tiempo de asimilar su miseria en privado, antes de enfrentarse a él.

Pensaba que ya había vivido momentos horribles, pero el que se avecinaba iba a ser el peor.

Tenía la camisa arrugada y los ojos cansados. Parecía como si hubiera conducido toda la noche.

Sintió una punzada de culpabilidad.

—Iba a ponerme en contacto contigo.

—¿Cuándo? —preguntó él agarrando el bolso del suelo que se le había caído—. ¿Cuando nuestro hijo empezase la universidad?

—No, claro que no... —Ella sintió un pinchazo en la garganta y luego le rodeó con los brazos—. Me alegro tanto de verte. No tienes ni idea. Y lo siento por todo. Todo esto es culpa mía.

—No sé cómo dices eso. —Su mano estaba en la espalda de Ashley, frotándola con suavidad—. Creo recordar que yo tuve mucho que ver. ¿Por qué demonios no llamaste, Ash? He estado muy preocupado. Vi tu foto en la tele y llamé al hospital, pero no me dijeron nada y nadie parecía saber dónde estabas. Y entonces me enviaste un mensaje. Eso fue todo. Un mensaje diciendo que llamarías pronto, pero nunca lo hiciste. ¿Por qué no lo hiciste?

—Porque pensé que tenía que resolverlo por mi cuenta. Era mi problema. Y... —tragó saliva— tenía miedo.

—¿Miedo? —Se apartó para poder verle la cara—. ¿Dije algo que te asustó?

—No. No sé lo que dijiste.

—Yo tampoco. Te dejé tantos mensajes que ni siquiera sé lo que dije.

—Aún no los he escuchado.

—¿No has escuchado mis mensajes? —Jon la miró a los ojos.

—No. No me atreví. No sabía cómo manejar la situación. No sabía cómo te lo tomarías. Estaba muy asustada —soltó ella y luego dejó escapar un largo suspiro.

—Si escucharas los mensajes o contestaras al teléfono sabrías cómo me siento. —Le alisó el pelo hacia atrás—. ¿Pensabas llamarme en algún momento?

—Sí, cuando decidiera qué iba a hacer. No quería que te sintieras presionado. En realidad, iba a escuchar tus mensajes esta noche. Joanna iba a hacerlo conmigo.

—Me entristece un poco que pensaras que necesitabas apoyo moral para escuchar un mensaje mío. —Jon extendió la mano—. Dame tu teléfono, anda.

—Pero...

—El teléfono, por favor.

Ella se lo entregó y él accedió a su buzón de voz.

—Escucha —pidió Jon mientras le acercaba el aparato a la oreja.

—*Ash, soy Jon. Estoy preocupado por ti. Por favor, llámame.*

—*Ashley, soy Jon otra vez. Por favor, contesta a mis llamadas.*

—*Ashley, soy Jon. Si no quieres verme, está bien, pero al menos dime que estás a salvo.*

Escuchó los mensajes uno por uno. Cada vez sonaban con un tono de voz más preocupado.

—*Ashley, acabo de ver tu foto en la televisión. Sé lo del accidente. Sé que estás mal porque Cliff Whitman es tu*

*padre y tu madre no te lo dijo, pero lo resolveremos. Sé lo
del bebé y sé que es mío. Tenemos que hablar. Te echo de
menos.*

Ella levantó la vista hacia él.

—¿Me... has echado de menos?

—Por supuesto que te he echado de menos. Mi
portátil se ha roto otra vez y no tengo a nadie que me
lo arregle.

Ella sonrió al instante.

—¿Por eso? ¿Por eso me echabas de menos? ¿Porque necesitas que te arregle el ordenador?

—Puede que también por algunas otras cosas...

—¿Cómo qué?

Jon fingió tener que pensarlo.

—Echo de menos tu forma de cantar.

—Jon, soy muy mala cantando.

—Lo sé. Pero me encanta cómo lo haces. Y echaba
de menos la forma en que bailas por la habitación,
aunque no haya música. La forma en que comes la
mantequilla de cacahuete con una cuchara. La forma
en que tu pelo es tan salvaje y rizado por las mañanas
que apenas puedes ver a través de él. La forma en que
de repente tienes una gran idea y revientas si no me
la cuentas de inmediato. También la forma en que
pospones las cosas cuando no quieres hacerlas. Y hablando de eso... —Señaló el teléfono—. Hay otro mensaje.

¿A él le gustaban esas cosas de ella?

Escuchó el último mensaje:

—*Ashley, te quiero. Y es raro decirle eso a un aparato, pero no me has llamado y no sé dónde estás, así
que no tengo otra manera de decirte lo que siento. Te
quiero.*

No podía respirar. Quería volver a reproducirlo
para estar segura de que había oído bien.

—¿Me quieres?

—¿De verdad necesitas preguntarme eso? Hemos sido amigos durante una década, Ash. Sabes que te quiero.

—Sé que me quieres como amigo, pero...

—Pasamos la noche juntos.

—Lo sé. Pero estaba disgustada y...

—¿Crees que fue sexo por lástima? Dime que no piensas eso, por favor. —Se pasó los dedos por el pelo. ¿Para ti lo fue?

—No. —Ella sintió que se le calentaba la cara—. La verdad es que no. Pero yo estaba mal y a veces me he preguntado si no me habría aprovechado de...

—Cuando quieras aprovecharte de mí, adelante. —Volvió a estrecharla entre sus brazos—. Te quiero.

No sabía que esas palabras pudieran hacerla sentir tan bien como lo hicieron.

—¿Lo dices en serio?

—Sí, lo digo en serio.

—¿Y no te importa que Cliff Whitman fuera mi padre?

—¿Por qué iba a importarme? ¿Qué relevancia tiene eso?

Jon estudió su cara por un momento y luego extendió la mano de nuevo.

—Dame tu teléfono otra vez.

—¿Por qué?

—Tú dámelo —insistió Jon, moviendo los dedos.

Ella se lo entregó y él lo desbloqueó, porque conocía su código igual que ella conocía el suyo, y luego echó un vistazo a sus fotos.

—¿Qué buscas?

—Dame un minuto. —Buscó en la galería de fotos hasta que sonrió—. Esto.

Giró el teléfono y le mostró una foto de ella y David aprendiendo a patinar. Estaban abrazados y se reían tanto que sus caras se contorsionaban.

Recordó aquel día y lo bien que se lo habían pasado, y sintió una punzada.

—Lo hicimos tan mal. Y esa es una foto terrible. No sé por qué la conservo.

—La guardas porque es un recuerdo importante. Y mira. —Rebuscó entre las fotos y encontró otra—. Aquí hay una de vosotros dos en ese festival.

—Intentaba ser molón. Se compró una camisa nueva a propósito porque no quería avergonzarme llevando su ropa de siempre. —Ella resopló—. Le echo mucho de menos. Ojalá estuviera aquí ahora. Pero me alegro de tener esas fotos. Y tienes razón, son perfectas. No están montadas, ni editadas, sino que son fotos reales.

—Y David era real. Tu verdadero padre. Cliff no era tu padre, Ash. —Jon le devolvió el teléfono—. No en el verdadero sentido de la palabra.

Él tenía razón. Ella lo sabía. ¿Por qué se preocupaba tanto por Cliff, cuando él nunca había jugado ni siquiera un pequeño papel en su vida?

Nunca había formado parte de su vida en el pasado, así que tampoco tenía que condicionarla en el futuro.

—Es vergonzoso, eso es todo.

—¿Y? ¿Quién no tiene un familiar del que avergonzarse? Espera a conocer a mi tía Maud. Ella hace que Cliff parezca una persona maravillosa.

Ashley se rio. Jon siempre la hacía reír y sentirse mejor con todo. Incluso con Cliff.

—No puedo creer que estés aquí. No puedo creer que me quieras.

—¿Qué tengo que hacer para convencerte?

—Bueno, estás aquí, así que eso ya es bastante convincente. —Ella apoyó la cabeza en su hombro—. Pero si quisieras decírmelo unas cuantas veces más, no me importaría.

—Te quiero —dijo Jon de inmediato estrechándola fuerte entre sus brazos—. Te quiero, te quiero, te quiero. ¿Estás cansada de oírlo ya?

Ashley nunca se cansaría de oírlo.

—Yo también te quiero.

—Es bueno saberlo, porque vamos a tener un bebé.

—Oh... —Ella se separó un poco—. Nos están haciendo fotografías.

—Me da igual. No me importa compartir con el mundo que estoy feliz contigo.

—Pero vas a ir a la universidad. Tienes planes y...

—Los planes cambian, Ash. Haremos unos nuevos. Resolveremos esto juntos. Por cierto, mi madre te manda recuerdos.

Ashley gimió y puso cara de preocupación.

—Seguro que piensa que he arruinado tu vida.

—No, tranquila. Mi madre es muy comprensiva. Cree que uno no puede elegir cuándo le llega el amor, y que si tienes la suerte de encontrarlo tienes que agarrarlo. La universidad, el trabajo..., todas esas cosas se pueden conseguir con facilidad, pero el amor es demasiado valioso para dejarlo escapar. Ella nos ayudará en todo lo que necesitemos. Y hablando de apoyo, aún no me has dicho dónde has estado todo este tiempo.

—Con Joanna. —¡Joanna! ¿Cómo pudo haberse olvidado de Joanna? Ashley se apartó y la vio hablando con Greg.

¿Dónde estaba Nate? ¿Por qué no había rastro de él?

Estaba segura de que él trataría de ponerse en contacto con Joanna para saber por qué ella se había ido de esa manera.

Se sentía culpable de sentirse tan feliz cuando su amiga debía de sentirse fatal.

Joanna la saludó con la mano y le indicó que volvía a la librería. Parecía estar bien, pero sabía que lo más probable era que estuviese actuando. Nadie ocultaba sus sentimientos tan bien como Joanna.

Ashley sintió unas ganas desesperadas de hablar con ella, pero ya estaba demasiado lejos y Jon permanecía de pie frente a ella después de mucho tiempo alejados. Y todavía tenían mucho de qué hablar.

—Espera. —Jon parecía confundido—. ¿Has estado viviendo con Joanna Whitman?

—Rafferty —corrigió ella mientras veía a Joanna alejarse de la playa con Greg a su lado—. Ya no es Whitman. Y sí, he estado viviendo con ella. Es una mujer increíble, estoy deseando que la conozcas. Tengo tanto que contarte...

—No puedo esperar a oírlo. ¿Hay alguna posibilidad de que me lo cuentes mientras comemos? —Jon miró hacia el Surf Café—. He conducido durante horas y me muero de hambre.

Ashley se echó a reír, que estuviese hambriento era tan propio de él.

—Qué raro que estés hambriento...

—Lo sé. No he cambiado en el poco tiempo que has tenido el teléfono apagado. Quizá sea porque estamos embarazados.

—Yo soy la que está embarazada.

—Tengo hambre por empatía. ¿Qué tal es la hamburguesa aquí?

—La mejor que he comido nunca.

—Entonces, ¿a qué estamos esperando?

—¿No prefieres ir a un lugar más privado? —dudó ella.

—Más tarde. Por ahora, este parece un buen lugar para celebrar el comienzo de un nuevo capítulo de nuestras vidas. —La agarró de la mano y se dirigieron de nuevo a la mesa que ella y Joanna habían ocupado antes.

Ashley le apretó la mano con fuerza, porque tocándolo le parecía que todo era más real. Él estaba allí, con ella. Jon. Su mejor amigo. La persona que más quería en el mundo. El padre de su bebé. Su pasado. Y ahora parecía que también iba a ser su presente y su futuro.

Sin duda, tenían mucho que celebrar.

25

JOANNA

Mary-Lou la estaba esperando cuando Joanna volvió a la tienda.

—He oído que Silver Point es de repente un destino muy popular.

—Eso parece, y lamento que sea por mi culpa. —Joanna sintió que los nervios saltaban en su estómago. Seguía esperando que alguien protestara por todo lo que estaba pasando—. ¿Es demasiado para ti?

—¿Qué?

—Tenerme aquí, en la ciudad. Que haya atraído la atención de la prensa.

—No hay nada malo en llamar la atención. Nunca está de más que los focos se fijen en nuestro pequeño rincón del mundo. Si beneficia a nuestros negocios, todos lo agradeceremos. —Mary-Lou entrecerró los ojos—. ¿Por qué crees que es demasiado para mí? ¿Crees que no puedo arreglármelas sola con cuatro periodistas entrometidos?

—Sé que puedes, pero...

—Pero ¿por qué querría enfrentarme a ellos? ¿Es eso lo que te preguntas? —La boca de Mary-Lou se tensó—. Déjame preguntarte algo, Joanna Rafferty. ¿Por qué estás aquí hoy?

—Porque necesitabas ayuda. Porque Vivian

siempre fue muy amable conmigo cuando yo era pequeña, porque eres mi amiga y porque me encantan los libros y esta librería en particular. Y porque, si te soy sincera, me encanta trabajar aquí.

Mary-Lou asintió.

—Necesitábamos ayuda. Y aquí estás. Eso es lo que hacen los amigos. Y eso va en ambos sentidos, Joanna. —Agarró su bolso—. Si uno de esos fotógrafos mete su cámara en esta tienda, más le vale que sea para comprar un libro. Y puedes decirle a Nate de mi parte que si hubiera sabido que besaba tan bien como parecía en esa foto, te lo habría arrebatado cuando tenía dieciséis años.

Joanna se rio, ignorando la emoción que sentía por las palabras de su amiga.

No podía decirle nada a Nate porque no se había puesto en contacto con él. Pero a pesar de eso, se sentía mejor.

—Gracias, Mary-Lou. ¿Cómo está Vivian?

—Magullada y dolorida, pero lo suficientemente bien como para hacerme saber todo el rato cuánto le duele. Le encantaron las flores. Has sido muy amable. Gracias.

—De nada. Deberías irte. Te estará esperando.

—¿Estás segura? —dijo Mary-Lou, dudando si era buena idea dejarla sola—. ¿No vas a cambiar de opinión sobre ayudarme en la tienda? ¿Te quedarás? ¿Pase lo que pase?

Joanna comprendió la pregunta. Mary-Lou había visto las fotos, como todo el mundo. Probablemente se preguntaba qué había pasado después. Sabía que la última vez que la relación de Joanna y Nate se había roto su amiga se había ido de la ciudad.

—Acepté este trabajo, Mary-Lou. No te defraudaré —dijo convencida. Y se sintió aliviada cuando la puerta se abrió y sonó la campana—. Tenemos un cliente.

El «cliente» resultó ser Mel. Intercambió unas palabras con Mary-Lou cuando esta salía y luego se acercó a Joanna.

—Terminé el libro que estaba leyendo.

—¿Era bueno?

—Un *thriller*. Muchos cadáveres. Necesito algo un poco más edificante esta vez. —Mel se apoyó en el mostrador—. Estaba pensando en probar con alguna novela romántica...

—¿Tú? ¿Una novela romántica? Pero si tú no has leído nada en tu vida que no incluya sangre y vísceras.

—Estoy intentando ampliar mis gustos. Si vas a trabajar aquí, supongo que podrás ayudarme con eso.

—¿Ya te has enterado? —dijo Joanna sorprendida.

—Sí. Y me alegré mucho cuando me enteré. Por fin se ha hecho realidad uno de tus sueños: trabajar en una librería. Ahora solo tenemos que trabajar en el otro...

—¿«El otro»? —Joanna agarró una caja de libros que habían entregado aquella mañana y los llevó al fondo. Los guardaría más tarde, cuando la tienda estuviera cerrada.

—Son unas fotos muy buenas. —Mel le dedicó una sonrisa y movió las cejas—. ¿No quieres contarme nada?

—Nada de nada. ¿Por qué no pruebas con este? —Joanna sacó un libro de la estantería más cercana. No podía, no quería, hablar de Nate—. Es el primero de una serie.

—Lo que significa que, si me gusta, no tendré que decir qué voy a leer a continuación. —Mel dio la vuelta al libro y leyó la parte posterior—. Tiene buena pinta. Me has convencido. —Le entregó el libro y su tarjeta de crédito—. He oído que Jon apareció en el mejor momento. Siento habérmelo perdido.

—¿Sabes lo de Jon?

—Ashley se lo contó a Eden la noche que durmieron juntas. Ahora hablo más con mi hija que en los últimos dos años juntos.

—Me alegro de que las cosas vayan mejor entre vosotras.

—Yo también. Y estoy segura de que Ashley tiene mucho que ver. Acabo de verla con Jon, estaban muy juntos, agarrados de la mano bajo la mesa. No es que sepa mucho sobre el amor juvenil, pero diría que esas señales son esperanzadoras. —Metió el libro en el bolso—. La semana que viene es el cumpleaños de Rosa, ¿lo sabías? Le estamos organizando una fiesta sorpresa en el Surf Café. De esas en las que todos salimos de detrás de una puerta o algo así. Es probable que medio pueblo esté allí, así que no tengo ni idea de cómo haremos para escondernos todos detrás de una puerta. Fue idea de Mary-Lou. Si Rosa tiene un ataque al corazón, yo no me hago responsable. Aunque creo que podría gustarle.

—Yo también lo creo.

—¿Vendrás? ¿Tú y Ashley? Y Jon, por supuesto. Queremos a toda la comunidad allí. A todos sus amigos.

Era amiga de Rosa. Formaba parte de una comunidad. Iban a celebrar un cumpleaños.

—Sí. Gracias. ¿Qué puedo llevar?

—¿Una puerta más grande? —Mel se rio—. No hace falta que traigas nada, solo que vengas. ¿Te apetece nadar mañana temprano? ¿Como solíamos hacer?

Joanna miró a su vieja amiga.

—Sí, me encantaría.

Mel asintió.

—Tenemos una cita, no lo olvides. Nos vemos en la playa a las siete. —Salió de la tienda y Joanna, al verla marchar, pensó en lo maravilloso que era formar parte de algo tan bueno, de pertenecer a un grupo, de estar rodeada de gente a la que le importaba.

Entró en el almacén para ordenar los libros que habían llegado. Solo había conseguido abrir una caja cuando oyó el sonido de la campana de nuevo.

Su ritmo cardíaco aumentó, se levantó y se alisó el pelo.

¿Nate?

Se dirigió a la zona de la tienda y se detuvo en seco.

—¿Nessa?

—Hola, jefa —saludó su ayudante con una sonrisa—. ¿Por qué cuando no estoy cerca para ayudarte siempre te metes en líos?

—¿Qué estás haciendo aquí?

—Todavía sigo siendo tu ayudante. —Nessa bajó la mochila del hombro—. Pensé que te vendría bien algo de ayuda ahora que esos fotógrafos empiezan a rondarte de nuevo, aunque parece que lo tienes todo bajo control. Te veo muy bien, por cierto.

—Gracias. Me alegro de verte. —Joanna se acercó a Nessa para abrazarla—. Te estoy muy agradecida por todo lo que hiciste. Por lo del coche, por despistar a los medios de comunicación. Por todo en realidad... ¡El coche! —Joanna dio un paso atrás, sintiéndose culpable—. ¡Tengo que devolver el coche! ¿Cómo pude olvidarlo?

—A juzgar por las últimas fotos, se ve que tenías otras cosas en la cabeza. —Nessa le guiñó un ojo—. No hay prisa. Dan no necesita el coche.

—¿Tienes algo de tiempo libre? ¿Puedes pasar unos días aquí?

—Puedo pasar todo el tiempo que quiera. Ya no trabajo para la empresa.

—¿Qué? Eso no puede ser. Tu trabajo no peligraba.

Me aseguré de ello. —Joanna se enfureció—. Haré una llamada ahora mismo.

—No es necesario. No querían que me fuera. Fue mi elección.

—¿Elegiste irte?

—Sí. Yo quiero trabajar para ti. Pero si no necesitas mi ayuda, pensaré en otra cosa.

Joanna pensó en todo lo que Nessa había hecho por ella. Cómo había sido su amiga cuando todos los demás le habían dado la espalda.

—Claro que la necesito. Podemos resolver los detalles más tarde. ¿Tienes dónde quedarte? Hay habitaciones de sobra en Otter's Nest.

Nessa ladeó la cabeza.

—¿También hay piscina?

—Hay piscina y una playa.

—En ese caso, saluda a tu nueva huésped. No espero que cocines para mí, obviamente...

—Puedo cocinar para ti si quieres. Ashley me ha estado enseñando.

—¿Ashley? —Nessa se volvió cuando la puerta se abrió y justo en ese momento entró Ashley acompañada por Jon.

—¡Joanna! ¿Estás bien? Estuviste increíble con la prensa.

—Estoy bien, no te preocupes. Supongo que tú eres Jon. —Joanna extendió su mano hacia él, pero luego decidió que era mejor darle un abrazo—. Me alegro mucho de que estés aquí.

—Gracias. —La cara de Jon se volvió de color rojo—. Y gracias por todo lo que has hecho por Ashley.

—Yo sí que estoy agradecida por todo lo que ha hecho ella por mí.

—¿Te ha arreglado el ordenador? Es muy buena en eso. Y cocinando. Y si tu coche no arranca, lo pone en marcha rápido. Es genial en todo. Bueno, quizá lo de cantar no se le da tan bien. —Sonrió a Ashley, y ella le sacó la lengua.

Estaba muy orgulloso de su chica. Podía verlo en sus ojos, en la forma en que la miraba.

—¿Joanna? —Ahora era Ashley la que se estaba poniendo roja—. ¿Puede quedarse Jon en Otter's Nest unos días?

—Puede quedarse todo el tiempo que quiera. Los dos podéis. Nessa también se quedará.

Y se dio cuenta de que estaría bien. Pasara lo que pasara, iba a estar bien. Porque su vida era diferente ahora. Ella pertenecía a ese lugar. Formaba parte de algo. O tal vez lo sentía así porque era mayor y más sabia que cuando se fue. Y no es que no quisiera que las cosas funcionaran con Nate, porque sí quería. Oh, sí, claro que quería, pero su vida no iba a desmoronarse si eso no ocurría. Esta vez no iba a marcharse.

Nessa dio un paso adelante.

—Encantada de conocerte, Ashley. Acabo de ver tu momento romántico transmitido en vivo por Internet. Lo mejor que he visto en todo el año, y te aseguro que veo muchas películas. Me alegro mucho por los dos.

Todos rieron y charlaron mientras Joanna atendía a un par de clientes, dedicando el tiempo necesario a elegir el libro adecuado para una niña a la que le encantaban los dinosaurios.

—Nos vemos luego, Joanna. —Ashley se acercó a ella cuando terminó de atender a los clientes—. Vamos a llevar a Nessa a Frozen Flavor para que pruebe el helado de menta con chocolate, luego compraremos comida para esta noche y regresaremos dando un paseo hasta Otter's Nest. Vamos a hacer la cena entre todos.

—Eso suena perfecto.

Casi perfecto. Por supuesto, le hubiera encantado que Nate estuviera allí. Era humana, ¿no? No iba a fingir que no le importaba. Pero lo entendía.

No le culpó por no ir a buscarla.

Volvió al almacén y echó otro vistazo en su teléfono a las fotos, encogiéndose por lo íntimas que eran.

¿Quién querría vivir acosado por la prensa? Ni ella ni nadie. Y por supuesto, Nate tampoco.

Le había sentado bien enfrentarse a aquellos fotógrafos por una vez. Fue bueno mantenerse firme ante ellos. Pero nunca iba a disfrutarlo ni a aceptarlo.

La fama era algo que ella no buscaba. Y sería mucho más feliz si no la tuviera en su vida.

Guardó el teléfono y, mientras sacaba libros de las cajas, oyó que la puerta volvía a abrirse.

Al menos estaban teniendo mucha clientela en la librería. Mary-Lou se pondría muy contenta.

Se dirigió hacia la zona de la tienda con una sonrisa en la cara.

—¡Hola! ¿En qué puedo...?

Nate estaba parado en la entrada, mirándola fijamente.

—¿Me ayudas? —Sonrió y cerró la puerta—. ¿Cuánto tiempo tienes? Creo que podría llevarnos un buen rato...

Llevaba toda la mañana esperando a que él la llamara o apareciera, pero no lo había hecho. Se había resignado a pensar que no quería saber nada de ella y la prensa. Incluso había empezado a asimilarlo.

Y ahora estaba allí. Sonriendo.

—Nate...

—Me desperté y me encontré con que te habías ido. ¿Por qué te fuiste?

—¿No es obvio?

—Para mí no. ¿Tenías que ir a trabajar? ¿Tenías que ir a casa y cambiarte primero? ¿Por qué no me despertaste? —Él la miraba con cara de no entender nada—. ¿Me estoy perdiendo algo?

—¿Tú... no lo sabes?

—¿El qué?

—Las fotografías... En Internet. ¿No las has visto?

—¿Qué fotografías? He tenido una reunión con un proveedor esta mañana. Ni siquiera he mirado el teléfono. Estuve a punto de llamarte de camino a casa, pero soy más de cara a cara que de hablar por teléfono. La mitad de las veces me olvido de encenderlo. Mel me echa la bronca a menudo porque me quedo sin batería.

No había mirado su teléfono.

No había visto las fotos. Había estado estresada toda la mañana y él ni siquiera lo sabía. ¿Eso era bueno o malo?

—Nos hicieron fotografías. En la playa. Anoche.

—¿A nosotros? —Extendió la mano hacia su teléfono—. ¿Me las enseñas?

Ella buscó la página y le pasó el móvil. Le apetecía dar un largo paseo por la playa, pero eso significaría dejar la librería desatendida y no iba a hacerlo.

Nate se quedó un buen rato estudiando las fotografías.

—Sales muy guapa. Y me atrevo a decir que yo también. Un poco como un héroe romántico, pero eso es gracias a la luz del atardecer, en la oscuridad siempre gano. —La miró y se encogió de hombros—. ¿Me estás diciendo que van a poner cámaras en mi dormitorio o algo así? Porque entonces voy a tener que ordenar un poco la habitación...

Joanna deseaba poder reírse. Bromear y decir que aquello no tenía ninguna importancia, pero todavía no era capaz de hacerlo.

Nate volvió a mirar el teléfono, y esta vez supo que estaba leyendo lo que habían escrito porque su boca se tensó.

—Veo que Denise no se ha ablandado con la edad.

—No lo parece.

Le devolvió el teléfono.

—¿Por eso te fuiste sin despertarme?

—Me levanté temprano y los vi en la playa, frente al Surf Café. A los fotógrafos. Y vi lo que ya habían publicado. No quería que tuvieras que lidiar con eso. Es parte de mi vida y es posible que siempre esté presente en ella, muy a mi pesar, pero no tiene por qué ser parte de la tuya.

Él guardó silencio un momento y luego se dirigió a la puerta de entrada a la tienda, la empujó y puso el cartel de cerrado.

Joanna frunció el ceño.

—¿Qué estás haciendo?

—Garantizándonos cinco minutos de privacidad. Si quieren tomar fotos por la ventana, que lo hagan. —Volvió hacia ella—. ¿De verdad creías que me importaría algo de eso, Jo? ¿Realmente pensaste que me importaba lo que un montón de extraños, o Denise, o cualquiera que no seamos tú o yo, piense sobre nuestra relación?

—Se meten demasiado en mi vida personal y...

—Lo sé, y te entiendo. Pero en realidad no es tan personal. Ellos no te conocen, ni a ti ni a mí, más de lo que nosotros los conocemos a ellos. ¿Que se entrometen demasiado? Sí, mucho, pero no me importa. No me importa si quieren pasar el día escondidos y haciendo fotos. A mí me parece una forma rara de ganarse la vida, pero ¿quién soy yo para juzgar a nadie? Yo hago ensalada de gambas y galletas de macadamia, y me paso la vida surfeando. No es que esté haciendo nada que vaya a cambiar el mundo. Eso no importa. Lo único que importa somos tú y yo. Nosotros. —Le agarró la cara a Joanna entre sus manos—. No sé adónde va lo que hay entre nosotros, pero quiero averiguarlo.

Ella también quería averiguarlo. Pero no era tan simple, ¿verdad?

—¿Y si no nos dejan en paz?

—¿De qué tienes miedo exactamente? ¿De qué se trata en realidad? —Su voz era suave—. ¿Crees que van a publicar algo que influirá en mis sentimientos? Eso no va a ocurrir. En primer lugar, porque no suelo mirar el teléfono, así que es probable que ni siquiera me entere si publican algo. Y en segundo lugar, porque me gusta decidir por mí mismo las cosas. Te conozco, Joanna. Sé quién eres.

Esperaba que se distanciara. Había pensado que su respuesta sería la misma que la de otras personas que habían ido y venido de su vida. Pero era Nate.

—¿De verdad no te importa?

—Si tienes que preguntarme eso, entonces es que no me conoces tan bien como deberías. Tenemos que trabajar en eso. —La besó con dulzura y luego se separó un poco—. ¿Cenamos juntos esta noche?

Habría sido fácil dejarse llevar por el romanticismo, por la vertiginosa excitación que producía estar tan cerca de él. Hace años lo habría hecho, pero ahora era una persona diferente. Su infancia había estado saturada de emociones desenfrenadas (dolor, inseguridad, ansiedad) mientras luchaba por forjarse una vida en ausencia de un adulto que la quisiera. Había llevado todas sus inseguridades a su relación con Nate. Pero ahora estaba libre de ellas. Lo único que llevaba a su espalda era a sí misma.

Y se dio cuenta de que en realidad no se trataba de los medios de comunicación, sino de ella.

Se apartó.

—Necesito aclarar algo. Me encanta estar contigo, Nate. El tiempo que he pasado junto a ti ha sido el más feliz que he tenido en muchos años. Pero mi vida es más que mi relación contigo. La última vez. —Se obligó a recordarlo—. La última vez que estuvimos juntos lo eras todo para mí y no podía imaginarme una vida sin ti. Ahora es diferente. Quiero seguir viéndote. Quiero saber adónde nos lleva esto. Pero si no funciona, para ninguno de los dos, sé que las cosas estarán bien entre nosotros. No quiero que te sientas presionado u obligado. No quiero que te sientas responsable. Yo estaré bien. Y no me iré de la ciudad, pase lo que pase. No volveré a huir. Estoy construyendo una nueva vida, y voy a seguir construyéndola.

—¿Y si quiero construir esa vida contigo?

—Es demasiado pronto para... —Joanna sintió que los dedos de él le tapaban los labios.

—Tengo cuarenta años, Joanna. Sé lo que quiero. Y lo que quiero es seguir viéndote. Yo también quiero saber adónde nos lleva esto. Pero si no funciona, para ninguno de los dos, sé que estarás bien. Y no me gustaría que te fueras. —Bajó la mano de su boca—. Ya te perdí una vez, y no voy a volver a perderte. Podemos hablar del pasado, pero el pasado ya está hecho. Esas cuatro décadas de nuestras vidas quedaron atrás..., se acabaron. Me importan las décadas que tenemos por delante. El futuro. Nuestro futuro. Y podemos hacerlo complicado, pero en realidad es muy fácil porque se reduce a una sola cosa. Que tú me haces feliz. Estar contigo me hace feliz. Siempre ha sido así.

—Estar contigo también me hace feliz.

¿De verdad podía ser tan fácil?

Él volvió a besarla, esta vez con más urgencia, y ella sintió que su pasado se desvanecía.

«Quizá pueda ser así de fácil. Tal vez, lo único que tengo que hacer es dejar que sea fácil».

Se besaron hasta que a ella se le aceleró el corazón y casi se olvidó de dónde estaban. Pero no lo hizo del todo. De mala gana, se apartó de Nate y dijo:

—No deberíamos estar haciendo esto. Tengo que

abrir la tienda de nuevo. Estoy trabajando. Tengo responsabilidades. Alguien tiene que atender a los clientes.

La mirada de él estaba fija en la boca de ella, como si no estuviera preparado para dejar de besarla.

—De acuerdo. Entonces, Joanna Rafferty... —Se aclaró la garganta, se metió las manos en los bolsillos y echó un vistazo a las estanterías—. ¿Tienes algún libro sobre segundas oportunidades?

La pregunta le encogió el corazón. Ahora mismo, toda su vida parecía una sucesión de segundas oportunidades.

La casa de la playa, la librería, Ashley, sus amigos, Nate. Nate. Siempre Nate.

La felicidad la invadió.

—¿Tienes algún interés particular en eso?

Nate se volvió hacia ella y sonrió.

—La verdad es que sí.

AGRADECIMIENTOS

Mi editor me dijo hace poco que he vendido casi veintidós millones de ejemplares de mis libros desde que empecé a escribir, una cifra que me dio vértigo, pero también una inmensa gratitud. Es una muestra de la habilidad y el duro trabajo de mis equipos editoriales, que han conseguido que mis historias hayan llegado a un público a nivel mundial tan amplio. Ver mis libros en las estanterías es una emoción continua, y el resultado de un esfuerzo hercúleo por parte de los equipos de ventas, *marketing*, publicidad, editorial y diseño artístico encargados de crear las hermosas portadas de mis libros. (¿Alguna vez has elegido un libro por su portada? ¡Yo lo hago!).

Estoy muy agradecida a todos los que trabajan en HQ Stories en Reino Unido, especialmente a Manpreet Grewal y Lisa Milton. Vuestra energía, pasión y apoyo a mis libros es humilde y me siento afortunada de trabajar con vosotras. También a la brillante Margaret Marbury, Susan Swinwood y al resto del maravilloso equipo de HQN en Estados Unidos. Hace tanto tiempo que no viajo a ningún sitio, pero estoy deseando tener la oportunidad de volver a daros las gracias en persona. Lo celebraremos a lo grande.

A mi talentosa editora, Flo Nicoll, que leyó el manuscrito varias veces y me ayudó con su perspicacia y sus infinitos ánimos. Se merece una medalla (en lo que a mí respecta, de oro, Flo). Mi agente, Susan Ginsburg, es lo mejor de lo mejor, y me siento muy orgullosa de ella. Gracias por tu apoyo y sabiduría. Gracias también a Catherine Bradshaw y al resto del equipo de Writers House.

Escribo sobre familias, y tengo mucha suerte con la mía, que tolera mis momentos de pánico creativo y mis dudas con paciencia y humor.

Por último, gracias a ti, lector, por seguir comprando mis libros, por charlar conmigo en las redes sociales y por darme aliento. Tengo suerte de escribir para un público tan receptivo y especial.

ÚLTIMOS TÍTULOS PUBLICADOS EN HQN

Solo cinco citas de Arwen Grey

Sin compasión de Gena Showalter

Si pudiera ser para siempre de Rebeka Lo

Camino hacia el amor de Lori Foster

La suerte de Carmen de María Cañal

Las hermanas Lemon de Jill Shalvis

Canciones que te oí cantar en Helsinki de Katherine Vega

Tierra de secretos de Diana Palmer

El caballero escocés de Miranda Bouzo

Estrellas al amanecer de Susan Mallery

El lugar donde todo empezó de Andrea López

Amanecer en la bahía de Robyn Carr

7 citas de Sylvia Marx

La casa del río de Hannah Richell

El beso de Thor de Cristina Vatra

Una biblioteca junto al mar de Brenda Novak

Piérdete conmigo de Anna Garcia

Un pretendiente para una reina de Julia London